l. a. cotton

PRÍNCIPE DE COPAS

Traduzido por Wélida Muniz

1ª Edição

2025

Direção Editorial:	**Arte de capa:**
Anastacia Cabo	Dily Lola Designs
Tradução:	**Adaptação de capa:**
Wélida Muniz	Bianca Santana
Revisão Final:	**Preparação de texto e diagramação:**
Equipe The Gift Box	Carol Dias

Copyright © L A Cotton, 2020
Copyright © The Gift Box, 2025
Capa cedida pela autora

Todos os direitos reservados.
Nenhuma parte do conteúdo desse livro poderá ser reproduzida em qualquer meio ou forma – impresso, digital, áudio ou visual – sem a expressa autorização da editora sob penas criminais e ações civis.
Esta é uma obra de ficção. Nomes, personagens, lugares e acontecimentos descritos são produtos da imaginação da autora. Qualquer semelhança com nomes, datas ou acontecimentos reais é mera coincidência.

Este livro segue as regras da Nova Ortografia da Língua Portuguesa.

CIP-BRASIL. CATALOGAÇÃO NA PUBLICAÇÃO

C851p

Cotton, L. A.
    Príncipe de copas / L. A. Cotton ; tradução Wélida Muniz. - 1. ed. - Rio de Janeiro : The Gift Box, 2025.
    290 p.   (Verona; 1)

Tradução de: Prince of hearts
ISBN 978-65-85940-32-0

1. Romance americano. I. Muniz, Wélida. II. Título. III. Série.

CDD: 813
CDU: 82-31(73)

"Pois jamais houve história tão desafortunada quanto esta de Julieta e seu Romeu."
~ William Shakespeare.

Arianne

— Ai, meu Deus, dá para acreditar? — Nora suspirou ao se jogar na cama, a que ela reclamou para si dois segundos depois de chegarmos ao dormitório. — A gente está aqui. De verdade. Jamais passou pela minha cabeça que o seu pai ia deixar.

— Melhor não agourar — respondi, meio que de brincadeira, enquanto começava a desfazer minha pequena mala. — Ainda dá tempo de ele mudar de ideia.

Minha melhor amiga se ergueu feito um raio e me olhou feio.

— Por que ele faria uma coisa dessas?

— Relaxa, Nor, só estou brincando. Minha mãe o fez prometer que não faria nenhuma idiotice. Além do mais, a semana dos calouros está quase acabando. Se ele fosse dar para trás, já teria acontecido.

Dei outra olhada no quarto. Não era grande coisa. Duas camas de solteiro encostadas uma em cada lado de uma parede bege, com mesinhas de cabeceira iguais separando-as. Duas mesas, um armário e um banheiro pequeno com uma ducha. Era limpo e arrumado e ficava em um dos dois dormitórios só para meninas no campus. Poderia ser uma pocilga, e eu não estaria nem aí. Porque, para mim, significava liberdade.

— Já decidiu o que vai vestir?

— Oi? — Pisquei para Nora e soltei um bufo exasperado.

— Por favor, não me diz que você esqueceu. Seu encontro com Scott? — Os olhos dela ficaram arregalados enquanto me encarava.

— Aff. Isso. — Eu me larguei na pilha de travesseiros, peguei um e tapei o rosto com as penas macias.

— Um dos caras mais gatos da faculdade te chama para sair, e você está se comportando como se fosse uma tarefa árdua?

Resmunguei algo incoerente, mas senti a cama se afundar e os dedos de Nora afastarem à força o travesseiro do meu rosto.

— Ari, conversa comigo.

— Eu... — As palavras secaram na ponta da minha língua.

Ela estava certa. Tudo o que eu queria era ser livre. Uma oportunidade de ser uma jovem normal de dezoito anos. Ter todas as experiências que as meninas dessa idade tinham.

— Eu não sinto nada pelo Scott.

— E daí? — Ela me olhou como se eu tivesse acabado de falar com ela em italiano.

— Nor, qual é, você entendeu. Não tem química. Nem friozinho na barriga nem nada. Scott me olha e eu sinto... nada. — Mesmo com a minha experiência praticamente nula com o sexo oposto, eu sabia que não era para ser assim.

Ela revirou os olhos dramaticamente.

— Você passa tempo demais lendo romance. A vida real não é daquele jeito. É confusa, bizarra e na maioria das vezes dolorosa pra cacete. Ninguém está dizendo para você se casar com o cara, é só um encontro. Vá, se divirta, dê um amassos no carro dele. Seja uma jovem *normal*.

Mas era esse o problema; eu não era uma adolescente normal. Longe disso. Eu era filha de Roberto Capizola, o empresário mais bem-sucedido do condado de Verona. Herdeiro da fortuna dos Capizola. Até começar a estudar na Universidade Montague, eu tinha passado cinco anos vivendo a sete chaves e sob as ordens do meu pai. Não fosse por Tristan, meu primo mais velho superprotetor, estar estudando ali, e Nora, minha melhor amiga desde sempre, ter aceitado dividir o quarto comigo, eu estaria presa aos cursos a distância na segurança, ou, como gosto de chamar, no cativeiro do meu quarto.

— Olha — ela se remexeu na cama, cruzando as pernas diante do corpo —, Scott é o melhor amigo de Tristan, não é? Ele praticamente tem certificação Capizola. Está tranquilo. Você precisa ver as coisas por um certo ângulo.

— E que ângulo seria esse? — Ergui a sobrancelha, e ela riu.

— Namoro na prática. Um *test drive*. Você tem dezoito anos, Ari, e nunca nem beijou na boca.

— Já beijei, sim.

Ela fez careta.

— Seu pai e o Tristan não contam.

— Eu... — Abri a boca, mas não saiu nada. Ela tinha razão. Eu não tinha

PRÍNCIPE DE COPAS

o hábito de sair beijando por aí só porque sim. E quando os únicos caras que a gente conhece são amigos da família... não tem nem por onde começar.

— É uma coisa boa — ela sorriu —, prometo.

— Certo, tudo bem.

Era só um encontro. O que poderia dar errado?

— Seu frango está ruim? — Scott perguntou antes de enfiar um montão de espaguete na boca.

— Não, está gostoso — falei, olhando ao redor do Amalfi's, um restaurante italiano muito fofo da cidade e que tinha vista para o rio. Era um dos meus preferidos, apesar de fazer quase cinco anos que eu não via seu interior.

— Você deve estar aliviada por finalmente ter começado na UM.

— Como assim? — Fico na defensiva, e isso se insinua um pouco na minha voz. Scott sabia muito bem que eu tinha sido muito protegida. Mas havia algo no tom dele que não gostei.

— Relaxa, A...

— Lina — sibilei, e meu olhar temeroso disparou ao redor do restaurante.

— Meu Deus, calma. Estamos na cidade. Ninguém está...

— Scott... — avisei.

— Tá, tudo bem, eu não quis dizer nada. — Ele ergueu as mãos. — Só estou dizendo que deve ser um alívio finalmente ter um pouco de liberdade.

— Só se passou um dia. — Uma risada estrangulada escapou de meus lábios enquanto eu colocava os talheres com delicadeza ao lado do prato. Mal toquei na comida, mas meu estômago parecia uma bola de nervos.

Scott tinha sido muito cavalheiro, abriu portas, puxou a cadeira, me elogiou dizendo que eu estava bonita, mas o toque dele era um pouco íntimo demais, o olhar um pouco intenso demais.

Aquilo não parecia um *test drive*, mas outra coisa completamente diferente.

— Sabe — ele começou, com a voz ficando uma oitava mais grave —, tem quase dois anos que estou tentando convencer seu pai a te deixar sair comigo.

— Mesmo? — deixei escapar, e senti o calor se arrastar pelas minhas bochechas.

— Lina, qual é. — Ele me abriu um sorriso simpático e se recostou na cadeira. — Há quanto tempo a gente se conhece? Você não desconfiou de nada nas vezes em que fiquei na sua casa? Preciso mesmo dar uma retocada nos meus encantos.

— Eu... — Nada. Nada mesmo.

Scott era uma das poucas pessoas que tinham autorização para ir lá em casa, geralmente na companhia do meu primo. Havia festas e reuniões de família, ou às vezes eles iam lá para escapar do campus e ficar na piscina ou usar a academia bem equipada. Claro que o flagrei me olhando, eu não era cega. Vezes demais aqueles olhos azul-bebê se demoravam na minha direção. Mas nunca dei ideia, porque era o Scott. Ele podia não ser da família, mas a sensação era de que era.

Olhei ao redor do restaurante de novo. Eu estava tão acostumada a ser obrigada a ficar dentro de casa que andar livre pela cidade era... esquisito. E ninguém prestava atenção em mim, provavelmente porque não tinham ideia de quem eu era. Meu pai fez de tudo para me manter longe do escrutínio público desde que fiz treze anos.

Reprimi um tremor.

— Você está segura comigo — Scott adicionou, como se pudesse ouvir meus pensamentos. — Você sabe, não sabe? — Ele se inclinou e cobriu minha mão com a sua. — Eu nunca deixaria nada de ruim te conhecer, Lina.

Assenti e abri um sorriso educado para ele. As palavras, embora quisessem me confortar, só serviram para me lembrar de que minha vida nunca foi normal. Eu podia ir à faculdade e tentar me misturar, mas sempre seria Arianne Carmen Lina Capizola.

Sempre seria filha do meu pai.

— Está tarde, e eu estou meio cansada! — gritei, por cima da música. Scott se inclinou para mim e minhas costas atingiram a parede.

— O quê? — Sua boca roçou o meu ouvido.

— Está tarde, e eu estou cansada — repeti, mas ele se limitou a sorrir, chegou mais perto e passou os lábios pelos meus. Me empurrou mais para a parede e tentei evitar seus avanços, usando as mãos para empurrá-lo com delicadeza.

— Eu quero ir embora, Scott, agora.

No restaurante, ele tinha sido suportável, cavalheiro, mesmo que um pouco forçado, mas, desde que chegamos à festa, algo mudou. Ele ainda era atencioso, certificando-se de que eu tinha uma bebida, se colocando ao meu lado. Mas o foco dele estava em outra parte.

— Já? — Ele fez beicinho, e os imensos olhos azuis brilharam para mim. Empurrei os ombros para trás e fiz que sim.

— Estou muito cansada mesmo.

Por um segundo, irritação distorceu suas feições, mas logo sumiu quando ele pegou a minha mão e me conduziu através do mar de corpos. Caras gritavam para ele e garotas nos observavam. Eu estava acostumada. De vez em quando, *papá* me deixava vir visitar Tristan na faculdade, e ele levava Nora e eu em algumas festas. Em segredo, claro, e com a promessa de dizer que não éramos nada mais do que amigos. Tristan era meio que conhecido. Um Capizola *e* o quarterback famosinho dos Montague Knights. Scott era o reserva dele. Melhor amigo e colega de equipe; irmãos em tudo que contava.

Sei que muitas garotas se sentiriam especiais ao entrar ali de mãos dadas com Scott Fascini, mas não tinha química entre nós. Nem mesmo uma fagulha de possibilidade. Eu simplesmente não estava atraída por ele. O cara era bonito e tal, de um jeitinho americano — puxou a mãe em vez de aos traços italianos do pai. Mas eu não queria me conformar com qualquer coisa. Queria esperar alguém especial. Talvez eu fosse ingênua e iludida, mas a minha vida nunca foi minha. Então isto: beijos, meu corpo, minha primeira vez, seria meu. Do jeito que eu quisesse.

— Para onde, *bellissima*? — Scott perguntou quando chegamos ao Porsche dele, e eu ergui o rosto, estreitando os olhos para o cara.

— Você está bêbado?

Comecei a contar de cabeça quantos drinques o vi beber. Um no jantar, talvez dois. Mas ele tinha bebido água na festa, ou foi o que me contou.

— Preocupada comigo? Que fofo. — Ele me abraçou de lado, e me desvencilhei do seu toque.

— Talvez seja melhor eu dirigir?

— Nem a pau. Você tem ideia do preço desse carro? — Ele deu um sorrisinho e algo no brilho de seu olhar me deixou em alerta máximo.

— Tudo bem. Vou pedir Tristan para vir...

— Tá, pode dirigir. Não precisa me torrar a paciência, *Lina* — resmungou ao me entregar a chave.

Esse encontro estava indo ladeira abaixo, e guardei na cabeça que nunca mais deixaria Nora me convencer de fazer algo assim de novo.

Dentro do carro, o ar estava denso, hostil, e pelos gestos desajeitados de Scott, eu sabia que ele estava muito mais do que só altinho. Mas o trajeto até o outro lado do campus levava só dez minutos. Eu pretendia largar o carro dele lá e deixar o cara ir a pé até a casa de fraternidade que dividia com Tristan e os colegas de time, que ficava mais afastada.

Silêncio perdurou entre nós até ele deslizar a mão pelo meu joelho e subir para a minha coxa. Congelei e agarrei o volante com força.

— Scott — eu o adverti. — O que você está fazendo?

Ele soltou uma risada. Profunda e suave. O tipo de riso que faria muitas meninas ficarem derretidas por ter sido direcionado a elas. Mas eu estava irritada e de saco cheio com aquele encontro.

— Qual é, Ari, não seja estraga-prazeres. Faz tempo que estou esperando por isso.

Meus olhos se desviaram rapidamente para os dele quando virei para o meu dormitório, aliviada ao ver o prédio aparecer.

— Vou estacionar no meu dormitório — falei, ignorando sua mão que ainda alisava a minha coxa. Deus abençoe a meia-calça. — Você pode vir pegá-lo amanhã, se quiser.

— É. — Ele alongou a palavra. — Como quiser, gata.

Encontrei uma vaga e estacionei. O prédio estava banhado em sombras, sem sinal de gente indo ou vindo. Devagar, me virei para ele e sorri.

— Obrigada pela noite encantadora. Eu te vejo...

— Opa, por que a pressa? — As sobrancelhas de Scott se ergueram enquanto sua mão continuava a explorar a minha perna. Deslizei a minha sobre a dele e o segurei pelo pulso.

— Scott, eu falei para parar.

A expressão dele ficou confusa, mas então um sorriso apareceu e ele se aproximou mais. Me forçando a me aproximar da porta.

— Qual é, *dolcezza*. — Seus dedos agarraram o meu queixo e inclinaram meu rosto para cima. — Vou fazer ser gostoso.

— Fazer o que ser gostoso?

A boca dele esmagou a minha, roubando minhas palavras e o ar dos meus pulmões. Medo disparou pelo meu corpo enquanto eu lutava para entender o que estava acontecendo. Tipo, eu sabia o quê, mas por quê?

Por que Scott, o melhor amigo do meu primo e o cara que meu pai adorava, estava fazendo aquilo?

PRÍNCIPE DE COPAS

— Scott — suspirei, mas foi um erro. A língua dele deslizou pelos meus lábios, invadindo minha boca até eu ter ânsia de vômito. Cerrei as mãos e bati em seu peito, tentando detê-lo. Mas ele era grande. Ombros largos e musculosos. E eu era pequena. Esguia, delicada e fraca.

Ele remexeu em algo entre nós e o banco inclinou para trás. Gritei na sua boca, mas ele logo apareceu, cobrindo meu corpo, agarrando a minha meia. Minha saia. Minhas coxas.

— Eu vou te fazer gostar tanto, Arianne — sussurrou, se esfregando em mim. Vômito subiu para a minha garganta quando senti sua ereção pressionar a minha coxa.

Ai, Deus.

Aquilo estava acontecendo.

Scott Fascini, um cara que eu conhecia a vida toda, ia roubar a única coisa de que prometi que jamais abriria mão sem entregar meu coração antes.

— Porra, gata, seu gosto é tão bom. — Ele passou a língua pelo meu queixo. Meu pescoço. A curva do meu peito. Os dedos rasgaram minha meia na virilha, encontrando o tecido macio da calcinha. *Não, não, não,* o apelo silencioso ficou preso na minha garganta enquanto ele puxava a peça para o lado e começava a me tocar. Desesperada, agarrei a camisa dele, tentado conseguir alavancagem, algo, *qualquer coisa*, para tirar esse cara de cima de mim. Minha mão traçou a porta, e eu encontrei a maçaneta, puxei.

A porta se abriu, ar fresco golpeou o meu rosto. Scott começou a se afastar, resmungando baixinho, mas não esperei para ouvir. Com toda a minha força, dei uma joelhada na virilha dele. Ele se encolheu de dor, gemeu e xingou. Foi o suficiente para eu conseguir sair de debaixo dele e me arrastar para fora do carro. Caí com um baque, o asfalto arranhou minhas mãos e joelhos, dor disparou pelo meu corpo. Mas não havia tempo para ver as feridas. Disparei pelo gramado, com lágrimas escorrendo pelo meu rosto, a saia embolada na cintura, a meia rasgada grudada nas minhas pernas.

O dormitório estava bem ali. Mas virei à esquerda, correndo para longe do prédio.

Para longe de Scott.

— *Cazzo!* — gritou, embora tenha sido mais um rugido.

Eu nem olhei para trás. Continuei correndo. Meus pés batiam na calçada. O coração martelava no peito. A sensação dos dedos dele ainda estava na minha pele.

O som de riso me fez parar, meus olhos dispararam ao redor,

procurando um lugar para me esconder. Meio agachada, contornei um prédio, talvez o da biblioteca, e caí de quatro, puxando, desesperada, ar para dentro dos meus pulmões ardentes.

— Mas o quê? — Meus olhos dispararam na direção da voz. Dois caras estavam escondidos nas sombras do fim do beco. — Ei, você está bem? — Um se aproximou de mim devagar, e ergui as mãos, me afastando.

— Opa — ele disse, e levantou as mãos. — Não vou machucar você. Só quero ver... — Ele apareceu na luz. — Ah, caramba, Nicco, acho que ela está machucada.

— Por favor, eu só preciso... — As palavras ficaram presas na minha garganta quando o outro cara apareceu. Os olhos duros varreram meu corpo aos frangalhos e cintilaram com uma emoção indecifrável.

— Precisamos ligar para a segurança do campus?

— Não, não! — gritei, com a mão ainda indicando que eles não deveriam se aproximar mais. — Eu só preciso...

O quê?

Do que eu precisava?

Eu não podia voltar para o dormitório. Não com Scott lá. E Nora. Ah, Deus, ela ia perder a cabeça se descobrisse o que aconteceu. Mas era Scott Fascini, pelo amor de Deus. A família dele era quase tão poderosa quanto o meu pai. E seria minha palavra contra a dele.

— O que a gente faz? — Foi o cara mais novo que falou, e o outro, Nicco, como ele o havia chamado, passou a mão pelo queixo, ainda me encarando.

— Um cara fez isso contigo? — Ele apontou minha saia com a cabeça, e eu tentei alisá-la.

— Não importa. Eu só preciso...

— O quê? Do que você precisa? — Ele se aproximou mais um centímetro e eu respirei com força. Estava a um segundo de ter um colapso diante de dois desconhecidos; o peso do que aconteceu... do que *quase* aconteceu... se infiltrou nos meus ossos, mas algo na voz dele me manteve ali. E me agarrei àquilo.

— Preciso dar o fora daqui. Só até eu conseguir pensar direito.

— Bailey, me empresta o seu carro.

— Qual é, Nicco, não é melhor a gente ligar para alguém? Ela está um horror.

— Bailey — disse entre dentes, e o cara mais novo cedeu, entregando as chaves. — Você leva a minha moto?

PRÍNCIPE DE COPAS

— Sério? — Os olhos do garoto brilharam, e Nicco sorriu.

— Se aparecer mesmo que um único arranhão nela... — deixou o aviso no ar.

— Te dou a minha palavra. — Bailey se virou para mim e abriu um sorriso amarelo. Então se foi, engolido pelas sombras.

— Tem certeza de que não quer que eu ligue para alguém?

Meus olhos se arregalaram quando dei por mim.

— Minha bolsa — arquejei. — Ela deve ter... — Engoli as palavras e entrei em pânico.

— Deve ter o quê?

— Quando eu... fugi... devo ter deixado cair em algum lugar. Meu celular estava lá. — Lágrimas começam a escorrer pelo meu rosto de novo.

— Vamos. — Nicco passou a mão pelo rosto. — Vamos te tirar daqui, depois a gente pensa no que fazer.

Nicco

— Qual é o seu nome? — perguntei para a menina encolhida no banco do carro de Bailey. Ela não tinha dito uma única palavra desde que a levei até o Camaro. Ou quando perguntei se ela queria ir a algum lugar específico. Ela havia se fechado, e eu não tinha ideia do que fazer.

O silêncio era ensurdecedor. Então, depois do que pareceu uma eternidade, um sussurro de voz respondeu:

— Lina.

— Eu sou o Nicco. — Eu a olhei de soslaio. — Aquele cara era o meu primo, Bailey. Um bom garoto.

— Ele pareceu legal. — Ela se mexeu, virando os joelhos ralados para mim. — Obrigada por isso. Eu... eu não sabia o que fazer.

Dei um aceno seco e me concentrei no trânsito, mas não consegui resistir ao impulso de olhar para ela de novo. Os rasgos na meia-calça. Os arranhões nos joelhos. Precisei me conter muito para não agarrar a garota pelos ombros e exigir que me contasse quem tinha feito aquilo.

Mas ela mais parecia um bichinho acuado. Olhar desgovernado e soluços descontrolados. Eu não queria assustá-la mais ainda.

— Aonde a gente está indo? — Lina esticou as pernas, sibilou de dor e se sentou mais ereta.

— Quer que te leve para algum lugar?

— Não, eu só... não estou pronta para voltar.

— Você mora no campus?

— Sim. Acabei de me mudar para a Casa Donatello. Sou caloura.

Jesus. Ela estava na UM havia menos de uma semana. Não parecia do tipo que chamava atenção indesejada, e meu sangue ferveu ao pensar em alguém machucando a garota. Mas não podia ficar de babá dela a noite toda.

— Tem certeza de que não tem ninguém para eu ligar? — Meu olhar deslizou para o dela, e a garota abriu um sorriso amarelo e balançou a cabeça.

— Só preciso de um minuto. — O corpo dela tremia, rímel escorria por suas bochechas.

Bati os dedos de leve no volante e esperei. Energia nervosa emanava dela, enchendo o carro. Eu sabia que estava perdendo a cabeça, mas não podia deixá-la agora.

— Posso te acompanhar até o seu dormitório, ter certeza de...

— N-não — ela se apressou a dizer. — Não posso voltar para lá... ainda não.

— Escuta, vamos fazer um trato. Sei de um lugar para onde eu posso te levar para se limpar e depois eu te levo para onde você quiser, tudo bem?

O olhar dela ficou ainda mais desgovernado, todo o comportamento ficou assustadiço, então adicionei:

— Não vou exigir nada, prometo.

Um segundo se passou.

E mais outro.

Então, por fim, ela soltou um "tudo bem" engasgado.

Soltei um suspiro de alívio quando finalmente parei na garagem vazia. Mesmo eu não pretendendo entrar na casa principal, tia Francesca gostava de dar uma passadinha no meu apartamento em cima da garagem para ver como eu estava.

— Onde estamos? — Lina se sentou direito, esfregando os olhos, e dei outra olhada nela. Era impossível não olhar.

— Na minha casa.

O ar mudou quando ela respirou fundo.

— Na sua casa? Quantos anos você tem?

— Dezenove. Relaxa. Eu moro no apartamento em cima da garagem do meu tio.

— Quando você disse que sabia de um lugar, pensei que estivesse falando de uma lanchonete. — Ela me lançou um sorriso inseguro, e meu peito se apertou.

— A gente não precisa... — Olhei para as escadas na lateral da construção.

— Uma bebida me cairia muito bem, e um lugar para me limpar. — Minha testa franzida deve ter falado por mim, porque ela logo adicionou: — Água, um copo de água gelada.

Uma risada baixa subiu pelo meu peito.

— Vem. — Saí, fui até a porta do carona e a abri para ela. Ela confundiu minha atitude com um ato de cavalheirismo e estendeu a mão para mim, os dedos finos encontraram a minha.

Porra.

Que merda eu estava fazendo?

— Eu... é... — Me afastei e enfiei as mãos no bolso. — É melhor a gente entrar.

Meus olhos dispararam ao redor, e não encontrei nada além da forma sombreada das árvores de bordo com folhas vermelhas. Lina hesitou, encolhendo-se. Eu ainda não tinha notado o quanto ela era pequena, mas agora que estávamos parados ali, comigo pairando acima dela, meus um e oitenta e três quase faziam de mim um gigante.

Lina veio logo atrás de mim enquanto seguíamos para o apartamento. Ano passado, eu ficava no campus, mas já era horrível ir às aulas, que dirá ficar nos dormitórios. E já que a casa da minha família ficava do outro lado do rio, tive a desculpa perfeita para me mudar para o apartamento em cima da loja do meu tio.

— Só é pequeno — falei ao empurrar a porta e acender a luz. A iluminação fraca lançava sombras nas paredes. — O banheiro é ali — apontei a cabeça para o corredor nos fundos do apartamento —, se você quiser se limpar.

Os olhos de Lina esquadrinharam o lugar. Não era grande coisa: sala e cozinha conjugados com um corredorzinho que levava ao quarto e ao banheiro. Havia um sofá modulado encostado na parede de frente para uma TV simples de tela plana. A geladeira costumava abrigar uma variedade de sobras, cortesia da minha tia. Não era um lugar aconchegante, mas era meu, o que já era mais que suficiente.

— Obrigada. — A voz dela cortou o silêncio como se fosse uma lâmina, e Lina foi em direção ao corredor.

Tomei um susto com o meu celular vibrando, e o peguei do bolso.

> Ela está bem?

Sorri. Bailey era bom demais para a porra desse mundo.

PRÍNCIPE DE COPAS

> **Não tenho a mínima ideia do que fazer.**

Eu não deveria ter trazido a garota para cá. Mas o desespero no olhar dela havia tocado algo bem fundo dentro de mim, algo que pensei ter enterrado há tempos.

> **Quer que eu vá aí?**

> **Não, acho que ela prefere não ter público.**

> **O que você acha que aconteceu?**

Cerrei os punhos até as juntas ficarem brancas.

> **Nada de bom.**

Eu não era santo. Tinha feito um monte de merda na minha curta vida. Coisas que criança nenhuma deveria ver. Mas se a minha criação pouquíssimo convencional me ensinou alguma coisa, foi que mesmo que nas profundezas do inferno ainda existia uma linha fina do que uma pessoa estava ou não disposta a fazer.

E havia muito tempo que eu havia prometido a mim mesmo que jamais colocaria a mão em uma mulher que não desejasse.

Movimento chamou a minha atenção. Eu me virei e vi Lina parada com os braços em torno do corpo como se fosse um escudo. Meu olhar foi direto para suas pernas. Ela havia tirado a meia-calça e limpado os joelhos ralados, mas mal notei os cortes; tudo o que vi foram centímetros e mais centímetros de pele suave e bronzeada.

Te orienta, Marchetti. Ela não é um brinquedo, é uma donzela.

— Quer falar do que aconteceu? — Eu me vi perguntar. Principalmente porque se descobrisse quem foi o responsável por aquela inquietação nos olhos dela, faria o merdinha pagar caro.

— N-não — ela grasnou.

— Se alguém machucou você, Lina, eu... — parei de falar. Não era problema meu, não daquela vez. Eu já tinha problemas demais, tipo piranhas esperando a melhor hora para atacar.

— Estou bem. Só precisava de distância.

— Aqui. — Peguei uma garrafa na geladeira e me aproximei dela devagar.

Lina a segurou, nossos dedos roçaram. Franzi as sobrancelhas quando fagulhas subiram pelo meu braço.

Que porra foi essa?

Eu me afastei e passei a mão pelo cabelo. Meu sangue fervia e a pele coçava. Não seria fácil dormir naquela noite.

Raramente era.

A menos que eu desse um jeito de gastar a tensão nervosa irradiando de mim.

— Você está bem? — Lina me encarou, e lutei para não rir. Como eu suspeitava, ela não fazia ideia, não tinha a mínima noção de quem eu era e da merda de que era capaz. Talvez fosse bom. Ela já tinha sofrido traumas o bastante por uma noite sem ter que saber que seu cavaleiro de armadura brilhante estava mais para demônio na pele de cordeiro.

— Estou bem. Tem certeza de que não tem nenhum lugar para onde eu possa te levar?

— Não tenho mais para onde ir. — Havia algo triste pra caralho no modo como ela disse aquilo, e me vi querendo saber mais.

Quem era ela?

O que tinha acontecido naquela noite?

Por que ela veio comigo, um estranho, em vez de buscar ajuda em outro lugar?

— Então você deveria ligar para alguém. Uma amiga? Colega de quarto?

— Eu perdi o celular, lembra? — Tristeza circundou aqueles olhos castanho-escuros. — Quando ele...

Lina tremeu e cerrou os lábios.

Raiva disparou por mim. Algum filho da puta fez aquilo com ela. Machucou a garota. Pôs as mãos nela. Deixou-a com medo suficiente para fugir.

Parecia irônico ela ter ido parar onde eu e Bailey tínhamos acabado de nos encontrar.

— Aqui, pode usar o meu. — Eu o estendi, mas ela só o encarou, como se estivesse infestado.

— Estou bem, sério. Além do mais, está tarde. — Ela se empertigou e deslizou uma das mãos pelo pescoço.

— Se não for incomodar muito, é melhor eu voltar. Minha colega de quarto vai ficar preocupada.

Lina não estava olhando para mim. Na verdade, estava olhando para qualquer lugar, menos para mim.

PRÍNCIPE DE COPAS

— Finalmente caiu na realidade?

— Como é que é? — Os olhos dispararam para os meus.

— Está caindo na realidade? — perguntei. — Do que aconteceu que te fez fugir? O fato de você ter concordado em entrar em um carro com um completo estranho e agora está no apartamento dele sem ter um celular e um jeito de ir embora? — Eu estava sendo babaca, mas a mudança súbita dela me pegou de guarda baixa.

— Você está certo, estou sendo mal-educada. — Ela se empertigou ainda mais, com os olhos ferozes nos meus. — Muito obrigada mesmo pelo que você fez por mim, Nicco. Só que está tarde e eu estou cansada. Quero volta para o dormitório e esquecer que essa noite aconteceu.

Ela estava calma demais, composta para um caralho para alguém que tinha sido quase... merda. Eu não tinha a mínima ideia do que havia acontecido. Só tinha olhado para uma menina com a meia-calça rasgada e os olhos marejados, então agi.

Mas Lina estava me dando um passe-livre, e eu precisava aceitar. Eu não era o herói que ela queria ou de que precisava. Mesmo que eu quisesse achar quem foi o responsável por machucá-la e o fazer sangrar.

— Vamos — peguei a chave —, vou te levar.

— Obrigada, Nicco, sério. — Ela sorriu de um jeito sincero que me atingiu bem no peito. Jesus, eu precisava de uma trepada. Ou de uma briga.

Talvez dos dois.

Era quase uma e meia da manhã quando paramos em frente à Casa Donatello. Desliguei o carro e passei as mãos pelo volante. Eu não ligava de dirigir o carro de Bailey, mas preferia a moto. A sensação do vento batendo no rosto e o rugido do motor debaixo de mim.

A liberdade.

Lina ficou quieta o percurso todo, com a cabeça encostada no vidro e o peito subindo e descendo devagar. Não que eu a estivesse observando nem nada disso. Em algum momento, até cheguei a imaginar se ela tinha dormido, mas assim que viramos para o campus, o corpo dela ficou tenso, as mãos se contorceram no colo.

— Você está bem? — perguntei.

— Vou ficar. — Ela soltou um suspiro baixo, hesitando.

— Posso te acompanhar até a porta, garantir que você chegue em segurança?

— Não, sério, está tudo bem. Eu só... não imaginei que a noite terminaria assim.

— Você deveria conversar com alguém.

— É complicado — ela sussurrou, e o olhar disparou para longe de mim. Silêncio crepitou entre nós. A vontade de exigir que ela me contasse o que tinha acontecido me queimava.

— Lina, olha para mim. — Meu tom foi firme, mais firme do que eu pretendia. Mas ela ouviu e ergueu o rosto devagar. — Ninguém tem o direito de pôr as mãos em você se você não quiser. Lembre-se disso.

— Você é um cara legal, Nicco. — Ela se inclinou e deu um beijo na minha bochecha. Eu fiquei rígido.

Não me movi.

Não respirei enquanto os lábios dela ficaram lá, só por um segundo.

— Eu, é... — Lina enfim se afastou —, é melhor eu ir. Obrigada de novo.

Assenti e a observei sair do carro. Ainda sentia seus lábios na minha pele, o calor do seu fôlego. Ou havia algo muito errado comigo ou ela tinha poderes mágicos, porque não havia nada que eu quisesse mais do que sair correndo do carro, puxá-la para os meus braços e beijar aquela garota como ela merecia ser beijada.

Mas que merda eu sabia sobre garotas iguais a ela? Garotas tão meigas, puras e inocentes que, quando a gente olhava para elas, queria se afagar na luz que emanavam.

Nada.

Eu não sabia nada.

É por isso que não saí do carro. Por isso que observei, igual a um tarado no escuro, enquanto ela entrava no dormitório.

Por isso que cinco minutos depois, quando ela já tinha entrado e tudo havia ficado em silêncio de novo, eu ainda estava ali.

Uma risada estrangulada se derramou dos meus lábios, me puxando de volta para a realidade com um baque poderoso. Eu estava enlouquecendo, e por causa de uma garota. Uma garota que não deveria ficar com um cara igual a mim.

Engatei a ré, fiz um U e disparei. Estava tarde, mas a noite ainda era uma criança.

E eu precisava queimar um pouco de energia.

PRÍNCIPE DE COPAS

— Não esperava te ver aqui hoje. — Meu primo e um dos meus melhores amigos, Enzo, veio na minha direção.

— Foi uma noite esquisita pra cacete. Pensei em passar e ver quem está no ringue. — Meus olhos se desviaram paro o lugar onde dois caras davam uma surra um no outro. Pessoas gritavam e berravam a cada osso quebrado, a cada gemido de dor. O cheiro de sangue e suor perdurava no ar, evocando a inquietude dentro de mim.

Enzo franziu as sobrancelhas.

— Bailey está te causando problemas de novo?

— Bailey é um bom garoto.

— Ele é um verdadeiro perigo, porra. — Meu primo deu um gole na cerveja e encarou a multidão.

— Ele é da família.

— Eu sou da porra da família, e não vejo você sair correndo para livrar a minha cara a cada cinco segundos.

— Você sabe que eu cuido de você. — Meus olhos deslizam para os dele, estreitados.

— O que ele arrumou dessa vez?

— Não foi o Bailey, foi...

Enzo inclinou a cabeça, me estudando daquele jeito frio e calculista dele.

— Que merda que te deu?

— Tinha uma garota. — Soltei um longo suspiro e cocei o queixo.

— Uma garota? Que garota? — sibilou as palavras.

— Ei, Nicco, você não...

Enzo cortou nosso outro primo, Matteo, que abria um sorriso de "eu acabei de dar uma enquanto passava por nós.

— Nicco estava me contando sobre a garota que o deixou do avesso.

— Ela não... — Olhei feio para Enzo. — Não foi isso. Ela estava fugindo de alguém. Só aconteceu de eu e Bailey estarmos lá.

— Fugindo de alguém? — Matteo perguntou de novo, para esclarecer.

— Porra, não sei. A meia-calça dela estava toda rasgada e os joelhos ralados.

— Você não ligou para a segurança do campus?

l. a. cotton

— Ela não quis que a gente ligasse, pediu para levá-la de lá.

— E não me diga que você fez isso? — Enzo estalou a língua.

— O que eu deveria fazer? Deixar a menina lá? Ela estava apavorada. Era caloura.

— Não é problema seu, porra. — Ele deu de ombros.

— Você é insensível pra caralho, E — Matteo disse, com os lábios franzidos de desaprovação. — Para onde você levou a menina?

— Para a minha casa.

Matteo assentiu. Ele era o melhor de nós. Enzo era frio e cruel. Usava as mulheres para sexo e as jogava fora como se não fossem nada. Às vezes, eu me perguntava se o cara sequer tinha coração. Mas ele era leal. Leal pra caralho. O tipo de cara que você queria ao seu lado quando tudo fosse para o inferno. Matteo era diferente. Ainda havia bem nele. Talvez fosse influência da mãe e da irmã. Ele tinha quem lembrasse a ele de ser bom e compassivo. Tinha pessoas que o amavam.

Enzo era sombrio como a noite, e Matteo era um raio de sol em um dia chuvoso.

E eu?

Entorpecido pra caralho.

Preso no purgatório, esperando pelo dia em que o destino reclamaria a minha alma.

— Você perdeu a porra do juízo? — Enzo olhou feio para mim. — Você levou uma completa desconhecida para o seu apartamento?

— Eu não sabia mais o que fazer. — A mentira amargou a minha língua. A verdade era um nó imenso no meu estômago.

Porque meu primo tinha razão.

Havia centenas de coisas que eu poderia ter feito com Lina. Eu poderia ter arrastado a garota até a segurança do campus ou deixado Bailey levá-la para algum lugar. Poderia ter ido a um *drive thru* que ficava aberto até tarde da noite e comprado um refrigerante para ela e algo para comer e aí lavar as minhas mãos.

Mas não fiz isso.

Dei uma única olhada naqueles lagos escuros de mel aterrorizados e quis reconfortá-la.

Foi desarmante o jeito como ela me enfeitiçou por completo.

Para não mencionar ter me tirado totalmente do prumo.

— Nicco, meu jovem. — Jimmy, o dono do L'Anello's, se aproximou de nós.

PRÍNCIPE DE COPAS

— E aí, Jimmy. — Apertei a sua mão. — Como está a luta?

Um sorrisinho repuxou os lábios dele.

— Melhor agora que você está aqui. Quer que eu arranje uma para você?

— Nicco, não é uma boa ideia — Matteo sussurrou.

— É. — Dei um passo adiante, esticando o pescoço de um lado para o outro. Adrenalina disparou por mim. — Quero, sim.

Juro que cifrões apareceram nos olhos dele.

— Os clientes andam perguntando quando o Príncipe de Copas vai fazer outra aparição.

— Não me venha com essa merda de novo — resmunguei.

— Príncipe sem coração não teria o mesmo apelo, e fica mais sonoro usar o naipe do baralho. — Uma risada profunda ribombou no peito de Jimmy.

— Dá o fora daqui, velho — resmunguei. — Antes que eu mude de ideia.

Jimmy deu uma piscadinha antes de sumir em meio à multidão.

— Príncipe de Copas é o caralho. — Enzo bateu a cerveja na mesa.

— Você só está com ciúme por não ter um nome artístico. — Matteo abriu um sorriso.

— Palhaçada — nosso primo resmungou.

— É só um apelido. — Um apelido idiota que Jimmy me deu na primeira vez que pisei no ringue, quando era um garotinho convencido de dezesseis anos. Eu não precisava de um nome; todo mundo já sabia quem eu era. Mas as pessoas gostavam de um espetáculo, e Jimmy de tirar uma com a minha cara.

Ele captou o meu olhar do outro lado do porão e fez joinha.

— É a minha deixa — falei para os meus amigos. Meus irmãos em todos os sentidos que contava.

— Você não tem que provar nada — Matteo disse. — Diga para ele, Enzo. Fala que ele não precisa fazer isso.

— Como se ele fosse dar ouvidos.

— Acho fofo você se importar. — Abri um sorriso presunçoso para Matteo. — Mas eu preciso.

— Você poderia só ligar para a Rayna e pedir para ela aparecer aqui — Enzo sugeriu.

E em qualquer outra noite eu teria feito isso.

Mas não nessa.

Nessa, eu precisava ferir.

Precisava ferir até aquilo passar.

Até *ela* passar.

24   l. a. cotton

Arianne

— Puta merda. — Meus olhos se arregalaram quando notei Nora me encarando. — Nada esquisita, né?

— Desculpa, é só que eu tenho uma reunião às dez, e você estava apagada. E como quando você chegou, eu já estava dormindo, eu queria... — Ela deixou no ar.

— Você queria saber todos os detalhes sórdidos. — Suspirei, trêmula, e apertei o lençol.

— Ari, o que foi? — Preocupação invadiu seus traços. — O que houve?

Eu me sentei e pressionei as costas no travesseiro.

— Foi tudo bem. Tipo, não senti nenhuma fagulha nem nada, mas Scott foi educado. Depois do jantar, me levou para uma festa e as coisas foram ladeira abaixo.

— Ladeira abaixo? — Ela franziu a testa.

— Eu queria ir embora. Ele estava bêbado, então eu vim dirigindo e aí ele... — As palavras ficaram presas na minha garganta enquanto eu me lembrava dos dedos dele agarrando as minhas coxas, do fôlego quente no meu rosto.

— Ari? — A voz de Nora ficou embargada. — O que ele fez?

— N-nada. — Suspirei, abafando a lembrança dos dedos dele cravando na minha pele. — Eu consegui sair antes que ele...

— Eu vou matar aquele cara. — Ela saltou de pé. — Eu vou matar o filho da puta.

— Nora, calma.

— Calma? — Os olhos dela quase saíram das órbitas. — Ah, eu vou ficar calma. Depois que ligar para o seu pai e contar...

— Não. — Fiquei de joelhos, estremecendo quando a pele ferida roçou o lençol, e saí da cama. — Você não pode ligar para o meu pai.

— Eu posso, sim — ela disse entre dentes.

PRÍNCIPE DE COPAS

— Nora, pare para pensar. Scott é praticamente da família. Ele é melhor amigo do Tristan. E eu não sou ninguém.

Ela franziu as sobrancelhas ao ouvir aquilo.

— Você é alguém.

— Eu sei e você também, mas todo mundo aqui acha que eu sou só uma caloura da Montague. Além do mais, se meu pai pensar ao menos por um segundo que estou em perigo, ele vai me arrancar daqui mais rápido do que eu consigo dizer não. — Se ele acreditar em mim. Aos olhos dele, Scott é um bom homem. Um membro honrado da sociedade.

— Então, o que você fez?

— Eu… eu consegui escapar e vim direto para cá. — Eu me encolhi. As mentiras se empilhavam ao meu redor.

Não sei por que me senti tão culpada por não dizer meu nome verdadeiro para o Nicco ontem. Afinal de contas, era como pensavam que eu me chamava. Eu estava ali sob falsos pretextos, uma condição para o meu pai deixar eu me matricular na UM. Eu era preciosa demais, importante demais, para usar meu nome de verdade. Então, para todos os efeitos, eu era Lina Rossi, amiga dos Capizola.

Eu não queria mentir. Não era do meu feitio. Mas algumas mentiras valiam a pena.

Algumas mentiras significavam a minha liberdade.

Passei tanto tempo trancada na propriedade da família, dias solitários observando o mundo além da janela do meu quarto. Quando eu era novinha, sonhava com frequência com um príncipe bonito indo me resgatar; me levar para longe da minha prisão. Nora disse que era meu romantismo, mas, tendo tanto tempo para sonhar acordada, ler era minha única escapatória. Só que eu não era mais prisioneira. Enfim tinha conseguido um pouco de liberdade e não ia deixar Scott Fascini, ou qualquer outra pessoa, arruinar isso.

Nora me avaliou, um pouco da raiva tinha diminuído.

— Você tem razão, vai ser a desculpa de que ele precisa para te tirar essa experiência antes mesmo de ela começar. — Ela se largou na cama, derrotada. — Mas o que você vai fazer quanto ao Scott?

— Nada. — Engoli o vômito que subiu para a minha garganta. — Não vou fazer nada. Tristan e Scott são veteranos. Vão estar ocupados com o time de futebol americano e as aulas. Posso evitar o cara com facilidade.

— Não estou gostando nada disso, Ari. Ele tentou… — Culpa lampejou em seus olhos.

— Não é culpa sua. Tomara que Scott perceba que não sou o tipo de garota que quer dar uns pegar no banco de trás do carro dele, e acabe se concentrando em outra coisa.

— Fiquei sabendo que ele estava pegando a Carmen Medina nas férias.

— Viu? Talvez eles voltem. — Eu só podia torcer.

Carmen e Scott tinham um passado. Um passado bagunçado e colorido. Ela também era amiga da família, mas nunca cheguei a ter intimidade com a garota. Como era com quase todo mundo na minha vida: apenas conhecidos. Sabia da vida deles e da família, mas eles não me conheciam de verdade.

Não tinham permissão.

Eu era a garota que observava, sempre de longe, nunca sob os holofotes.

Bem naquele momento, uma batida na porta nos assustou. Nora franziu a testa e olhou para lá.

— Está esperando alguém? — Fiz que não, e ela foi olhar pelo olho mágico. — Só pode ser sacanagem.

— Quem é?

— Scott. — Ela meio que suspirou, meio que rosnou.

— Vou falar com ele. — Eu me preparei, peguei um agasalho e o vesti por cima da blusa fina do pijama.

— Tem certeza? Não estou gostando disso. — Minha melhor amiga mordiscou o polegar enquanto olhava de mim para a porta.

— Está tudo bem. Talvez ele tenha vindo se desculpar.

Respirei fundo, abri a porta e olhei direto para o cara que eu conhecia havia quase tanto tempo quanto Nora.

— Scott — falei, inexpressiva.

— Oi, Lina. Só vim trazer isso, você deixou no meu carro ontem. — Ele empurrou a bolsa para mim e eu estreitei os olhos.

— Só isso que você veio fazer aqui? — Raiva disparou pelo meu corpo. Ele estava agindo como se nada tivesse acontecido. Sorrindo para mim daquele seu jeito simpático.

— Precisa de mais alguma coisa? — Ele virou o jogo e um sorrisinho descarado dos mais discretos curvou o canto de sua boca.

— Não, estou de boa.

Os olhos dele foram para o meu peito e puxei o zíper mais alto, reprimindo um tremor.

— Acho que a gente se vê por aí. Bem-vinda à UM. — Ele me lançou

PRÍNCIPE DE COPAS

um sorrisinho malandro antes de dar meia-volta e sair, como se não tivesse tentado me forçar a algo na noite anterior.

Como se tudo tivesse sido um sonho.

Mas eu estava bem acordada e tinha joelhos ralados para provar.

— Que merda foi essa? — Nora perguntou quando fechei a porta, agarrando a bolsa junto ao peito, com raiva irradiando de cada centímetro de mim.

Como ele tinha coragem?

Como ele tinha coragem de agir como se nada tivesse acontecido?

— Ele sabe que eu não vou falar nada.

Nora fez som de vômito.

— Tristan iria...

— Será? — Arqueei a sobrancelha. — Você sabe tão bem quanto eu que os dois são praticamente realeza da Montague.

Scott não se desculpou porque não precisava se desculpar. O cara estava acostumado com garotas se jogando aos pés dele. Reconhecer que o rejeitei seria um golpe duro na sua reputação. Além do que, ninguém jamais acreditaria que eu fiz isso.

— Palhaçada, você sabe, né? — Deus, eu amava Nora. Era a garota que eu precisava do meu lado se quisesse sobreviver à UM. Eu estava tão animada para vir para cá, para escapar da minha prisão entre quatro paredes... e tinha subestimado o quanto seria difícil.

— Não se preocupe comigo — abri um sorriso amarelo para ela —, eu consigo lidar com isso.

Tinha que conseguir.

Porque a alternativa — contar ao meu pai — não era uma opção. Nem nunca seria.

Ela se encheu de orgulho.

— Porra, consegue mesmo. Só espere, Ari, e verá. Esse ano vai ser incrível. A começar pela festa de hoje à noite.

— Festa? — Meu estômago revirou. — Não sei se...

— Ah, nem fodendo — ela sorriu —, perdemos toda a calourada. Então nada de desculpas. A gente vai e vai se divertir. Já passou da hora.

Divertir.

Revirei a palavra pela língua. Era desconhecida. Cheia de promessas e de possibilidades.

Era a minha vida agora.

E Nora tinha razão, já tinha passado da hora.

O campus da Montague era lindo. Uma mistura de arquitetura gótica e edifícios de pedra espalhados ao redor de uma tela de folhas vermelhas dos bordos e dos carvalhos. Gramados cuidados à perfeição e pinheiros preenchiam os espaços vazios. Mas o destaque ficava para a capela de São Lourenço, erguendo-se orgulhosa no coração do campus, com a torre do sino com seus arcos pontudos e intricados.

— A vista nunca enjoa. — Nora soltou um suspiro satisfeito. Ir estudar lá tinha sido uma bênção para ela tanto quanto para mim. A família de Nora, os Abato, trabalha para a minha há gerações. O pai dela era motorista do meu, e a mãe, nossa governanta. Eles moravam em um chalé na nossa propriedade. Além da família mais próxima, Nora e o irmão, Giovanni, eram os únicos amigos que eu tinha para brincar quando criança. Passávamos os verões explorando os arredores, descobrindo jeitos novos de escapar do perímetro. Ajudava o fato de ter um córrego nos fundos da propriedade que fluía para o rio Blackstone. A gente costumava ir lá para pescar ou para pôr os pés na água gelada.

Nunca vi Nora como alguém inferior a mim, e ela nunca me olhou como se eu fosse mais importante que ela. Éramos melhores amigas. E quando minha mãe enfim convenceu meu pai a me deixar frequentar a Montague, acho que ambos ficaram aliviados por eu querer Nora ao meu lado. Claro, como benfeitor da universidade, Roberto Capizola foi capaz de mexer os pauzinhos não só para conseguir uma vaga para Nora lá, mas para fazer a filha e a melhor amiga serem postas no mesmo alojamento.

— Você está com fome? — Nora se virou para mim.

— Nossa, sim. Que tal a gente ir ver qual é a daquela cafeteria?

— Você leu os meus pensamentos. — Ela engachou o braço no meu enquanto caminhávamos na direção da União dos Estudantes.

— Está ansiosa com as aulas?

— Bastante. Faz muito tempo que não me sento em uma sala de aula.

— Como eu te disse mil vezes, não perdeu muita coisa. — Nora abriu um sorriso. — Não acredito que a gente só faz uma aula juntas. — Ela apoiou a cabeça no meu ombro.

— Você vai sobreviver. — Eu ri. — Mal posso esperar por Introdução à Filosofia com o professor Mandrake. Ele é um dos melhores da área.

— E é por isso que só fazemos uma aula juntas. Eu gosto de ter respostas para as minhas perguntas.

— Porque Sociologia da Fama é muito mais legal. — Revirei os olhos.

— Cada um com seu cada um.

— Pois é. — Nossa risada preencheu o ar, e eu tirei um tempinho para apreciar esse momento.

Eu. Nora. Uma riqueza de possibilidades diante de nós. Talvez eu não pudesse ser eu mesma ali, mas ainda conseguiria me refastelar no ar fresco; no conhecimento de que, pela primeira vez na vida, eu estava livre.

— O que foi? — Com as sobrancelhas franzidas, Nora se afastou para me olhar.

— Nada. — Meus lábios se contorceram.

— Finalmente está entrando no clima, né?

Dei um leve aceno de cabeça enquanto absorvíamos tudo aquilo.

— Vem — ela falou, pegando minha mão. — Posso ser sua amiga muito mais pobre, mas acho que consigo pagar um café para a gente.

Entramos na cafeteria e fomos recebidas por um mar de estudantes.

— Nossa — Nora suspirou. — Está... lotada.

— Não tem problema. — Esquadrinhei o salão. — Vou procurar uma mesa e você faz o pedido?

— Claro.

Ela entrou na fila, e eu fiquei parada lá, enraizada onde estava. Havia tanta gente. Amigos conversando, tentando chamar a atenção. Casais se beijando entre bolinhos e cafés. Respirei bem fundo e me concentrei na tarefa que tinha pela frente quando uma voz profunda falou:

— Lina, é você?

Vi Tristan do outro lado do salão, sentado com umas pessoas. Jogadores de futebol, se as camisas fossem algum indício. Ele acenou para eu me aproximar, e eu fui.

— É você. — Ele se levantou, esperando que eu chegasse à mesa. — Pessoal, essa é a minha amiga, Lina Rossi. Lina, pessoal.

Caramba, ele era bom nisso. As mentiras. A fachada.

Um resmungou de "ois" soou ao meu redor enquanto eu erguia a mão e dava um aceno tímido. Reconheci alguns dos caras, colegas de time de Tristan, mas não as meninas. Uma me olhou da cabeça aos pés enquanto puxava meu primo de volta para se sentar ao lado dela.

— Eu sou a Sofia.

— Lina.

Ela estreitou o olhar.

— Caloura?

Assenti, ciente de que todo mundo observava aquela conversa esquisita.

— Ah, você deve conhecer a Emília — ela apontou com a cabeça para a menina bonita ao seu lado —, ela também é caloura.

— Você é a mesma Lina com quem o Scott saiu ontem? — Emilia perguntou, com inveja brilhando no olhar.

Calor fluiu para as minhas bochechas.

— Eu...

— Pode recolher as garras, Em. — Scott apareceu, um pouco ofegante. Ele passou a mão pelo cabelo louro e me lançou um sorriso simpático. — Lina é uma amiga — ele falou sem nem gaguejar —, e eu queria receber bem a garota.

— Aposto que conseguiu — Sofia e a amiga debocharam.

— Pode parar, gata. — Tristan olhou feio para ela. — Lina vem de uma boa família. — Ele me lançou uma piscadinha.

Ninguém falou mais nada. Mas não foi nenhuma surpresa. Não era a primeira vez que eu via meu primo exercer sua posição como o sobrinho mais velho preferido do meu pai.

— Quer que eu pegue uma bebida para você? — ele perguntou, com os olhos me perguntando mais coisas em silêncio.

Eu estava bem?

Precisava de alguma coisa?

— Nora está na fila.

— Nora e Lina? — As sobrancelhas perfeitas de Sofia se franziram em deboche. — Que fofo.

Emilia disfarçou o descaso, e eu quis que o chão se abrisse e me engolisse.

— Não precisa ser escrota, gata.

Sofia ignorou o aviso de Tristan e se aproximou ainda mais dele para sussurrar algo em seu ouvido. Meu primo soltou o fôlego e desejo nublou seus olhos.

PRÍNCIPE DE COPAS

Eu já tinha observado homens o bastante para saber quando estavam bêbados, com raiva ou, no caso, com tesão. Eu já desgostava da garota bonita ao lado dele, mas não podia negar que invejava o modo como ela lidou com o meu primo. Como usou de destreza feminina para comandar a atenção dele e distraí-lo da presente situação.

Eu.

— A gente se fala depois — falei, já saindo antes que Tristan pudesse dizer qualquer coisa. Scott capturou o meu olhar quando me virei para encontrar uma mesa, mas eu nem titubeei.

Eu não tinha nada para dizer a ele.

Nada de bom, pelo menos.

Um casal se levantou, vagando a mesa. Me acomodei no assento de couro macio e procurei Nora na fila. Ela havia sido atendida, graças a Deus. Ver Tristan e Scott tinha me deixado agoniada. Ou talvez tenha sido o modo como Sofia e Emilia reagiram a mim. Seja o que fosse, meu bom-humor estava começando a ir embora.

— Aqui está, um cappuccino de caramelo com chantili extra.

— Você é incrível. — Abri um sorriso cálido para a minha amiga enquanto ela colocava um copo alto na minha frente.

— Eu vi que o babaca está aqui.

— Nora! — Quase me engasguei com o café.

— O que foi? Ele merece. Quem é a garota? — Ela os relanceou com discrição.

— É a Sofia, o rolo mais recente de Tristan. — Meu primo era playboy, mas ele podia. Não era o herdeiro do império Capizola.

Eu era.

Ele podia jogar futebol americano e frequentar a faculdade. Sair com meninas bonitas e se embebedar nas festas.

Ele podia ter a vida que deveria ter sido minha. E embora eu o amasse como a um irmão, uma partezinha de mim o odiava por isso.

— Se a garota pensa que ele vai ficar muito tempo com ela, está redondamente enganada.

Dei de ombros.

— Elas querem domar o cara. — E nunca conseguiam.

— Não consigo entender — Nora murmurou —, essa coisa toda de domar o cara problemático.

— É porque você não é de ler romances. — Agitei as sobrancelhas.

— Ah, faça-me o favor. Não me diz que você engole essa?

— Não sei. — Eu me recostei e passei o dedo pelo copo. — Há certa poesia sobre o herói sofrido e a mocinha que salva a alma dele. — Olhos escuros intensos preenchem meus pensamentos.

Os olhos de Nicco.

Ele era taciturno e misterioso o suficiente para rivalizar com os mocinhos dos meus livros preferidos.

— Você precisa sair mais.

— Ei! — reclamei, e Nora me deu língua, rindo de sacudir os ombros.

— Seria um bom jeito de dar o troco no seu pai. Imagina se você vai para casa com alguém como... — Os olhos dela percorreram a cafeteria e pousaram em dois caras perto do balcão. — Ele.

Como se a tivesse ouvido, um dos caras olhou na nossa direção, o olhar frio me causou arrepios.

— Santa Mãe de Deus, ele está olhando para cá.

Havia só um jeito de descrever aquilo. Ele não estava olhando para a gente. Ele encarava com tanta intensidade que o ar sumiu dos meus pulmões.

— Misterioso e emburrado demais para o meu gosto. — Nora pôs fim à guerra de encarada entre nós e o estranho.

Pisquei para ela.

— É, ele está em outro patamar. Enfim, não é como se eu pudesse sair com alguém — resmunguei. Me deixar frequentar a UM era uma coisa, mas se meu pai descobrisse que eu estava namorando... estremeci só de pensar.

— Você pode fazer qualquer coisa agora — Nora disse ao olhar ao redor com um sorriso travesso. — Só precisa ser criativa.

— Tipo a festa de hoje?

— Isso mesmo. Agora, tente não se meter em encrenca enquanto eu vou à minha reunião. A gente se fala depois, e aí poderemos nos soltar. — O sorriso travesso dela se alargou, e eu não pude deixar de me perguntar em que estava me metendo.

— Está alto! — gritei por cima da música que pulsava por mim, me

PRÍNCIPE DE COPAS

deixando meio enjoada. Ou talvez fosse a bebida que Nora tinha insistido para que eu tomasse. Agarrei o copo vermelho como se ele fosse uma âncora, e a segui em meio ao mar de corpos.

— Claro que está, é uma festa. — Nora rebolou.

Minha melhor amiga era animada, o estereótipo da caloura festeira. Mais cedo, quando ela saiu do nosso banheiro usando um vestido justíssimo com um decote profundo nas costas que esculpia suas curvas generosas, apenas ergui as sobrancelhas. E aí olhei para mim mesma, me lembrando de que aquela experiência não era nova só para mim, era para Nora também. Uma que ela jamais pensou que poderia ter. Mas isso não me fez largar a modéstia. Depois do que rolou com Scott, pensar em vestir algo além de jeans e blusa soltinha não era opção. Mas deixei Nora arrumar o meu cabelo que caía ao redor do meu rosto em ondas suaves, mal tocando a minha nuca.

Eu adorei.

— Ah, eu amo essa música. — Nora me pegou pela mão e me puxou para a pista de dança improvisada. Ela virou o resto da bebida, jogou o copo fora e começou a se remexer e a rebolar, com as mãos fazendo gestos no ar. — Anda — articulou com os lábios enquanto eu estava parada lá. Um peixe fora d'água.

Era só uma festa.

Já estive nelas antes. Mas Tristan sempre ficava de olho na gente. Ele não nos deixava beber nem dançar com os caras.

Mas Tristan não estava ali naquele momento.

— Vem, por favor. — Minha melhor amiga fez vem cá com o dedo.

— Tá — articulei com os lábios, e procurei um lugar para deixar a bebida. Encontrei uma mesa e fui em linha reta até ela, até ser interrompida por dois caras. Eles não me viram, ocupados demais mexendo no celular.

— Humm, licença... — falei baixinho, tentando me desviar deles.

— Espera aí, gatinha — uma voz grossa falou, e eu olhei para cima e vi dois olhos vagamente familiares me encarando.

— Deixa, Enzo — o outro disse ao colocar o telefone no bolso e finalmente me dar atenção. — Lina? — Ele fez uma cara estranha.

Era ele.

O cara de ontem.

— Oi, Nicco. — Eu sorri, e uma sensação esquisita fincou raiz no meu peito.

34   l. a. cotton

— Vocês se conhecem? — Descrença escorreu das palavras do cara.

— Nós, é... temos um amigo em comum.

Temos?

Lancei um olhar curioso para ele, mas Nicco desviou.

— Qual é cara — ele resmungou —, essa festa está uma merda. Vamos lá para o L'Anello's.

— Porra, as bocetas de lá são bem melhores.

Meus lábios se abriram com o arquejo enquanto eu levava a mão ao pescoço. Nicco olhou nos meus olhos e eu fiquei hipnotizada. Um segundo se passou, o ar estalava entre nós.

— Foi um prazer te... — comecei, mas Enzo passou um braço pelos ombros de Nicco e o levou embora.

Nem um tchau.

Nem um tudo bem.

Nada.

Só senti desalento.

— Ei, o que foi? — Nora cutucou o meu ombro. — Era o cara da cafeteria? — Ela apontou a cabeça para o lugar por onde Nicco e o amigo sumiram no fluxo de pessoas indo e vindo.

— Eu... era?

— Parecia ele. Difícil esquecer aquele rosto. O amigo dele também não era de se jogar fora, aliás.

— Safada — respondi, tentando me esquivar da pergunta e me dar a oportunidade de recuperar o fôlego. Para tentar entender o que tinha acabado de acontecer.

— Ei, estamos na faculdade, e eu estou mais do que pronta para aproveitar tudo.

— Não foi você que me disse hoje mais cedo que misterioso e emburrado não era muito o seu tipo?

— Não é, mas isso não quer dizer que eu não queira uma provinha para decidir.

— Quem é você e o que você fez com Nora Abato?

— Sou jovem, livre e desimpedida, estou pronta para me envolver. — A risada dela era contagiosa, o humor parecia um raio de sol em um dia de verão. Eu queria me refastelar nele. Deixar a felicidade dela eclipsar os cantos mais sombrios da minha mente.

Eu queria esquecer.

PRÍNCIPE DE COPAS

Scott.

As expectativas do meu pai e o futuro que me aguardava.

A conexão esquisita que havia entre Nicco e eu.

A quem eu queria enganar? Não havia nada entre nós dois. O cara só estava no lugar certo na hora certa.

Então por que ele mentiu sobre mim para o amigo?

E por que toda vez que eu fechava meus olhos, via o rosto dele?

Nicco

Ela estava ali.

Lina.

Eu tinha ficado tão surpreso por vê-la na festa que congelei. Bem, e também porque não queria que Enzo concluísse que ela era a garota de ontem à noite.

— Ei, o que deu em você? Por que está todo esquisito?

Olhei para a casa.

— Talvez a gente devesse ficar por aqui. Só no caso de surgir algum problema.

Que merda eu estava dizendo?

— Problema? É uma festa universitária. Esses caras não arranjariam problema nem se você arriasse as calças deles e prendesse alguma coisa no pau de cada um.

Estreitei o olhar.

Ela ainda estava lá dentro.

Por que ela estava lá dentro depois do que aconteceu ontem à noite?

— Tem certeza de que está tudo bem? Você está agindo estranho.

— Só estou agitado.

— Ainda? Pensei que a luta no Domenico ontem tinha te ajudado a relaxar. O cara ficou zoado.

Olhei os nós dos meus dedos e senti a picada de dor quando os abri e fechei, vendo a pele sensível se esticar e contrair acima do osso machucado. Enzo estava certo. Eu havia ido à forra no Dom, e tinha ajudado. Até eu me ver olhando dentro daqueles olhos escuros de novo.

O apito no celular dele interrompeu meus pensamentos.

— É o Matteo — disse. — Ele vai encontrar a gente no L'Anello's.

O desânimo apareceu no meu rosto, e Enzo debochou:

— Você não vai pro L'Anello's, né? — Seu olhar gelado me atravessou.

PRÍNCIPE DE COPAS 37

— Vai você. Diga ao Matt que mandei oi. A gente se fala amanhã.

— Você vai voltar para lá? — Ele apontou a cabeça para a casa.

— Nada, cara. — Abri um sorriso simpático para ele, disfarçando a esquisitice. — Vou andar de modo, clarear as ideias.

— Ah, tá, foda-se. — Enzo deu de ombros e soltou um suspiro exasperado. — Não faça nada do que eu não faria. — Foram suas palavras de despedida ao atravessar a rua, indo até o carro.

Enzo nunca estacionava perto dos outros. Aquele era um dos seus bens mais valiosos, e também a pistola Saw Handle Derringer original de 1886. Meu primo tinha três grandes amores: carros restaurados, mulheres gostosas e armas raras.

Fui para a moto e esperei. Quando as luzes do GTO desapareceram, dei a volta na casa, puxei o capuz do casaco e entrei. O lugar estava lotado de estudantes bêbados, doidos para se soltar e mandar ver. Corpos se emaranhavam no meio da sala, trocando beijos e toques. O ar estava cheio de luxúria e desejo.

Não me levou muito tempo para encontrá-la.

Lina e a amiga estavam no mesmo lugar que a deixei minutos antes. Só que agora havia um grupo de caras ao redor delas, parecendo uma alcateia prestes a atacar. Fiz hora perto da parede, nas sombras, observando Lina tentar dar um fora em um babaca com um péssimo gosto para roupas e um pior ainda para penteados. A amiga não estava jogando muito duro, e deixou um dos caras a puxar para dançar. Em um piscar de olhos, ele estava com a língua dentro da boca da garota. Os olhos de Lina se arregalaram enquanto ela ficou parada ali, boquiaberta. O babaca tentou outra jogada, encurralando-a em um canto escuro. Antes que eu pudesse me impedir, fui até eles e agarrei o cara pela blusa.

— É melhor você dar o fora — rosnei.

Ele se virou, com indignação ardendo no olhar.

— Quem você pensa… — Ele se engasgou com as próprias palavras e sangue foi drenado de seu rosto quando lhe lancei um olhar fulminante.

— É, eu… foi mal, cara. — Ele quase tropeçou nos próprios pés ao tentar escapar, sem nem dar uma última olhada na direção de Lina.

— O que foi isso? — Lina estava bem na minha frente, me olhando feio.

— Eu estava te salvando, de novo.

Ela revirou os olhos.

— Eu poderia ter cuidado do assunto.

l. a. cotton

— E parece que conseguiu, Bambolina. — A palavra escapuliu dos meus lábios sem aviso nenhum.

— Boneca? — Os olhos dela se acenderam de irritação. — Você não pode me chamar assim.

— Acabei de chamar. — Dei de ombros. Não era uma palavra que eu nunca havia usado, mas combinava perfeitamente com ela. A garota era pequena e delicada, com pele e lábios perfeitos, e olhos grandes demais para o seu rosto.

O fato de ela ter ficado puta com o apelido só deixou tudo ainda melhor.

— O que você quer, Nicco? — Ela soltou um suspiro profundo e olhou por cima do meu ombro para ver como a amiga estava.

— Você precisa tomar mais cuidado — falei, e uma possessividade estranha se arrastou por mim.

— Eu preciso tomar mais... nossa. Você acha que o que aconteceu ontem à noite foi culpa minha?

Decepção deu as caras em seu rosto e meu peito se apertou.

— Não foi o que eu quis dizer. — Que merda eu quis dizer? Ela não era minha. Eu não tinha direito de aparecer ali feito um touro bravo e lhe dizer o que fazer.

Uns caras passaram por nós, me forçando a chegar mais perto. O fôlego dela ficou preso quando minha mão foi parar na parede bem ao lado de sua cabeça.

— Por que você não disse ao seu amigo como nos conhecemos? — ela perguntou.

— Você falou de mim para a sua amiga?

Seus lábios formaram uma linha e ela balançou a cabeça de leve.

É, Bambolina, foi o que pensei.

— Então eu também sou seu segredinho sujo?

— Não faz isso. — Desaprovação nublou os seus olhos.

— Fazer o quê? — Inclinei-me para perto, incapaz de resistir ao aroma dela. Parecia algodão-doce com uma pitada de baunilha. — O que eu estou fazendo, Bambolina?

Ela inclinou o pescoço para olhar para mim.

— Brincando comigo. Não sou um brinquedo.

— Não, não é. — *Você é muito mais que isso.*

Eu sentia na minha alma.

Lina era encrenca.

PRÍNCIPE DE COPAS

Uma distração que eu não queria... *nem precisava.*

Ainda assim, ali estava eu, no meio de uma festa de faculdade, prendendo-a em uma parede, passando um sermão sobre segurança como se Deus tivesse me concedido o direito de protegê-la.

Fechei os olhos com força, puxei uma respiração trêmula, tentando clarear um pouco as ideias. Quando os abri, encontrei Lina me encarando. Jesus, o modo como ela me olhava... me desarmou por completo. Me fez querer coisas.

Coisas que eu não poderia ter.

— É melhor eu ir — falei.

— Ir? — Ela recuou, me olhando como se eu tivesse perdido a porra do juízo.

E me ocorreu que talvez fosse o caso.

— Isso, nós dois, não é uma boa ideia.

Ela arregalou os olhos.

— Há um nós agora?

— Eu... porra, não... só quis dizer...

— Nicco. — Ela sorriu e colocou um cacho atrás da orelha. — Está tudo bem, eu gosto de você também.

— Não deveria.

A expressão dela ficou desanimada.

— Entendi.

— Eu não sou um cara bonzinho, Lina, eu... — Passei a mão pelo rosto. — É complicado.

— Como diz todo cara que já andou por esta terra. — A risada baixa dela fez um raio ir direto para o meu coração endurecido.

— Se eu te pedisse para voltar para o dormitório, você voltaria?

— E deixar Nora para trás? — Ela fez careta. — Não vai rolar.

— Por favor? — O canto da minha boca se ergueu.

— É só uma festa. Acho que consigo me virar.

Deixei meu olhar vagar pelo seu corpo. Se a intenção com aquele modelito era o recato, ela não atingiu o objetivo. O jeans se agarrava aos seus quadris como uma segunda pele, e a blusa, mesmo de manga longa, era fina o suficiente para atrair meus olhos para o contorno de seu sutiã. Quando terminei minha avaliação e arrastei os olhos sem pressa alguma de volta para o seu rosto, ela estava corada, e eu com o pau a meio-mastro.

— Você tem ideia de que está gata pra caralho?

— Eu... — Lina engoliu em seco. Algo me dizia que não. Ela não estava ali para chamar atenção dos caras. Se eu tivesse que apostar, tinha ido pela amiga.

— Vou te levar para casa — falei.

— O-o quê?

— Você pode ir chamar a sua amiga ou eu posso te levar daqui carregada. Você escolhe, Bambolina, mas nós vamos embora. — Eu não tinha a intenção de que ela fosse embora comigo, mas era impossível resistir a brincar com ela. Aquilo me garantiu outra daquelas suas olhadas sonhadoras.

Ergui a sobrancelha.

— Estou esperando.

Ela soltou um bufo, revirou os olhos, se desviou de mim e foi em linha reta até a amiga. Lina não brincava em serviço e puxou o braço da amiga, pondo fim ao beijo. Elas tiveram uma discussão acalorada, o olhar de ambas se desviou para mim em mais de uma ocasião. Então Lina voltou.

— Ela não quer ir embora; ao que parece, Kaiden fez planos para que ela se divertisse mais tarde. — Ela revirou os olhos.

Eu sorri. Não pude evitar.

— É mesmo? — Cocei o queixo. — Tudo bem, vamos. — Peguei Lina pela mão, ignorando o disparo de eletricidade, e fui direto para a amiga dela.

— Vou levar sua amiga para casa — falei. — Você deveria vir com a gente.

— Mas o Kaiden quer...

— Ah... — Eu a interrompi, e olhei feio para o cara ao lado dela. — O que o Kaiden *quer*?

Os olhos dele se estreitaram e então se arregalaram em compreensão.

— Porra, cara, eu não sabia que você conhecia a Nora.

— Não conheço. Mas ela é amiga da minha... da Lina, e eu conheço a Lina. Então escuta, e com bastante atenção. Você vai levar a garota inteira para casa. Se eu souber que você pôs mesmo que um dedo errado nela, vou...

— Opa. — Ele jogou as mãos para cima. — Eu não sou idiota a esse ponto. Vou cuidar dela.

— É bom mesmo. — Cerrei a mandíbula.

— Você vai embora com ele? — Nora perguntou a Lina, que estava ao meu lado, com os olhos se alternando entre nós três.

— Acho que sim. Não curto muito essas festas. Mas fique, divirta-se com Kaiden. — Ela o encarou. — Machuque a minha amiga, e eu mato você.

— Porra. — Ele suspirou através de um sorriso tenso. — Vocês três são intensos.

PRÍNCIPE DE COPAS

— Relaxa, eu tenho spray de pimenta na bolsa. Estamos todos de boa. Pode ir. — Nora não olhava para mim, os olhos estavam fixos na amiga e diziam "não faça nada que eu não faria".

— Até mais tarde — Lina disse ao se inclinar para dar um abraço nela.

— Amanhã. — Nora riu. — Até amanhã. Não espere acordada.

Porra, em que merda eu me meti? Lina era fácil de ler, mas a amiga era completamente diferente.

— Estou de olho em você, Kai. — Sacudi o dedo na cara dele.

— É Kaiden — ele gaguejou.

— Foda-se, a gente está indo. — Apertei a mão de Lina enquanto a conduzia pela multidão. Eu sabia que havia acabado de declarar algo, pelo menos diante de Nora e Kaiden. Mas o semestre não tinha começado ainda e todo mundo estava bêbado ou chapado demais para reparar em nós.

Eu poderia levá-la para casa, me certificar de que estava em segurança e seguir com a minha vida.

— Não acredito que ela vai ficar com aquele cara — Lina comentou, assim que saímos.

— Por que você veio aqui hoje?

— Nora queria. Ela quer que a gente viva todas as experiências universitárias.

— Então é tão surpreendente assim ela estar lá com ele?

— Acho que não. — Lina olhou para baixo. E algo dentro de mim se contorceu. Não era para ela se acovardar, a garota deveria manter a cabeça erguida.

Eu não a conhecia, não de verdade. Mas a conhecia o bastante para saber que ela não era igual à maioria das garotas naquela festa. Ela tinha classe. Uma ingenuidade sedutora que era raro encontrar hoje em dia.

Em suma: Lina era especial.

Eu sentia.

Não queria, mas sentia.

— O que foi? — ela perguntou, e percebi que ela me olhava de novo, e eu a encarava como a porra de um idiota.

— Nada, vem. — Peguei sua mão de novo e a guiei até onde a minha moto estava estacionada. Eu a soltei, peguei o capacete e o estendi.

— Você quer que eu monte nessa arma?

Meus lábios se contorceram.

— Eu vou devagar.

— Não. Nem pensar.

— Você quer a experiência universitária completa, não é? Bem, suba, Bambolina.

— Nicco, não sei se...

— Olha — passei a mão pelo cabelo —, é uma caminhada de quase dois quilômetros até o seu dormitório, ou a gente pode ir de moto.

Os olhos dela percorreram o veículo, passando pela lataria polida até chegar ao guidão. Eu restaurei cada centímetro dela na oficina do meu tio, era meu orgulho e minha alegria. E nenhuma garota nunca esteve na minha garupa.

— Tudo bem. — Ela respirou bem fundo, e um leve brilho surgiu no seu olhar. — Mas promete que não vai correr.

— Prometo. Aqui. — Eu a ajudei a colocar o capacete. — Ficou bem em você. — *Até demais*, engoli as palavras.

Passei uma perna pela moto, me acomodei e olhei para Lina.

— Suba atrás de mim.

Ela estava fofa pra caralho parada lá, me encarando boquiaberta.

— Quando quiser — provoquei, lutando com um sorriso.

Desajeitada, Lina subiu, com cuidado para não chegar perto demais de mim. Mas eu estendi o braço para trás, segurei seu quadril e a puxei para o mais perto possível. Ela ficou ofegante, e meu coração se sobressaltou. Tudo bem, talvez essa ideia não tenha sido muito boa. A sensação dela era gostosa demais; as coxas me abraçando... as mãos espalmando a minha barriga.

Porra.

Eu não esperava que ela fosse agarrar a minha camiseta. Que a segurasse como se não tivesse a mínima intenção de soltar.

E eu não esperava gostar tanto.

Acionei o pedal de partida, e a moto rugiu sob nós. Lina soltou um gritinho animado quando fui para a rua. Eu não estava mentindo quando disse a Enzo que queria dar uma volta de moto para clarear as ideias. Mas agora que Lina estava na garupa, imaginei como seria pegar a via que levava para longe da cidade e entrar na rodovia. Quilômetros e quilômetros de estrada livre. Só eu. Minha moto. *E a minha garota.*

Mas Lina não era minha, mesmo que parte de mim quisesse que ela fosse. Algo lá no fundo já me fazia me sentir atado a ela. Protetor e possessivo. Não fazia sentido. Nada disso. E não era como se eu pudesse tomar uma atitude. Ela era boa demais para alguém como eu.

Em algum momento a meio caminho do dormitório, ela pressionou a bochecha nas minhas costas, me agarrando com força. Quase fiquei decepcionado quando enfim paramos no pequeno estacionamento nos fundos da

Casa Donatello. Não fui pela frente para evitar chamar atenção indesejada. Desliguei o motor e um silêncio carregado preencheu o espaço entre nós.

— Nossa, isso foi... uau. — Lina desceu da moto e tirou o capacete, em seguida agitou os cabelos. — Eu não fazia ideia de que podia ser tão revigorante. — Um sorriso lento surgiu em seu rosto. — Você precisa me levar para um passeio qualquer dia desses. Quer dizer... se você quiser.

Vergonha fez as bochechas dela corarem, e eu ri. Eu tinha uma piada pronta na ponta da língua, mas não quis estragar o momento.

— Você ficou bem na minha moto — falei, e fui sincero pra caralho.

— Obrigada pela carona.

Segurei o capacete junto ao peito e dei um breve aceno de cabeça.

— É melhor você entrar.

Meus olhos se desviaram para a porta.

— Acho que vou ter que ir lá para a frente.

— Sua chave abre as duas portas.

— Ah, certo. — Lina se balançou no salto das botas. Não consegui evitar que meus olhos vagassem pelo seu corpo de novo. Ela era tudo o que eu não nunca poderia ter. Tudo o que eu nunca quis.

Até o momento.

Engoli em seco e olhei nos olhos dela.

— Vá.

— Boa noite, Nicco. — Ela sorriu.

— Boa noite.

Ela não se moveu. Os olhos não me deixaram nem por um segundo. Devagar, se aproximou de mim e deslizou a mão pelo meu rosto.

— Obrigada por ir ao meu resgate de novo. — Havia brincadeira na voz dela.

— Sempre que precisar, Bambolina. — Abri um sorriso, que logo sumiu quando ela se inclinou e os lábios roçaram a minha bochecha. Ela hesitou apenas por um segundo, mas bastou para que eu virasse a cabeça e deixasse meus lábios deslizarem nos dela.

Puta. Erro. De. Iniciante.

No instante que senti o seu gosto, tudo mudou. Eu só conseguia pensar em puxá-la para a moto e devorá-la. O sabor dela era tão bom. Tão tentador.

Ela tinha gosto da minha ruína.

— Nicco. — Meu nome foi um sussurro contra os meus lábios quando passei a língua entre os dela. Minha mão deslizou em seu cabelo, ancorando-a a mim enquanto o beijo se aprofundava e ficava mais intenso. O corpo dela tremia, um gemido baixo se perdeu entre nós. Eu queria pintar a pele dela com os meus lábios, marcar cada centímetro dela. Aquele não era nem um beijo de verdade. Era rápido e cauteloso. Mas eu já sabia que queria mais.

Eu queria tudo que essa garota, essa *desconhecida*, pudesse dar.

— O que você está fazendo? — ela sussurrou quando eu parei, meus lábios pairando sobre os seus. — Nicco, o que…

Eu me afastei como se tivesse sido atingido por um raio.

— É melhor você entrar, Lina. Vou esperar até você estar lá dentro.

— Entendi. — Ela apertou os lábios enquanto recuava, colocando um milhão de quilômetros entre nós, e a amarra invisível entre a gente quase se rompeu. — Bem, acho que eu vou entrar, então. — Ela não hesitou dessa vez. Lina se afastou de mim com a cabeça erguida, sem nem olhar para trás.

Nada mais do que eu merecia, mas machucou mesmo assim.

Eu a desejava.

Eu desejava Lina como nunca desejei ninguém antes. Mas não poderia ser esse cara. Não poderia dar a ela amor, flores, e romance.

Eu não poderia ser o príncipe que ela merecia, porque a minha vida não era nenhum conto de fadas.

Eu era feito da mesma matéria de que eram feitos os pesadelos.

Arianne

— Boa noite? — Olhei Nora enquanto ela entrava no nosso quarto usando um agasalho grande demais da UM e os sapatos de ontem à noite.

— Ai. Meu. Deus. Foi o máximo. — Ela se jogou na cama com os braços estendidos e uma expressão sonhadora no rosto. — Acho que estou apaixonada.

— Pelo Kaiden?

— Pela língua dele. Sério, Ari, ele fez uma coisa...

— Epa, informação demais. — Minhas bochechas ficaram quentes, meu estômago se apertou. — Você passou a noite lá?

— Ele me levou café na cama. Dá para acreditar?

— Que... legal. — Pelo menos parecia algo legal de se fazer. Não era como se eu tivesse experiência. Eu mal já tinha sido beijada.

Nicco beijou você.

Tecnicamente, eu o beijei primeiro, mas, ainda assim, eu conseguia me lembrar vividamente da sensação dos seus lábios nos meus. A aspereza da barba na minha pele macia. O modo como os arrepios me percorreram, disparando em todas as direções. Estava gravado na minha mente.

Ele estava gravado na minha mente.

Infelizmente, o olhar arrependido de quando ele se afastou de mim também estava gravado lá.

Uma coisa era certa, Nicco me deixou desnorteada.

— Ari?

— Oi, desculpa.

— Eu estava falando do Kaiden, e você estava perdida em pensamentos. Por acaso não estaria pensando em um certo gostosão emburrado que praticamente te arrastou da festa, né? — Nora se apoiou nos cotovelos e sorriu para mim.

— Quem, o Nicco?

— Ah, ele tem nome. Nicco, você disse? Engraçado, porque os dois pareciam à vontade demais para serem meros conhecidos, e mesmo assim não te ouvi falar nada de nenhum Nicco. Desembucha.

— Não há o que desembuchar, na verdade. Ele me ajudou... naquela noite.

— Naquela noite? — Ela franziu as sobrancelhas. — Mas só estamos aqui há duas noites... não — ela arquejou. — Ele te ajudou no que rolou com o Scott? Mas você disse que veio direto para cá.

— Eu estava confusa.

— Super entendo você confusa por causa de um cara com aquela aparência.

— Nora!

— O quê? O cara é um gostoso. Se alto, misterioso e emburrado for o seu tipo, o que obviamente é.

— Ele é muito mandão.

— Então, o que aconteceu depois que você saiu da festa?

— Ele me deu carona... de moto.

— Meu pai do céu, ele tem moto? Isso multiplica a gostosura dele por dez.

— Você tem uma escala de gostosura?

— Não vem ao caso. — Nora revirou os olhos e se sentou ereta. — E aconteceu alguma coisa?

Tudo e nada, eu quis dizer.

O beijo tinha sido diferente de tudo o que eu já experimentei. Mas aí Nicco havia se afastado como se tivesse tomado um banho de água fria. Aquilo deixou um gosto amargo na minha boca. Ele havia sentido a química entre nós, e eu estava certa de que tinha sido o caso. Mas o cara ficou hesitante. E eu não podia deixar de me perguntar qual foi o problema.

— Ari... — Ela ergueu as sobrancelhas.

— A gente se beijou.

— Graças a Deus! — gritou de alegria.

— Sério?

— Ah, qual é. Nicco está caidinho por você e você seria muito boba se não quisesse uma provinha daquela delícia.

— Você faz a experiência parecer uma baixaria.

— É só sexo, Ari. Todo mundo faz.

— É, mas eu quero que a minha primeira vez seja certa.

— Odeio te decepcionar, mas as primeiras vezes geralmente são uma grande decepção. Toda a falta de jeito e a conversa estranha sobre camisinha, isso tudo para não demorar mais que cinco minutos, diga-se de passagem.

PRÍNCIPE DE COPAS

— Pelo menos você fez sexo.

Ela viveu todos os ritos de passagem da adolescência, ritos que foram roubados de mim: baile da escola, primeiros beijos, primeiro amasso, formatura, festa de formatura... *sexo* depois da festa de formatura.

— Vai rolar. Estamos na faculdade agora, o mundo é a sua ostra. — Ela me abriu um sorriso caloroso. — Ei, quem sabe, talvez o *Nicco* dê um jeito nesse seu problema.

— Dá pra parar? — Peguei uma almofada e atirei nela. Nora a pegou e caiu no colchão em um arroubo de risadas.

— Tudo bem, desculpa. — Ela enfim se acalmou. — E o que sabemos sobre ele?

— Ele está no segundo ano.

— E?

— Anda de moto e tem um primo chamado Bailey. Ah, e o melhor amigo dele é o cara da cafeteria.

— O cara de mais cedo, com olhos intensos e tatuado? Não brinca.

Assenti.

— Em que ele está se formando?

— Não sei. — Ok, então talvez eu não soubesse muita coisa de Nicco.

— Bem, ele é importante. Não viu como Kaiden quase se mijou quando Nicco mandou ele se comportar?

— Você não perguntou?

— A gente não conversou muito. — Nora sorriu.

— Você vai ver o cara de novo?

— Quem? Kaiden? Talvez. — Ela deu de ombros. — O sexo foi gostoso, mas eu não quero me amarrar a ninguém. Ainda estamos no primeiro semestre. E você? Vai ver o *Nicco* de novo?

A pergunta que não queria calar. Depois da despedida estranha de ontem, eu não sabia se ele ia me procurar de novo. Mas algo lá no fundo me dizia que nossos caminhos acabariam se cruzando em algum momento. E eu não podia negar que parte de mim torcia para que fosse mais cedo do que mais tarde.

No decorrer da manhã, praticamente me esqueci do beijo em Nicco. Praticamente.

Eu me vi procurando por ele, torcendo para vê-lo de passagem enquanto ia de prédio em prédio, de uma aula para a outra. Nora não parava de me mandar mensagem, me provocando por causa dele. Ela até perguntou se eu queria que mandasse mensagem para Kaiden para xeretar, mas eu disse que, se ela ousasse fazer isso, que eu ligaria para Gio e contaria as *atividades* de caloura da irmã mais nova. Ele poderia estar indo atrás de seu sonho de se tornar a próxima estrela do futebol americano, com todas as despesas pagas pela Universidade da Pensilvânia, mas ele era tremendamente protetor com Nora. Protetor o bastante para não pensar duas vezes antes de largar tudo e vir até Verona de carro se pensasse que a irmã estava metida em encrenca.

Era hora do almoço quando finalmente o vi. Eu tinha marcado com Nora no refeitório, onde a encontrei dando em cima de outro cara.

— Aí está você — falei, ao me aproximar deles. — Quase não te vi no meio de tanta *gente*. — Lancei um olhar de quem tinha entendido tudo e fitei o cara. — Oi, eu sou a Lina.

— Dan. Eu te pego amanhã, então? — ele perguntou para Nora, que assentiu. — Até lá.

Ele saiu, e me virei para ela.

— Outro cara? Você é rápida.

— Ah, pode parar, estávamos só conversando.

— Ouvi falar que se pode pegar um monte de nojeira só em uma *conversa*.

— Então você não viu o gostosão no segundo que entrou aqui?

— Eu... — Meus olhos foram para onde ele estava sentado com Enzo e outras pessoas, e franzi as sobrancelhas quando notei a garota meio perto demais dele.

Meu estômago revirou.

— Eles parecem íntimos. — Nora passou o braço pelo meu, me guiando até o balcão de massas.

— Ele pode conversar com quem quiser.

— Uhum. — Minha melhor amiga estava ocupada demais olhando as opções do dia.

Arrisquei outra olhada para ele, só que, dessa vez, ele me olhava também. Com tanta intensidade que me prendeu onde eu estava. Mas nossa conexão foi interrompida quando Enzo o cutucou nas costelas. Ele lançou um olhar sombrio na minha direção antes de chamar a atenção de todo mundo na mesa.

Soltei um longo suspiro, peguei a comida e segui Nora até o balcão.

Assim que pagamos, encontramos uma mesa vazia. A Montague tinha um refeitório impressionante; digno de uma praça de alimentação de shopping. Mas não era de se surpreender, já que era uma faculdade para a elite. A Universidade Montague foi construída com fortunas antigas. Fortunas italianas antigas.

Fundada pelos colonos durante a primeira onda de imigrantes italianos que chegaram à Nova Inglaterra no final do século XIX, a UM estava prestes a completar seu centenário. Meus pais participavam pessoalmente da organização das comemorações.

— Você está sentada na mesa errada. — Sofia, a menina da cafeteria, nos olhou feio.

— Desculpa? — Nora empurrou os ombros para trás. — Não vi uma placa dizendo que a mesa estava ocupada.

— Bem — Sofia jogou o cabelo para trás, lançando um olhar presunçoso para as amigas. Notei Emilia me olhando feio, como se eu tivesse roubado seu brinquedo preferido. — Estou dizendo agora, nós nos sentamos aqui.

— Vamos, Nora, não vale a pena. — Peguei minha bandeja para me levantar, mas Nora bateu a mão nela.

— A gente não vai sair, Lina. Se elas quiserem se sentar aqui, há bastante espaço. — Ela olhou para as cadeiras vazias.

Eu poderia ter passado os últimos anos protegida do mundo, mas reconhecia garotas iguais a Sofia e Emilia. Eram egocêntricas e mimadas e tinham as garras mais afiadas que as de um leão.

— Nora — soltei em um sussurro, que mais pareceu um sibilo, me remexendo no assento enquanto as pessoas começavam a encarar.

— Senhoras. — Tristan apareceu do nada e passou um braço pelos ombros de Sofia.

— O que perdemos?

— Ah, nada. — Sofia abriu um sorriso meigo. — Estávamos dizendo a Lina e a amiga dela que essa é a nossa mesa.

Ele bufou.

— Sério, gata?

50   l. a. cotton

— O que foi? — Ela fez beicinho. — A gente sempre senta aqui. Todo mundo sabe.

— Então vamos nos sentar — ele deu de ombros —, tem espaço para todo mundo. — Cadeiras se arrastaram, e as pessoas encaravam enquanto Tristan e os amigos se acomodavam. Emilia olhou ao redor da mesa e se sentou ao lado de Scott, sorrindo para mim como se tivesse ganhado a rodada.

— O que é que você viu nela? — Nora resmungou baixinho.

— Ela paga um belo boquete. — Tristan sorriu, então se inclinou e bateu na mão de Scott e do amigo deles.

Sofia agiu como se estivesse ofendida, e deu um tapa no peito dele. Mas a raiva logo sumiu quando meu primo começou a beijá-la.

— Que nojo. — Nora deu voz ao que nós duas estávamos pensando.

— Então, Lina, como está sendo seu primeiro dia de aula? — Sofia me perguntou, com a voz tão doce como açúcar. A mesa ficou em silêncio, observando nós duas.

— Gata, para…

— É só uma pergunta, Tristan, relaxa.

Ele me lançou um olhar pedindo desculpa. Se Tristan saísse em minha defesa, pareceria suspeito, algo a que eu não poderia me dar ao luxo.

— Tudo bem — falei. — As aulas foram legais, obrigada.

Senti Scott me encarar, e odiei Tristan não ser o único que sabia a verdade. Não era como se eu quisesse enganar as pessoas quanto a minha identidade, mas meus pais concordaram que seria o melhor. Pelo menos até eu me aclimatar. Se as pessoas soubessem que eu era filha de Roberto Capizola, herdeira do império Capizola, as coisas azedariam bem rápido. Mesmo com a proteção de Tristan.

— E quanto a você, Nora? Como tem sido sua experiência universitária até o momento?

— Que merda isso quer dizer? — Nora ficou tensa.

— Ouvi falar que você está bem à vontade, se entende o que quero dizer. — Sofia deu um sorrisinho, e Scott e o amigo fizeram o mesmo.

— Algo que queira contar?

— Os caras comentam, ainda mais no vestiário.

— Você está falando do Kaiden… — Ela rangeu os dentes. — Que otário.

— Cuidado com aquele lá — Scott adicionou —, ele é famoso pela mão boba. Se entende o que quero dizer. — O olhar dele encontrou o meu, e ele fez uma cara presunçosa.

PRÍNCIPE DE COPAS

Um tremor profundo me sacudiu, e eu afastei o olhar. Felizmente, Sofia escolheu esse momento para roubar os holofotes.

— Ah, está na hora — ela disse. — Preciso ir, meninas. — Ela se levantou, demorando-se ao olhar para o meu primo com adoração.

— A gente se vê depois do treino? — Tristan perguntou a ela.

— Talvez, se você estiver com sorte.

— Eu vou te ver depois do treino, Scott? — Emilia nem tentou esconder o desejo em seu olhar enquanto jogava o longo cabelo louro para trás.

— Eu... hum... claro, talvez. — Seus olhos encontraram os meus enquanto ele lutava com as palavras.

Ela abriu um sorriso tranquilizador para ele e saiu com as amigas.

— Desculpa por elas — Tristan começou, no segundo que ela se afastou o suficiente para não ouvir. — Posso conversar com Sofia, talvez explicar...

— Por favor — saiu como um gemido baixo —, não piore as coisas mais do que o necessário.

— É, você tem razão. — Ele soltou um suspiro exasperado. — Acho que você causou uma boa impressão na outra noite — Tristan sussurrou pelo canto da boca. — Ele não parou de falar de você.

Fiquei rígida e agarrei a cadeira.

— Nós somos só amigos.

Ele riu.

— Você sabe que ele quer ser mais que isso, né? Está na hora de crescer e viver no mundo real.

Fiz uma breve careta.

— O que isso quer dizer?

— Nada. — Ele soltou um suspiro exasperado. — Não quer dizer nada. Só dê uma chance ao Scott, tudo bem? Quem sabe os dois não se tornam o casal de ouro da UM antes do fim de ano?

— Que tal você deixar a minha amiga em paz, Capizola? — Nora arqueou uma sobrancelha para ele. — Só estamos aqui há três dias.

— Já acabei — anunciei, rompendo a tensão estranha que havia se apoderado de nós cinco. — Nora?

— Tá. — Ela se levantou. — Está um pouco cheio demais.

— Cuidado, Rossi — Tristan gritou às minhas costas. Ele estava brincando, eu sabia, mas depois do que aconteceu com Scott, e o fato de o meu primo não saber nada do assunto, as coisas entre nós pareciam estranhas.

— Quem eles pensam que são? — Nora sibilou enquanto limpávamos as bandejas e saíamos do refeitório.

— A elite da UM. — Revirei os olhos.

— Você viu a amiga da Sofia praticamente babando pelo Scott? Se ela soubesse...

— Tanto faz. Se ela quiser o cara, que faça bom proveito. — Porque uma coisa era certa, eu não tinha a mínima intenção de sair com Scott Fascini de novo.

Chegamos às portas, mas hesitei e olhei para trás, para onde Nicco e os amigos estavam sentados. Enzo me encarava com um olhar frio e incisivo.

Mas Nicco já tinha ido embora.

— Bem-vindos à Introdução à Filosofia, eu sou o professor Mandrake. Se estiver na aula errada, faça o favor de se retirar.

Um coral de risinhos dissimulados soou ao meu redor. Depois de uma rápida ida ao banheiro, cheguei com segundos de sobra, e me acomodei no assento vazio da última fileira. Era o lugar perfeito para me misturar. O professor foi direto ao ponto, escrevendo na lousa o que estudaríamos aquele semestre enquanto os alunos digitavam as notas no iPad ou no celular. Eu preferia o método antigo, e decorei a página nova do meu caderno com palavras como filosofia da mente, filosofia moral, metafísica e epistemologia.

— Durante as próximas semanas, examinaremos em profundidade o livre-arbítrio. Leiam os capítulos um e dois da apostila de vocês. — Alguém se acomodou no assento ao meu lado. Espiei a pessoa, meu coração teve um sobressalto quando percebi que era Nicco.

— Oi — ele articulou com os lábios.

— Humm, oi — sussurrei, me sentindo quente em toda a parte.

Ele deu ao professor plena atenção, mas flagrei a insinuação de um sorriso repuxando o canto de sua boca.

Durante os próximos vinte minutos, eu me sentei lá, mal respirando, tentando pensar em algo que não fosse a sensação dos lábios de Nicco nos meus. Quando o professor pediu para que nos apresentássemos para a pessoa à nossa direita, eu estava pronta para entrar em combustão.

— Acho que somos parceiros — Nicco disse, sem entregar nada.

Ele moveu os ombros largos até os meus, inclinando-se de levinho. A camiseta preta que ele usava exibia seus braços musculosos. Meu fôlego ficou preso de novo.

— Introdução à Filosofia? Achei que você estivesse no segundo ano. — E aquela era matéria de calouro.

Ele me deu uma encarada séria e se aproximou um pouco mais.

— De onde você conhece o Capizola?

— Oi?

— Tristan Capizola. De. Onde. Você. Conhece. Ele?

— Você está de brincadeira? Quem *não* conhece o cara? — Mantive a expressão neutra, ignorando a tempestade que me invadia.

— Eu vi vocês hoje, no almoço.

— Então viu a namorada dele enchendo o nosso saco por causa da mesa *delas*. Acho que ele se sentiu mal ou coisa parecida, porque já estávamos lá, e ela estava armando um espetáculo.

— Então você não conhece o cara?

— Claro que conheço. Meus pais conhecem a mãe dele. Mas não somos lá muito amigos, se é o que você está perguntando. — A mentira saiu da minha boca com muita facilidade.

— E o Fascini é um amigo também?

— Está com ciúme? — Eu me esquivei da pergunta, e algo estranho me percorreu.

— Ciúme? — Nicco disse entre dentes. — Do Capizola e do Fascini? Faça-me o favor.

O ar ficou tão pesado que estava sendo difícil respirar.

— A gente deveria fazer as perguntas. — Tentei desviar a conversa para temas mais seguros, mas Nicco me encarava com tanta intensidade que eu não conseguia pensar direito. As pupilas dele dilataram quando seus olhos foram até a minha boca e se fixaram lá.

Eu fiquei meio tonta, desarmada por sua proximidade. Nunca senti uma reação tão intensa por nada nem por *ninguém*. Era como se eu pudesse senti-lo. Senti-lo me despir com o olhar. Me tocar com a ponta dos dedos.

A voz do professor Mandrake cortou o ar, me assustando. Nicco soltou uma risada baixa e voltou a atenção lá para a frente. Era a minha primeira aula de filosofia, e eu já tinha ido mal na primeira tarefa. Se eu quisesse ter a mínima esperança de ficar na disciplina, teria que trocar de dupla. Nicco me distraía demais.

Ele era intenso demais

Era *tudo* demais.

— Esta semana, quero que ponderem sobre isto: "Os homens fazem a própria história, mas não a fazem a seu bel-prazer". — Anotei a famosa frase de Marx. — Espero que venham para a próxima aula armados de ideias, pessoal. É filosofia, afinal de contas. — O professor encerrou a aula, e a turma começou a juntar as coisas. Foi só então que notei que Nicco não havia trazido nada: nem caderno, nem celular, nem iPad... nem mesmo uma mochila.

— Você tem memória fotográfica ou algo do tipo? — perguntei a ele ao me levantar e pendurar a mochila no ombro.

— Ou algo do tipo. — Ele bateu o dedo na testa. — A gente se vê, Bambolina. — Antes mesmo que eu pudesse abrir a boca para responder, Nicco virou no corredor e sumiu em meio ao fluxo de corpos saindo da sala.

Foi quando percebi que Nicco parecia uma tempestade. Chegava sem aviso e desaparecia na mesma velocidade, sem se importar com o estrago que deixava para trás.

Eu não queria ser estragada por ele. Mas como acontecia com boa parte das tempestades, às vezes era impossível escapar. A gente só precisava fechar as escotilhas e torcer para sobreviver.

Eu estava voltando para a Casa Donatello quando meu celular tocou.

— Oi, mãe.

— *Ciao, cucciola* — respondeu. — Então, como está indo? Me diz que está tudo bem.

— É... a faculdade, mãe. — Eu ri. — Acabei as aulas agora.

— Meu bebê já está na faculdade, mal consigo acreditar. A casa não é a mesma sem você.

— Tenho certeza de que você está encontrando coisas com que se ocupar.

Gabriella Capizola era uma força a ser reconhecida. Forte e cheia de opinião, não havia dúvida de que ela não foi feita para ser esposa troféu.

Claro, meu pai dava asas a ela, e, juntos, eles se tornaram um dos casais mais influentes de Verona. Não era de se surpreender, considerando que os Capizola eram uma das famílias que fundaram nosso pedacinho de Rhode Island.

O avô do meu pai e o pai dele antes disso haviam trabalhado incansavelmente para construir uma vida para eles depois de emigrarem da Itália no fim do século XIX. Por meio de trabalho árduo e muito sangue, suor e lágrimas, construíram as bases para pavimentar o caminho para o meu avô se tornar um dos homens mais bem-sucedidos do estado. Construção, imobiliárias, negócios, ele tinha um portfólio impressionante. Um que foi passado ao meu pai quando meu avô morreu.

Capizola era um nome reverenciado. Um nome que impunha respeito. Para mim, no entanto, era uma prisão perpétua.

— Como ele está encarando tudo isso? — perguntei.

— Billy só precisou se recusar a levá-lo aí duas vezes. Então eu diria que muito bem.

— Mas só tem três dias.

— Uma vida para o seu pai — *mamma* disse. — Você é o bem mais precioso dele, Arianne.

Bem.

Parecia fofo saindo da boca de uma mãe, mas a sensação era errada: me reduzia a uma coisa em vez de a uma pessoa com sentimentos, esperanças e sonhos próprios.

Eu sabia que ele tinha boas intenções.

Os dois tinham.

É só que, às vezes, era um fardo muito pesado para carregar.

— Tristan está aqui. Scott também. — Reprimi um tremor. — E Nora está ainda mais danada desde que chegamos. Estou bem, *mamma*. Prometo.

— Ah, eu sei, *principessa*. Só prometa que vai ter juízo.

— Prometo.

— Que bom. Você vai vir para casa este fim de semana?

— Ainda não sei. Nora está levando nossa experiência de calouras muito a sério.

— Estou feliz por ela estar aí com você.

— Eu também.

— Ai, olha só a minha cabeça, esqueci de perguntar do seu encontro com Scott.

— Você sabia? — Incredulidade se dependurou na minha voz.

56   l. a. cotton

— Claro que sabíamos. Scott pediu permissão ao seu pai.

— Para me levar para sair? Parece meio exagerado, *mamma*. — Revirei os olhos.

— Ele é um tradicionalista, igual ao seu pai. Acho fofo.

— Não sei se a gente combina.

A risada suave dela encheu a linha.

— Foi só um encontro, Arianne. Essas coisas levam tempo. Dê uma chance.

— Não quero dar uma chance. — Parei do lado de fora do alojamento.

— Seu pai aprova Scott, ele é praticamente da família. Os Fascini são boa gente.

— Certo, *mamma*, o que está rolando? Primeiro Tristan, agora você. Por que esse interesse repentino no meu relacionamento com Scott? — Ou na falta de um.

— Sabe, eu estava conversando com Suzanna no outro dia sobre o Baile do Centenário. Vai ser um evento e tanto. — Ela começou a relatar o passo a passo do planejamento, tanto ela quanto a mãe de Scott faziam parte do comitê de organização. Por fim, Nora me alcançou e dei uma desculpa para desligar.

Só depois de dar tchau e desligar que percebi que ela não chegou a responder a minha pergunta.

Nicco

— Nicco, meu rapaz, e aí?

— Oi, Darius. — Inclinei a cabeça para o cara baixinho e robusto atrás do balcão, enquanto Enzo e Matteo davam uma olhada na loja.

— Já é aquela época do mês? — Ele me abriu um sorriso cheio de dentes.

— É sim. De boa?

— Não deixei de pagar ainda. Já volto. — Ele desapareceu porta adentro.

— Que merda é essa? — Enzo resmungou ao erguer um prato esquisito pra cacete.

— É uma loja de penhores, primo. O lixo de uma pessoa é o tesouro de outra.

— Tipo errado de penhores, se quer saber. — Enzo deu um sorrisinho para Matteo. — Sou eu ou está demorando mais a cada mês?

— Relaxa, E — falei. — Você sabe que o Capizola está fazendo pressão.

— Certo, rapazes. — Darius reapareceu com um envelope pardo. — Consegui quase tudo, mas preciso de mais tempo...

— Darius. — Soltei um suspiro exasperado. — Você sabe qual é o acordo. Meu pai deixa você negociar seus itens raros aqui na loja e, em troca, ele espera uma parte do lucro.

— Eu sei, Nicco, eu sei. É só que o Capizola está apertando o cerco. Mandou seus engravatados virem aqui de novo e se ofereceu para me ajudar a transferir parte do meu estoque. Disse que eu poderia ir para uma de suas lojas chiques lá da cidade.

— Acha mesmo que eles vão te deixar vender essas merdas lá?

— Enzo — avisei.

Darius era orgulhoso. A última coisa de que precisávamos era do meu primo desrespeitando o negócio dele; o legítimo, no caso.

— Tá, tá. — Meu primo deu um aceno e saiu da loja.

— Precisa ser o combinado, Darius. Não posso entregar menos que isso para o chefe.

— Só mais alguns dias, Nicco. Por favor. Os negócios não estão mais tão bons quanto costumavam ser.

Matteo chamou minha atenção e balançou a cabeça. Ele sabia qual era o acordo. Nós dois sabíamos. Se a gente cedesse um milímetro, pessoas como Darius avançariam um quilômetro. A loja de penhores podia estar passando por dificuldades, mas o negócio de falsificação dele e a concessão de empréstimos a juros altíssimos para o pessoal de La Rivia e da Romany Square estava crescendo.

— Vá olhar o cofre de novo, D. — Puxei para trás um lado da jaqueta, mostrando a pistola. — Está faltando quanto? Duzentos, trezentos? Tenho certeza de que você pode remexer lá e encontrar.

Ele se encheu de pânico.

— Qual é, Nicco, nós somos amigos, não somos? Eu só preciso de...

— Não dificulte ainda mais as coisas, D. — Deslizei a mão para dentro da jaqueta. — Vá pegar o dinheiro ou eu vou te obrigar a ir.

— Merda, tá. Tudo bem. — Ele passou a mão pelo cabelo ralo.

— Qual é a dele? — Matteo tamborilou no balcão enquanto esperávamos.

— Vai saber.

Eu não duvidava nada de que o Capizola tinha mandado os caras dele para perturbar os empresários locais. Ele queria todo mundo assustado, e estar a postos para lhes oferecer falsas promessas e sonhos impossíveis lá do outro lado do rio.

Mas caras como Darius aproveitariam qualquer desculpa para tentar se esquivar de pagar. Ele reapareceu minutos depois e bateu o envelope no balcão.

— Está tudo aqui, pode contar.

— Confio em você, D. — Enfiei o envelope no bolso. — Mesmo dia no mês que vem.

— Tá, tá. Talvez seja bom perguntar ao seu pai o que ele pretende fazer com o Capizola. Essa merda está saindo do controle, Nicco. Fiquei sabendo que tacaram fogo na loja do Horatio, destruíram metade do estoque dele. Estão dizendo que Capizola está usando todos os meios possíveis para obrigar as pessoas a vender.

— É mesmo? — Ergui a sobrancelha. — Bem, você pode espalhar por aí que La Riva, Romany Square e tudo a oeste do rio ainda pertence a Antonio Marchetti.

— Então por que o chefe não está fazendo porra nenhuma? — Darius olhou feio para mim.

PRÍNCIPE DE COPAS

— Foi um prazer negociar com você, D — falei, pondo fim à conversa antes que aquela merda saísse do controle. — Até mês que vem.

Matteo me seguiu para fora da loja.

— Parece que eles acham que o tio Toni simplesmente consegue tirar o cara de circulação. É Roberto Capizola, pelo amor de Deus. Um golpe desses mandaria tudo para o inferno.

— Pois é — atirei. — Mas o Capizola sabe disso. Por isso que está pressionando os negócios, sabe que meu pai está de mãos atadas.

— Palhaçada do caralho, isso sim. — Enzo veio até nós.

— É, bem, só que vai piorar muito antes de melhorar. — Meu celular vibrando chamou minha atenção. Tirei do bolso e li a mensagem.

— Estão chamando a gente em casa — falei.

— Tio Toni? — Matteo perguntou, e eu assenti.

— Quem mais?

— O que será que ele quer?

— E eu lá sei? — respondi para Enzo enquanto entrávamos no Pontiac GTO restaurado dele. — Você sabe como é. Quando o chefe chama, a gente vai correndo.

Matteo se abaixou para entrar no banco de trás e cavou os joelhos nas minhas costas.

— Você precisa arranjar um carro maior. — Olhei para Enzo, que abriu um sorrisinho. Era seu modo de dizer "foda-se".

— Talvez ele tenha outro trabalho para a gente.

— A gente ainda não sabe o que ele quer — resmunguei.

Mas lá no fundo eu sabia que não era nada bom.

O trajeto até o nosso bairro levou quinze minutos, tempo suficiente para Enzo nos contar do ménage de que participou uma noite dessas.

— Estou impressionado pelo seu pau não ter caído ainda — falei. — Excesso de uso.

— Está mais para excesso de doença.

— Vai se foder, Bellatoni, eu embrulho essa merda sempre.

— É o que você diz.

— Que bicho te mordeu, Nicco? Ouvi falar que você se enfiou na aula do Mandrake hoje?

— Filosofia? — Enzo riu, e seu olhar curioso queimou na lateral do meu rosto.

Porra.

Passei a mão rapidamente pela cabeça, esperando me esquivar da pergunta de Matteo, mas ele não largaria o osso.

Os dois eram assim.

— Só queria lembrar a ele de que estávamos lá, de olho.

— Pensei que ele tivesse acertado as coisas com o tio Toni.

— E acertou. — Dei de ombros, tentando reagir com indiferença.

Mandrake pagou a dívida que tinha em uma das casas de apostas do meu pai, mas não era a primeira vez que ficávamos de olho em alguém para ter certeza de que não se tornariam um problema persistente.

— Desobedecendo o coroa? — Enzo riu. — Parece que você quer morrer ou algo assim.

— Sai dessa, Enzo. As aulas de administração são chatas pra caralho.

— E filosofia é melhor? Essa merda não faz sentido.

— Mas é cheia de leitoras gostosas, né não? — Matteo sorriu para mim através do retrovisor e afastou o cabelo louro bagunçado dos olhos. — Talvez eu apareça lá qualquer dia desses, avaliar as boc…

— Vocês pensam com algo que não seja o pau?

— E desde quando você *não* pensa com o seu? — Enzo ergueu a sobrancelha.

— Eu só… porra, não sei.

Eu sabia, e ela tinha olhos cor de mel.

— Você passou a semana tenso. Precisa resolver isso lutando ou fodendo. E já deu uma surra no Dom, então acho que todos sabemos o que você está procurando. É só ligar para Rayna e dar um jeito nisso. — Ele apertou o volante enquanto atravessávamos a ponte que separava Verona City de La Riva.

— Fique aí dirigindo, já ouvi demais a merda de vocês hoje. — Eu me inclinei no banco de couro e observei a cidade passando.

A paisagem mudava quanto mais nos aproximávamos de La Riva. As casas eram menores, com tinta descascando e gramados malcuidados. Cansado e esquecido, não era um bairro ruim, mas não estava à altura do seu homólogo mais chamativo e sofisticado do outro lado do rio.

Enzo conduziu com facilidade pelas ruas. Crescemos ali. Brincamos nos mesmos quarteirões por que passávamos. La Riva era o nosso lar. E de cada lembrança de infância, boa, ruim e muitas vezes completamente horrorosas. Estava no nosso sangue.

E era o meu legado.

PRÍNCIPE DE COPAS

Enquanto Roberto Capizola e seus sagrados engravatados controlavam os três maiores distritos do condado de Verona: Roccaforte, University Hill e Verona City, meu pai era dono das ruas de La Riva e da Romany Square, e se recusava a entregá-las para o homem que ele odiava mais que tudo.

Era uma ironia do caralho o Capizola estar tentando dificultar a vida do meu pai por causa de suas *associações*, sendo que o mesmíssimo dinheiro que fez Rob chegar aonde chegou estava manchado com o sangue dos seus inimigos.

Em parte, foi por isso que fiquei tão surpreso quando vi Tristan Capizola, sobrinho mais velho de Roberto, rondando Lina. Ele era um filho da puta convencido que gostava de lançar o nome da família por aí. Todo mundo sabia que ele queria assumir o lugar do tio e os negócios da família; mas, para o azar dele, Roberto já tinha herdeiro.

A filha.

Fazia anos que ninguém a via. Ao que parece, o homem a trancou na propriedade de Roccaforte. Havia até rumores de que ela estava morta. Eu não acreditava. Capizola era inteligente. Alguém que, apesar de ter renunciado a história maculada da família, sabia que tinha inimigos. Um homem igual a Roberto Capizola era intocável; ele tinha amigos demais nos lugares certos, estava sempre em evidência. Mas a família, a filha, não estava.

Meus pensamentos se calaram quando vi a casa em que cresci. Eu sempre sentia muitas coisas quando ia lá. Desde que minha mãe se foi cinco anos atrás, o lugar parecia vazio. Foi uma das razões para eu ter aceitado ir para a UM. A faculdade não era escolha minha, não quando minha vida já estava toda decidida. Mas se significava ficar longe daquela casa, fingir só por um tempinho que a minha vida era minha, eu aceitava.

A outra coisa que me atava ao lugar, além da obrigação e da lealdade, no momento corria pela frente da casa em um borrão de cachos bagunçados e risada suave.

— Jesus, você vai ter que meter o pau nos caras quando ela estiver mais velha.

— Ela já tem quase dezessete — lembrei a Matteo.

— Mesmo assim, a garota tem encrenca estampado nela todinha.

— Você está secando a minha irmã? Minha irmã mais nova?

— O caralho que estou, ela é minha prima — ele resmungou. — Só estou dizendo que tenho olhos, e ela é bonita. Puxou a mãe de vocês.

— Muito bem, cara — Enzo debochou. — Primeiro Alessia e agora a mãe dele.

— Você sabe que não é o que eu quis dizer. Porra, Nicco, eu não...

— Relaxa, eu sei. Só não fala da minha irmã assim de novo, ok?

O pensamento da minha irmã terminando com alguém como Matteo ou Enzo me fazia querer arrancar a porra dos cabelos. Ela era boa demais. Pura demais. Ela era a minha mãe todinha, já eu era a cara do meu pai. Um fardo que eu carregaria feliz se isso significasse protegê-la dessa vida.

Enzo desligou o carro e nós saímos. Mal pus os pés no chão e Alessia se jogou nos meus braços.

— Nicco — ela suspirou —, senti saudade.

— É bom ver você também, Sia. — Enzo riu, chutando o cascalho com a bota. — Meu pai está aí?

— Sim, lá dentro. O tio Michele também.

Ele me lançou um olhar sério. Se tio Vincenzo e o pai de Matteo, Michele, estavam lá também, então aquilo era basicamente uma reunião de família.

— Como está a escola? — perguntei a Alessia, puxando-a para o meu lado enquanto nos aproximávamos de casa.

— Tudo bem, eu acho. — Ela deu de ombros.

— Sia, é o segundo ano. Você precisa se soltar e se divertir. Mas não muito — adicionei logo. — Fique longe dos caras. Pelo menos até completar dezoito anos.

Ou nunca, se quer saber minha opinião.

— Relaxa, mano, não é como se alguém quisesse sair comigo.

— E que merda isso quer dizer? — Coloquei Alessia na minha frente e a segurei à distância de um braço. — Qualquer cara teria sorte de ficar contigo.

Os olhos dela dispararam para o chão.

— Sia, fala comigo — pedi, baixinho.

Devagar, ela ergueu o rosto e o que vi lá me eviscerou.

— Sou uma Marchetti, Nicco.

— E daí? — Ser um Marchetti no Ensino Médio não foi nenhum problema para mim. Os caras viravam a cara e as meninas me queriam. Nós três, eu, Enzo e Matteo, comandávamos os corredores da escola.

— Era diferente para você. Você é homem. Isso te garantia um certo respeito. Mas, no meu caso, faz de mim uma intocável. — A voz dela foi sumindo.

— Alguém falou alguma coisa para você, Sia? — Matteo se aproximou. — Porque se foi o caso...

— *Esse*, esse é o problema. — Ela não parecia estar com raiva, só resignada, e foi como se algo torcesse meu coração. — Cara nenhum vai me olhar duas vezes por causa de quem é o meu irmão. De quem é a minha família.

PRÍNCIPE DE COPAS

— Eles que se fodam — Matteo disse, e eu fiz careta para ele. Eu que deveria ter dito aquilo, mas, bem, ele também tinha uma irmã mais nova, então acho que o cara sabia como lidar com esse tipo de situação. — Se um cara fica intimidado por você ser uma Marchetti, então ele não te merece.

— Obrigada, Matt. — Alessia abriu um sorriso tímido. — Talvez eu precise achar alguém mais velho. Um universit...

— *Não* termine essa frase — rosnei.

Enzo riu da porta.

— Eu falei. — Ele fez como se estivesse brandindo um taco. Mostrei o dedo para ele.

— Vamos, a gente não quer deixar o papai querido esperando. — Ele não suportava atrasos, e eu tinha a sensação de que o dia já estava prestes a dar uma guinada, antes mesmo de ouvir um sermão do coroa por estar atrasado.

— Passa um tempinho comigo depois? — Alessia pediu.

— Sabe que sim. — Abri um sorriso cálido para ela antes de entrar com meus amigos, indo de encontro ao que nos aguardava.

Encontramos meu pai e os tios no covil. Era o escritório/sala de reunião/sala em que meu pai gostava de receber as pessoas. E, até pouco mais de um ano atrás, era proibida para mim e os meus primos. Mas, desde que nos formamos na escola, fomos oficialmente iniciados na Família. Um tremor profundo me percorreu ao me lembrar do que tivemos que fazer naquela noite. Mas era o que era. O mundo era uma selva, e todos tinham um papel a desempenhar.

Aconteceu que o meu foi o de ser o único filho de Antonio Marchetti, chefe da Dominion, ou como era chamada por quem era de fora: A Máfia da Nova Inglaterra. Com o primo, Alonso Marchetti, comandando a facção de Boston, meu pai, acompanhado pelos meus tios e um punhado de primos, outros familiares e parceiros, possuíam e controlavam vários negócios tanto no condado de Verona quanto nos arredores. A maioria era negócio legítimo, o que garantia uma cortina de fumaça para a extorsão, lavagem de dinheiro e os jogos de azar.

O condado de Verona foi construído e fundado com dinheiro da máfia. As fundações do lugar eram manchadas com sangue e mentiras. Mas as pessoas não se importavam de fechar os olhos para o que acontecia ao redor, de esquecer suas raízes menos que santas, se isso significava circular por aí com seus carros de luxo, ternos e roupas caras, comendo comida de rico e bebericando champanhe caro o bastante para alimentar a porra de um país em desenvolvimento.

— Niccolò, rapazes, entrem. Peguem uma bebida. — Meu pai fez sinal para Genevieve, a governanta, embora eu tivesse certeza de que os deveres dela iam além de simplesmente cumprir tarefas domésticas.

Respirei bem fundo. Meu pai tinha envelhecido bem. Os olhos brilhavam com o charme dos Marchetti e ele ainda tinha uma cabeça cheia de cabelos rebeldes. Também mantinha a forma graças às muitas horas passadas na academia do meu tio Mario. Mas ele era meu pai, e eu o conhecia melhor do que ninguém. Eu via o que os outros não viam: os pés de galinha ao redor dos olhos e as olheiras escuras.

Meu pai estava cansado. Desgastado pela vida. E embora eu soubesse que ele jamais admitiria, eu suspeitava de que ainda sofria por causa do coração partido. O que era irônico pra caralho, já que ele foi a razão para a minha mãe fugir.

Enzo e Matteo aceitaram cada um um copo de uísque, mas eu me abstive, optando por água, preferindo estar em posse das minhas faculdades mentais.

— O que está pegando? — perguntei, ao sacar vários envelopes de dinheiro e jogá-los na mesa. Michele se levantou para pegá-los e os guardou no cofre do meu pai. Eles contariam antes de lavá-lo.

Eu só queria ir direto ao assunto. Quanto mais cedo saíssemos de lá, mais cedo eu passaria tempo com Alessia e daria o fora dali.

— Como está a faculdade? — tio Vincenzo perguntou, relaxando na imensa poltrona de couro. — Muitas gostosas? — Uma de suas sobrancelhas grossas se ergueram de modo sugestivo.

— Sério, coroa? — Enzo fez careta. — Se a *nonna* te ouvir...

— Você já deveria saber a essa altura, filho, que o que acontece dentro destas quatro paredes fica dentro destas quatro paredes. — Ele riu como se todos não soubéssemos o quanto o código de silêncio era importante.

— Mas, sério, como estão as coisas? Conseguiu levar para a cama alguma...

— Enzo — meu pai ralhou com o irmão mais novo. — A gente não está aqui para falar da vida sexual do seu filho. Mas, garoto, preciso dizer,

PRÍNCIPE DE COPAS 65

encapa essa merda aí. A última coisa de que precisamos é uma garota grávida de um Marchetti.

— Jesus — murmurei.

— Amém. — Tio Vincenzo ergueu o copo antes de virar o conteúdo.

— Obrigado, Gen, pode ir. Se a gente precisar de alguma coisa, eu te chamo.

A governanta assentiu antes de sair às pressas da sala. Ela não devia ser muito mais velha que eu. Jovem demais para estar sob as ordens do meu pai, mas ele não era bem o tipo de homem para quem se dizia não.

— Como estão as coisas nesse departamento? — Tio Michele apontou a cabeça para a porta.

— Não é nada sério — meu pai disse baixinho, afrouxando a gravata enquanto desviava o olhar para mim.

— Não me olha assim. O que você faz no seu tempo livro é problema seu.

— Niccolò, você precisa ser...

— A gente vai falar da razão para essa reunião? — resmunguei.

— Você tem razão. — A expressão do meu pai ficou séria. — Há desdobramentos interessantes com o Capizola.

— Tommy finalmente descobriu alguma sujeira dele?

Tommy, um dos nossos investigadores mais confiáveis, vinha vigiando Roberto havia anos. Tentando desenterrar alguma sujeira para derrubar Capizola de seu pedestal. Mas, até o momento, ele não conseguiu nada além de algumas multas por estacionar em local proibido e violações em editais de urbanismo.

— Não exatamente. Mas a gente acha que descobriu onde a filha dele está.

Todos nos sentamos eretos.

— Ela está viva? — Matteo perguntou.

— Você pensou mesmo que ela estivesse morta? — perguntei, com um sorrisinho. Ele era ingênuo pra caralho às vezes.

— Ninguém vê a garota há cinco anos. — Ele deu de ombros. — Imaginei que ela estivesse comendo capim pela raiz e o coroa queria manter as aparências.

Ele tinha razão. Em um mundo em que dinheiro e poder eram tudo, para alguém como Capizola, ter um herdeiro vivo era vital.

Eu sabia por experiência própria.

— E onde ela está? — Virei o foco para o meu pai.

— A gente acha que ela entrou na Montague esse ano.

— O quê? — falei, contrariado. — Não é possível que ele mandou a garota para lá. — O homem tinha inimigos demais de olho nele, esperando pelo momento certo de dar o bote.

l. a. cotton

— Obviamente não pensamos que ele a mandou para lá com o nome verdadeiro.

— Escondida em plena vista... faz sentido — Enzo disse. — E não seria difícil. Ninguém a vê há anos. Duvido que ela ainda tenha a aparência de criança.

— Acha que a fonte é segura? — perguntei ao meu pai, que assentiu.

— Tristan vai se encontrar com a garota. São primos, e Roberto o trata como filho. Ele é a chave. Fique de olho nele, e vai achar a menina.

— É, mas sejamos realistas, não é como se ele fosse exibir a prima pelo campus. — Enzo bufou. — Não vai ser ninguém que anda com ele, seria óbvio demais.

— E fazer a garota fazer o que exatamente? — Matteo perguntou.

— Filho — Michele gemeu, lançando um olhar de desculpas para o meu pai. Matteo caminhava na linha tênue entre querer abraçar a vida e desejar mais. Ao contrário de Enzo, ele não era inerentemente raivoso, e ao contrário de mim, não estava permanentemente entorpecido.

Até ela. Minha mente voltou para Lina. E me perguntei o que ela estaria fazendo naquele exato segundo. Eu a desejava pra caralho. Na garupa da minha moto. Na minha cama. Debaixo de mim.

Eu queria a garota de qualquer modo que pudesse ter, mas não seria justo, para nenhum de nós, que eu a arrastasse para este mundo. Um mundo em que estávamos falando de usar uma garota inocente para chegar ao pai dela.

— Se tivermos que soletrar para vocês, Matt, então não são os filhos que criamos. — As palavras do meu pai penderam no ar, pesadas e cheias de significado.

Ao meu lado, Matteo se remexeu desconfortavelmente. Estreitei os olhos, pouco surpreso com o modo como meu pai queria que lidássemos com o assunto. Era, no fim das contas, a razão para eu estar na UM. Não só isso dava a ilusão de que nossa família queria um futuro mais legítimo, mas nos colocava em um lugar em que poderíamos ficar atentos. O pessoal falava. Especialmente quando estavam bêbados e doidões por causa do estilo de vida da faculdade. Mas já tinha um ano lá, e nada de informações interessantes. Meu pai e nossos tios não pareciam muito preocupados. Derrubar Roberto Capizola colocaria fim ao jogo. Contanto que mantivéssemos as aparências, fôssemos às aulas e trouxéssemos dinheiro dos nossos empreendimentos dentro e fora do campus, eles ficavam satisfeitos.

PRÍNCIPE DE COPAS

— A gente vai cuidar disso — Enzo disse. — Quando descobrirmos quem ela é, até que ponto podemos chegar?

O ar ondulou com energia obscura enquanto meu pai passava o dedo pelo copo de uísque.

— O que for preciso para ela abrir a boca. A garota é a peça que está faltando. Chegar a ela é a vantagem de que precisamos. — A voz do meu pai baixou uma oitava.

— Tenho visto Capizola derramar essa merda de alma redimida por toda Verona. Ele quer La Riva, então é melhor estar pronto para tirá-la dos meus dedos quebrados e sangrando, porque este é o nosso lar, e eu não vou desistir sem lutar.

Os homens ergueram os copos e brindaram ao plano. Enzo se juntou a eles, sempre sedento demais, afoito demais, para sujar as mãos. Matteo era uma máscara de incerteza, mas brindou com os outros mesmo assim.

Todo mundo me olhou em expectativa. Algum dia, eu estaria ali, sentado na cadeira do meu pai, pedindo bebidas e brindando ao *meu* plano. Um futuro que nunca quis. Um futuro que não queria. Eu não queria a responsabilidade nem o poder. Sujar as mãos, tudo bem. Eu podia fazer isso. Podia engolir as ordens e cumpri-las. Podia até mesmo me tornar um *capo* e ter meu próprio grupo. Mas não queria ser a pessoa que tomava as decisões importantes.

— Niccolò. — Antonio Marchetti não gostava de que o fizessem esperar. Seu olhar duro e avaliador se fixou no meu, e eu ergui o copo e assenti para ele.

Eu poderia não ter desejado essa vida.

Mas era minha.

Porque ninguém se afastava da Família, a não ser que estivesse em um caixão.

Especialmente o único filho do chefe.

Arianne

Não vi Nicco o resto da semana. Era quase como se ele tivesse desaparecido da face da terra. Ele não compareceu à aula do professor Mandrake, e não vi nem ele nem os amigos no refeitório nem pelo campus.

Não fosse pela lembrança constante dos seus lábios nos meus, eu teria pensado que o cara era fruto da minha imaginação. Mas nada bom daquele jeito poderia ser inventado. Poderia?

— Está procurando por ele de novo, não é? — Nora perguntou quando voltamos para o dormitório.

— Quem? — Me fiz de boba.

— Ah, por favor, você está procurando o gostosão. Quem sou eu para julgar?

— Não vi o cara a semana toda. Estranho, né?

— Ele é homem. Todos são estranhos.

A vida universitária combinava com Nora. Ela sempre foi um espírito livre, e morar na propriedade do meu pai havia cortado suas asas de certa forma. Mas, desde que chegamos na UM, ela tem florescido.

— Já decidiu o que vai usar na festa hoje?

— É, então...

Ela estancou e entrou na minha frente, olhando dentro dos meus olhos.

— Ah, nem vem, não gosto desse tom.

— É só que... eu não curto muito essas festas.

Quando Nora havia mencionado o baile de máscaras na casa de fraternidade em que meu primo morava, eu falei um "talvez", sem me comprometer muito. Eu deveria ter dito não, mas ela estava muito animada. Eu não queria ser estraga-prazeres, queria que Nora vivesse todas as experiências que pudesse ali... eu só não tinha certeza do que *eu* queria.

Não, eu estava mais interessada no panfleto que tinha recebido do Comitê de Ação Estudantil. Estavam procurando voluntários para o abrigo local. Passei tanto tempo afastada do mundo real, trancada na minha torre de marfim, que algo em mim clamava para ajudar os outros. Nunca passei necessidade nessa vida, nem nunca passaria. Nasci em uma família rica e privilegiada, mas isso não queria dizer que eu achava que era um direito meu. Se meu pai me ensinou algo, foi que, quanto mais alta nossa posição, mais humilde devemos ser. Ele trabalhou duro, ganhou muito dinheiro, e, sim, levava uma vida privilegiada, mas também ajudava os menos afortunados. Fazia doações para a caridade e dedicava seu tempo a ONGs. Eu queria seguir *esses* passos, os que faziam a diferença.

— Acho que vou fazer isso — falei, com uma sensação de estar fazendo o certo.

— Você vai então? — Os olhos de Nora se iluminaram, e logo senti uma pontada de culpa.

— Não, eu... é, quis dizer me voluntariar no CAE.

— O negócio de ação estudantil?

Assenti.

— Eles precisam de voluntários para ajudar no abrigo.

— Que legal, Lina, mas precisa ser agora?

— Bem, não.

— Então você vai? Eu sei que aquele otário vai estar lá, mas é um baile de máscaras, nós vamos nos misturar. Além do mais, ele sem dúvida vai ter um harém esperando a vez no pau dele.

— Nora!

— O quê? — Ela enganchou o braço no meu. — Você sabe que eu não estou errada.

— Não, mas você é tão...

— Liberal? — Ela se aproximou mais de mim. — Eu sinto, Lina, como se pudesse ser eu mesma aqui, sabe?

— Fico feliz por você estar feliz — falei.

Chegamos à porta, e Nora me soltou para pegar o cartão-chave. Notei um cara no canto do prédio, fingindo que não estava de olho na gente. Ele parecia familiar. Eu o vi pelo campus algumas vezes, sempre sozinho, sempre esperando por algo, ou alguém.

Aff. Esquisito.

Nora se atrapalhou com a chave, o que chamou minha atenção.

— Eu nunca consigo fazer essa droga...

— Aqui. — Peguei a chave com ela e a pressionei no mecanismo. A porta abriu com um clique.

— Só precisava de um toque de mágica.

Ela revirou os olhos, empurrou a porta e entrou. Fui atrás, mas parei no último segundo. Havia algo nele que deu um leve cutucão no fundo da minha mente.

Foi quando percebi.

Era o cara com quem Nicco estava na noite que fugi de Scott. O primo dele. Como o garoto se chamava? Ba... Bailey! Isso, era esse o nome. Ele estava naquele beco. Foi no carro dele que Nicco me levou.

Meus olhos foram para o canto do prédio, mas Bailey já tinha ido embora, e eu comecei a me perguntar se estava enlouquecendo.

Nora tinha escolhido as máscaras venezianas de Colombina mais espalhafatosas e exageradas que conseguiu encontrar. Quase fiquei aliviada pelo fato de que ninguém seria capaz de me reconhecer; elas eram exageradas a esse ponto. Mas minha amiga me assegurou que era o que todo mundo usaria. Ao que parecia, ela conhecia um cara com informações privilegiadas. Eu só esperava que ele não estivesse no time de futebol americano com Tristan e Scott, porque seria muito esquisito.

— Ele é do segundo ano, então não anda com eles — esclareceu. — Mas está no time.

— Sério? Eu não gosto disso. Nem um pouco.

— O que você prefere ficar fazendo? Lendo um desses romances safados, usando pijama de flanela e chupando uma quantidade absurda de bala?

Meu queixo caiu e logo voltou para o lugar.

— Você sabe que eu tenho razão. Tem motivo para você não ter ido passar o fim de semana em casa. Então vamos aproveitar. Se a festa estiver um saco, a gente vai embora. E eu prometo ficar ao seu lado a noite toda.

— Até você ver o primeiro gostoso e decidir que ele é companhia melhor.

— Se bem me lembro, você me deixou com o Kaiden quando o gostosão decidiu te arrastar de lá.

A menção a Nicco fez meu estômago revirar. Talvez eu o visse essa noite na festa.

PRÍNCIPE DE COPAS

A quem eu queria enganar? Eu não conseguia imaginar Nicco e os amigos em uma festa do time de futebol. Ele não parecia gostar muito do meu primo. E quem era eu para julgar? Tristan não só se encaixava na elite da Montague, ele *era* a elite. O rei dos garotos que andavam por aí exibindo a fortuna e as conexões familiares. Notei isso mais e mais durante a semana. As panelinhas e os grupos de socialites *versus* os forasteiros e os que ficavam à margem de tudo. Eu não tinha imaginado que a faculdade seria tão parecida com a escola. Mas a UM não era igual à maioria das faculdades. Era muito insular; com raízes profundamente arraigadas na história e na cultura italiana. Não foi nenhuma surpresa ela ser a primeira opção de faculdade para famílias ítalo-americanas da Nova Inglaterra e arredores.

Para não dizer que era extremamente cara. Ou você era aceito por ter dinheiro, e muito, ou tinha um desempenho acadêmico impressionante e ganhava uma das raras e cobiçadas bolsas de estudos.

— Pronta? — Nora perguntou quando chegamos à casa da fraternidade. Ficava nos limites do campus, em meio às folhas vermelhas dos bordos e iluminada feito a Casa Branca. Claro que meu primo moraria ali. Não era bem uma casa de fraternidade, já que a UM não seguia os costumes das organizações de letras gregas, mas o nome tinha pegado. Acho que meio que fazia sentido, já que o time de futebol americano morava lá e também por causa da quantidade de festas que davam.

Pessoas disfarçadas com as próprias máscaras espalhafatosas lotavam o gramado. Pelo menos o amigo de Nora tinha sido certeiro, e a gente não estava se destacando.

— Vem. — Ela me pegou pela mão e me puxou para a porta.

— Senha? — um cara usando uma máscara vermelha e preta de Arlequim perguntou.

— Senha? — sussurrei para Nora. Mas eu deveria ter sabido que ela viria preparada. Minha amiga se aproximou e colocou as mãos em concha em torno da orelha dele. Um sorriso preguiçoso se curvou no rosto do cara ao dar um passo para trás, permitindo nossa entrada.

— Então, qual é? — perguntei.

— *Carpe vinum.*

Repassei meu conhecimento muito limitado de latim.

— Aproveite o vinho? Que original.

Nora riu.

— Acho que ninguém sabia o equivalente em latim para cerveja e bebida barata.

Não havia um rosto familiar por ali, mas vários Voltos e Gattos, Pantolones e Scaramouches. Nós nos misturamos com facilidade, e logo senti meus ombros ficarem menos tensos.

— Viu, eu falei que a gente não ia chamar atenção. — Nora abriu caminho até o bar improvisado para pegar nossas bebidas. Esperei que ela cheirasse o conteúdo. — É ponche. — Tomou um gole. — Doce com um gostinho amargo, mas não é ruim.

— Acho que vou passar — falei, e empurrei o copo para ela.

— Como quiser.

— Pelo menos o time de futebol está usando o uniforme. — Eu não teria que me preocupar com Scott se aproximando sorrateiramente de mim. Ele era a última pessoa que eu queria ver, mas parte de mim também não queria se esconder, para não dar a ele a satisfação.

— Exatamente. — Nora assentiu e virou o resto da bebida. — É perfeito. Estamos disfarçadas, o que quer dizer que podemos dançar a noite toda sem nos preocupar com Tristan nem com Scott. A noite é nossa. — Ela fez um movimento amplo com o braço, e eu segurei a risada.

— Você é doida.

— Diagnosticada. — Nora sorriu. — Mas você me ama.

— Amo. Impossível não amar.

Bem naquela hora, uma das minhas músicas favoritas começou a tocar, e eu não consegui conter o zumbido de animação que percorreu as minhas veias. Nora tinha razão, ninguém ali me conhecia. Eu era só outra pessoa sem rosto na multidão. Eu poderia relaxar e curtir.

Eu podia fazer isso.

Podia ser uma adolescente normal curtindo uma festa.

Eu me movi em torno de Nora, peguei a bebida e a virei de um gole só.

— Ê, garota. — Minha melhor amiga riu. — O que deu em você?

Peguei a mão dela e abri um sorriso genuíno, então falei:

— Vamos dançar.

A gente dançou, bebeu e dançou um pouco mais. Depois de três copos de ponche, troquei para água. Eu estava altinha, mas não queria ficar bêbada; não em uma casa cheia dos amigos jogadores de futebol americano de Tristan e Scott. Uns caras tentaram dançar com a gente, mas Nora logo os mandou passear. Estava barulhento, o ar carregado com o cheiro enjoativo de suor e bebida. Mas estava divertido. Eu estava me divertindo. Mais do que me divertia em muito tempo.

— Eu te disse que era uma boa ideia! — Nora gritou por cima da música, com um sorriso preguiçoso colado no rosto. A máscara escondia seus olhos, mas eu sabia que estariam vidrados por causa do ponche. Ao contrário de mim, ela não tinha começado a beber água. Mas ela merecia, nós duas merecíamos aquela experiência.

— Tudo bem — concordei. — Vou dar o braço a torcer. É divertido.

— Eu sabia. — Ela deu um soquinho no ar. — Eu sabia que estava escondido em algum lugar aí dentro de você. — Os olhos dela foram para um cara alto usando máscara de Pierrô. Não havia dúvidas de que os olhos dele, apesar de mal estarem visíveis, estavam fixados na minha melhor amiga. Ele a chamou com o dedo, e deu um passo para a frente.

— Está tudo bem — falei, animada demais para estragar a diversão dela. — Pode ir dançar com ele. — Ela mordeu o lábio e olhou de mim para ele. — Não está...

As palavras morreram na minha língua quando braços fortes me envolveram pela cintura. Fiquei rígida, ar evaporou dos meus pulmões. O queixo de Nora caiu, então se curvou em um sorriso de quem tinha entendido tudo.

— Vou estar logo ali. — Ela articulou com os lábios e inclinou a cabeça para onde o Pierrô esperava.

— Senti saudade. — A voz de Nicco me deixou toda arrepiada.

Eu queria me virar, olhar nos olhos dele e garantir que era ele. Mas não queria quebrar o encanto. O corpo dele era duro às minhas costas, as mãos espalmavam os meus quadris com possessividade enquanto ele nos balançava ao ritmo da batida sensual.

Apoiei a cabeça em seu ombro e perguntei:

— Como você soube que era eu?

Ele também usava uma máscara simples de Pierrô, pintada de preto e dourado. Os lábios roçaram bem de leve os meus.

— Eu te reconheceria em qualquer lugar, Bambolina.

— Onde você se meteu essa semana?

— Depois — prometeu, misterioso. — Por ora, vem comigo.

Nicco me pegou pela mão e me levou para longe da festa. Ele parecia conhecer a casa, e se virou para um longo corredor que ficava mais e mais escuro, mais e mais silencioso.

— Aonde a gente está indo? — sussurrei, com o coração batendo com violência contra as costelas.

Eu tinha sentido saudades dele. Passei a semana procurando por ele. Não fazia sentido, mas sempre que entrava em algum lugar, me via procurando por ele. Torcendo para captar nem que fosse um vislumbre. Sei que as pessoas diriam que eu tinha uma quedinha pelo cara. A estudante boba toda apaixonadinha pelo cara problemático e misterioso que a salvara. Mas havia mais. Eu me sentia atada a Nicco.

Inexplicavelmente ligada a ele. Talvez porque ele tenha sido tão gentil comigo naquela noite, mas eu não conseguia parar de pensar nele. O cara não saía da minha cabeça e agora estava ali, me levando para sabe Deus onde. Mas não vinha ao caso.

Eu o seguiria feliz até as profundezas do inferno só para saborear o momento.

Chegamos ao que presumi ser os fundos da casa. Eu conseguia ver o enorme quintal além da janela, uma piscina imensa e algumas cadeiras ao redor de uma churrasqueira. Nicco soltou a minha mão e tentou abrir a porta à nossa esquerda. Ele colocou a cabeça para dentro e sussurrou:

— A barra está limpa.

— Limpa para...

Ele me puxou para dentro e empurrou meu corpo para a parede. Um fino raio de luar se derramava pela janela, iluminando o perfil de sua máscara enquanto ele me encarava.

Engoli em seco, o ar crepitava de expectativa.

— Nicco...

Minhas mãos buscaram por ele, os dedos trêmulos prenderam seu suéter preto. A peça se moldava a seu peito e a seus bíceps musculosos. Minha língua saiu, umedecendo meus lábios. De repente, fiquei com sede, com o corpo queimando, e cheio de desejo, e inquieto.

Talvez seja efeito da bebida.

Ou talvez seja porque você está sozinha em um quarto escuro com ele.

— Jesus, Lina... — Ele parecia sentir dor, as palavras saíram tão tensas e cheias de desespero que eu quis dar um jeito naquilo. Aliviar o fardo que o pesava.

— O que... o que foi?

Ele se aproximou, roçou o nariz no meu e fez mil geleiras se chocarem na minha barriga. E então, devagar, ele desatou a minha máscara e a removeu, pendurou-a na maçaneta, então passou a dele pela cabeça.

— Você tem ideia do que faz comigo? — A boca dele estava no meu ouvido, a voz baixa, grave... e sedutora. — Não consigo te tirar da cabeça. Quero saber onde você está, o que está fazendo, com quem está... você está aqui. — Ele pegou uma das minhas mãos e a pressionou na sua testa, então me prendeu com o olhar.

— Bailey tem andado me seguindo? Eu o vi uma noite dessas e tenho certeza de que vi pelo campus também. Você... — Engoli as palavras. O que eu estava dizendo? Nicco não tinha pedido para Bailey me seguir. Era ridículo. E, mesmo assim, a boca dele se curvou em um sorriso travesso.

— Era para ele ser discreto.

— Então ele estava me seguindo?

— Prefiro pensar nisso como ele estando de olho em você.

— Mas por quê? Não entendi.

— Eu sinto essa necessidade irracional de te proteger, Bambolina, e precisei passar uns dias fora da cidade para cuidar de alguns... assuntos pessoais.

— E aí você mandou Bailey me vigiar? Ele não é meio que uma criança? Não tinha que estar na escola?

Minha mente dava voltas.

— Não vem ao caso. O importante é que você está segura.

Eu não entendia. Ele falava como se eu corresse perigo. Mas ele não sabia a verdade, não tinha como saber.

Culpa serpenteou por mim. Algo havia acontecido entre nós. Feito um trem desgovernado, era impossível de conter e prever, avançando em direção ao desconhecido. E nada podia deter aquilo.

Nicco merecia saber a verdade. Antes que fôssemos mais longe, ele merecia saber quem eu era. Mas quando tentei dizer as palavras, elas não se formaram. Porque eu estava com medo. Apavorada até a alma com a possibilidade de perder a conexão inexplicável que havia entre nós. Eu a sentia se contorcendo e se apertando, ancorando-nos um ao outro.

Nora ficava com vários caras. Saía sempre. Me contava do friozinho na barriga e dos beijos de fazer curvar os dedos. Mas ela nunca descreveu nada que chegasse perto do que eu sentia naquele momento, naquele segundo. Olhei nos olhos de Nicco e me senti... *em casa*.

Algo assim era possível?

Eu já tinha lido muitos romances, visto vários filmes, conhecia o conceito de almas gêmeas; que uma única pessoa nesse mundo tinha sido feita para você, e só para você. Mas era nada mais que abstrações românticas dos grandes escritores: Shakespeare, Wilde e Beckett. Não era a vida real.

— Me diz o que você está pensando — ele sussurrou as palavras no canto da minha boca.

— Você acredita em destino, Nicco? — perguntei.

— Até conhecer você, eu não acreditava. — Ele passou o dedo pelo meu pescoço, arrancando um gemido de mim. Joguei a cabeça para a parede e ela bateu de leve lá, cada centímetro da minha pele vibrando. — O que foi que Mandrake disse? Homens fazem a própria história, mas não a fazem a seu bel-prazer.

— O que isso quer dizer?

— Quer dizer que eu não deveria beijar você — Nicco sussurrou, suas palavras foram uma leve carícia na minha pele. — Quer dizer que eu deveria sair deste cômodo e nunca mais nem olhar para trás. Quer dizer que eu deveria fazer a coisa certa e me afastar de você, Lina. É isso que significa.

— Mas... — Minha voz estremeceu, me traindo.

— Mas eu nunca falei que era bonzinho. — Ele soltou o fôlego, firme. — Eu não sou o seu príncipe, Bambolina.

— Eu vejo você, Nicco. Vejo o bem em você. E eu quero...

Não consegui falar mais nada. A boca dele atacou a minha com força, agressiva e exigente. Arquejei em seus lábios, tentando acompanhar. Tentando ficar à tona enquanto me afogava nele. Sua língua deslizou pela minha; os dedos se enfiaram no meu cabelo; seu corpo forte e quente me prendeu à parede. Minhas mãos percorreram o seu peito, fechando-se em seus ombros largos no que ele me beijava com mais vontade, mais profundamente. Me beijava com desespero e necessidade tão ferozes que meus joelhos fraquejaram e meu corpo tremeu.

— Jesus, Lina, você tem gosto de paraíso. — Ele me puxou para mais perto, movendo os quadris em um ângulo que me deixou toda mole. Eu conseguia senti-lo, sentir seu comprimento duro cutucar o meu sexo enquanto me movia e me contorcia, desesperada para senti-lo *lá*. Desesperada para ele aliviar a dor se construindo dentro de mim.

Nicco puxou meu cabelo para longe do rosto e me olhou. Minha pele estava ardendo, meu corpo era um feixe de nervos.

PRÍNCIPE DE COPAS

— Você gostou? — ele perguntou, e eu mordi o lábio, assentindo.

— Porra — ele engoliu em seco antes de voltar para a minha boca, me reivindicando. Me marcando com cada beijo e mordida, afago e mordiscada. Nicco continuou se movendo por mim. Uma das suas mãos foi para a minha coxa, e ele enganchou minha perna ao redor da sua cintura. Ele foi devagar de início.

Provocante.

Atormentador.

Mas logo estabeleceu um ritmo que me elevou a alturas inexploradas. Gemi o seu nome, gemi por mais.

Mais.

Mais.

Nicco praguejou: meu nome, algo em italiano que não consegui entender. Mas ele não parou. Nosso corpo se uniu de cada modo possível, considerando que estávamos ambos completamente vestidos.

— Tem algo acontecendo — gemi, pouco ciente do que dizia. Eu só sabia que estava bom; *muito bom*, enquanto ele se esfregava em mim. — Mais, Nicco, eu preciso...

Sua mão mergulhou entre nós, desaparecendo por baixo da minha saia, encontrando a carne suave entre as minhas coxas. Ele puxou minha calcinha para o lado e enfiou um dedo dentro de mim sem nem avisar. Doeu, mas a pontada de dor logo se aliviou no que eu tive um solavanco, surfando as ondas de prazer que rebentavam sobre mim.

— Ah, Deus — entoei de novo e de novo enquanto os dedos de Nicco encontravam o ritmo perfeito, se movendo até me transformar em um frenesi ofegante. Ninguém nunca me tocou desse jeito, nem eu mesma. Foi... tudo.

Até que não foi mais.

Nicco se afastou de supetão e tocou a testa na minha.

— Me diz que isso não é o que eu acho que é? — ele resmungou, com as palavras saindo ríspidas.

— C-como assim?

— Me diz que não é a primeira vez que você está sendo tocada... *assim.*

— Eu... isso importa? — Meu fôlego estava por um fio, meu peito arfava.

— Porra. — Ele socou a parede ao lado da minha cabeça, o som reverberou por mim, apagando a sensação deliciosa que me envolvia.

— Nicco, está tudo bem. — Eu me inclinei para ele, tentando beijá-lo. Mas ele se afastou com tudo, estreitando os olhos para mim.

— Preciso ir — falou.

— O quê? — Fiz careta, meu coração batia errático no peito. Eu não conseguia nem pensar, que dirá processar o que ele estava dizendo.

— Eu não deveria fazer isso.

— Me beijar?

— Entre outras coisas. — O canto de sua boca se curvou para baixo quando ele se afastou, me deixando fria e vulnerável. Puxei a saia para baixo, alisando o tecido, os dedos gelados da realidade cravaram na minha garganta quando percebi o que tinha acabado de acontecer. O que estava acontecendo naquele momento?

— Eu queria que você me tocasse — falei, tentando consertar as coisas. Eu estava tão feliz, e então tudo tinha ruído. — Eu gostei. Você não precisa se sentir culpado só porque eu sou... — Eu me engasguei com a palavra. A verdade.

Seus olhos escureceram, vergonha reluziu lá. E meu coração murchou.

— Lina, desculpa. Eu deveria...

— Ir, você deveria ir embora. — Minha expressão se endureceu quando segurei à força as lágrimas que ameaçavam cair. Eu tinha dado a Nicco algo especial. Algo que nunca dei a ninguém, e agora ele mal podia esperar para dar o fora.

— Não é o que você pensa — a voz dele falhou —, eu só...

— Está tudo bem, já entendi — falei, sem muita ênfase. — Você já pode ir.

— Bambolina, por favor. — Ele deu um passo na minha direção, mas me esquivei de seu avanço e passei os braços com força em torno da cintura. — Tudo bem — ele disse entre dentes. — Mas isso não acabou.

Eu o encarei, desejando que ele fosse embora. Eu não queria desabar na frente de Nicco. Não depois do que tinha acabado de acontecer. Ele me deu uma última olhada demorada antes de sair dali.

Levando junto um pedaço do meu maltratado coração.

PRÍNCIPE DE COPAS

Nicco

Bailey me encontrou no corredor em que deixei Lina. Eu não tinha a intenção de beijá-la, de tocá-la daquele jeito. Mas ela clamou por mim. Corpo, sorriso e cada porra de coisinha nela.

Ela era meu próprio canto da sereia, e eu era fraco demais para resistir. Mas virgem?

Puta que pariu.

Percebi no segundo que pressionei o dedo dentro dela. Estava apertada, apesar de molhada, e seu corpo tinha ficado tenso, embora só por um segundo. Mas foi o suficiente para eu saber a verdade.

O fato de ela ter confiado o suficiente em mim para tocá-la de modo tão íntimo fez meu coração chegar às alturas. Mas eu não tinha nenhum direito. Nenhum mesmo. Não quando ela não poderia contar comigo.

Quase morri por não estar no campus essa semana, por não vê-la na aula nem no refeitório, mas, depois da reunião de família, meu coroa recebeu uma ligação de Boston. Meu tio Alonso estava tendo problemas com o filho esquentadinho, Dane. Ele decidiu enviar Enzo, Matteo e eu para lidar com o assunto. Passamos três dias bancando a babá do garoto para mantê-lo longe das garras da gangue rival, enquanto Alonso e seus caras cuidavam da ameaça.

— Temos um problema — meu primo disse, com as mãos no fundo do bolso. Bailey era um bom garoto, leal e disposto, mas também estava perdido. É por isso que o coloquei sob minhas asas.

— Sim? — falei. — Me deixa adivinhar. Enzo está com dificuldade de manter o pau dentro da calça?

Bailey riu.

— Ele está com a amiga dela. A doidinha.

Eu tinha dado a Bailey a tarefa de vigiar Lina enquanto eu não estava. Era para ele estar na escola, mas o garoto estava passando por algumas coisas. Imaginei que seria melhor ele estar ocupado a ficar matando aula e se metendo em um monte de encrenca que não precisava atrair para a porta dos meus tios.

— Nora? Porra.

Quando deixei Enzo dançando com ela, nem passou pela minha cabeça que ele ia tentar comer a garota. Mas também ele não sabia quem ela era. Pensou que eu estivesse querendo dar uma aliviada antes de fazermos o que fomos fazer lá. Para não mencionar que no segundo que meus olhos encontraram Lina do outro lado da sala, tudo tinha ficado em segundo plano.

Ela era a luz, e eu era a traça que não podia ficar longe, mesmo que ela fosse me queimar até eu não ser nada mais que cinzas e pó.

— Onde eles estão?

— Banheiro. Primeiro andar.

Merda. Ele não deveria estar se esgueirando pela casa. A gente podia ser visto. Mesmo com a fantasia de Pierrô.

— De olho no alvo.

Meus lábios se curvaram.

— Você sempre quis dizer isso, não é?

Bailey se empertigou e estufou o peito.

— Porra. Posso ir com vocês quando… sabe?

— Hoje, não, garoto. Fica com a Lina, ok?

— Nicco, qual é. Eu posso ajudar. Posso…

— Ela é importante para mim. Preciso que você fique com ela, ok? Me manda mensagem no segundo que ela for embora.

A expressão desanimada se transformou em determinação ferrenha quando ele assentiu para mim.

— Não vou deixar ninguém pôr a mão nela.

— Eu sei que não.

Voltei a colocar a máscara e segui pelo corredor. Eu não deveria saber a disposição da casa do Capizola, mas fiz o assunto ser da minha conta. Nós três havíamos entrado ali quando éramos calouros e esquadrinhamos o lugar. Conhecíamos cada entrada, saída e esconderijo. Era assim que eu sabia exatamente onde encontrar Enzo.

Subi as escadas dois degraus por vez e bati na porta do banheiro.

— Cai fora, tem gente — o rosnado dele ecoou pela parede.

Eu poderia ter feito a coisa certa e dito que era eu. Eu poderia ter usado minha posição e exigido que ele saísse de lá. Mas eu não estava me

PRÍNCIPE DE COPAS

81

sentindo muito bonzinho, não depois de como as coisas acabaram com a Lina. Tirei a carteira do bolso, peguei um cartão de crédito e uma gazua. Em menos de trinta segundos, arrombei a fechadura. Sem fazer barulho, abri a porta e olhei lá dentro.

— Ah, isso, assim. — Enzo guiava a cabeça de Nora para o pau. A mão dela estava envolta na base, punhetando, e os lábios se abriram em expectativa. Era uma das coisas mais bizarras que eu já tinha visto, já que os dois ainda usavam as máscaras.

— A gente tem que ir — falei sem nem avisar.

— Nicco, puta que pariu — ele sibilou, puxando o pau e o enfiando dentro da calça. Nora tropeçou para trás e caiu de bunda.

— Mas que porra é essa? — Ela olhou feio para mim. Eu não conseguia ver, mas senti através da máscara.

— Desculpa interromper, mas preciso pegar ele emprestado. E algo me diz que você se arrependeria amanhã. — Meu olhar duro foi para Enzo. — Vamos, agora.

— Tá, tá — ele resmungou e passou a mão pelo cabelo enquanto dava uma última olhada em Nora, então me seguiu.

— Que porra foi aquela? — perguntei.

— Até parece que você não meteu até o talo dentro daquela garota. Eu vi vocês dois saindo escondidos. Quem é ela?

— Não vem ao caso. — Ignorei a pergunta dele. — Era para você estar de olho no lugar. Não recebendo um boquete.

— Relaxa, o Matt está…

— Fazendo a porra do trabalho dele. — Saí pisando duro pelo corredor. Eu precisava me controlar.

— Ei — Enzo me alcançou e me segurou pelo ombro —, desculpa, tá? Ela estava esfregando aquele corpo durinho em mim e eu me deixei levar.

— Qualquer dia desses, seu pau vai te meter em muito problema. — Ergui as sobrancelhas. — Tenta manter dentro das calças, a gente tem trabalho a fazer.

Ele me abriu um sorriso travesso e esfregou as mãos.

— Ahh, eu amo quando você fala sacanagem comigo.

— Você é esquisito. Tá ligado, né?

— Nunca afirmei o contrário. — Ele passou a mão pela calça e eu soube que estava apalpando a faca de caça presa na coxa.

— Mantenha a calma, ok? — avisei. — É só uma missão de reconhecimento.

Não era para causarmos danos graves naquela noite, mas para mandar uma mensagem. Para conseguir a confirmação que queríamos.

Eu só esperava que o cara ao meu lado se lembrasse disso.

Encontramos Matteo lá embaixo na cozinha conjugada. Ela tomava toda a lateral da casa e tinha portas francesas que levavam ao quintal. Havia uma ilha imensa no meio, com banquetas pretas e cromadas ao redor. Banquetas no momento ocupadas por meninas seminuas usando várias máscaras enquanto observavam Tristan e seus amigos mais próximos virar uma bebida atrás da outra.

Matteo se afastou da parede e se aproximou de nós, usando uma máscara de Pierrô idêntica à nossa.

— Esses jogadores de futebol americano são uns frouxos — disse, bebericando a cerveja.

— Conta algo que a gente não sabe — Enzo resmungou, bufando enquanto um dos amigos de Tristan vomitava em si mesmo. Todo mundo aplaudiu, comemorando como se o cara não tivesse acabado de se sujar todo. Vergonha do caralho.

— O seu cara sabe o que tem que fazer? — perguntei a Matt, que assentiu.

— É só dar a ordem.

Olhei para Tristan de novo. O braço dele estava largado em torno de alguém, os dois riam. Metido do caralho. Eu estava louco para derrubá-lo daquele trono. Mas não eram as nossas ordens, não ainda.

— Agora.

Matteo assentiu para alguém. Três segundos depois, a palavra "briga" soou, e tudo foi para o inferno. Pessoas passavam por nós para tentar dar uma olhada no que estava acontecendo. Nós nos aproximamos de Tristan, que ainda ria e brincava com os amigos.

— Cara, você deveria vir ver! — alguém gritou, e mais dois caras saíram correndo em direção ao caos que se desdobrava do outro lado da cozinha.

— Não quebrem a minha casa, porra — Tristan disse com a voz

arrastada, obviamente alterado. Ele foi tropeçando até o balcão e largou o copo lá. Estava sozinho agora. Nós o rodeamos como lobos.

Algo quebrou, vidro estilhaçou e as pessoas arquejaram, gemidos de dor se seguiram.

— Qual é a da porra dessa máscara bizarra? — Tristan perguntou a Enzo, que estava mais perto dele. — Precisa de alguma coisa?

— É, eu preciso de alguma coisa. — Enzo o agarrou com força. Tristan começou a protestar, mas Matt estava lá para calar a boca dele. Puxei a porta dos fundos com força, mantendo um olho na multidão, e o carregamos para fora.

Sem parar, arrastamos o rabo bêbado dele até a oficina nos fundos do quintal. A noite nos cobria como um véu, nossa roupa escura se misturava com as sombras. Lá dentro, Enzo o empurrou com força. Tristan tropeçou para trás, e a máscara caiu de seu rosto.

— Que porra é essa?

— A gente precisa conversar — falei.

— Marchetti? É você. Quando meu tio ficar sabendo…

— Você escutou? — perguntei aos meus amigos. — O *coglione* vai ir correndo para o titio.

Enzo bufou, já Matteo arrastou uma cadeira até o meio do recinto.

— Senta — dei a ordem.

— *Cazzo si…*

Enzo chegou nele em um segundo. Segurando Tristan pela camisa, ele o obrigou a sentar na cadeira. Os punhos dele cerraram na lateral do corpo, que tremia de fúria.

— Afaste-se, E.

Enzo hesitou, mas enfim recuou. Todos sabíamos como funcionava: sem nomes, sem digitais, sem rostos. Foi por isso que adicionamos luvas à fantasia. Tristan sabia exatamente quem a gente era, mas não teria nenhuma prova, e, sem provas, não poderia ir atrás de nós.

Não a menos que ele quisesse deflagrar uma guerra, e ele e o tio sabiam que não jogávamos limpo. Ao contrário da família deles que, esses tempos, preferiam resolver os próprios problemas com vastas somas em dinheiro, a gente tinha uma abordagem mais mão na massa.

— Meu tio…

— Seu tio não vai fazer porra nenhuma. — Eu me agachei até ficar no nível dos olhos dele, enquanto Matteo prendia as mãos do cara atrás das costas.

Ele mal resistiu, o que me disse tudo o que eu precisava saber. Ele sabia que estava em desvantagem, e também sabia que aquela luta ele não ganharia.

— Você acha mesmo que o velho tio Roberto quer que essa confusão vá parar nas mãos dele? Para macular sua reputação perfeita com gentinha como nós? Nada — soltei uma risada sombria —, seu tio é inteligente demais. Mas a pergunta é: será que você também é assim?

— Vai se foder, Marchetti — ele disse entre dentes, com as narinas infladas.

— Você sabe que a gente estaria do mesmo lado, né? Se a história tivesse sido escrita do jeito certo, seríamos da mesma família agora.

Tristan cuspiu em mim.

— *Vai a farti fottere!*

Antes que eu pudesse me deter, dei uma bofetada nele. A cabeça de Tristan estalou para trás, um gemido alto de dor preencheu o ar. Tirei um lenço do bolso e me limpei.

— Você se acha muito melhor que a gente. Sabemos que o seu tio não é tão maculado quanto diz ser. É só questão de tempo… mas não é por isso que viemos. — Eu me levantei. — Sabemos que ela está aqui.

Tristan nem estremeceu. Ficou perfeitamente parado, perfeitamente calmo. Calmo demais.

— Você ouviu? — perguntei. — Sabemos que a herdeira Capizola está aqui.

Tristan olhou para a frente, sem entregar nada.

— Não quer a ajudar a gente? Ótimo. — Fiz sinal para Matt puxar outra cadeira para a frente de Tristan antes de desatar uma das mãos dele.

— Fiquei sabendo que esse vai ser um ano importante para os Knights. Você tem uma boa chance no campeonato. Seria uma pena se a estrela do time acabasse se lesionando do nada.

Enzo se aproximou, o martelo na mão dele foi se revelando aos poucos. Os olhos de Tristan se arregalaram. Eu segurei seu punho e coloquei sua mão sobre a cadeira. Ele era grandalhão, sarado por causa das horas de condicionamento físico e dos treinos. Mas os efeitos da bebida estavam trabalhando ao nosso favor. Além do que, o medo era um motivador poderoso.

Enzo me entregou o martelo e eu encarei Tristan de cima.

— O que foi? — ele cuspiu. — Quer que eu diga quem ela é? Perdeu a porra da cabeça? — Ele riu, amargurado. — Faça o seu pior, Marchetti. Não tenho nada a te dizer. Não sou um rato e não tenho medo de nada que você possa tentar fazer comigo. — Ele estreitou os olhos, mas eu vi uma fagulha de medo. — Pode vir com tudo, e eu ainda não vou falar nada.

PRÍNCIPE DE COPAS

Um sorriso lento repuxou os meus lábios. Tristan estava se esquivando, mas ele não percebia que já tinha me dado tudo de que eu precisava. Seu silêncio era uma admissão da verdade. Ela estava ali.

A herdeira Capizola estava no campus.

A gente só precisava encontrar a garota.

Ergui o martelo e o bati com tudo, os gritos dele ecoaram ao nosso redor.

— A gente se vê, Capizola. — Devolvi o martelo para seu lugar de direito e deixei Enzo e Matteo lidando com Tristan enquanto eu ia pegar um pouco de ar.

Li a mensagem de Enzo antes de guardar o celular no bolso. Eles nocautearam Tristan, limparam a oficina e largaram o corpo dele no quintal. Seria como se nunca tivéssemos estado lá. Ele ia acordar com uma puta de uma dor na cabeça e no resto do corpo. Ele tem sorte por eu ter esmagado só o mindinho.

Bailey apareceu no fim do beco e assoviou. Corri até ele.

— Ela foi embora logo que a briga começou. A amiga não estava se sentindo bem, então foram para casa. Estive de olho no prédio desde então. Ela está sentada lá fora há uns dez minutos.

— Sinal de alguma outra pessoa?

Ele balançou a cabeça.

— Só ela. Eu sei que ela é a garota daquela noite, Nicco, mas quem ela é?

Minha, a palavra ecoou por mim.

— Obrigado, moleque. — Ignorei a pergunta. — Agora vá direto para casa. Vou ligar para a tia Francesca para ver se você chegou, ok?

— Nic — ele começou a reclamar, mas meu olhar sério o fez engolir as palavras. — Tudo bem, vou direto para casa. A gente se vê domingo, no jantar da família?

— Você sabe que sim. — Bati no ombro dele. — Agora vaza.

Ele saiu do beco de cabeça baixa e se misturou às sombras. A UM tinha vários postes alinhados nas calçadas e nos caminhos, mas as árvores grandes davam cobertura o bastante caso a pessoa não quisesse que a vissem, ou caso a segurança do campus a pegasse aprontando, só seria preciso aprender os pontos cegos.

Puxei o capuz, escapuli entre dois prédios e peguei um atalho até a Casa Donatello. Lina estava bem onde Bailey tinha dito que estaria, sentada no banco do lado de fora do prédio, olhando as estrelas.

— Está fazendo uma noite bonita — falei, das sombras.

— Nicco? — Ela olhou ao redor, me procurando. Quando seus olhos pousaram em mim parado no canto do prédio, ela se levantou. — O que você quer?

— Ahh, Bambolina. — Soltei um suspiro cansado. — Essa não é uma pergunta simples.

— Pois tente responder. — Lina deu um passo mais perto. O luar dançou em seus traços.

Jesus, ela era linda pra caralho.

— Eu quero beijar você. — Eu me aproximei, incapaz de resistir ao empuxo magnético que sentia sempre que estava perto dela. — Quero terminar o que começamos mais cedo. Quero te sentir debaixo de mim, ouvir você gritar o meu nome.

Quero te fazer minha.

— Você pareceu louco para fugir mais cedo. — O olhar confuso dela me cortou como milhares de lâminas minúsculas.

— Não é o que você acha — falei, me aproximando ainda mais. Lina imitou meus movimentos até estarmos um diante do outro.

Até ela estar perto o bastante para tocar.

— O que está acontecendo com a gente, Nicco? — ela sussurrou. — Por que me sinto desse jeito?

— O que você está sentindo? — Afastei o cabelo de seu pescoço. Ela usava um capuz grosso, mas ainda consegui afagar a pele sob sua orelha. Os olhos de Lina se fecharam enquanto ela respirava, trêmula.

— Eu te procuro quando você não está em algum lugar. Sinto quando você está por perto. Não consigo te tirar da cabeça. — Ela abriu os olhos de novo, fixando-se nos meus. Então sorriu, e foi como se um raio atingisse o meu coração.

Essa garota.

Essa garota inocente seria a minha ruína.

— É sempre assim? — ela perguntou, inclinando-se para o meu toque.

PRÍNCIPE DE COPAS

— O que é sempre assim? — Curvei a mão na sua nuca, puxando-nos ainda mais para as sombras. Ninguém que estivesse no caminho principal poderia nos ver agora.

— Quando a gente gosta de alguém. É sempre assim tão intenso?

— Você gosta de mim, Bambolina? — A confissão dela não deveria ter me afetado tanto.

— Parece… *mais.* — As bochechas dela coraram, e Lina olhou para baixo.

— Ei. — Deslizei o polegar sob seu queixo, inclinando seu rosto para o meu. — Não se esconda de mim.

— Você estava certo, eu sou… virgem. — Ela engoliu em seco. — Não tenho experiência nenhuma com homens, e você é tão… *você.*

O canto da minha boca se ergueu.

— Acho que há um elogio escondido em algum lugar aí.

Eu me inclinei para perto e rocei a boca na dela. Era para ser apenas uma garantia, mas Lina agarrou o meu suéter, nos ancorando juntos enquanto passava a língua pela junção da minha boca.

— Lina, não foi por isso que vim aqui, não hoje. — Eu a afastei com gentileza.

— Entendi. Você não sente a mesma coisa? — Ela era tão curiosa sobre o mundo, inocente pra caralho.

Que merda eu estava fazendo?

O silêncio se entendeu diante de nós, mas nossos olhos diziam todas as coisas que não conseguíamos. Então ela me surpreendeu ao se inclinar e beijar o canto da minha boca.

— Eu sei que você sente, Nicco. Você quer me proteger, e eu entendo, sério. É muito cavalheiresco. Mas talvez eu não queira proteção; talvez eu só queira me soltar e sentir.

Eu nos puxei ainda mais para as sombras, pressionando seu corpo com o meu. O que eu queria mesmo era virá-la e prendê-la na parede enquanto mostrava exatamente como me sentia. Mas não queria assustar a garota, e não queria tomar mais do que merecia. Então, em vez disso, eu a beijei. Deixei minha mão se afundar por dentro do agasalho e da regata e seguir caminho até a pele quente da sua barriga enquanto nossas línguas se afagavam em lambidas lentas e preguiçosas. Os gemidos suaves de Lina foram direto para o meu pau, já dolorosamente duro.

— Eu sinto — falei, arrastando os lábios pelo seu queixo e descendo para o pescoço. — Eu procuro por você — repeti as palavras dela. — Eu sinto quando você está perto. E quero te fazer minha de cada jeito possível. Mas…

— Não. — Lina se afastou e deslizou um único dedo pelos meus lábios. — Nada de "mas". Vamos nos despedir aqui e amanhã à noite você vem me pegar e me levar para um encontro de verdade, e aí poderemos nos conhecer.

Hesitei, e a expressão esperançosa dela sumiu.

— Você não quer...

— Quero. — A palavra escapou da minha língua. — Quero, sim. Só preciso de tempo para pensar em alguma coisa.

— Nicco, eu não quero nada extravagante.

— Eu sei, mas é o que você merece. Me dê alguns dias, por favor. — Eu sabia o lugar perfeito para levá-la, mas exigiria um favor, e eles não aconteciam da noite para o dia.

— Alguns dias, ok.

— Você não vai se arrepender, prometo.

Mesmo que eu precisasse ir ao inferno para que isso acontecesse.

Arianne

— Você está fazendo de novo — Nora avisou enquanto eu levava o espaguete à boca.

— Não, não estou. — Olhei feio para ela.

— Está, sim. Se você tivesse pegado o número dele, como uma pessoa normal, eu não teria que ficar te vendo procurar o cara a cada cinco segundos.

— Eu não... tudo bem, talvez só um pouquinho. Mas há um ar de romance nisso, não acha?

— Estamos no século XXI, Lina. Temos celular por uma razão.

— E por que temos celular? — Tristan se aproximou de nós. Meus olhos logo foram para o curativo na sua mão.

— O que aconteceu?

— Ah, isso. — Ele deu de ombros e embalou a mão junto ao corpo. — Acidente de embriaguez. Não é nada.

— Você ainda vai conseguir jogar? — Eu sabia a importância que o time tinha para Tristan.

— Vou, vai precisar de algo mais grave que um acidente para me manter afastado. Eu não te vi no sábado.

— Ah, a gente estava lá — Nora disse, abrandando a risada. Pisei com força no pé dela sob a mesa e minha amiga engoliu um gritinho.

— Era um baile de máscaras, estávamos disfarçadas.

Tristan nos olhou engraçado.

— Espero que tenham se divertido.

— Nos divertimos. — Nora sorriu. — Foi muito, *muito* instrutivo, não foi, Lina?

Olhei feio para ela, tentando fazer minha amiga calar a boca. Eu não queria que Tristan soubesse de Nicco, não ainda. Não quando nós dois parecemos não gostar um do outro. Meu primo franziu ainda mais a testa.

— Tem certeza de que está tudo bem?

— Por que não estaria? — Sorri.

— Só tome cuidado, ok? Preciso ir, mas vou estar de olho em você. — A expressão séria dele deu lugar a uma mais travessa. Antes que eu pudesse dizer qualquer coisa, Tristan foi embora.

— Que merda foi essa? — Perdi a paciência com Nora, que teve uma crise de riso.

— Você deveria ter visto a sua cara.

— Não é engraçado. Não quero que Tristan saiba ainda. Se ele souber… — Meu coração se contorceu. Estar com Nicco era revigorante. Novo e excitante. Eu me sentia viva sempre que ele olhava para mim.

Não queria perder isso.

— Relaxa — Nora disse. — Tristan pensa que você é fofa e inocente demais para estar se agarrando com gente igual ao gostosão emburrado.

— Você faz parecer tão errado.

— Lina, você deixou o cara…

— Tá. — Bati a mão em sua boca. — Já deu. — Minhas bochechas queimaram com a lembrança de como o deixei me tocar lá contra a parede da casa do Tristan. — Já está quase na hora da aula. Nicco talvez… — Eu parei de falar. Não queria me encher de esperança de que ele apareceria na aula do professor Mandrake.

Mas era tarde demais.

Eu já estava fazendo isso… já estava cheia de esperança.

— Só lembre — começou Nora — que caras como o Nicco são… eles costumam ser experientes e não são do tipo que namoram. Não quero que você acabe magoada.

— Não vou — falei, com plena convicção.

Porque Nicco não me magoaria.

Não sei como sabia disso, mas sabia.

Mas ele não apareceu na aula de Introdução à Filosofia. E também não o vi no dia seguinte. Quando acordei quarta de manhã, Nora estava parada acima de mim, com os olhos brilhando.

— Ao que parece, o prédio não é tão seguro quanto o livreto disse. — Ela empurrou um envelope para mim. — Achei debaixo da porta.

Eu o apanhei dela, abrindo-o, afoita.

— Lina — comecei, e ela me lançou um olhar de desgosto. — Eu vou dizer a ele. — Só não sabia quando.

PRÍNCIPE DE COPAS

— Bem, não me deixa mais curiosa, o que é?

— Amanhã à noite, às sete. Vou esperar perto do estacionamento. Use algo quente e confortável. Nicco.

— Só isso? Ele passou por todo o inconveniente de entrar escondido no prédio para *isso*?

— Achei fofo. — Li de novo, e meu coração galopou no peito.

— Esses seus livros têm muito pelo que responder — ela resmungou. — Agora vou ter que sobreviver a mais dois dias de você suspirando a cada três frases curtas.

— Você está com inveja. — Meus lábios se curvaram, e Nora pulou na minha cama, soltando um suspiro sonhador.

— Você está certíssima. Agora passa para cá para podermos dissecar cada palavra.

Nossa risada encheu o quarto enquanto minha melhor amiga começava uma análise detalhada de onde ele poderia me levar. Mas não tinha importância.

Eu só me agarrei ao fato de que Nicco havia mantido a promessa que me fez.

— Nervosa? — Nora perguntou. Ela estava espalhada na cama, ainda se curando da ressaca de ontem. Ela tinha saído com Dan, seu novo *amigo*. Ao que parecia houve vinho. E sexo. Muito sexo induzido por vinho.

— Um pouquinho. Ele é muito... intenso.

— É, igual ao amigo — ela murmurou.

— Já é a terceira vez essa semana que você resmunga algo sobre o Enzo. — Deixei minhas opções do que vestir sobre a cama e fui até ela. — Anda, desembucha. O que rolou entre vocês na festa no fim de semana?

Ela não abriu o bico sobre o assunto, e eu não queria insistir. Mas talvez ela só precisasse de um empurrãozinho.

— Aff. — Nora agarrou um travesseiro e tapou o rosto. — Não quero falar disso.

— Ei. — Puxei o travesseiro e me empoleirei ao pé da cama. — Você me obrigou a falar.

— Eu quase... sabe. — Ela arregalou os olhos.

— Foi para a cama com ele?

— No banheiro de uma casa de fraternidade? Sério, Ari, você acha que eu sou tão...

— Não estou julgando. — Ergui as mãos.

— Quase paguei boquete para ele, ok? — Ela bateu as mãos nos olhos. — A gente nem chegou a conversar nem dar uns amassos e eu quase...

— Ele é meio gostoso, daquele jeitinho de cara problemático, misterioso e emburrado. — E completamente aterrorizante, mas eu não disse isso. Enzo era intimidante demais para mim. Mas Nora não era como eu. Ela tinha coragem e vigor, e, por mais estranho que pareça, eu conseguia imaginar os dois juntos.

— É a faculdade, primeiro ano ainda. Você pode ir atrás do seu... bem, disso.

Nora riu.

— Você é boa demais para mim. — Ela estendeu a mão para a minha, entrelaçando nossos dedos. — Só me prometa, não importa o que aconteça este ano, nós não vamos deixar nenhum cara se meter entre a gente.

— Está de sacanagem? Você é a minha pessoa, Nora, sempre será.

— Idem. E o que você decidiu usar no encontro? — Ela abriu um sorrisão.

— Bem, ele me disse para usar algo quente e confortável, então vou de jeans, blusa de frio e bota.

— Humm, deve dar certo. Mas acho que posso ter algo... — Ela se sentou, observando as roupas espalhadas na minha cama. — Eu tenho uma ideia. — Nora se levantou com um brilho travesso no olhar.

— Eu não quero me arrumar demais.

— Ah, pode parar, é um encontro; você quer parecer irresistível. Esse é o objetivo.

— Tudo bem — resmunguei, já me arrependendo por deixar Nora ajudar.

— Certo. Acho que tem algo aqui. — Nora largou uma pilha de roupas nos meus braços. — Experimente e partimos daí.

— Nora...

— Ari, confie em mim. Nicco não vai ser capaz de tirar as mãos de você.

Bem, quando ela diz desse jeito... talvez eu precise de ajuda mesmo.

PRÍNCIPE DE COPAS

Faltando três minutos para as sete, Nora enfim me deixou sair do quarto. Ela insistiu para eu relaxar, dizendo que era meu direito de mulher fazer Nicco esperar alguns minutos. A mim pareceu desnecessário, mas todas as minhas reservas sumiram quando cheguei à porta dos fundos e o vi sentado em sua moto.

— *Sei bellissima.* — As palavras se formaram em seus lábios quando ele se aproximou de mim. — Oi. — E abaixou a cabeça, dando um beijo na minha bochecha.

— Oi. — Minha barriga gelou. — Vamos de moto?

— Se estiver tudo bem?

— Acho que sim. — Abri um sorriso hesitante.

— Permita-me. — Nicco colocou o capacete em mim, e verificou se estava bem encaixado. Seus olhos se demoraram no meu rosto, escuros, intensos e cheios de desejo. — Você está linda, Lina.

Culpa me atravessou, mas eu a abafei. Ele não sabia minha verdadeira identidade ainda, mas eu ainda era eu. Ainda era a mesma por dentro.

Nicco passou uma perna sobre a moto e se acomodou antes de fazer sinal para eu subir.

— Segura firme — ele disse por sobre o ombro quando minhas mãos deslizaram ao redor do seu abdômen forte. Sua jaqueta de couro estava fria sob os meus dedos.

Uma de suas mãos deslizou pela minha perna, apertando de levinho antes de ele dar a partida, fazendo a moto rugir sob nós. A gente ainda não tinha nem saído do lugar, e a expectativa já me percorria.

— Pronta? — Nicco perguntou, e eu assenti nas suas costas.

Ele acelerou, o zunido do ar me tirou o fôlego. Não fomos pela rua principal do campus; em vez disso, pegamos uma menos movimentada que passava atrás da reitoria. Eu me agarrei a ele, ancorando o corpo ao seu enquanto deixávamos o campus para trás e disparávamos pelas ruas de University Hill. Já estava escurecendo, e o sol se escondia por trás de um banco de nuvens brancas e fofinhas. Lindo.

O tecido macio da minha meia-calça estava quente e acomodado ao redor das minhas pernas, apesar de a saia que Nora havia insistido para eu usar estar embolada ao redor das minhas coxas. Ver o incêndio nos olhos de Nicco enquanto ele me observava sair da Casa Donatello valeu a pena. Ele me fitou como se quisesse me devorar bem ali no pequeno estacionamento.

Emoção disparou por mim.

Nicco seguiu adiante, pegou a estrada que levava para longe da cidade, em direção a Providence. Depois de mais quinze minutos, ele enfim desacelerou e virou em uma estrada estreita e escura. Eu só conseguia discernir um perímetro cercado, separando a estrada de gramados muito bem-mantidos. Parecia um campo de golfe, os montes naturais mal eram visíveis.

Reduzimos até parar, e Nicco desligou o motor. Desci e esperei por ele. Eletricidade estalava entre nós enquanto ele tirava o meu capacete e passava os dedos pelos meus cabelos, domando os cachos abertos que Nora havia demorado para fazer.

— Nenhuma garota esteve na garupa da minha moto.

Calor se espalhou por mim com essas palavras. Eu não duvidava de que havia outras garotas na vida dele, provavelmente muitas, mas uma de suas primeiras vezes foi comigo. E eu gostei.

Gostei muito.

— Que lugar é esse?

— Blackstone Country Club, mas não esquenta, não vamos entrar. — Nicco sorriu ao pegar a minha mão e me puxar em direção à cerca.

— Tem certeza de que a gente deveria estar entrando escondido?

— Não confia em mim? — Ele reduziu o espaço entre nós e me olhou de cima.

— Confio. — Engoli em seco.

— Vem.

Avançamos um pouco até Nicco parar e me puxar por uma abertura na cerca.

— Entra. — Seus olhos luziram, brincalhões.

Passei pela abertura, tomando cuidado para não prender a meia nos espinhos do outro lado. Nicco veio em seguida, passou os braços pela minha cintura e me puxou para seu peito forte. Fôlego quente atingiu meu pescoço antes de ele o substituir por seus lábios, me deixando toda arrepiada.

— Eu poderia passar a vida te beijando, e não seria o bastante.

Minha nossa.

Nicco pegou a minha mão de novo e me puxou mais para dentro do lugar. Eu só conseguia ver a sede do clube ao longe, com pessoas caminhando por lá. Ficamos fora de vista, do outro lado do campo de golfe, até chegamos a um lago rodeado por árvores de bordo de um lado e a vasta superfície reluzindo sob o luar.

— É tão lindo — falei, soltando um suspiro.

— Espera aqui, tudo bem? — Nicco deu um beijo na minha testa e sumiu nas sombras. Outra pessoa apareceu, e os dois trocaram sussurros. Os olhos do cara dispararam para mim e ele sorriu antes de lançar para Nicco um olhar de quem tinha sacado tudo, então entregou a ele um saco de papel pardo. O cara sumiu de novo, e Nicco voltou, pegando minha mão mais uma vez.

Fomos um pouco mais longe, as árvores agora nos rodeavam, até sairmos em uma clareira onde as árvores davam na beira da água.

— Isso é... uau. — Havia uma toalha de piquenique estendida e lanternas com velas tremeluzindo, lançando um brilho dourado na água.

— Eu te queria só para mim. — Seus braços grandes e fortes me envolveram por detrás de novo enquanto ficávamos lá, olhando para a água.

— Não consigo acreditar que você fez tudo isso para mim. Está lindo.

— Você é linda. — Ele deu um beijo suave no meu pescoço. — Você me faz querer ser melhor, Lina. Ser mais.

As palavras de Nicco pairaram sobre nós. Eu não sabia o que dizer. Tudo era tão avassalador.

Ele era avassalador.

Do melhor jeito possível, e eu já estava ficando viciada.

— Com fome? — ele por fim rompeu o silêncio que havia se estabelecido.

— Um pouquinho. — Meu estômago roncou em aprovação.

Nicco me conduziu até a toalha e nós nos sentamos.

— Milo é um bom amigo. Ele pediu ao chef para fazer o meu favorito. Espero que goste. — Ele tirou duas embalagens, dois garfos e guardanapos.

— É *bistecca alla florentina*? — O aroma pungente preencheu o ar.

— Você nunca provou nada igual. — Nicco enfiou o garfo na embalagem e levou a comida aos meus lábios. — Abra.

Fechei a boca ao redor do garfo, e o sabor explodiu na minha língua.

— Hummm — gemi.

— Bom demais.

Os olhos dele se arregalaram, e Nicco cerrou a mandíbula.

— Desculpa. — Vergonha coloriu as minhas bochechas.

— Só estou com ciúme — ele disse baixinho.

— Ciúme?

— É, do garfo.

— Ah… *ah*! — Eu fiquei ainda mais vermelha, e o som da risada dele me atingiu.

— Vamos lá, coma. Tem sobremesa também.

— Tiramissu? — perguntei, esperançosa.

— Vai ter que esperar para ver. — Havia um brilho no seu olhar que fez meu estômago revirar.

Nicco estava certo, era de comer rezando. O filé florentino e o macarrão, até mesmo o pão, estavam deliciosos.

— É tão gostoso — murmurei, limpando o canto da boca com um guardanapo. Nicco me observou com atenção, os olhos escuros brilhando de desejo. Meu estômago se contraiu. — Me fala de você, da sua família…

— O que quer saber?

Tudo. Eu queria saber tudo. Mas algo me disse que Nicco escondia o jogo. Algo que eu conseguia entender.

— Tem irmãos? — perguntei.

— Uma irmã. Alessia. Está no segundo ano do Ensino Médio, é uma pentelha.

— Eu sempre quis ter irmãos.

— É só você?

Assenti.

— Embora Nora seja uma irmã para mim. A gente se conhece desde sempre. Crescemos juntas.

— Está gostando da UM? É tudo o que você pensou que seria?

Culpa serpenteou por mim e a abafei. Não queria que nada arruinasse o momento. Nem mesmo os meus segredos.

— As aulas são legais. Tipo, estou aprendendo. Mas eu não esperava que fosse tão… — Encarei a toalha.

— Lina? — A voz de Nicco me encorajou a olhar para ele. — O que é?

— Você se sente como se não se encaixasse? — Meus olhos se arregalaram. Eu não queria dizer aquilo, mas Nicco fazia ser tão fácil. Queria contar tudo a ele, confessar meus segredos mais obscuros e profundos. Eu queria que ele me conhecesse.

A *verdadeira* eu.

Quando ele não respondeu, o silêncio entre nós ficou mais denso e pesado, recuei.

PRÍNCIPE DE COPAS   97

— Deixa para lá, só estou nervosa, e quando estou assim, começo a divagar.

Ele estendeu a mão, afagou a minha bochecha e inclinei o rosto para ele.

— Não precisa ficar nervosa comigo, Bambolina. Nunca.

Eu me derreti com aquelas palavras, com o modo como ele me tocava, como se eu fosse a coisa mais preciosa desse mundo.

— Eu quero saber tudo a seu respeito — deixei escapar.

Nicco riu.

— Temos tempo — ele disse. — Mas, antes, sobremesa.

Os olhos de Nicco escureceram, nublados de desejo enquanto pegava outra embalagem. Ele tirou a jaqueta de couro e a dobrou, colocando-a atrás de mim. Meu fôlego ficou preso quando ele passou a mão pela minha barriga, pressionando de levinho o meu esterno.

— Deite-se, Lina — ele ordenou.

Eu me apoiei nos cotovelos, incapaz de afastar o olhar de Nicco, que montava em minhas pernas estendidas. Quando os dedos brincaram com os botões da minha blusa coladinha ao corpo, percebi por que Nora havia insistido para eu usá-la. Um após o outro, Nicco os abriu, revelando meu sutiã de renda preta. Ele pegou o último recipiente, abriu a tampa e mergulhou o dedo lá dentro.

— Podemos começar? — Seus olhos percorreram o meu corpo e se demoraram nos meus seios, deslizando lentamente pelo meu pescoço até se fixarem no meu olhar ardente. Nicco se inclinou, pintou meus lábios com o tiramissu antes de capturar minha boca e lamber até deixá-la limpa.

— Humm, meu preferido — ele suspirou na minha pele.

Meu corpo tremia sob ele, uma verdadeira bola de nervos. Ele sabia que eu era inexperiente, e, ainda assim, não me tocou com hesitação. Me tocou com confiança e habilidade. Nicco me tocou de um jeito que me fez querer dar tudo a ele.

Seu dedo mergulhou na embalagem, mas dessa vez ele espalhou o doce pelo meu peito, sem pressa alguma para terminar de lamber tudo.

— Seu gosto é bom pra caralho — ele disse, com a voz rouca. Afundei os dedos em seu cabelo, arranhando o couro cabeludo enquanto ele provocava a curva do meu seio.

— Eu não preciso provar a sobremesa? — perguntei, surpresa com a confiança na minha voz.

Nicco ergueu a cabeça, sorrindo.

— Só precisa pedir, Bambolina. — Ele se sentou e, dessa vez, enfiou dois dedos no recipiente antes de levá-los aos meus lábios.

Minha língua disparou para fora, provando a doçura pegajosa, mas não foi o suficiente. Suguei seus dedos, imaginando que fosse algo completamente diferente.

— Porra — ele sussurrou, me observando entre os olhos semicerrados. Mas não durou muito tempo.

Ele tirou a mão e capturou meus lábios em um beijo avassalador. Seu corpo desceu com tudo para cima do mim, nossas mãos se tocaram e provocaram enquanto ele me beijava até a submissão. Quando ele se afastou, eu estava chapada com o sabor dele; uma bola trêmula de nervos.

— Nicco, eu quero…

— Shh, Bambolina, eu sei o que você quer. — Ele rolou até ficar do meu lado, salpicando meus lábios, queixo e pescoço com beijinhos enquanto enfiava a mão debaixo da minha saia. Com cuidado, abaixou a minha meia-calça, e o ar frio roçou a minha pele. Um tremor me atravessou, mas então os dedos quentes estavam me tocando, me incendiando.

— Você já está molhadinha. — Nicco afundou dois dedos dentro de mim, me esticando. Eu não conseguia respirar, só sentir. Tão… cheia. Estava ainda melhor do que na outra noite. Então ele circulou meu clitóris com o polegar, e tudo ficou ainda mais intenso, o mundo se fechou ao meu redor.

— Nicco, eu não consigo…

— Só sinta — ele suspirou em meus lábios. — Só sinta o que eu faço com você. — Ele curvou os dedos dentro de mim, indo mais fundo. Minhas costas se arquearam na toalha e meu corpo começou a tremer.

Nicco me beijou, a língua imitando o modo como seus dedos deslizavam para dentro e para fora de mim. Foi tão erótico, eu queria observá-lo, mas mal conseguia manter os olhos abertos. Ondas intensas de prazer se construíam dentro de mim.

— Mais — gemi. — Mais, Nicco.

— *Ti voglio* — ele murmurou antes de se afastar de mim.

— Nicco? — Eu me ergui sobre os cotovelos, tonta e ofegante. Ele sorriu para mim ao se ajoelhar entre as minhas pernas e abaixar ainda mais a minha meia.

Então, ele estava lá, passando a língua em mim e me fazendo gemer seu nome. Ele adicionou um dedo, lambendo e sugando, afagando algum lugar mágico dentro de mim que disparou uma explosão de estrelas por trás dos meus olhos.

PRÍNCIPE DE COPAS

— Nunca mais vou comer tiramissu sem pensar em você assim, esparramada diante de mim, parecendo um anjo. — Fogo queimava o seu olhar enquanto ele me encarava.

— Não conheço muitos anjos que deixariam caras fazerem isso. — Uma risada baixa borbulhou no meu peito enquanto eu recuperava o fôlego aos poucos. Nicco pressionou um último beijo na minha coxa antes de ajeitar a minha meia.

— Melhor?

— Muito. — Sorri. Ele me fazia ser imprudente. Impulsiva e desinibida. Mas eu amava.

Ele me fazia me sentir especial e desejada.

Eu ia contar para ele.

Quando ele me levasse para o dormitório, antes de nos despedirmos, eu ia deixar tudo às claras. Porque eu estava me apaixonando por Nicco, e não queria começar o que quer que aquilo fosse, o que eu esperava que se tornasse, tendo a mentira como base.

Eu só torcia para que ele entendesse.

— Eu... o que foi? — Ele passou a mão em torno do meu pescoço, me puxando para si. Enterrei o rosto em seu peito, deixando que ele beijasse a minha cabeça.

— Obrigada por hoje. Significou tudo para mim.

— Você é tudo, Lina. *Sei più bella di um angelo.* — Ele recuou para me beijar. Suave e tenro, a conclusão perfeita para um primeiro encontro.

— Está tarde — ele disse —, é melhor eu te levar antes que a sua colega de quarto maluca envie o esquadrão de busca.

— Ei, a Nora não é maluca, ela só... está determinada a se refastelar na vida universitária.

— Eu não deveria ter dito isso. — Nicco estendeu a mão, me ajudando a me levantar. — Ela é boa para você.

— É, sim. Mas eu acho que ela está com uma quedinha pelo seu amigo Enzo.

Nicco ficou pálido.

— Não é uma boa ideia.

— Nora consegue lidar com ele.

— Eu amo o Enzo como a um irmão, mas acredite quando digo que é melhor Nora esquecer que ele existe, ok? — Ele disse aquilo tão sério que eu só consegui assentir.

100   l. a. cotton

— Ei, a gente não deveria limpar? — perguntei ao perceber que ele já estava me puxando em direção ao buraco na cerca.

— Milo vai cuidar de tudo — ele falou. — Ele me deve um favor.

Devia um favor?

Eu não conseguia imaginar que tipo de dívida exigiria que alguém limpasse a nossa sujeira.

Quando chegamos à moto, peguei a mão de Nicco antes que ele apanhasse o capacete. Se eu não contasse naquele momento, não contaria nunca.

— Quando voltarmos para o dormitório, podemos conversar? Não é nada ruim. Só há algo que eu preciso te contar antes que a gente... antes que isso, que nós — eu tropeçava nas palavras. — Antes que a gente vá mais longe.

— Pode me contar qualquer coisa. — Ele ergueu a minha mão e beijou os nós dos meus dedos. — Vem, vamos te levar para casa.

Nicco me ajudou a prender o capacete e nós nos acomodamos na moto. Ele não me disse para segurar firme dessa vez, meus braços já estavam em torno da sua cintura e me aninhei em sua jaqueta de couro.

A noite ainda não tinha nem terminado, e eu já estava pensando no nosso próximo encontro. E no que viria depois dele. Porque Nicco não estava simplesmente me deixando à flor da pele.

Ele estava se gravando no meu coração.

Nicco

Passei todo o trajeto até a UM com um sorrisão no rosto. Para não mencionar o sabor de Lina ainda na língua. Jesus, ver a garota gozar daquele jeito tinha sido incrível. Eu quis transar com ela bem ali naquela toalha de piquenique, sob as estrelas. Mas ela merecia mais. Merecia flores, um jantar romântico e todas essas coisas. Coisas que eu jamais me imaginei fazendo.

Mas eu queria fazer com ela.

Minha mão cobriu a de Lina enquanto eu reduzia a velocidade nos fundos do seu dormitório. Eu já queria beijá-la de novo, deslizar a língua na dela e nunca mais parar para respirar. Mas ainda havia tanto a se dizer. Coisas que em algum momento eu contaria a ela, mas estava entregue demais ao momento.

Lina desceu da moto, tirou o capacete e o pendurou no guidão. Passei um braço em sua cintura e a puxei para perto. Suas mãos foram para o meu pescoço enquanto ela se inclinava para me beijar. Eu amava quando ela tomava a iniciativa; o modo como distribuía beijinhos nos meus lábios e descia pelo meu queixo. A suavidade insegura da sua língua na minha.

— Vem — falei, enfim me afastando, sabendo que se ela se deixasse levar, eu não seria capaz de continuar resistindo. — Vou te acompanhar até a porta.

Era um risco, mas ela valia a pena. Estar com Lina me fazia me sentir invencível. Como se eu pudesse enfrentar o mundo e sair ganhando.

Andamos de mãos dadas até a porta dos fundos, mas havia um cartaz dizendo que ela não estava funcionando.

— Acho que vamos ter que dar a volta — Lina disse, se inclinando para me beijar de novo.

Tropeçamos para a parede, só dentes, línguas e risada baixa. Meu coração era um tambor constante no meu peito, a adrenalina corria em minhas veias. Eu me sentia um viciado no barato da última dose, e não queria que aquilo terminasse.

— O que você queria me contar? — sussurrei em seus lábios, deixando as mãos deslizarem até a sua bunda e a puxei para mais perto.

— Já, já — ela murmurou —, quero aproveitar o máximo possível. — Lina se aconchegou em mim enquanto eu encontrava forças para nos fazer dar a volta no prédio.

— Eu mal consigo ficar com as mãos longe de você.

— Então nem tenta. — Ela riu, e foi algo tão puro e verdadeiro que eu quis engarrafar para guardar para os dias difíceis.

Nós nos beijamos, e nos beijamos, e nos beijamos um pouco mais. Até alguém pigarrear.

— Arianne?

Ela ficou rígida nos meus braços.

— Tristan? — Ela se virou devagar na direção em que Tristan Capizola estava de pé, olhando feio para nós.

Não, não para nós.

Para *mim*.

Minha postura ficou rígida. Que porra estava acontecendo?

— *Papá?* — Lina coaxou.

Eu não tinha notado o homem ao lado de Tristan. Mas o vi naquele momento. Terno caro. Sapatos engraxados. Barba bem-cuidada e olhar avaliador.

— *Papá?* — Eu engasguei a palavra, mal acreditando na verdade que me atingia feito um trem desgovernado.

— Minha nossa. — Lina saiu dos meus braços e sorriu para mim com a culpa brilhando no olhar. — Eu não queria que você descobrisse desse jeito.

Dei um passo para trás, apontei para Roberto Capizola e a... *filha* dele.

A palavra ficou presa na minha garganta.

Puta que pariu.

Como eu deixei passar?

— Você é... você é a Arianne Capizola?

— Surpresa. — Lina... não, Arianne disse.

— Arianne, por favor, venha aqui — o pai ordenou.

— *Papá*, eu sei que vai parecer maluquice, mas eu queria te apresentar ao meu... Nicco. A gente está saindo e bem, eu... é... — Ela colocou o cabelo atrás das orelhas, me lançando um olhar tímido. — Eu gosto muito dele.

— Niccolò Marchetti, que surpresa. — Roberto enunciou cada letra. — Como vai o seu pai?

Cerrei o punho na lateral do corpo e encarei o homem que tinha meu futuro nas mãos.

PRÍNCIPE DE COPAS   103

— *Papá* — Arianne sussurrou, olhando de mim para ele. — Conhece o Nicco?

O olhar esperançoso no rosto dela me partiu ao meio.

— O pai dele é um velho amigo. É melhor você se despedir do rapaz agora, *mio tesoro*. Temos muito a conversar.

Meu celular vibrou no bolso, mas eu não conseguia me mover. Eu não conseguia assimilar que Lina, *minha Lina*, era Arianne Capizola, filha de Roberto Capizola, a garota que era a chave para tudo.

Arianne saltitou até mim, com uma expressão tão aliviada que me eviscerou.

— Suponho que era isso que você queria me contar? — Minha voz estava tensa.

— Desculpa por não ter dito nada, mas *papá* pensou que seria mais seguro…

— É melhor você ir com ele.

Ela franziu a testa, e o alívio desapareceu.

— Está tudo bem? Parece que você viu um fantasma.

— Estou bem. — Enfiei as mãos nos bolsos, para me impedir de tocá-la.

Eu sabia desde o segundo em que a vi que Lina não pertencia ao meu mundo. Mas jamais imaginei que éramos inimigos em lados opostos de uma longa e amarga rixa entre a nossa família. E pelo modo como ela está me encarando toda deslumbrada e com os olhos cheios de desejo, ela não fazia ideia.

Que merda do caralho, e não havia nada que eu pudesse dizer ou fazer para consertar aquilo.

Arianne não seria minha.

Nunca.

— Tudo bem — ela disse, hesitante. — A gente se vê amanhã?

— Lina… quer dizer, Ari…

— É um dos meus nomes do meio, você ainda pode me chamar de Lina. Ou de Bambolina. — Ela me encarou com um sorriso muito largo. — Vou sonhar com você.

— Arianne — o pai dela repetiu.

— Já vou, já vou. — Ela se inclinou e deu um beijo na minha boche-cha. Eu respirei fundo, e meu coração se partiu ao meio.

Eu jamais sentiria aquilo de novo.

Eu jamais a teria nos braços nem a beijaria.

Roberto a arrancaria da UM e a trancaria onde ninguém poderia en-contrá-la. Onde *eu* não poderia encontrá-la.

E então ele iria atrás de mim.

— Tchau, Bambolina. — Eu me preparei, trancando cada coisinha que sentia por ela, observando enquanto ela ia até o pai e Tristan.

— Vamos conversar lá dentro. — Roberto passou o braço pelos ombros de Arianne e a conduziu até o dormitório, me encarando o tempo todo. Queimando de ódio. — Tristan, fique até o Niccolò ir, depois entre para conversar com a gente, por favor.

— Vai ser um prazer, tio. — O filho da puta sorriu para mim.

Arianne olhou para trás e acenou. Eu queria ir atrás dela; roubá-la dele e levá-la para bem longe dali.

Ela era minha.

Eu sentia nas profundezas da minha alma.

Lina era minha. Mas Lina não era Lina, era Arianne Capizola.

Se você tivesse prestado mais atenção. Mas tinha sido fácil demais me apaixonar por ela. Seu sorriso e sua inocência. Sua beleza e calidez. Eu estive tão envolvido por Lina, na ideia dela, que baixei a guarda. Eu a tinha visto com Tristan, até mesmo perguntei como ela o conhecia. Mas não quis enxergar o que estava bem na minha frente.

Era tarde demais. Arianne havia sumido para dentro do prédio, me deixando lá fora com Tristan.

— Você comeu ela? — ele rosnou. — Você tocou a minha prima com essas mãos sujas de Marchetti? — Ele avançou na minha direção, com uma tala imobilizando o mindinho e o anelar.

— Como vai o dedo? — debochei quando ele se aproximou.

Meu telefone vibrou de novo, mas não havia tempo para ver quem era nem para mandar mensagem pedindo ajuda. Tristan vinha para cima de mim, e pelo brilho em seus olhos, ele estava com sede de sangue. E o pior de tudo era que eu nem poderia falar nada. Se estivesse no lugar dele, ia querer arrancar sangue também.

— Você deveria ter machucado as duas mãos. Porque com uma só eu consigo te derrubar, Marchetti.

— Manda ver. — Eu me ergui em toda a minha altura. Eu podia derrubá-lo. Anos lutando na academia do meu tio e depois indo para o circuito clandestino do L'Anello's significava que eu conseguia derrubar caras que davam dois de mim. Mas ele era primo de Arianne. Família dela.

E mesmo depois de tudo ter dado errado, eu não queria magoá-la.

Não conseguia.

PRÍNCIPE DE COPAS

— Não vou brigar com você, Tristan — falei, mantendo a voz calma.

— Medroso. — Ele cuspiu, me rodeando.

— Eu não sabia. Eu não fazia ideia de quem ela era. Ela me disse que se chamava Lina, pelo amor de Deus. — Ergui as mãos, rendido.

— Acha que eu acredito no que você diz?

— É verdade. — Passei a mão pelo rosto. — Eu não sabia.

— Você vai pagar por isso. Você sabe, não sabe? Vai pagar por ter maculado a minha prima. Por ter olhado para ela. — Ele estava quase em cima de mim.

O lutador em mim queria atacar, libertar toda a raiva, surpresa e amargura que senti pelo universo por me dar algo tão bom quanto Lina e depois tirar de mim.

— Você não quer fazer isso, Tristan — avisei, e olhei rapidamente para o dormitório.

Arianne estava lá, e o pai dela, sem dúvida, estava me pintando como um diabo na pele de anjo.

Esfreguei a testa com a base da mão.

— Não me diz que você sente algo por ela. — Tristan riu, amargurado. — Puta merda, você sente. Você gosta dela. — Ele me provocou. — O que você pensou, Marchetti? Que os dois poderiam cavalgar em direção ao pôr do sol? Ela mentiu para você, e eu apostaria que você não foi totalmente sincero com ela.

— Vai se foder. Você não sabe nada sobre nós.

— Eu sei que ela nunca vai ficar contigo. Sei que, assim que ela descobrir quem você é, não vai querer ter nada a ver contigo. Arianne é melhor do que você. Ela sempre será. Você não é nada, Marchetti, nada além...

Eu não aguentei mais. Meu punho voou para o rosto de Tristan, mas ele notou e se esquivou.

— Filho da puta — o cara rugiu, e veio com tudo para cima de mim. Tentei me mover, tentei me esquivar. Mas era tarde demais. Ele me acertou bem no queixo, e fez a minha cabeça estalar para trás. Dor explodiu quando eu caí, e minha cabeça bateu na calçada.

Então tudo ficou escuro.

— Aqui. — Bailey jogou um pacote de milho congelado para mim. — Foi o melhor que consegui.

— Cara, valeu. — Eu o pressionei no queixo, chiando com a picada de dor gelada.

— Ele te acertou em cheio, hein?

— Eu não estava a fim de brigar com ele. — Embora eu estivesse me arrependendo da decisão. Tristan era convencido pra caralho. Aquilo ia levar o ego dele às alturas.

— Então a sua garota é a princesa Capizola? Que azar do caralho.

— Olha a boca — vociferei, e um silêncio carregado nos envolveu.

Bailey me encontrou minutos depois de Tristan ter me apagado. Ele conseguiu me pôr de pé e na moto enquanto nos levava até a casa da minha tia.

— Continuo repassando tudo na minha cabeça, tentando entender o que deixei passar…

— Mas ela é tudo o que você vê.

— É — soltei um suspiro cansado. — Ela é tudo o que eu vejo.

O garoto era esperto demais para seu próprio bem. Mas estava certo. No segundo em que a vi no beco, assustada e desgrenhada, algo mudou dentro de mim. Eu queria protegê-la. Fazê-la sorrir. Mantê-la em segurança.

Eu a queria.

Nada mais nada menos.

E quanto mais tempo eu passava com ela, mais eu queria ficar com ela.

— E o que acontece agora?

— Lina… — Meu coração se contorceu. — Quer dizer, Arianne, provavelmente vai ser arrancada da faculdade e Roberto vai vir atrás de mim por tocar na filha dele.

— Acha mesmo que ele arriscaria uma guerra por causa dela?

Eu arriscaria.

Lá no fundo, parte de mim sabia que eu arriscaria tudo por ela. Não tinha lógica, mas era o que eu sentia.

Ela era minha.

Mesmo que não fosse.

— Você está apaixonado por ela? — Bailey perguntou, mas não vi julgamento em seu olhar.

— Não, eu não sei amar. — Fui atingido por uma parede. — Talvez seja melhor assim. Ela merece alguém que possa dar a ela todas as coisas que eu jamais serei capaz. — Como segurança e um futuro normal.

PRÍNCIPE DE COPAS

— Não pense tão pouco de si mesmo, Nicco. Você ama Alessia, Enzo e Matteo... e eu. Você ama os meus pais também e seus outros tios e tias.

— Você é da família, é claro que eu te amo, porra.

— Então lute por ela — disse ele, como se fosse simples.

— Há coisas em jogo que eu nem mesmo entendo, Bay. A rixa entre a nossa família vem desde os primórdios, na época da fundação de Verona. E eu e Arianne estamos em lados opostos. Nada nunca vai mudar isso.

— Talvez seja uma chance de consertar as coisas — ele adicionou. — Talvez seja a chance de reunir a família.

Uma risada estrangulada retumbou no meu peito. Aquilo não consertaria nada; só pioraria tudo mil vezes mais. Se meu pai descobrisse que eu estava caidinho pela herdeira Capizola, ele me caparia.

O que eu sentia por Arianne podia ser profundo, mas o ódio dele pelo pai dela, pela família dela, era ainda mais profundo. Estava arraigado em cada fibra do seu ser, correndo em suas veias.

— Você precisa guardar isso para si mesmo. Beleza? — perguntei ao meu primo, que assentiu. Até eu pensar em que merda fazer, ninguém mais poderia descobrir a verdade. — Agora me dá aquela garrafa de uísque. Preciso aplacar essa dor. — Meu maxilar estava doendo pra caralho, mas não era nem o pior.

Apanhei a garrafa com ele, abri e tomei um bom gole. A bebida queimou a minha garganta, mas me distraiu da picada profunda de cada vez que eu abria a boca.

Peguei o celular e reli as mensagens de Enzo. Ele estava de vigia na casa de Tristan quando viu o SUV preto de Roberto Capizola parar lá na frente.

Enquanto eu lambia tiramissu do corpo de Arianne, ele estava fazendo seu trabalho, assim como eu mandei. Ele os seguiu até a biblioteca, mas aí a segurança não o deixou ir mais longe. Enzo sabia que havia algo se passando, só não tinha conseguido chegar perto o bastante para descobrir o quê.

Uma pequena bênção, mas o universo obviamente não estava de todo do meu lado.

Digitei uma resposta rápida, avisei para ele pegar leve pelo resto da noite. Enzo era tão legal quanto parecia, mas assim que descobrisse a minha traição, não sei como reagiria. Ele odiava o Capizola com uma intensidade que nem eu possuía. Então o fato de eu estar, mesmo sem saber, dando uns pegas em um deles seria um obstáculo gigante à nossa amizade. Matteo ficaria do meu lado, sua lealdade era inabalável. Mas Enzo poderia escolher a Família em vez de a mim, e isso seria um problema.

108   l. a. cotton

Mas que porra eu estava dizendo?

Minha lealdade era da Família, tinha que ser. Eu precisava pensar na Alessia, no futuro e na segurança dela. Arianne era só uma garota. Eu superaria aquilo. O fato de ela ser o inimigo deveria bastar como motivação. Eu só precisava ligar para Rayna ou para alguma das outras meninas que estavam doidas para sentar em mim e trepar com elas até esquecer aquela garota.

Ela não é uma garota qualquer, e você sabe.

Soltei um suspiro cansado e apertei o gargalo da garrafa enquanto tomava outro gole.

— Talvez não seja uma ideia tão boa assim — Bailey disse, olhando a garrafa.

— Tem uma melhor? Porque, no momento, ou eu encho a cara de uísque ou vou até o dormitório dela e... — Apertei os lábios. Ir lá não ajudaria em nada, não naquele dia. Eu precisava pensar. Precisava pensar em algo que não acabasse com Arianne magoada. Mas, antes, eu precisava esquecer. Precisava que o buraco no meu peito se curasse. Precisava ficar bêbado para não fazer nenhuma idiotice.

Algo de que me arrependeria.

Algo que acabaria comigo atrás das grades, ou, pior, com uma bala na testa.

Arianne

— Sr. Capizola — Nora esfregou os olhos —, que surpresa. — Ela olhou de mim para ele, me perguntando em silêncio o que é que estava acontecendo.

Dei ligeiramente de ombros.

— O senhor aceita, humm, algo para beber?

— Não, está tudo bem. Mas eu gostaria de falar a sós com Arianne, se não for pedir demais.

— Claro que não. — Ela torceu as mãos. — Posso ficar lá na área comum.

— Nora, você não precisa...

— Obrigado, Nora — meu pai interveio —, vai ser muita gentileza sua.

Franzi as sobrancelhas. Ele estava agindo estranho, o que me deu calafrios. Eu tinha ficado surpresa por ver meu pai e Tristan aqui... tão envergonhada. Sem dúvida ele queria perguntar de Nicco, do nosso relacionamento. Mas, de um jeito estranho, eu também estava feliz pela verdade ter vindo à tona. Eu não precisava fingir mais.

Lá no fundo, tinha certeza de que meu pai só quer que eu seja feliz.

Segura, feliz e amada.

Três palavras que eu sentia toda vez que Nicco olhava para mim. Mesmo que fosse cedo demais para sentir essas coisas.

Então por que essa impressão de que tudo estava prestes a mudar?

— Eu gostaria que Nora ficasse — deixei escapar, de repente me sentindo fora de prumo, com o pânico inundando o meu peito. — Por favor, *papá*.

— Arianne, isso não é...

— *Por favor* — falei, e peguei a mão de Nora.

A felicidade que eu sentia havia apenas alguns minutos estava desparecendo muito rápido. Algo estava errado. Eu sentia. Fui tão ofuscada pelo encontro maravilhoso com Nicco que não presumi que meu pai estava ali

l. a. cotton

para algo além de uma visita. Mas estava tarde, era quinta-feira e ele não tinha ligado para avisar.

Não fazia sentido.

Nora deslizou os dedos pelos meus e apertou, me dando forças para perguntar:

— O que foi, *papá*? Por que o senhor está aqui?

— Muito bem, isso vai afetar Nora também. Por favor — ele apontou para as camas —, vamos nos sentar.

Nora e eu ficamos na cama dela, e meu pai puxou uma das cadeiras. Naquele momento, a porta se abriu e Tristan entrou. Ele encontrou o olhar do meu pai e deu um aceno incisivo.

— Tristan? — perguntei, com a voz trêmula. — O que houve? Cadê o Nicco?

— Ele já foi. — Havia algo na voz dele, mas meu pai pigarreou, chamando nossa atenção.

— Fiquei sabendo que você não está mais segura aqui.

— Segura? — Eu me engasguei. — Como assim eu não estou segura? Não faz nem duas semanas que estou aqui. Não entendi. O que aconteceu?

— Há quanto tempo você está saindo com o garoto do Marchetti?

— Nicco, *papá*, o nome dele é Nicco. Tudo aconteceu muito de repente. Ele...

— Você teve relações com ele?

— O-o quê? — Vergonha coloriu as minhas bochechas.

— Sr. Capizola — Nora interrompeu. — Não acho que essa seja uma pergunta a se fazer na frente...

— Responda à pergunta, *mio tesoro*.

— N-não — menti, com indignação queimando o meu corpo. Que direito ele tinha de me perguntar isso? E na frente de Nora e Tristan ainda por cima. — Não — eu me recompus. — Eu ainda...

— Que bom, muito bom mesmo. — Os ombros dele relaxaram visivelmente.

O que é que estava acontecendo?

Meu pai sempre havia sido seco, mas nunca foi tão frio comigo.

Tudo o que ele havia feito, embora tenha sido exagerado e autoritário, tinha sido por amor. Eu não duvidava.

Até o momento.

— Você não vai mais ver Niccolò Marchetti.

PRÍNCIPE DE COPAS

As palavras chacoalharam na minha cabeça. Eu não entendi o que ele dizia.

— Sinto muito por fazer isso com você, Arianne — ele continuou. — De verdade, mas preciso que junte suas coisas agora mesmo. Vamos embora hoje ainda.

— Embora? — Saltei de pé, com lágrimas escorrendo pelo meu rosto. — Eu não vou embora. Não vou parar de ver Nicco. Ele me faz feliz. Ele me faz sentir... *normal*. O senhor disse...

— Eu disse que você poderia ficar aqui desde que estivesse a salvo. — Meu pai se levantou e passou a mão pela barba. — E você não está mais.

— E o que isso quer dizer? Alguém quer me fazer mal? Quem?! — gritei, com as lágrimas queimando o fundo dos meus olhos. — Eu fiz tudo o que o senhor me pediu. Mal falei com alguém além de Nora e...

— O Marchetti? — meu primo disse, entre dentes, cheio de desgosto.

— Tristan? — falei, baixinho. — Me diz o que está acontecendo. O que Nicco tem a ver com isso?

— Ela deveria saber — ele disse para o meu pai, e cerrou o punho. Notei que a mão dele parecia estar ferida, a pele ao redor das juntas muito vermelha.

— Tristan — ele avisou. — Agora não é...

— O que você fez? — Saiu estridente, as peças do quebra-cabeça mudaram e foram se encaixando bem devagar. Mas ainda faltavam muitas partes vitais para aquilo fazer sentido.

— O que você fez com o Nicco?

— Nada que ele não merecesse. — Tristan disparou, olhando feio para mim.

— Seu filho da puta! — gritei, com os punhos cerrados e o coração batendo com violência no peito.

— Ôpa. — Nora foi para o meu lado. — Acho que todo mundo precisa se acalmar. Sr. Capizola, o que houve? Arianne está em perigo?

Os olhos dele nublaram de indecisão.

— Eu quero ficar aqui — falei, enfim encontrando a minha voz. — Pelo menos hoje. Esta é a minha vida, a *minha vida*, *papá*, e não sei se quero ir a algum lugar com qualquer um de vocês até me dizerem que droga está acontecendo.

— Arianne — meu pai soltou um muxoxo —, por que você está sendo tão difícil?

— Difícil? Acha que isso sou eu sendo difícil? O senhor me manteve trancada em casa por cinco anos. Cinco. Anos. *Papá*. Eu estava tão animada para vir para cá, para finalmente ser uma jovem normal, e o senhor quer

112   l. a. cotton

me arrancar daqui. Porque eu estou em perigo. Mas não me diz por quê. Bem, sinto muito, mas não vou engolir essa. — Arranquei a mão da de Nora e a levei ao quadril.

Ele não podia fazer isso.

Ele não podia me tirar da faculdade, da minha liberdade... de *Nicco*.

Eu acabei de encontrá-lo, não podia simplesmente esquecer que ele existia. Nem iria.

— O senhor é um dos homens mais poderosos de Verona, do estado. — Estreitei os olhos para ele. — Claro que pode garantir a minha segurança para ficar aqui.

A expressão de Tristan se abrandou, mas era tarde demais. Se ele tivesse posto mesmo que só um dedo em Nicco, nunca mais falaria com ele.

— Ela tem razão, tio. Estou aqui, Scott também. O senhor sabe que não vamos deixar que ninguém a machuque.

Nora ficou tensa ao meu lado, e eu lancei um olhar para ela que dizia "por favor, não diga nada".

— Vou deixar dois homens.

— Guarda-costas? — Descrença cobria minhas palavras. — Isso não é o que eu...

— É isso ou você arruma as suas coisas e vai direto para casa comigo.

— Tudo bem. — Cruzei os braços, me perguntando como chegamos a isso. Menos de uma hora atrás, eu estava nas nuvens, envolta nos braços de Nicco, me apaixonando tão perdidamente por ele que não queria nem voltar à realidade.

E agora... agora eles falavam dele como se fosse o inimigo e estivéssemos em guerra. Eu não entendia. Eu só sabia que o meu coração estava estilhaçado, e eu não ia a lugar nenhum, não hoje.

— Muito bem. — Meu pai abotoou o paletó. — Mas, Arianne, não é permanente. Você é minha filha, e eu vou sempre fazer qualquer coisa para te manter em segurança. Estamos entendidos? Tire essa noite para se acalmar, e a gente conversa amanhã de manhã.

Eu não confiava em mim para falar, então dei um aceno de cabeça. Ele veio até mim e deu um único beijo na minha cabeça.

— *Mio tesoro*, você se tornou uma moça tão forte. Mas não se deixe enganar por coisas tão frágeis quanto o amor. Somos Capizola, *principessa*. É hora de você começar a agir como tal.

Os olhos de Nora queimaram a lateral da minha cabeça enquanto eu

PRÍNCIPE DE COPAS

observava meu pai sair do nosso quarto, como se ele não tivesse acabado de virar o meu mundo de cabeça para baixo.

Tristan ficou, com os olhos brilhando com seu pedido de desculpa.

— Ari, eu tentei conseguir mais tempo para você, mas não sabia que vocês estavam...

— Não me venha com Ari — falei, entre dentes. — Olhe nos meus olhos e me diga que você não o machucou, Tristan. Olhe nos meus olhos e diga.

— Eu sinto muito — ele sussurrou —, mas há coisas de que você não sabe, prima. Tantas histórias que você não... porra.

— É melhor você ir — Nora falou ao passar um braço ao meu redor. — Agora.

— Tá, tudo bem. — O olhar de Tristan se demorou em mim, mas eu não conseguia encará-lo. — Mas você não vai poder se esconder disso para sempre, Arianne. Esse é o seu destino. Você querendo ou não.

Meu primo saiu do quarto, fechando a porta ao passar. E eu desabei nos braços da minha amiga, me perguntando quando a minha vida tinha se complicado tanto.

— Aqui. — Nora me entregou uma caneca de chocolate quente. — Como você está se sentindo?

— Os Irmãos Metralha ainda estão de guarda na porta do quarto?

Ela foi até o olho mágico.

— Estão.

— Bem, então, foi tudo verdade, eu não sonhei nada disso. Então acho que se pode dizer que estou com raiva, me sentindo traída, confusa, decepcionada... já está bom?

Nora abriu um sorriso amarelo.

— Estou orgulhosa de você.

— Orgulhosa de mim?

— Claro. Você não arrumou as suas coisas e, como a filha obediente, voltou para casa com o seu pai. Você fincou o pé.

— Ele não me contou nada, Nora. Nada. Toda a conversa sobre a UM não ser segura e me proibir de ver Nicco de novo. Que droga foi essa? E o Tristan...

— Você acha mesmo que ele machucou o Nicco?

— Você não viu a mão dele? Algo aconteceu. — O nó no meu estômago se apertou.

— Por que você não manda mensagem para ele?

— Eu... eu não tenho o número dele... — Minha voz foi sumindo.

— Você não pegou? Ari, qual é...

— Sei que parece idiotice, mas ele nunca me pediu, e eu não queria... Deus, Nora, eu estive me enganando esse tempo todo? Nicco está de alguma forma relacionado à ameaça de que meu pai estava falando? Você deveria ter visto o quanto ficaram espantados quando me viram com ele. Já vi meu pai com raiva muitas vezes, mas nunca daquele jeito.

— Como ele disse que era o sobrenome dele? Marchetti?

— Sim, por quê?

— Marchetti... me parece familiar. Não sei onde ouvi. Vamos lá, vamos ver no Google.

— No Google? Eu não sei se...

— Ari, eles estão escondendo algo de você. E eu sei que o gostosão apareceu e te deixou caidinha, e você está tão encantada que não perguntou nada de importante para ele, tipo o sobrenome e o telefone do cara, mas chegou a hora de descobrir a verdade. Não acha?

Larguei a caneca na mesa e soltei um longo suspiro. Ela tinha razão. Eu fui ingênua demais, me deixei levar pelo modo como Nicco me fazia me sentir para me preocupar com o pouco que eu sabia sobre ele.

— Tudo bem. — Eu me juntei a ela na cama. Nora ligou o notebook e se recostou na cabeceira.

— Niccolò Marchetti. — Ela digitou o nome dele na barra de pesquisa e deu enter. — Estudante da UM, nada do que já não sabemos. Nenhuma rede social. Nem imagens. Ah, espera, o que é isso?

Ela clicou em um dos links e o artigo foi carregado.

— Filho de Antonio Marchetti, chefe da Dominion, organização criminosa que opera em La Riva, no condado de Verona. Os Marchetti têm uma história longa e prolífica em Verona que remonta à fundação da cidade.

— Organização criminosa? — sussurrei. — Tipo... a *máfia*? Mas isso...

— Ah, meu Deus — Nora arquejou. — Foi como ouvi o nome.

PRÍNCIPE DE COPAS   115

Giovanni costumava me contar histórias da fundação de Verona. Seu tataravô, Tommaso Capizola, imigrou para cá no final do século XIX. Ele e o melhor amigo construíram uma vida para si. Giovanni os descreveu como personagens grandiosos que construíram um império ilegal, mas eu sempre pensei que ele estivesse exagerando. Seu pai é o homem mais respeitador das leis que eu conheço, mas talvez haja algo por trás disso?

Eu tinha ouvido as histórias, sabia do legado da minha família por ser uma das fundadoras do condado, mas nunca tinha ouvido a versão de Nora.

— Do que você está falando? Que o melhor amigo do meu tataravô era um Marchetti?

Ela assentiu devagar.

— Acho que sim.

Eu me inclinei e estudei o artigo.

— Dominion — falei, e digitei a palavra na barra de pesquisa logo ao lado de condado de Verona.

— Puta merda — Nora soltou uma respiração trêmula enquanto passávamos de artigo em artigo que ligava o nome Marchetti a uma lista de crimes. — Eles são mafiosos — ela disse. — Mafiosos italianos de verdade.

— Não é... — respirei bem fundo. — Não pode ser verdade. O Nicco...

— É o príncipe da Dominion. — Nora apontou para a tela. — É o próximo da linha de sucessão. Pelo menos agora sabemos por que seu pai e Tristan piraram quando te pegaram dando uns amassos nele.

— Nora... — Um peso se assentou nos meus ombros.

— Desculpa, só estou tentando desanuviar as coisas.

Eu não gostei da piada, não no momento. Não quando tudo o que eu pensava que sabia estava sendo aniquilado. Minha família não tinha construído seu legado com trabalho duro e determinação; seguiram o exemplo dos antepassados mafiosos. Nicco não era só um cara problemático, misterioso e de bom coração, ele era o único filho do chefe da máfia da Nova Inglaterra.

Ele era tudo o que eu não era.

— Ari? — Nora logo disse quando caí nos travesseiros e o ar foi sugado dos meus pulmões.

— O que eu vou fazer? — solucei, meu coração se partiu pelo garoto que tinha me feito me sentir vida, a garota que ele havia tirado da concha.

Fazia sentido agora; o tormento constante dele por estar comigo. O modo como sempre se referia a si mesmo como alguém que não era bom para mim.

116   l. a. cotton

Mas, mesmo eu sabendo a verdade, e sabendo que havia muito mais a descobrir, não conseguia me esquecer do que Nicco me fazia sentir. Como ele tinha me tratado com tanto amor e afeto. Não era algo que dava para fingir, né?

— Eu consigo sentir meu coração se partindo. — Chorei nas minhas mãos, a dor avassaladora. — Foi tudo de verdade? Alguma coisa foi de verdade?

— Shh. — Nora afagou o meu cabelo. — Nós vamos descobrir, Ari. Prometo que vamos.

Mas eu não tinha certeza de mais nada.

Tudo o que eu queria era uma vida normal. E aí eu conheci Nicco, e foi como um conto de fadas. Meu próprio príncipe que expulsou os monstros e protegeu meu coração. Mas era tudo mentira.

A verdade era muito pior.

A verdade era que a minha vida tinha acabado de se tornar um pesadelo.

Um a que eu não sabia como sobreviver.

O sono não veio fácil.

Eu me revirei a noite toda, repassando tudo na minha cabeça. Em algum momento, desisti de vez e comecei a pesquisar a família de Nicco, esperando, *rogando* para Nora estar errada.

Niccolò Marchetti não era o filho de um chefe da máfia.

Não podia ser.

Mas, lá no fundo, eu sabia que era verdade. O que ele havia me contado de si mesmo?

Nada.

E a idiota aqui não perguntou. Eu estava tão encantada por ele, tão concentrada em manter meu próprio segredo, que não parei para pensar que ele guardava segredos devastadores.

— Ei, você está acordada? — A voz de Nora estava rouca de sono. Ela tinha conseguido apagar por volta de uma da manhã, depois de eu ter encharcado seu pijama com lágrimas.

— Não consegui dormir — respondi, e me virei de lado para puxar as cobertas. — Eu queria que tudo fosse um sonho.

— Mas não é — ela disse, com tristeza pesando suas palavras.

— Não é.

— Então eu acho que o melhor amigo dele, Enzo, também é... sabe.

— Não sei. Não sei de mais nada.

— Você está se apaixonada por ele, não está?

— Eu... — As palavras ficaram presas na minha garganta. — É loucura, não é? Não dá para se apaixonar por alguém que você mal conhece.

— Dá sim, se estiver predestinado.

Amargurada, ri daquilo.

— Nada entre mim e Nicco foi predestinado, Nor. Ele é um criminoso. Você leu os artigos. Assassinato. Intimidação. Extorsão. Fraude. Tudo obra da Dominion.

— Nem todas as pessoas escolhem ser más, Ari, algumas não têm escolha. Você só vai saber a história de Nicco se perguntar a ele.

— Perguntar a ele? — Eu a encarei, boquiaberta. — Acha mesmo que ele vai querer falar comigo agora que sabe quem eu sou? — O silêncio se estendeu entre nós, e eu sussurrei: — Eu descobri uma coisa...

— O quê? — Ela se apoiou nos cotovelos.

— Eu não conseguia dormir, então fiz mais pesquisas. Uma das empresas do meu pai está tentando conseguir permissão para reconstruir La Riva.

— Mas é território Marchetti. — Descobrimos aquilo em nossas pesquisas.

Assenti devagar, com o estômago revirado.

— Antonio Marchetti se recusa a ceder o terreno.

— Acha que tem algo a ver com a rixa entre eles?

— É um começo. — Embora eu tinha a sensação de que era algo bem mais grave.

— O que você vai fazer?

— Vou ver o meu pai.

Ela se levantou feito um raio.

— Ari, não sei se é boa ideia. Se você se voltar contra ele, ele pode te obrigar a voltar para casa.

Passei as pernas pela beirada da cama e me sentei.

— Não posso passar a vida sendo a filha dócil e obediente. Passei toda a adolescência trancada naquela casa. Eu quero saber a razão.

Nora ficou na mesma posição que eu e enfiou os pés nas pantufas cinza.

— Então acho que vamos para casa esse fim de semana?

— Você vai comigo?

l. a. cotton

— Até parece que eu não iria.

— Obrigada. — Sorri.

— Acha que os Irmãos Metralha vão nos levar até lá?

— Só tem um jeito de descobrir. Mas, antes de encarar meu pai, preciso tomar café.

— Tem certeza? — Ela ergueu a sobrancelha. — Talvez devêssemos...

— É a faculdade, Nora. O que pode acontecer comigo aqui? Além do que, não é como se estivéssemos sozinhas. — Relanceei a porta. Eu estava acostumada a ver meus pais flanqueados por guarda-costas. Mesmo o pai de Nora, Billy, foi treinado em proteção pessoal. Fazia parte do trabalho para a família mais rica do condado de Verona.

— Acho que deveríamos passar no drive-thru no caminho para lá.

— Nor, qual é. É só café da manhã.

— Já entendi. — Ela me abriu um sorriso amarelo. — Você está se sentindo rebelde e quer resistir. Eu também agiria assim. Mas ainda não sabemos todos os detalhes.

— Tudo bem — cedi. — Vamos no drive-thru.

Ela tinha razão. Eu estava me sentindo rebelde. Queimava dentro mim, girando com raiva e frustração. Eu queria respostas.

Eu queria a verdade.

Mesmo que não gostasse dela.

Em menos de meia hora, nós duas estávamos de banho tomado e vestidas, encarando a porta como se ela levasse a um mundo desconhecido.

— Tem certeza? — Nora perguntou.

— É a única opção. Eu quero respostas. Eu mereço respostas, Nor. E meu pai as tem.

— Eu gosto de você assim. — Ela sorriu. — Forte e feroz.

— Ah, não sei se é tudo isso. — No meu peito, meu coração estava ferido e maltratado. Mas meu pai era um homem formidável, e eu não queria dar a ele ainda mais munição. Ele precisava entender que eu era adulta. Que era capaz de lidar com a verdade.

— Você consegue, Ari. *A gente* consegue. Vem. — Ela puxou a porta e saiu para o corredor. Os dois guarda-costas ficaram em posição de sentido, com o olhar estreitado em mim.

— Srta. Capizola. Seu pai disse...

— Preciso que me levem em casa — falei.

Eles trocaram um olhar.

— O Sr. Capizola vai preferir se...

Pigarreei, respirei fundo e falei:

— Qual é o nome de vocês?

— Eu sou o Luis, e meu parceiro é o Nixon.

— Bem, Luis, você pode me levar para casa ou a gente vai sozinha.

— Muito bem — ele falou. — O carro está lá na frente.

Claro que estava. Revirei os olhos, e Nora riu. Algumas meninas passaram por nós no corredor, com os olhos arregalados ao ver Nora e eu sendo escoltadas por Luis e Nixon. Mas deixei os cochichos curiosos para lá. Elas eram o menor dos meus problemas no momento.

— Sei que as coisas estão meio malucas no momento. — Nora se aproximou. — Mas não dá para negar que é meio legal. — Ela apontou para Luiz.

Era a cara dela achar aquilo emocionante. Balancei ligeiramente a cabeça e seguimos nossa escolta prédio afora, indo em direção ao elegante SUV preto.

— Pelo menos todo mundo já foi para a aula e não temos plateia — Nora murmurou.

Ela estava certa, não havia ninguém por perto. Ninguém, exceto...

— Bailey — suspirei, ao vê-lo no canto do prédio, escondido entre a parede e uma imensa árvore de bordo.

— Bailey? — Nora sussurrou.

— É, o primo do Nicco. — Esperança floresceu no meu peito. — Preciso ir falar com ele.

— Humm, odeio estragar as coisas, mas eles não vão te deixar ir lá. Me deixa cuidar disso, tudo bem?

Franzi as sobrancelhas ao olhar para Bailey de novo. Eu precisava falar com ele. Precisava saber se Nicco estava bem.

— Certo, mas o que você vai...

— Ah, merda — Nora anunciou, parando de supetão. — Preciso ir pegar uma coisa no apartamento.

120

l. a. cotton

— Srta. Abato, a gente precisa mesmo ir.

— Fiquem com Ari no carro. Volto em dois minutos.

— Nixon. — Luis fez sinal para ele. — Vá com ela.

— Não, *não*! É... coisa de menina. Vou morrer de vergonha. Como se ser escoltada por dois caras desse tamanho já não fosse vergonha o bastante — ela resmungou. — Só dois minutos. Pé lá, pé cá, vocês vão ver. Vá colocar Ari no carro, ela é a importante.

Luis abriu a porta e fez sinal para eu entrar.

— Rápido! — gritei para Nora enquanto ela corria de volta para o prédio. Eu não fazia ideia de como ela pretendia chamar a atenção de Bailey sem alertar Luis e Nixon, mas minha melhor amiga era cheia de surpresas.

A atmosfera no SUV era tensa. Discreto, Luis falou no rádio enquanto Nixon ficava de olho no prédio. Bailey estava bem ali, e estava sendo a minha morte não poder ir falar com ele.

Um minuto se passou, e outro. Nixon começou a resmungar.

— Está demorando, eu vou...

— Ela ficou menstruada — falei de uma vez só.

— Eu... é, tudo bem. — Ele passou a mão pelo rosto e lutou com o sorriso.

Mais cinco minutos se passaram, e até mesmo eu comecei a me preocupar. Mas aí eu a vi correr para o SUV. A porta se abriu e ela entrou.

— Tudo certo, desculpa ter demorado tanto.

— Por favor, ponha o cinto — Luis disse, e engatou o carro.

— O que ele disse? — sussurrei, de olho no retrovisor.

— Não aqui. — Nora balançou a cabeça.

— Nor, por favor...

Eu precisava saber alguma coisa, *qualquer coisa*.

Ela estendeu a mão e pegou a minha, mantendo o rosto virado para frente.

— Ele está bem — ela articulou com os lábios, com os olhos queimando de raiva. — Mas você estava certa, Tristan machucou o cara.

Meu coração se apertou.

— Ah, Deus. — Lágrimas empoçaram meus olhos e, desesperada, tentei piscar para espantá-las.

— Shh, vai ficar tudo bem, Ari.

Mas nada naquilo parecia certo.

Absolutamente nada.

Nicco

— Niccolò, o que foi que aconteceu com o seu rosto? — Tia Francesca estendeu a mão para mim, fazendo barulhinhos enquanto passava os dedos no meu queixo.

— Deixe o garoto em paz, *amore mio*. — Tio Joe a tirou de perto de mim e estreitou os olhos para o hematoma no meu rosto. — Devo me preocupar?

— Nicco conheceu uma garota. Não foi, primo? — Bailey entrou na sala, sorrindo para mim.

— Vai se foder — articulei com os lábios por cima do ombro do meu tio. Ele me mostrou o dedo, o que lhe garantiu um pescotapa.

— Nada de xingar à mesa. Agora vá lavar as mãos para se sentar. A comida não vai se comer sozinha.

— O cheiro está bom, tia — falei, ao me largar em uma das cadeiras. Minha cabeça doía pra caralho, e meu estômago estava revirado, mas eu sabia que, se não fosse tomar café, minha tia iria lá dar uma olhada em mim. Além do mais, não havia muito que os ovos com bacon dela não curassem.

— Então, me conta dessa garota. — Ela colocou a última tigela na mesa e se acomodou. — Como ela se chama? Estuda na Montague?

— Não há garota nenhuma. Bailey está tirando uma comigo. — Eu olhei feio para ele.

— Bem, não te faria mal nenhum pensar em sossegar. Você já tem quase vinte anos, e tem tanta... responsabilidade sobre seus ombros.

— Fran — meu tio chamou a atenção dela. — Deixa o garoto. Ele está aqui para ficar longe dessa loucura.

Um silêncio carregado nos envolveu. Ao contrário do pai de Matteo, que trabalhou duro para ir subindo de posição antes de se casar com alguém da família e se tornar um dos capitães do meu pai, tio Joe não queria ter nada a ver com aquilo. A mãe de tia Francesca era irmã do meu avô

Francesco, e, assim como a filha, ela recebeu autorização para se casar com um homem que não tinha laços com a família.

Os Romano não eram meus tios por assim dizer, mas eram família, e era tudo o que importava.

— Bailey, você poderia fazer o favor?

Meu primo resmungou, mas fez que sim. Todos demos as mãos e esperamos enquanto ele fazia a oração. Ao terminar, tio Joe serviu a minha tia e a si mesmo, então me entregou a colher.

— Como vão as aulas? — ele perguntou.

— Chatas — confessei. — Eu preferia estar na oficina contigo ou lá na academia.

— O diploma vai ser bom para você, Niccolò. — Ele me lançou um olhar compreensivo. Todos sabíamos por que eu estava frequentando a UM; só não tocávamos no assunto. Era assim que funcionava o código do silêncio, ou como o chamávamos, *omertá*.

— É melhor você se apressar se quiser assistir às aulas hoje — ela disse.

— Na verdade, eu vou para a academia — falei, ao limpar a boca com o guardanapo. — Preciso queimar um pouco de energia.

E bater muito em alguma coisa ou em alguém.

— Eu vou junto — Bailey disse —, se estiver tudo bem?

— E a escola? — A mãe dele estrilou. — Você precisa se esforçar, filho. Por favor.

— Não posso ir, não hoje. — Ele passou os dedos pelos cabelos e puxou as pontas. — Eu vou segunda, prometo.

Tia Francesca soltou um suspiro exasperado.

— Tudo bem, mas fique longe do ringue, *ragazzo mio*.

— Pode deixar, *mamma*.

— Vou ficar de olho nele.

— Você é um menino tão bom — declarou, e se inclinou para dar um tapinha na minha mão. — Agora coma. Você sabe que eu gosto dos pratos limpos.

— Eu tenho uma coisa para te dar — meu primo disse no segundo que entramos no carro dele.

PRÍNCIPE DE COPAS

— É uma varinha mágica para consertar essa merda?

— Melhor ainda.

Aquilo chamou minha atenção e eu olhei para ele.

— Aqui. — Bailey revirou o bolso e tirou um pedaço de papel, que pressionou na minha mão.

Eu o alisei.

— É um número de telefone.

— Não é qualquer número, é o número *dela*.

Meus músculos ficaram tensos. Passei a noite pensando em Arianne, e quando não estava pensando nela, estava sonhando com ela.

Ela era a herdeira Capizola.

A garota que meu pai queria usar como vantagem contra Roberto.

Mas ela também era a garota que havia levado a mão ao meu peito e arrancado meu coração de lá, segurando-o em suas palmas.

— Como você conseguiu isso? — indaguei, dentes cerrados.

— Eu voltei lá ontem à noite.

— Você o quê? — vociferei.

— Relaxa, ninguém me viu. Enfim, elas não saíram. Roberto colocou dois homens no dormitório dela, mas ela ficou. Voltei hoje de manhã para investigar. E adivinha quem eu vi pouco antes de ir embora?

— Arianne — suspirei. Só dizer o nome dela doía. Rasgava meu peito um pouquinho mais, até eu ter certeza de estar sangrando por todo o carro de Bailey.

— Você falou com ela?

— Não, a colega de quarto conseguiu despistar os caras do Capizola. Ela me disse para te entregar isso, e repito o que ela falou: "diz a ele que se tudo isso significou alguma coisa, é para ele ligar para ela, porra". Aquela lá é agressiva.

Encarei os números. Era meu elo com ela. Eu só precisava pegar o telefone e ligar.

— O que você está esperando? — Bailey perguntou, depois de alguns segundos.

— Preciso pensar no que fazer quanto a essa merda.

— Nic, só liga para ela, cara. Você quer. Você sabe que quer.

Passei a mão pelo cabelo e soltei um longo suspiro.

— Você não sabe de nada, garoto. Só dirija.

Ele me xingou em italiano, mas não disse mais nada. O que havia a dizer? Não havia comida da mãe dele o suficiente para consertar isso.

Dez minutos depois, estacionamos na frente do estacionamento de terra batida da academia do tio Mario. Ele era primo de segundo grau do meu pai, mas era tradição chamar nossos parentes de tio. Ficava no coração de La Riva, na esquina de um dos centros comerciais.

Vi o Pontiac de Enzo de imediato. Ele esteve enchendo o meu celular com mensagens sobre Roberto Capizola no campus, mas eu não tinha energia para entrar nessa com ele. Além do que, eu ainda não tinha decidido o que contaria a Enzo.

Saímos do carro de Bailey, e peguei minha bolsa no porta-malas.

— Nicco — alguns caras nos cumprimentaram quando entramos.

A Hard Knocks fedia a suor, mas havia algo reconfortante no ar viciado e nos gemidos e grunhidos ecoando pelas paredes.

— Precisamos conversar. — Enzo veio até mim no segundo em que me viu.

— Agora não. — Larguei a bolsa no banco e tirei a camiseta. — Fita — falei para ninguém em particular, e Bailey me entregou um rolo de atadura. Comecei a enfaixar as juntas, apertando com força o bastante para proteger a pele, mas não a ponto de dificultar o movimento.

— Ei, Russo — gritei para o treinador que trabalhava no ringue. — Quero entrar.

— Killian pagou por uma hora. — Ele apontou para o cara socando o ar lá no meio.

— Eu luto com ele — o fortão falou, reduzindo a velocidade dos movimentos e indo até as cordas.

— Você não quer fazer isso, meu rapaz. — Russo soltou um assovio baixo. — Aquele é Niccolò Marchetti.

Reconhecimento incendiou os olhos do cara.

— Estou dentro, se for ele.

— É o seu funeral — Russo murmurou, puxou uma das cordas para cima e me chamou. Tirei os tênis e subi descalço no ringue. Eu gostava de sentir a lona sob os pés, as vibrações pelo corpo.

— Ouvi falar de você, garoto. — O cara sorriu. — Devo dizer que até o momento não fiquei impressionado. — Ele me examinou com o olhar.

Estiquei o pescoço de um lado para o outro, rolei os ombros, dei saltinhos. Geralmente, eu me aquecia antes de entrar no ringue. Mas não queria pegar leve. Eu queria bater. Machucar. Queria sentir a porra toda.

— Dá uma surra nele, primão! — Bailey gritou. O resto dos caras na

PRÍNCIPE DE COPAS

academia tinham parado de treinar e se aproximaram mais, todos me observando ir com tudo para cima de Killian.

— Eu vou te derrubar, garoto.

— Cai matando. — Bati os punhos. O ar estalava ao nosso redor, denso de expectativa.

— Tem certeza, Nicco? — Russo disse entre dentes enquanto assumia posição.

— Manda ver — falei.

— Tudo bem, então. — Ele colocou o braço entre nós. — Lutem limpo. Nada de golpes abaixo da cintura, proibido agarrar, dar rasteira e chutar. Se eu vir dentes ou golpes baixos, está fora, entendido?

Assenti, encarando Killian. Eu nunca o tinha visto por ali. Não sabia quais eram os pontos fortes ou fracos dele, mas não precisava saber. Tudo o que eu via era um alvo. Alguém em quem descontar minha raiva e frustração. Adrenalina me percorreu.

— Você é meu, bonitinho — provocou, dançando sobre os pés.

Ergui a sobrancelha.

— Veremos.

— Lutem. — A voz de Russo soou como um tiro. Recuei, antecipando o movimento dele. Claro, ele veio para cima de mim feito um touro bravo, brandindo os punhos.

Mantive os passos leves e me esquivei de um gancho de direita, então me preparei para contra-atacar com um gancho. Meu punho fez contato, a cabeça de Killian estalou para trás e seus grunhidos de dor preencheram o ar. Ele tropeçou para trás, mas não dei tempo para ele se recuperar. Parti para cima. Rápido e com força, acertando um golpe depois do outro.

— Pega ele, Nicco! — alguém gritou, e as palavras foram afogadas pelo sangue rugindo entre meus ouvidos.

— Calma, Marchetti. — Russo se enfiou entre nós, deixando Killian recuperar o fôlego.

O supercílio dele estava aberto, sangue escorria pelo seu rosto.

— Ainda quer me derrubar? — Agora era eu quem estava provocando. Mas eu me sentia latejar, com lava correndo por minhas veias, me estimulando. Eu não estava nem perto de soltar a besta furiosa dentro de mim.

— Vamos lá, *brutto stronzo*. — Eu ri, debochado, saltitando na ponta dos pés.

Ele tirou Russo da frente e veio com tudo, o soco desajeitado me atingiu no ombro. Dor explodiu por mim, mas eu mal notei. Dor era bom.

126   l. a. cotton

Dor me lembrava de que eu estava vivo. Abafava as outras merdas que me esmagavam.

— *Figlio di puttana* — grunhiu Killian, vindo para cima de mim de novo enquanto eu me abaixava e me esquivava de seus golpes. Suas juntas enfaixadas roçaram minha bochecha algumas vezes, atingiram a pele sensível entre as minhas costelas. Mas não era nada com o que eu não pudesse lidar.

— Acaba com ele, Nicco! — Enzo gritou.

Mas eu não queria terminar rápido demais. Ainda estava muito tenso.

Avancei, encurralando Killian nas cordas, dando soco atrás de soco. Rosto, peito, costelas, não importava. Desde que meu punho continuasse encontrando partes do corpo dele, não havia como me deter.

Ele caiu de joelhos, tentando, desesperado, proteger o rosto.

— Nicco, relaxa! — alguém exclamou. Mas eu não parei. Meus punhos desciam com tudo nele, até eu não ver nada além de pele ferida, sangue e hematomas.

— Calma, garoto. — Braços fortes me agarram por trás, me arrancando de cima de Killian. — Vai dar uma volta. — Russo me deu um empurrão forte para o outro lado do ringue, de onde Enzo e Bailey me observavam, com preocupação estampada no rosto.

— O que foi? — vociferei ao descer do ringue e pegar uma água. Bebi e joguei o resto na cabeça. Água fria formou riachos ao descer pelo meu peito, esfriando minha temperatura e meu humor.

Olhei para trás e notei o estado de Killian. Ele parecia ter sido atacado por quatro ou cinco homens.

— Porra — xinguei baixinho. Culpa me percorreu, mas ignorei. Ele havia me desafiado, agido como se pudesse me enfrentar. Não foi minha culpa ele ter me pegado numa hora péssima pra caralho.

— Se você queria matar o cara — Enzo disse, caminhando ao meu lado enquanto íamos para o vestiário. — Quase conseguiu.

— Ele sabia no que estava se metendo.

— Sabia? — Os olhos do meu melhor amigo queimaram na lateral do meu rosto. — Que porra deu em você? É por causa do Capizola, porque a gente precisa...

— Agora não. — Passei por ele. — Preciso me limpar.

Enzo bateu a mão nos armários, me impedindo de avançar.

— Fala comigo, primo. O que está pegando?

Por fim encontrei seu olhar questionador.

PRÍNCIPE DE COPAS

— Me deixa ir tomar banho e aí a gente se fala, tá?

Ele me deu um aceno brusco de cabeça e tirou a mão.

— Vou ligar para o Matteo.

— É sexta-feira. Você sabe que ele leva Arabella para a escola hoje e a mãe para tomar café.

— Negócios primeiro.

E esse era o problema. Enzo era devotado demais à vida. Isso lhe dava propósito, o fazia sentir que pertencia a algum lugar. Eu queria acreditar que foi porque ele não teve mãe, mas parte de mim achava que talvez ele só fosse assim.

— Tudo bem — cedi. — Diga a ele para nos encontrar no Carluccio's daqui a uma hora.

— Uma hora? — Enzo vociferou.

— Família também é importante. Deixe o cara tomar café com a mãe dele, depois ele vem nos encontrar. Preciso de tempo debaixo dos jatos quentes de todo modo.

— Quer dizer que você precisa de alívio depois da luta. — Ele deu um sorrisinho, e eu mostrei o dedo. — Tenho certeza de que Rayna viria te ajudar com isso.

— Eu e Rayna terminamos. — Peguei minhas merdas e fui para os chuveiros.

— Ela sabe? — ele gritou para mim, e mostrei o dedo de novo por cima do ombro.

Rayna não entrava no meu radar desde que conheci Arianne.

Tirei o moletom, entrei no chuveiro e liguei a água. O jato quente aliviou meus músculos doloridos. Não demorou muito para a minha mão deslizar para o meu pau duro feito pedra. Enzo estava certo; geralmente depois de uma luta eu precisava de outro tipo de alívio. Mas a única pessoa que eu queria, não podia ter.

Agarrei o pau pela base, indo para cima e para baixo enquanto imaginava o rosto de Arianne, os imensos olhos cor de mel me encarando enquanto ela gozava na minha língua.

Porra. Como eu ia conseguir simplesmente deixar isso para trás? Não era uma simples atração física que eu sentia por ela, era algo que estava profundamente dentro de mim.

Ela estava dentro de mim.

Espalmei os azulejos, me mantendo erguido enquanto minha mão ia com mais força e mais rápido, buscando o alívio de que eu precisava com desespero. Imaginei-a de joelhos na minha frente.

Me provocando com a língua, olhando para mim por entre aqueles cílios grossos. Me dando mais uma de suas primeiras vezes.

Jesus.

Eu não poderia abrir mão dela. Havia coisas demais que eu queria mostrar àquela garota, que eu queria viver com ela. Queria fazê-la minha de cada jeito possível, até estarmos atados de um jeito que nada nem ninguém poderia separar.

Bailey estava certo.

Eu precisava lutar por ela.

Não havia alternativa.

Porque não lutar por ela era o equivalente a desistir de parte da minha alma. Uma parte que eu nunca recuperaria.

Resumindo: conhecer Arianne havia me mudado, e eu não sabia se poderia voltar ao que era antes.

Eu só precisava descobrir um jeito de equilibrar o que eu queria fazer com o que eu tinha que fazer, ao mesmo tempo que mantinha todo mundo de que eu gostava em segurança.

Matteo esperava por nós quando chegamos ao Carluccio. Ele olhou lá da mesa e nos saudou.

— E aí? — perguntou no segundo em que deslizamos no assento.

— Nicco arrebentou um cara lá na Hard Knocks.

— E qual é a novidade? — Matteo abriu um sorriso largo.

— Foi diferente — Enzo respondeu, calmo. — Ele estava querendo ma...

— Eu talvez tenha me deixado levar. — Dei de ombros e peguei o cardápio. — O cara vai sobreviver.

Eu havia ficado por lá depois do banho, para me certificar de que ele estava bem. Russo queria levá-lo para o pronto-socorro para que examinassem um dos cortes acima do olho, mas Killian não quis. Provavelmente não queria admitir que um garoto de dezenove anos deu uma surra nele.

— Onde você estava ontem à noite? Eu pensei que esse aqui — Matteo apontou a cabeça para Enzo — ia perder a cabeça quando viu o SUV de Capizola no campus.

— Eu estava ocupado. — Fiz sinal para a garçonete.

— O de sempre? — ela perguntou.

— Vou querer uma porção de batata e um milkshake de chocolate, por favor. Enzo?

— É, o de sempre, Trina, por favor. — Ele se inclinou para a frente. — Eu quase descobri quem ela era. Você disse que ele nos levaria direto para a garota, e ele teria feito isso se aquele filho da puta do Johnny não tivesse atrapalhado.

— O Johnny da segurança?

— É, ele pensou que eu estava agindo de um jeito suspeito. Bem, eu acho que estava, mas ele demorou para perceber que era eu. Já tinha pedido por reforços. Perdi Capizola de vista no caminho para a biblioteca. Aquela rua só leva para três outros prédios.

— A reitoria ou os dormitórios das meninas — Matteo adicionou. — Então ela deve morar na Donatello ou na Bembo.

— Não importa, ele sabe que a gente sabe — falei, e me afundei no assento de couro.

— Tristan deve ter contado.

Porra.

Eu precisava contar para eles.

Precisava deixar tudo às claras.

Mas eu não conseguia fazer as palavras atravessarem o nó gigante na minha garganta. Se eu contasse, não haveria como voltar atrás.

O pedaço de papel que Bailey tinha me dado queimava no meu bolso. Eu precisava ouvir a voz dela, saber que ela estava bem. Talvez Arianne tivesse alguma ideia de como poderíamos minimizar o impacto da bomba que tinha sido lançada em nós.

Pouco provável. Disfarcei um suspiro exasperado. Ela estava no escuro, assim como eu.

Eu tinha visto a surpresa nos seus olhos quando o pai indicou que me conhecia.

Nós dois éramos peões. Ela sem saber. E eu sem querer. Nós dois presos ao legado da nossa família.

— Que porra a gente faz agora? — Enzo resmungou, claramente puto com aquela reviravolta. — Ele já deve ter levado a garota para o castelo Capizola e a trancado na torre.

— Talvez sim, talvez não. Há uma razão para ele ter mandado a garota para cá, para início de conversa, uma pecinha do quebra-cabeças que ainda não encaixamos. Por que agora? Depois de tantos anos? Roberto não é nenhum idiota — prossegui, tentando manter o foco em Roberto, não na filha dele. — Ele devia saber que descobriríamos mais cedo ou mais tarde, então o que mudou? É isso que precisamos descobrir.

— Você sabe que o seu coroa vai ficar puto pra caralho quando souber disso, né?

Olhei sério para Enzo.

— E é por isso que não vamos dizer nada até conseguirmos mais informações. Sabemos que ela está matriculada na UM; sabemos que está ficando na Donatello ou na Bembo; e sabemos que Roberto a visitou ontem à noite. Agora vamos ver onde isso vai dar.

— É bastante arriscado — Enzo disse. — Ela pode acabar escapando por entre os nossos dedos antes que...

A garçonete chegou com as bebidas.

— Aqui está. — Ela as colocou na mesa. — A comida vem já, já. Querem mais alguma coisa? — Seus olhos foram para Matteo, e se demoraram nas tatuagens serpenteando por seu pescoço e sumindo na camiseta preta justa.

— Estamos de boa — Enzo resmungou, e ela saiu correndo.

— Você precisa ser tão otário? — Matteo revirou os olhos.

— Ela estava praticamente babando.

— Só porque ela não estava prestes a pular no seu pau. — Ele bateu nas costas de Enzo. — Está perdendo o jeito, primo.

— Ah, é? Acha que não consigo fazer a garota ir comigo até o banheiro e me pagar um boquete?

— Sério — Matteo rebateu. — Que porra há de errado contigo? É a Trina, a gente conheça a garota há anos.

— E, ainda assim, você não fez porra nenhuma.

Ele deu de ombros.

— Ela não faz o meu tipo.

— Nunca fazem.

— Enzo — avisei.

— Tá, tá. — O clima esfriou entre nós.

— Vamos comer e depois pensar nessa merda.

PRÍNCIPE DE COPAS

— Por mim, tudo bem — Enzo resmungou.

— É, foda-se, Nic, como se eu não tivesse acabado de comer.

— *Porca puttana!* — Bati a mão na mesa, sacudindo o saleiro e o pimenteiro. — Vocês dois vão me deixar louco. Puta que pariu. Larga o osso, *capito?*

Ambos me encararam como se eu tivesse perdido o juízo.

E eu estava começando a acreditar que era o caso.

Arianne

— Respira — Nora sussurrou quando nos sentamos na cozinha, esperando pelo meu pai.

Chegamos em casa havia quase uma hora, e descobrimos que ele estava ocupado, e minha mãe tinha ido à cidade, para uma sessão com o personal trainer.

Então esperamos.

A mãe de Nora, Sara, preparou café da manhã para a gente, apesar de dizermos que não estávamos com fome. Mas era o jeito da Sra. Abato de aliviar a tensão. Ela tinha dado uma olhada na minha cara aflita e decidiu começar a cozinhar.

Comida era remédio para tudo, afinal.

— Tenho certeza de que ele chega já, já — disse ela, ao limpar os pratos.

— *Mamma*, me deixa ajudar. — Nora se levantou, mas a mãe fez que não.

A Sra. Abata tinha orgulho do trabalho que fazia para a nossa família, sempre teve, mas queria mais para a filha. Era o que eu mais admirava nela. Ela criou Nora para que a minha amiga não tivesse limitações, para querer mais que uma vida de serviço, apesar dos laços da família deles com a minha. Meu pai aceitar financiar os estudos de Nora na UM comigo foi um sonho se tornando realidade. Ela teria uma formação de qualidade, uma vida fora da propriedade e das conexões da minha família, e a oportunidade de trilhar o próprio futuro.

Eu amava a minha melhor amiga, e também sentia inveja dela.

As asas dela continuariam a crescer, bateriam com mais força, alçariam alturas.

As minhas foram cortadas.

Meu futuro, decidido.

Um dia, o império Capizola seria meu, eu querendo ou não.

O ar mudou, e eu olhei para trás e vi Luis e Nixon entrarem no cômodo, seguidos pelo meu pai.

— Arianne — ele disse, sorrindo. — Que surpresa.

— *Papá*. — Eu me levantei e fui até ele, deixando-o me envolver em seus braços.

— Obrigado, Luis, Nixon. Podem ir.

— Deseja alguma coisa, Sr. Capizola? — a mãe de Nora perguntou, secando as mãos no avental.

— Não, obrigado, Sara, só privacidade com a minha filha.

— É claro. Nora, venha, *cucciola*.

Nora me lançou uma pergunta com o olhar, mas eu assenti.

— A gente se vê já, já, tudo bem?

Ela me ofereceu um sorriso de lábios fechados antes de sair com a mãe da cozinha.

— É melhor irmos para o meu escritório. — Meu pai fez sinal para eu ir na frente.

— Tudo bem.

Percorremos o longo corredor em silêncio. Morávamos em uma casa de estilo vitoriano, abrigada em três acres de terra, mais à leste do condado de Verona, onde os limites do lugar se encontravam com o condado de Providence. Era cheia de personalidade com seu telhado inclinado, as janelas assimétricas e a varanda de fora a fora. Eu tinha boas lembranças de brincar dentro e fora da casa, explorando o vasto terreno. O que eu não percebia na época, quando era só uma criança, é que um dia aquele lugar se tornaria a minha prisão. Uma prisão linda e extensa, com uma biblioteca enorme e muitas salas de estar. Tínhamos até mesmo uma piscina coberta de tamanho considerável. E havia a cozinha, um dos meus cômodos favoritos de toda a casa. Era quente e acolhedora, e tinha vista para os gramados verdinhos e para muitas árvores de bordo, e estava sempre com o cheiro da comida caseira da Sra. Abato.

Era um lar, e eu o amara. Mas algo mudou, e comecei a me ressentir de lá também.

Entramos no escritório do meu pai, e ele fechou a porta. Enrolei por ali, meu estômago era um nó só. Mais cedo, eu estava tão determinada a exigir respostas, mas agora que eu estava ali, encarando o homem que tinha feito tudo o que podia para me proteger e me sustentar, as palavras me faltaram.

— Há algo que queira dizer, Arianne? — Ele se sentou em sua poltrona de couro.

Passei tantas horas ali quando criança. Sentada aos pés dele, brincando enquanto ele trabalhava.

Ele me colocava no colo e me contava de seus projetos. Planos para fazer Verona prosperar. Eu ouvia ávida enquanto meu pai falava com tanta paixão sobre forjar um futuro para a nova geração.

Para *mim*.

Mas agora que eu o olhava, não via mais aquele homem.

Eu via um mentiroso.

— Arianne, *mio tesoro*, sente-se, por favor. — Ele me abriu um sorriso cálido.

— De onde você conhece o Nicco, pai? — pus para fora.

— Antonio Marchetti é um homem de negócios bem parecido comigo. — Meu pai afrouxou a gravata, mas nem se encolheu.

— Homem de negócios? Que tipo de negócios? Do tipo legítimo, como o seu? — Ergui a sobrancelha.

— Ele não é plenamente legítimo.

— É verdade que o senhor quer reconstruir La Riva? O bairro dos Marchetti?

Ele afagou a barba, e um lampejo de surpresa surgiu nos seus olhos.

— Foi assim que o conheceu? Ou foi porque nossa família costumava ser amiga uma da outra?

Agora ele franziu as sobrancelhas.

— Como você…

— Chama-se internet, *papá*.

— Há muito que você não entende.

— Muito que o senhor escondeu de mim, no caso.

— *Principessa* — ele suspirou —, não confia em mim?

— Por que o senhor não quer que eu veja Nicco?

Eu queria ouvi-lo dizer as palavras.

Precisava que ele as dissesse.

— Arianne, *mio tesoro*. — Ele me rogou com o olhar.

— Me diz. — Puxei uma respiração trêmula. — Me conte a verdade, *papá*. Preciso que o senhor me conte a verdade.

Ele beliscou o alto do nariz e soltou um longo suspiro. Quando seu olhar resignado encontrou o meu, me preparei para a bomba que estava prestes a soltar.

— Você sabe que nossa família veio para cá no final do século XIX. Bem, o bisavô do meu pai, Tommaso Capizola, foi um dos primeiros

PRÍNCIPE DE COPAS 135

homens a chegar com seu melhor amigo, Luca Marchetti. Eles queriam escapar da opressão na Itália e forjar uma vida melhor para si mesmos, mas não era fácil. Eles se estabeleceram em La Riva, embora tivesse outro nome na época, e começaram a fazer qualquer coisa que lhes rendesse um dólar ou outro. Os Marchetti tinham laços com a máfia, e quando a Lei Seca entrou em vigor no estado, não demorou muito para Luca aproveitar a oportunidade para ganhar dinheiro rápido com o contrabando.

"No final dos anos de 1920, a população de La Riva havia crescido e se espalhado para outros lugares: Romany Square e Roccaforte. Luca e Tommaso eram uma força a ser reconhecida, e muitas das famílias italianas que chegavam à Nova Inglaterra gravitavam em torno deles. Para expandir o próprio controle, Tommaso foi para o outro lado do rio, e Luca ficou em La Riva. Então, no início dos anos de 1930, eles fizeram uma petição ao estado para secessão do condado de Providence, para formar um novo condado."

Franzi as sobrancelhas. Ele estava me dando uma aula de imersão de história, mas ainda omitia detalhes cruciais.

Soltei um suspiro frustrado e enfim fiz a pergunta que estava na ponta da minha língua.

— Tommaso Capizola era mafioso, *papá*?

Ele ficou pálido e cerrou o punho sobre sua mesa de mogno polido.

— Quanto você pesquisou? — Ele ergueu as sobrancelhas.

— O bastante.

A temperatura baixou enquanto ele puxou um longo fôlego entrecortado.

— *Papá*, eu mereço saber a verdade.

— A verdade. — Saiu com amargura. — Passei a vida tentando te proteger da verdade, Arianne. Coisas de que você não precisava saber, e ainda não precisa.

— O que aconteceu quando eu tinha treze anos?

Eu me lembro daquele dia como se fosse ontem. A aula havia acabado, e Nora e eu estávamos indo para o carro quando, de repente, fomos rodeadas pelos homens do meu pai. Eles nos escoltaram até outro veículo e saíram em disparada. Eu estava com medo demais para sequer perguntar o que era aquilo, mas Nora começou a causar alarde, exigindo que nos contassem. Claro que não disseram nada. Simplesmente nos entregaram aos braços abertos dos meus pais e da mãe de Nora. Meu pai me disse que a escola não era mais segura, que houvera alguma falha na segurança. Um colega havia ameaçado me machucar, e meu pai não queria arriscar a minha segurança.

Foi a última vez que coloquei o pé na escola.

Nora foi transferida para a escola pública em Roccaforte, e nunca mais tocamos no assunto. Meus pais só queriam me manter em segurança. Eu ainda recebi a melhor das instruções, tive os melhores professores e as melhores aulas; só que tudo foi na segurança da nossa casa.

— Atentaram contra a sua vida. — Ele disse cada palavra com precisão, como se não quisesse arriscar que eu as entendesse errado.

— Atentaram contra a minha vida? — Um arrepio disparou por mim. — Está dizendo que alguém tentou... me *matar*?

Ele assentiu, invadido por uma expressão sombria.

— Pensei que você estivesse segura naquela escola particular. Ela estava fora do radar. Não achei que ele fosse te encontrar.

— Antonio Marchetti? — Cambaleei e caí na cadeira. — Antonio Marchetti tentou me matar?

— Achamos que ele deu a ordem, sim.

— Então o senhor não tem certeza de que foi ele? — Uma minúscula semente de esperança fincou raiz no meu peito.

Talvez fosse só um grande mal-entendido. O pai de Nicco não me queria morta. Não fazia sentido.

— Pode ter sido...

— A probabilidade é de que Antonio Marchetti tenha dado a ordem.

— A ordem?

Eu já tinha visto todas as nuances das expressões do meu pai, mas nunca o vira tão devastado quanto agora.

— Sinto muito, *mio tesoro*. Tudo o que eu sempre quis foi te proteger. Você estava segura aqui. Nada poderia acontecer com você.

Ele não estava errado quanto a isso; nossa propriedade parecia o Fort Knox. Mas ainda havia algo que eu não entendia.

— O que aconteceu, *papá*, entre a nossa família e os Marchetti?

— Essa é outra história — disse ele, com tristeza.

— Eu tenho tempo. Além do que, acho que mereço saber.

— *Figlia mia*, tão parecida com a sua mãe. — Ele passou a mão pelo rosto. — Acho que você pode muito bem conhecer a história toda. Tudo começou com uma mulher, Arianne. A tia-avó do meu pai, Josefina...

PRÍNCIPE DE COPAS   137

Nora me encontrou no meu quarto. Eu estava sentada à janela, perdida em pensamentos, olhando para o gramado que descia até o riacho.

— Ari — ela chamou, baixinho. — Posso entrar?

— Claro.

— Seu pai disse que eu talvez fosse te encontrar aqui. Está tudo…

— Ele me contou. — Meu coração se apertou. — Ele me contou tudo. Minha melhor amiga se juntou a mim no assento.

— É verdade? Sobre a família do Nicco?

Assenti.

— A tia do meu avô, Josefina, foi prometida ao tio do avô de Nicco, Emilio. Eles estavam perto de se casar, mas Emilio amava outra: a noiva do irmão de Josefina, Elena. Eles fugiram juntos. Josefina ficou arrasada. Meu tataravô, Tommaso, também. Mas enquanto o irmão dela se voltou para o ódio, Josefina se lançou ao luto e, por fim, tirou a própria vida. Tommaso nunca se recuperou. Isso causou uma rixa imensa entre ele e Luca Marchetti, que se espalhou pelas famílias. E tudo culminou quando ele finalmente descobriu onde Emilio estava e mandou o filho vingar Josefina e o matar.

— Puta merda — Nora suspirou, com os olhos brilhando entre a curiosidade e o pavor.

— O que aconteceu?

— O irmão de Emilio quis vingança, mas Luca e Tommaso fizeram uma trégua. Eles sabiam que mais derramamento de sangue diminuiria muito o poder dos dois. Então concordaram em dividir o condado. Tommaso Capizola ficaria com o lado leste do rio: Roccaforte, a cidade e o que conhecemos hoje como University Hill. E Luca ficaria com tudo a oeste do rio: Romany Square e La Riva.

— Tommaso morreu logo depois, e Alfredo se tornou o chefe da família. Ele carregava tantos demônios depois de perder o amor da sua vida e matar o melhor amigo que quis sair dessa vida. Aos poucos, começou a limpar os negócios da família, tomando o caminho da legitimidade. Seu império só se fortaleceu, enquanto o filho restante de Luca, Marco Marchetti, e o filho, Francesco, avô de Nicco, se posicionaram como o reduto da máfia de Rhode Island.

Era estranho. Fiquei tão chocada ao ouvir meu pai contando a história, a história verdadeira da minha família e a de Nicco. Mas, ao repassar tudo para Nora, senti um peso sendo erguido.

— Então o seu gostosão é mesmo um príncipe da máfia?

— Não deveria importar, não é? Nossa história está pintada com tanto sangue e ódio. Eu deveria fugir de Nicco e nunca mais olhar para trás. Mas...

— Mas você não consegue. — Nora abriu um sorriso triste.

— Acho que não consigo — confessei. — É como se eu o sentisse aqui. — Toquei a mão no coração.

Bem naquele momento, meu telefone vibrou, cortando a tensão como uma faca. Eu o apanhei na mesa e li a mensagem.

> Eu não deveria mandar nada. Não deveria nem cogitar te enviar mensagem, mas, aqui estou eu. Me diz o que fazer, Bambolina. Me diz como consertar isso.

Encarei a mensagem de Nicco, e meus olhos se encheram de lágrimas. Nora tentou espiar, mas eu cobri o aparelho, segurando-o junto ao peito.

— Ruim assim? — Ela se aproximou mais, apoiando a mão no meu braço.

— Me diz que não estamos condenados — falei. — Me diz que tem como dar um jeito nisso?

— Vocês não estão condenados. — A voz dela estava cheia de falso entusiasmo. — Melhor?

— Nem um pouco. — Uma lágrima imensa escorreu pela minha bochecha.

— Ei, ei, nada de chorar. Ele te mandou mensagem. É um bom sinal, Ari.

— É? — Um suspiro cansado escapou de meus lábios. — Talvez devêssemos terminar de uma vez. Meu pai nunca vai me deixar ver Nicco de novo, e o pai dele me quer... — Engoli a palavra.

— Quer o quê, Ari? O que você não está me contando?

— Meu pai acha que Antonio Marchetti tentou mandar me matar cinco anos atrás.

— ELE O QUÊ? — Ela ficou de pé num salto. — Foi por *isso* que você teve que sair da escola? Filho da pu...

— Nora...

Ela ergueu um dedo.

— Me deixa, eu mereço. Eu sabia que havia toda uma história de rancor entre as famílias, e que seria digna de um livro, mas não percebi... Morta. — Os olhos dela se arregalaram. — Ele te quer *morta*.

— Talvez sim. Talvez não. Mas pelo menos agora eu sei por que meu pai é tão irracionalmente superprotetor. — Um sorriso amarelo repuxou os meus lábios.

PRÍNCIPE DE COPAS

— Isso muda tudo, Ari. Você sabe, né? E se... — Ela apertou os lábios, mas era tarde demais, eu vi a culpa nos olhos da minha melhor amiga. — E se isso tudo for parte dos planos do pai dele?

Meus olhos se fecharam quando a dor me invadiu.

— Não — sussurrei. — Não é possível.

Não podia ser.

O que eu sentia era verdadeiro. Cada olhar roubado, cada toque secreto. Cada beijo, cada momento fugaz. A conexão entre nós não era um ardil nem um jogo. Um esquema cruel para me atrair para as garras do pai dele. Nicco jamais faria isso comigo.

Não mesmo.

O que você sabe sobre ele? Uma voz indesejada sussurrou.

— Ele não faria isso — falei, lendo a sua mensagem de novo.

Antes que eu pudesse mudar de ideia, meus dedos voaram pela tela.

> **Preciso ver você.**

— Que merda é essa, Ari? — Nora espiou de novo, dessa vez vendo cada letra.

— Eu preciso ver o Nicco. Preciso olhar nos olhos dele e ver a verdade.

— Humm, caso você não tenha notado, estamos na sua casa, no meio da sua propriedade muito protegida que mais parece um forte. Não é como se ele pudesse vir até aqui e bater na porta. Além do que, talvez você devesse pensar melhor nisso tudo. Estou preocupada. — O pânico em sua expressão desapareceu.

— Não consigo explicar, Nora, mas o que sinto pelo Nicco é...

— Ele é sua primeira paixonite, para não mencionar que te ajudou naquela noite. Não é nenhuma surpresa você se sentir tão ligada a ele. Mas tudo mudou agora.

Tudo havia mudado.

Eu conhecia o leve roçar dos lábios dele, a carícia suave dos seus dedos. Conhecia o sabor da sua língua e o modo como o coração dele batia como se mil cavalos selvagens galopassem pelos campos.

Mas havia as coisas pequenas também. Para não mencionar o empuxo que eu sentia sempre que ele estava por perto.

Nicco e eu estávamos atados.

Desafiava toda a lógica, desconsiderava cada pensamento racional, e me fazia parecer uma idiota apaixonada. Mas eu sabia.

Lá no fundo, eu sabia que Nicco era meu.

Tanto quanto eu era dele.

— Preciso voltar para a Montague — falei, com plena convicção.

— Você perdeu a droga do juízo? Seu pai nunca vai deixar, não agora.

— Você perdeu a sua coragem? — Bati a mão na boca, surpresa com minhas palavras.

Nora me encarou, completamente chocada; de olhos arregalados para mim, e eu de olhos arregalados para ela.

Então, devagar, a máscara dela rachou em uma risada que vinha do fundo de seu peito. Ela passou os braços pelo meu pescoço, sua histeria me envolveu em nada mais que amor e conforto.

— Você está certa — ela disse. — Totalmente certa. O que precisa que eu faça?

Eu me afastei para olhar para ela e disse, sem nem hesitar:

— Preciso que você me ajude a convencer o meu pai a me deixar voltar para a UM.

PRÍNCIPE DE COPAS

Nicco

— Desembucha — Matteo disse ao nos levar de volta para a casa da minha tia. Meu celular estava apoiado na coxa, os dedos curvados com tanta força em torno daquela merda que fiquei surpreso de a tela não ter rachado.

— Oi?

— Isso aí que você está pensando, desembucha.

Por onde eu começava?

Eu não deveria ter mandado mensagem para Arianne, mas eu mandei, e agora ela queria me ver. Ela sabia que éramos inimigos, posicionados em lados opostos e, mesmo assim, ela *ainda* queria me ver.

Até onde eu sabia, poderia ser uma armadilha. Algum esquema distorcido criado pelo pai dela para me dar uma lição.

— É ela, não é? A garota que você salvou naquela noite.

— Eu não salvei...

— Você sabe o que eu quis dizer. — Ele me olhou sério de soslaio. — Você sabe, primo, e não tem sido o mesmo desde aquela noite. Toda essa raiva e frustração é por causa dela.

— Quando você ficou tão intuitivo, caralho?

Matteo deu de ombros.

— Eu presto atenção.

Assenti, e dobrei a perna para apoiar o pé no porta-luvas.

— Então, desembucha — ele repetiu. — Não vou te encher o saco igual ao Enzo, nem te provocar como os nossos tios. Estou aqui, Nicco, cem por cento.

— Você não acreditaria se eu contasse.

— Vamos ver.

— Aconteceu uma coisa ontem à noite, Matt. Eu não consigo nem... porra, eu me sinto um idiota dizendo isso.

— Você está com os quatro pneus arriados.

— É, primo, isso mesmo. É como se tivesse bastado uma olhada naqueles olhos cor de mel assustados para eu me afogar. Eu quis caçar o filho da puta que a machucou e fazer o cara pagar, porém, mais que isso, eu quis proteger a garota e me certificar de que aquilo nunca mais aconteceria.

— Acha que isso fez toda a merda com a sua mãe voltar à tona?

Eu respirei bem fundo.

— Pode ser. Não sei. Mas tem algo nela... algo que eu não consigo esquecer.

— Então... o que aconteceu?

— Eu a segui.

— Me deixa adivinhar, Introdução à Filosofia? — O canto de sua boca se ergueu.

— É.

— Jesus, primo, ela deve ter te deixado caidinho para te fazer assistir a uma das aulas do Mandrake.

Mas tinha valido a pena.

Tinha valido a pena pra caralho ver os olhos dela brilharem enquanto o professor falava sobre livre-arbítrio e determinismo. Ver como ela prendia o fôlego a cada vez que eu me aproximava, que nossas pernas se encostavam por baixo da mesa. Amei ver como eu a afetava. Porque, cacete, ela me afetava também.

— Eu a levei para o Blackstone Country Club; a gente deu uns amassos sob a porra das estrelas.

— Você é mesmo o Príncipe de Copas. — Ele socou o meu ombro, rindo.

— Vai se foder com essa merda.

— Relaxa, só estou te enchendo o saco. Você gosta dela de verdade, não é? Então, qual é o problema?

— Ela é... — As palavras ficaram presas na minha garganta.

— Nicco, qual é, primo. — Matteo se virou, tirando o pé do acelerador enquanto virava na rua da minha tia. — Não pode ser tão ruim assim.

— Ah, é tão ruim quanto parece... ela é... porra. Ela é Arianne Capizola.

Ele pisou com tudo no freio, me fazendo voar para a frente. Estendi a mão bem a tempo de amortecer minha batida no painel.

— Jesus, Matteo — falei, entre dentes.

— Desculpa, eu só... Capizola. Ela é a princesa *Capizola*?

Passei os dedos pelo cabelo, arranhando o couro cabeludo, e assenti devagar.

PRÍNCIPE DE COPAS

— Puta que pariu — ele exalou.
Puta que pariu mesmo.

Antes de eu entrar em detalhes, dei a Matteo a chance de tirar o queixo do chão. Bailey se juntou a nós no meu apartamento, e nós três nos sentamos lá, bebendo cerveja e evitando o puta elefante de olhos cor de mel na sala.

— Arianne Capizola, que sorte do caralho — Matteo falou. — É como se o destino pensasse que você merecia tomar no cu sem vaselina.

— Calma aí, cara — Bailey fingiu vômito. — Essa imagem é de foder.

— Olha a boca! — nós dois gritamos para ele.

— Até que ponto vocês chegaram... — Matteo ergueu a sobrancelha. — Sabe.

— Não tão longe assim.

— Então Roberto Capizola não vai aparecer para te capar ainda.

— Ah, eu não teria tanta certeza. — Inclinei a cabeça para trás, deixando meus olhos se fecharem, dando o meu melhor para não pensar nela. — Que merda eu devo fazer?

— Já falou com ela? — Bailey perguntou.

Encontrei o olhar dele.

— Mandei mensagem.

— E? — Os olhos dele se iluminaram. Eu sabia que o garoto estava torcendo por nós. E não conseguia entender. Cacete, eu não entendia porra nenhuma de nada, mas era bom ter Bailey do meu lado.

— Ela quer me ver.

— É claro que ela quer te ver, porra. Deve ser uma armadilha.

Olhei para Matteo.

— Acha que eu não sei?

— E o que você vai fazer?

— Eu não sei ainda.

— O Enzo não pode saber — Matteo adicionou. — Não ainda, não antes de você resolver essa merda.

— Eu sei. — Pensar em mentir para o meu melhor amigo, um cara a quem eu confiava a minha vida, não me caiu bem. Mas enquanto eu sabia que ele tomaria um tiro por mim, também sabia que ele tentaria me proteger de mim mesmo se fosse o necessário para garantir que a família saísse ilesa.

— Bem, para o que precisar de mim, é só dizer.

— Sério?

— Sério. — Matteo se virou para a frente e juntou as mãos entre as pernas. — Sou leal a *você*, Nicco, você já deveria saber a essa altura. Confio em você e confio no seu bom senso. E se essa Arianne é a pessoa certa para você, então isso também se aplica a ela. Além do mais, a ideia de machucar um inocente... não me cai bem.

— Obrigado, primo, de verdade. Você nem imagina.

— Ei, eu também — Bailey adicionou. — Eu confio em você também. E já estou tomando conta dela.

— Eu sei, garoto. E agradeço por isso.

— Então você vai se encontrar com ela?

— É, vou sim.

Porque eu precisava saber. Eu precisava saber se tudo o que sentia por Arianne era para valer.

E precisava saber se ela estava disposta a lutar por nós também.

Por fim, não precisei pensar em um jeito de ir até ela. Cerca de meia hora depois de eu chegar em casa, Arianne me mandou mensagem. Ela estava voltando para a UM e queria se encontrar comigo. Essa noite. E foi assim que acabei ali, escondido nas sombras, encarando a janela dela.

— Tem certeza? — Bailey sussurrou.

— Não, mas você tem um plano melhor?

— Tudo bem. — Matteo correu ao nosso lado e inspirou com dificuldade. — Tudo certo com o cara.

— E ele não vai abrir a boca?

— Ele é de confiança.

— Quanto você pagou a ele? — perguntei.

— O bastante. Vamos repassar o plano.

— O seu cara aparece na porta, pede para ver Nora. Ela vai descer e os dois vão ficar de papo, mantendo os caras do Capizola com ela. Eu vou subir pela escada de incêndio e entrar no quarto de Ari.

— E se tiver um guarda-costas lá com ela?

— Não vai. — Olhei o telefone de novo. Arianne e Nora haviam convencido Roberto a deixá-las voltar para a UM sob o olhar vigilante de seu primo, e um pequeno exército dos homens dele.

Ela havia arquitetado todo o plano. Eu só precisava cuidar da distração, em forma do cara de Matteo, e escalar uma parede de mais de quatro metros para chegar à sacada dela.

— Está armado? — Matteo perguntou, e eu assenti, sentindo o peso da pistola debaixo do moletom de capuz. — Se você sentir cheiro de armação, dá o sinal, ok? Estou falando sério, Nicco. Sei que você está caidinho por ela, mas a garota não vale a sua vida.

Assenti de novo e me embrenhei nas sombras, esperando pela mensagem dela. Dois segundos depois, meu celular vibrou. Olhei rapidamente a mensagem e corri até a parede. O prédio estava equipado com a saída de incêndio que levava direto à janela de Arianne. Em questão de segundos, eu me icei na pequena sacada dela. Bati de levinho no vidro. Ela apareceu, alívio brilhou em seus olhos quando abriu a janela e me esperou entrar. Eu logo fiz uma varredura do quarto.

— Achou mesmo que eu armaria para você? — Havia mágoa na sua voz.

— Não você, o seu pai.

— Não sou o meu pai, Nicco — ela disse, com desafio brilhando em seus olhos. — Assim como você não é o seu.

— Mas eu não sou bonzinho, Arianne. Eu posso não ser o meu pai, mas não sou nenhum santo.

— Você já... matou alguém? — As palavras se derramaram dos lábios dela. Antes que eu pudesse responder, ela adicionou: — Espera, eu não quero saber.

— Bambolina... — Eu respirei bem fundo enquanto avançava, atraído para a sua luz. A sua beleza.

— Ai, meu Deus, o seu rosto. — Culpa preencheu os olhos dela. — Eu sinto muito...

— Não se atreva a se desculpar por ele.

— Dói? — Arianne estremeceu ao estender a mão para mim.

— Já passei por coisa pior.

— Mesmo assim, eu odeio que ele tenha feito isso com você. Tive uma conversa interessante com o meu pai ontem. Ele me contou coisas... coisas sobre a minha família que eu não sabia. Coisas sobre você e a sua família. Fico repetindo para mim mesma que não importa... — Ela me encarou, com os olhos brilhando com tanta emoção que eu fiquei sem fôlego.

— Mas... — sussurrei, chegando ainda mais perto.

— Mas não sei se importa. Tudo o que eu sabia da minha família, da minha vida... do meu legado, é mentira.

— Algumas mentiras nos protegem.

— Você tem razão. — Os lábios dela se curvaram em um sorriso triste. — Às vezes, é difícil demais encarar a verdade.

— Eu nunca te machucaria. — Estendi a mão e coloquei uma mecha de cabelo atrás de sua orelha. — Homens fazem a própria história, mas não a fazem a seu bel-prazer — repeti a frase que Mandrake disse na primeira aula. — Eu nasci nessa vida, Ari, assim como você nasceu na sua. Não quer dizer que eu goste dessa sina, mas é minha mesmo assim.

Ela deslizou as mãos pelo meu peito, pressionando a cabeça lá, e inspirou com suavidade. Tudo sumiu. Meus braços engancharam a sua cintura, nos ancorando juntos.

Não era uma armadilha.

Arianne estava ali comigo porque ela sentia aquilo também.

Porque ela também não conseguia resistir.

— O meu pai e o seu jamais vão aceitar — ela sussurrou, enfim me olhando de novo.

— Eu não posso abrir mão de você. — Eu me inclinei para baixo e rocei os lábios nos dela. — Nem vou.

Os dedos de Arianne se curvaram no meu agasalho, me agarrando com o mesmo desespero que eu sentia correr pelas minhas veias.

— Ele me quer morta.

As palavras ecoaram pelo meu crânio, e eu me afastei de supetão e a encarei.

— O que você disse?

— Cinco anos atrás, eu estava na escola; uma escola particular fora do estado. Era um dia normal, até não ser mais. Meu pai me disse que houve uma falha na segurança, que outro estudante queria me machucar. Foi o último dia que eu pus o pé na escola.

PRÍNCIPE DE COPAS

— Eu não entendo… o que isso tem a ver com o meu pai?

Arianne me olhou com tanta dor e pesar, senti meu peito se partir. Doía mais que um punho esmagando minhas costelas.

— Ele deu a ordem, Nicco.

— Não… — Aquilo saiu dos meus lábios, perfurando o ar como um tiro. Meu pai era muitas coisas: frio, calculista, impiedoso. Mas ele jamais…

— Cinco anos atrás? — A percepção me atingiu com tudo. — Quando exatamente? — Eu a agarrei pelos ombros. — Quando foi?

— Eu… — Tristeza invadiu Arianne. — Foi pouco antes do Natal. Eu me lembro porque a gente estava ensaiando para o concurso de talentos e não chegamos a nos apresentar.

Eu me afastei dela, tentando fazer as contas enquanto andava pelo quarto. Mas eu já sabia a resposta, a verdade ecoou na minha cabeça.

— Nicco? — Arianne me observou quando parei e passei a mão pelo rosto.

— O que é? O que há de errado?

— Minha mãe deu o fora cinco anos atrás. Simplesmente foi embora. Ela deixou um bilhete dizendo que não dava mais. Ela não conseguia mais ficar ao lado do meu pai. Ela nos deixou… e eu acho que pode ter algo a ver com você.

Nada no desaparecimento da minha mãe fazia sentido. Como a maioria das esposas da família, ela ficou ao lado do meu pai na alegria e na tristeza, na saúde e na doença, o laço inquebrável dos *goomar*. Mas, apesar de tudo, ela manteve a dignidade. E, acima de tudo, foi uma mãe amorosa para mim e para Alessia.

Quando eu era pequeno, notei que meu pai tinha pavio curto e bofetadas rápidas. Eu o tinha visto incontáveis vezes descontar suas frustrações e raiva nela. Ao ficar mais velho, eu a defendia com meu corpo em crescimento. Mas ela nunca vacilou na sua lealdade, em seus votos, e ficou firme ao lado dele.

Até o dia que não ficou mais.

Foi do nada para o meu pai. Ele tinha se acalmado com o tempo, enquanto eu e Alessia crescíamos. Passou a dar mais atenção a ela, enchendo-a de presentes e afeto. Mas quando ele nos sentou e explicou que ela tinha ido embora, parte de mim não ficou surpresa. Ficou aliviada.

Assistir a meu pai bater na minha mãe até os gritos de dor dela encherem a casa era algo que eu nunca mais queria voltar a testemunhar. Era irônico um homem com tanta honra ser tão cruel, tão violento.

— E-eu não entendi. — Arianne estendeu a mão para mim, o roçar dos seus dedos finos fez uma onda de choque percorrer o meu corpo. Abaixei a cabeça e olhei para ela, mechas do meu cabelo caíam sobre os olhos. Eu nunca falei com ninguém daquele dia. De ser um garoto de catorze anos ouvindo que a mãe foi embora. Alessia sentiu mais. Ela tinha só onze anos, e nossa mãe era o mundo dela. Minha irmã se sentiu traída. Incapaz de entender como uma mãe poderia abandonar os filhos daquele jeito.

— Quero contar tudo para você — confessei, meu aproximando. O bastante para apoiar o queixo na cabeça dela e puxá-la para as linhas firmes do meu corpo. — Não consigo explicar, mas quero desnudar a minha alma para você, Bambolina. Mas é injusto pedir para você entrar nessa vida comigo. Uma vida em que nossa família jamais vai aceitar o nosso relacionamento. Uma vida de escuridão quando você merece nada menos que a luz.

Ela inclinou o pescoço para me olhar.

— Nicco. — Meu nome era uma jura em seus lábios. — Eu passei cinco anos me curvando à vontade dos outros, aos caprichos do meu pai. Mas eu não sou mais criança. — Ela apoiou a mão no meu rosto. — Eu escolho você, Niccolò Marchetti. Eu escolho a nós.

Eu me inclinei e levei os lábios aos dela. No segundo que eles se tocaram, eu senti. Senti a paz me invadir. Arianne era meu santuário. A outra metade da minha alma. Mesmo se eu me afastasse dela, sabia que sempre acabaríamos nos encontrando de novo.

Mas eu não me afastaria.

Não agora.

Nem nunca.

Seria questão de tempo até a identidade dela ser descoberta, e então ela não ficaria segura, estando eu ao seu lado ou não. Fiquei tantas vezes de braços cruzados enquanto meu pai machucava a minha mãe que prometi a mim mesmo que nunca mais faria isso.

Eu tinha prometido a *ela* que nunca mais faria isso.

Talvez Arianne fosse a minha chance de me redimir? A oportunidade de eu corrigir os meus erros. Eu nunca seria o cara legal. Minha alma era escura e suja demais para isso. Mas eu poderia ser bom... para ela.

Arianne ficou na ponta dos pés e pressionou o corpo mais perto do meu. Minhas mãos deslizaram pela parte de trás das suas coxas, levantando-a até mim. Ela envolveu as pernas na minha cintura.

— Eu quero você — ela sussurrou. — Mais do que já quis alguma coisa na minha vida.

PRÍNCIPE DE COPAS

— Eu sou seu, Bambolina. — Toquei a cabeça na dela, mal interrompendo o beijo. — Eu sou seu e farei tudo o que puder para te manter em segurança, ok? Mas você precisa confiar em mim. Você precisa confiar em mim, Arianne. Não importa o que aconteça, o que ouça ou veja, você deve confiar que qualquer coisa que eu fizer, que eu disser, vai ser para te proteger. Para te manter a salvo.

Ela assentiu, e lágrimas deslizaram por suas bochechas.

— Eu confio em você, sério. Só prometa que vamos passar por isso. Me prometa que vamos encontrar um modo de ficar juntos.

— Prometo. — Eu a beijei com intensidade, enfiando a língua no fundo de sua boca, afagando a dela. Eu queria mais. Eu queria deitá-la na cama e adorar cada centímetro da sua pele. Queria pegar cada uma das suas primeiras vezes e fazê-las minhas.

Eu queria tudo.

Coração.

Corpo.

Alma.

Mas os homens do Capizola estavam bem do outro lado da porta. E eu não poderia protegê-la se estivesse atrás das grades, ou pior, morto.

— Tenho que ir — falei, colocando-a devagar no chão. Arianne resistiu, me abraçou com mais força. Seus soluços baixinhos me cortaram até os ossos. — Shh, Bambolina, não chora. — Segurei o seu rosto e sequei suas lágrimas com o polegar. — Eu vou dar um jeito nisso, prometo. Só preciso de tempo.

— Tempo. — Ela assentiu, engolindo as lágrimas como a garota forte e corajosa que eu sabia que ela era. — Quando eu vou te ver de novo?

— Em breve. Vou te mandar mensagem. — Comecei a ir para a janela, mas Arianne segurou o meu pulso, saltou nos meus braços e me beijou de novo. Minha risada se perdeu no sabor dos seus lábios, na sua língua se movendo com a minha.

— Isso, a gente, é real — ela disse na minha boca. — Me diz que é real, Nicco.

— É real, Bambolina. — Passei a mão pela sua cabeça, dando um último beijo na sua testa. Arianne observou enquanto eu saía pela janela, o anseio em seus olhos combinava com o meu enquanto, em silêncio, dizíamos tudo o que não fomos corajosos o bastante para dizer em voz alta.

Precisei me forçar a interromper a conexão, saltei para a varanda e fui para a escada de incêndio. Ela rangeu com o meu peso, o som perfurou o ar. Prendi o fôlego, empurrando meu corpo para a parede. Mas ninguém apareceu.

Assim que meus pés tocaram o chão, corri até Bailey e Matteo, e sumimos nas sombras.

— Graças a Deus não era uma armadilha — Matteo disse. — O que aconteceu?

Bailey riu.

— Adivinha.

— Ei. — Eu lhe lancei um olhar penetrante. — A gente está... bem.

— Bem? Você acabou de arriscar tudo para saber que vocês dois estão... *bem*? — Matteo deu um sorrisinho.

— Vai se foder. — Era estranho. Como eu começaria a explicar o que eu sentia por ela? Que eu já sentia que uma parte de mim estava faltando?

— Relaxa — meu primo disse depois de um segundo. — Só estou te enchendo o saco. Estou feliz por você, primo. — Ele deu um tapinha nas minhas costas. — E agora?

— Não sei, mas vou pensar em alguma coisa.

— É?

— É. — Raiva fervilhou sob minha pele. — Meu pai mandou que a matassem.

— O quê? — Mesmo no escuro, eu consegui ver o sangue ser drenado do rosto de Matteo.

— E não foi só isso — falei, com os punhos cerrados na lateral do corpo. — Acho que foi a razão para a minha mãe ir embora.

PRÍNCIPE DE COPAS

Arianne

— Isso é mesmo necessário? — Encarei Luis com frustração.

— Infelizmente, são ordens do Sr. Capizola.

— E se eu tiver que fazer xixi? — Nora disfarçou uma risada.

— Um de nós precisa estar com você o tempo todo.

Ergui a sobrancelha e Luis balançou a cabeça.

— É claro que você pode ir ao banheiro sozinha. Mas não se engane, Srta. Capizola, vamos estar do lado de fora.

— Isso é ridículo. — Peguei a mão de Nora e a puxei para o corredor.

— Não é culpa dele, Ari — ela disse, pedindo-lhe desculpa com o olhar.

— Eu sei, é só que eu estou tão... tão irritada.

— O que você esperava? Ele te deixou voltar depois de dizer que Antonio Marchetti — ela se deteve, esperando algumas meninas passarem — tentou fazer aquilo com você.

— Mas eles precisam ser tão óbvios?

Nixon estava esperando no fim do corredor, enquanto Luis vinha atrás de nós. Não havia como não perceber que eles estavam me protegendo. Ouvi os sussurros enquanto saíamos da Casa Donatello, e eu sabia que seria questão de tempo até todo o campus saber que Arianne Capizola na verdade era... eu.

Durante o fim de semana, pareceu um pequeno preço a pagar para voltar para cá e estar mais perto de Nicco. Mas, à fria luz do dia, percebi que a vida reservada de que eu tanto me ressentia parecia molezinha se comparada a isso. As pessoas paravam de supetão quando passávamos. Me olhando boquiabertas como se tivesse brotado uma segunda cabeça em mim. Um leve rumor de sussurros nos seguia, as especulações roçavam em mim, me deixando eriçada.

— Todo mundo está olhando — suspirei, segurando a mão de Nora com mais força.

— Você precisa enfrentar essa, Ari. Você é a Arianne Capizola, caramba. Não se atreva a se acovardar.

As palavras dela tocaram fundo, me fazendo ficar mais ereta. Eu *era* Arianne Capizola e conseguiria enfrentar aquilo. Até Tristan e Scott se aproximarem de nós.

— Senhoras — Scott disse, com um sorriso presunçoso.

— O que foi? — Eu me recusava a olhar para ele, focando apenas o meu primo.

— Seu pai não contou? — Um breve lampejo de culpa surgiu no seu olhar. — Estamos aqui para acompanhar vocês até a aula.

— Odeio ter que te dizer isso — Nora falou. — Mas acho que vocês estão dois guarda-costas atrasados demais.

Tristan fez um aceno brusco de cabeça para Luis e eles recuaram.

— Que merda está rolando? — Eu me inclinei para Tristan, com os dentes cerrados por trás dos lábios.

— Relaxa, prima. Pensei que você fosse preferir assim. Luis e Nixon vão ficar por perto, mas pelo menos assim você não vai se sentir tão sufocada.

— Não tenha tanta certeza — resmunguei.

— Arianne — ele soltou um longo suspiro —, colabora.

— Colaborar? — falei, entre dentes. — Você espera que eu...

— Ari. — Nora apertou a minha mão. — Ele tem razão. Vamos para a aula e pensar no que fazer mais tarde.

— Essa é a coisa mais sensata que já saiu da sua boca, Abato. — Scott sorriu.

— Vai se foder, Fascini. — Ela articulou com os lábios.

— Tudo bem, tudo bem, isso só está servindo para chamar ainda mais atenção. — Tristan passou a mão pela boca. — A casa caiu. Em breve todo mundo vai saber que Arianne Capizola está no campus, e a sua vida...

— Me poupe o sermão. — Passei por Tristan e fui em direção ao prédio.

— Ari, espera. — Ele agarrou o meu punho e me acompanhou. — Desculpa, tá? Eu só estava seguindo ordens.

— Como você também estava seguindo ordens quando não me contou a verdadeira história do legado da nossa família?

Ele pressionou os lábios com força, seu silêncio foi a admissão de culpa de que eu precisava.

— É isso, *primo*. Você o machucou, Tristan. Você machucou alguém que eu... — Engoli as palavras.

PRÍNCIPE DE COPAS

— Machuquei alguém que você o quê? — Ele estreitou os olhos para mim.

— Não importa. Já acabou. — Meu estômago revirou. — Nicco é...

— O inimigo. Ele é o *inimigo*, Ari. Você precisa se lembrar disso.

— Eu já entendi. Minha vida já foi virada de cabeça para baixo, não preciso que você piore ainda mais as coisas.

— Jesus... — Ele soltou um suspiro exasperado. — Vem cá. — Ele me puxou para um abraço, e eu fui de boa. Ele precisava acreditar que Nicco não significava nada para mim. Mesmo que fingir me doesse.

— Sei que você não acredita em mim, mas eu sinto muito — ele sussurrou no meu cabelo.

Eu me afastei e abri um sorriso amarelo para ele.

— É — suspirei. Eu também.

Seu sorriso ficou mais largo, e eu soube naquele momento que o meu primo não me conhecia nada. Ele não ouviu a mentira por trás das minhas palavras. Não viu a culpa brilhar nos meus olhos. Ele acreditava mesmo que eu ainda era a filha dócil e obediente que sempre fui.

E isso era algo que eu jamais poderia perdoar.

Não demorou muito para as notícias se espalharem. Na hora do almoço, todo mundo já sabia, e enquanto entrávamos no refeitório, as pessoas se afastavam para me deixar passar. Foi desconcertante, para dizer o mínimo.

— É como se você fosse o Moisés.

— Moisés? — perguntei.

— É, partindo o mar.

Revirei os olhos.

— Tomara que isso acabe logo.

— Pouco provável. Você acabou de ir de ser ninguém a ser alguém... — A voz de Nora foi afogada quando vi Enzo me encarando. Ele estava parado do lado da entrada do refeitório, me queimando com aquele olhar gelado.

— Ari, eu falei para você... oh. *Oh.* — Nora suspirou e se aproximou de mim. — Parece que você acabou de matar o bichinho de estimação do cara e ele está pensando em vários jeitos lentos e dolorosos de se vingar.

Ela não estava errada.

Mantive a cabeça baixa, ignorando-o enquanto entrávamos no refeitório movimentado. Silêncio tomou o recinto. Foi como uma onda. Suave de início, vindo de algumas pessoas perto de nós, e depois nas mesas ao redor. Mas logo se espalhou pelas outras, até todo mundo estar olhando.

— Tudo bem, então. É melhor a gente...? — Nora deslizou a mão pelo meu braço, e pegou a minha.

— Juntas?

— Juntas. — Com a cabeça erguida, dei o meu melhor para bloquear tudo enquanto íamos até o meu balcão preferido. Luis e Nixon ficaram por perto, sem conseguir se misturar. Não que dois guarda-costas imaculadamente vestidos fossem conseguir.

— Arianne?

Eu me virei e encontrei a amiga de Tristan, Sofia, ali perto.

— Sim?

— Eu só queria dizer, não sei... tipo, eu pensei que tivesse te reconhecido, mas não tinha... — Ela lutou com as palavras e Nora riu ao meu lado. — Bem, acho que o que eu queria dizer é desculpa. E bem-vinda à UM. Se eu puder ajudar em alguma coisa...

— Acho que estamos de boa. — Nora avançou. — Mas obrigada, Cynthia.

— É Sofia, meu nome é Sof... eeee você já sabe disso. Acho que eu só vou... — Ela deu meia-volta e saiu na direção das amigas. O queixo de Emilia estava caído, como se ela não conseguisse acreditar no que tinha acabado de acontecer. Mas então seus olhos se fixaram em mim, ela os estreitou, e sua expressão se encheu de inveja.

— Caramba, isso foi bom.

— Sério, Nor?

— O quê? Ela mereceu. Agora ela conhece o próprio lugar e podemos seguir adiante.

Pareceu ótimo em teoria. Mas eu não tinha certeza se alguma coisa voltaria ao que era antes. Então eu o senti.

Nicco.

— O que foi? — Nora perguntou, e franziu a testa de preocupação enquanto eu fiquei parada lá, segurando a bandeja, imóvel.

— Nicco. — O nome dele saiu dos meus lábios em um único suspiro. Não olhei para trás. Não precisava.

PRÍNCIPE DE COPAS

— Ele está sentado com Enzo e os amigos.

— O que você vai comer? — perguntei, tentando agir normal. Tentando resistir ao impulso de largar o almoço para lá, correr para ele e pedir para levar para bem longe dali.

Mas eu tinha feito uma promessa a ele, e pretendia mantê-la.

— O yakissoba está com a cara boa. — Nora entrou no jogo.

— É verdade. — Fiz o pedido para a atendente e agradeci a ela.

Enquanto me entregava a tigela, ela perguntou:

— É verdade? Você é filha de Roberto Capizola?

Até o pessoal da cantina já sabia? Eu não fazia ideia do que fazer.

— Sou.

Seus olhos se encheram de admiração.

— Nossa, isso é... desculpa, estou sendo mal-educada. — As bochechas dela queimaram. — É só que... eu sempre me perguntei o que tinha acontecido com você.

Franzi a testa.

— Você conhece a minha família?

— Eu costumava servir o seu pai quando ele estudava aqui. Um rapaz tão maravilhoso, tão generoso e gracioso. Sempre tive a esperança de conhecer a filha dele.

— Qual é o seu nome?

— Lili.

— É um prazer te conhecer, Lili.

A mulher sorriu para mim, como se eu tivesse dado a ela o melhor presente que ela já ganhou na vida.

— Ignore os outros.

Luis se aproximou, o que me irritou.

— Algum problema? — perguntei.

— Nada a relatar. — A resposta dele foi muito bem enunciada.

— Por favor, não me diz que você está desconfiado de Lili — sibilei para ele. Felizmente, Nora havia distraído a mulher com o próprio pedido.

— Srta. Capi...

— Arianne. Meu nome é Arianne, e já entendi, você está sob ordens do meu pai. Mas isso não está dando certo para mim, Luis. É a faculdade, a minha vida. Você precisa recuar.

— Sim, srt... — Ele pigarreou. — Arianne. Vou estar bem ali. — Ele se juntou a Nixon, e os dois trocaram sussurros apressados.

156   l. a. cotton

— Pronta? — perguntei a Nora, que assentiu.

— Não suma, Arianne — Lili disse.

— Obrigada.

Nora foi na frente, acenando para as mesas de olhares curiosos e suspiros velados. Ela escolheu a mesa em que nos sentamos semana passada. Mal tínhamos nos acomodado quando Tristan e Scott apareceram com ainda mais amigos a reboque.

— Qual é a boa? — Meu primo se largou ao meu lado e passou o braço pelas costas da minha cadeira.

— Você, sentando em outro lugar? — Nora debochou.

— Tenho algo em que você pode se sentar. — Um dos amigos de Tristan enfiou a mão debaixo da mesa e agarrou a virilha. Os caras caíram na gargalhada, mas ela logo morreu quando Tristan olhou feio para eles.

— Não dê ideia para eles — Tristan disse. — O modo babaca é configuração de fábrica.

— *Bacha ma culo* — um dos caras resmungou, e mostrou o dedo para o meu primo.

— Então, quais são os planos para essa noite?

— Não há planos. A gente provavelmente vai estudar e ficar pelo dormitório.

— Deveriam ir lá para casa, então.

— Está de brincadeira, não é?

— Ari, me dá um desconto. Lá não é a central das festas o tempo todo, e eu sei que Scott gostaria de…

— Tristan, quantas vezes vou precisar dizer? Não há nada entre Scott e eu.

— Por causa dele. — Os olhos deslizaram para onde Nicco estava sentado, e eu senti a raiva irradiar do meu primo. Felizmente, Nicco não estava olhando para a gente, mas estivera.

Eu tinha sentido.

— Isso não tem nada a ver com Nicco.

— Então aparece lá mais tarde. Temos uma sala de vídeo. Podemos assistir ao que vocês quiserem. A maioria dos caras não vai estar lá. Vai ser divertido.

Eu me enchi de pânico. Era um teste? Meu pai tinha pedido para ele ficar de olho em mim? Para garantir que eu não ia tentar ver Nicco?

Cerrei o punho no jeans e disse:

— A gente pode dar uma passadinha lá.

PRÍNCIPE DE COPAS

Nora capturou o meu olhar e articulou um "como assim?" com os lábios.

— Que legal, Ari. Você não vai se arrepender, prometo.

— Sob uma condição, Tristan — adicionei, apagando o sorriso dele. — Para com essa coisa de Scott e eu, ok?

— Claro, eu posso fazer isso. Só estou feliz que a gente vai passar tempo juntos. Tem séculos que não fazemos isso.

Meu telefone vibrou, me assustando. Tristan passou o braço pelo meu pescoço, me puxou para si e beijou a minha bochecha.

— Preciso comer. — Ele saiu, e os caras foram atrás.

— Que merda foi essa? — Nora nem perdeu tempo, mas eu estava ocupada demais pegando o meu telefone, meu coração foi parar na boca quando vi o número de Nicco.

> O que foi isso?

Deus, eu queria tanto olhar para ele. Encarar aqueles olhos e dizem que não passou de encenação.

> Não foi nada, não se preocupe.

> Eu sempre vou me preocupar com você. Cada segundo do dia.

— Ari — Nora sussurrou, e eu olhei para cima e vi alguns dos caras voltando para a nossa mesa.

Escondi o celular no colo e digitei o mais rápido que pude.

> Eu sou sua e vou fazer o que for para te manter em segurança, ok? Mas você precisa confiar em mim. Confie em mim, Nicco. Não importa o que aconteça, nem o que você ouça, nem o que você veja, você precisa confiar que estou fazendo o que for só para proteger você.

Ele havia dito algo parecido para mim ontem à noite. Mas as palavras dele valiam para os dois. Eu não era a única precisando de proteção. Eu não duvidava que Tristan e o meu pai machucariam Nicco de novo caso desconfiassem que eu o estava vendo ainda. Por isso eles precisavam acreditar que tudo havia acabado.

Que ele não significava nada para mim. Por isso eu ia entrar no joguinho de Tristan. Outra mensagem chegou.

> Eu confio.

Eu me enchi de alívio. Eu ia conseguir.

A gente ia conseguir.

Porque a alternativa, um mundo em que eu era proibida de ver Nicco, não era um mundo em que eu queria viver.

— Pelo menos não está cheio de jogadores de futebol americano — Nora sussurrou quando entramos na casa do meu primo.

— Vocês aceitam uma cerveja? Não vão precisar ficar de guarda a noite toda mesmo. — Tristan sorriu para Luis e Nixon. — Ela está segura aqui.

— Você sabe quais são as nossas ordens, Sr. Capizola.

— É, sei, meu tio ama dar ordens. Mas esta é a minha casa. Ninguém entra nem sai sem que eu saiba. Além do mais, vocês podem proteger a Arianne e ainda relaxar. Peguem uma cerveja e fiquem à vontade, *fai come se fossi a casa tua*. A gente vai estar lá na sala de vídeo. Senhoras. — Tristan fez um arco com o braço. — Por aqui.

O cheiro de pipoca flutuava da direção em que ele nos levava. Nora não queria vir, mas ela entendia por que eu precisava estar ali, e decidiu que não podia me deixar sofrer sozinha.

— Vocês vieram — Scott disse no segundo em que pisamos na sala.

— Fascini, eu diria que é um prazer — Nora zombou —, mas não é o caso.

— Dane-se, Abato.

— Galera — Tristan resmungou. — A gente pode tentar não se matar antes de o filme começar?

Parecia que ele estava se esforçando de verdade. Longe dos amigos, e dos holofotes, Tristan não era ruim. Ele só gostava de se exibir para uma multidão. Gostava do status, do poder, do dinheiro. Com o passar dos anos, o primo com quem eu cresci havia se transformado em um homem que eu mal reconhecia.

Parte de mim sentia saudade dele, mas parte de mim também sabia que a gente havia se tornado pessoas diferentes.

— A que filme você quer assistir?

— Qualquer coisa — falei, e me sentei o mais distante possível de Scott. Seu olhar carregado se demorou na lateral do meu rosto, mas me recusei a olhar para ele. Eu conseguiria fazer isto: sentar ali e assistir a um filme com ele, mas eu não fingiria que éramos amigos.

— Seu pai já falou contigo sobre o Baile do Centenário? — ele perguntou.

Tristan estalou a língua, olhando feio para o amigo.

— O que foi? — Scott disse. — Foi só uma pergunta.

— Não, ele não falou. Por quê?

— Não importa — Tristan respondeu. — A pipoca está esfriando.

Ele estava se esquivando, e eu não gostei nada disso. Guardei na cabeça para perguntar ao meu pai depois.

Nora apanhou uma manta nas costas do sofá e se aproximou mais de mim, jogando-a no nosso colo.

— É melhor me prender fisicamente aqui — ela sussurrou entre lábios cerrados, e eu lutei com um risinho. Scott merecia a ira dela, mas ele não valia a pena.

— Entre na fila — articulei com os lábios, e trocamos um sorriso cheio de significado.

— O que vocês estão cochichando? — Tristan perguntou, ao pegar o controle remoto e se acomodar em uma das poltronas.

— Nada não — Nora disse. — O que a gente vai ver?

— Pensei em algo de que todo mundo vai gostar. *Os vingadores*. Lembra, Ari? Era um dos que você mais gostava quando criança.

— Eu tinha dez anos, Tristan. E uma quedinha bizarra pelo Chris Hemsworth.

O filme começou, e nos quatro fizemos silêncio. Era estranho ficar sentada ali com Tristan e Scott, na casa deles, fingindo que éramos amigos. Parecia falso. Como se todos estivéssemos esperando para ver quem abandonaria o personagem primeiro.

Nora se inclinou e pegou uma das tigelas de pipoca, enfiando a mão cheia na boca.

— Melhor aproveitar — ela resmungou, e me ofereceu a tigela.

Eu não estava com fome, ficar perto de Scott já bastava para acabar com o meu apetite, mas peguei um pouco. Era uma distração. Uma coisa para me impedir de dizer algo de que me arrependeria.

Duas horas depois, o filme acabou, e Nora não esperou nem um segundo para arranjar uma desculpa para ir embora.

— Foi legal e tudo o mais. — Ela abriu um sorriso muito doce para Tristan. — Mas tenho que fazer uma coisa, e preciso da opinião da Ari.

— Coisa? — Scott alongou a palavra. — É código para filme pornô?

— Nora tem razão, é melhor a gente ir. Mas obrigada pela... pipoca.

— Qual é, prima, fica, vamos trocar uma ideia. — Tristan saltou de pé. — Tenho certeza de que a gente tem vinho na geladeira.

— Fica para outra hora. — Tipo quando o inferno congelar.

— Claro, tudo bem. Vou acompanhar vocês. — Tristan foi na frente, mas no segundo que ele saiu para o corredor, Luis e Nixon se levantaram. — Arianne e Nora querem voltar para o dormitório.

— Arianne e Nora têm boca. — Lembrei ao meu primo. Ele passou bruscamente a mão pela cabeça, com diversão dançando em seu olhar.

— Você mudou — ele disse.

— Você também.

Algo se passou entre nós, mas não consegui saber se era respeito mútuo ou ressentimento. Talvez um pouco dos dois.

— Preciso fazer xixi — Nora anunciou.

— No final do corredor, última porta à esquerda.

— Vai levar dois minutos — ela me disse.

— Vai, eu vou ficar bem.

Assim que ela saiu, Tristan foi em direção à porta com Luis e Nixon. Os três discutiam alguma coisa, falavam tão baixo que eu mal conseguia discernir o que era.

— Fofo esse seu joguinho. — Scott parou atrás de mim, sua proximidade me fez ranger os dentes.

— Joguinho?

— Você não engana ninguém, princesa, muito menos a mim. — Seu fôlego me atingiu na nuca, desencadeando um tremor profundo.

— Não tenho ideia do que você está falando — falei entre dentes, recusando-me a olhar para ele. Mas Scott chegou ainda mais perto, seu peito forte roçou o meu ombro.

— Tudo bem — ele falou, alongando a palavra. — Eu gosto de uma caçada.

Meu corpo começou a tremer. Raiva. Medo. Tais sentimentos giravam dentro de mim feito um redemoinho.

PRÍNCIPE DE COPAS

— Por favor, fique longe de mim — falei entre dentes, mantendo os olhos em Tristan, desejando que ele olhasse para nós. Mas ele e Luis estavam envolvidos na conversa.

— Desculpa ter...

Scott se fastou de mim feito um raio, e eu soltei o fôlego que prendia.

— Aí está você.

Eu me virei para Nora, que me olhava engraçado. Ela desviou o olhar para Scott, que fingiu mexer no celular, e depois para mim.

— É melhor a gente ir — falei.

Tristan e os meus guarda-costas se calaram quando nos aproximamos. Ergui a sobrancelha.

— Algum problema?

— Nenhum. — Tristan passou o braço pelos meus ombros. — Obrigado por vir. Sei que você ainda está chateada comigo, mas somos família, Arianne. Nós, os Capizola, precisamos permanecer juntos.

Nora soltou um suspiro exasperado e se enfiou entre nós, empurrando a porta.

— Boa noite, Tristan — falei, seguindo a ela e Luis lá para fora.

— Ok. — Nora se aproximou mais de mim. — Qual você acha que é a do seu primo?

— Você percebeu, né? — Olhei para Luis, depois para Nixon, que vinha atrás de nós.

— Sei que ele é da família, Ari — ela abaixou a voz a um sussurro —, mas não confio nele.

Eu também não.

Não mais.

Meu celular vibrando me assustou, e o tirei do bolso.

Preciso ver você.

Melhor não arriscar.

Eu arriscaria tudo por você.

Nicco...

> Bambolina, eu preciso te ver.
> Não me faça implorar...

— É...?

Silenciei Nora com uma olhada. Havia pessoas demais ouvindo. Pessoas leais ao meu pai.

> Estamos voltando para o dormitório.

> Eu sei.

Meus olhos se arregalaram enquanto eu esquadrinhava os arredores. Estava escuro, e longas sombras frondosas dançavam sobre a calçada que serpenteava pelo campus.

> Não estou te vendo.

Eu deveria estar apavorada por Nicco estar me observando, mas não era o caso.

> Então não está olhando com atenção.

Disfarcei um sorriso, andei mais empertigada, sabendo que ele estava ali em algum lugar.

— Ah, você está caidinha. — Nora sorriu. — Acho que vai querer que eu dê uma sumida quando chegarmos ao dormitório?

— Não sei, nós não...

— Mas nós duas sabemos que vão. Só me prometa que vai tomar cuidado, ok?

— Para onde você vai? — articulei com os lábios, de olho em Luis. Mas ele estava muito focado nos arredores.

— Não sou contra ligar para alguém, sabe?

— Kaiden?

Ela deu de ombros.

— Ou o Dan.

— Safada.

— Ei, Lu — ela chamou, e Luis olhou para trás. — Eu vou sair. Tem algum problema?

— Vou avisar ao Maurice.

PRÍNCIPE DE COPAS 163

— Maurice?

— Ele foi designado para você.

— Eu tenho meu próprio guarda-costas?

— Ele está designado para você, sim.

— Bacana. Mas talvez seja melhor você avisar a ele para levar abafadores de ouvido.

Digitei uma resposta para Nicco.

> Nora vai sair. Vou estar sozinha.

Ele respondeu em um instante.

> Deixe a janela aberta.

16

Nicco

Eu esperei.

Quase uma hora se passou desde que vi Arianne entrar no prédio, flanqueada pelos guarda-costas. Ela caminhou com tanta pose e graciosidade. O mundo havia virado de cabeça para baixo ao seu redor, e, ainda assim, minha garota forte e corajosa se portava com confiança.

A mesma postura do pai.

Eu me perguntei se ela sabia o quanto eles eram parecidos, tirando o fato de o pai dela ser um babaca traidor que gostava de fazer intrigas.

Arianne não havia me mandado mensagem de novo. Talvez ela tenha adormecido. Mas então sua sombra esguia apareceu na janela, os olhos esquadrinharam as árvores lá embaixo, procurando por mim.

Puxei o capuz, me fundi com a escuridão e segui a trilha até o prédio. Eu conhecia o campus da UM bem o suficiente para saber cada ponto cego das câmeras de segurança, cada esconderijo e como ficar fora de vista.

Subi a escada de emergência com facilidade, e me icei para a sacada. Arianne havia sumido, mas a janela estava aberta, e as cortinas eram sopradas pela brisa suave.

— Você veio — ela sussurrou.

— Você duvidou? — Entrei no quarto, e meus olhos pousaram nela sentada na beirada da cama, usando nada além do que uma camiseta muito grande da UM.

Porra.

Engoli em seco.

— Já faz uma hora. — Ela olhou para mim através dos cílios grossos, um sorriso brincalhão repuxava o canto de sua boca.

— Estava esperando por mim? — Passei o polegar pelo lábio inferior enquanto ia na direção dela. Caí de joelhos e fui subindo as mãos pelos tornozelos, canelas até chegar às coxas. Um gemido baixinho escapuliu de seus lábios.

— Nicco...

— O Fascini tem uma quedinha por você?

Ela recuou, com os olhos fixos nos meus.

— De onde saiu isso?

— Eu vi como ele te observa, Bambolina. — E odiei pra caralho. — O que você estava fazendo na casa dele?

— Tristan queria que a gente passasse um tempo juntos.

— Com o time de futebol? — Ergui a sobrancelha, e raiva fervilhou nas minhas veias. Eu quase perdi a cabeça quando as vi sumir para dentro daquela casa. Não deveria estar seguindo a garota, mas, depois das mensagens no almoço, sobre fazer o que fosse para me proteger, eu me vi mandando mensagem para Bailey. Entre nós, ficávamos de olho em Arianne o dia todo.

— Não, só eu, Nora, Tristan e...

Ela encarou o chão. Deslizei um dedo sob seu queixo e a forcei a olhar para mim.

— E?

— E Scott.

— Ele quer você.

— Bem, ele não pode ter — ela disse, cheia de convicção.

— É, e por quê?

— Porque eu sou sua.

— E é mesmo, porra. — Deslizei a mão pelo corpo de Ari, meus dedos brincaram na lateral de seu pescoço enquanto eu a beijava com vontade. Ela envolveu os braços em torno do meu pescoço, e as pernas me engancharam pela cintura, nos ancorando um ao outro.

— Eu quero você, Nicco — ela murmurou nos meus lábios.

Jesus. A garota estava testando a minha paciência.

— Não aqui, não desse jeito — meus olhos foram para a porta —, com seus guarda-costas ali fora.

— Você não quer? — A expressão dela ficou triste.

— Quero. Muito. Olha só o que você faz comigo. — Peguei uma de suas mãos e a puxei entre nós, deixando-a sentir o quanto eu estava duro. — Quando eu enfim te fizer minha de cada jeito possível, não vou me preocupar com a possibilidade de ouvir você gritar o meu nome.

— Ah. — Um rubor bonitinho foi subindo por seu pescoço e se espalhou por suas bochechas.

— Não vim aqui para isso, não hoje. Vim ver se você estava bem. — *Eu precisava ver se você estava bem.*

— Porque estava com ciúme. — Um sorrisinho repuxou os seus lábios.

— Eu sempre vou sentir ciúme de você. Acha que eu não morro um pouquinho por não poder ser eu a ficar ao seu lado?

— Nicco, eu não… — Ela agarrou o meu agasalho, soltando um suspiro resignado. — Me dói também.

— Eu sei, Bambolina, eu sei. — Apertei Arianne em meus braços. O som de seus soluços baixinhos acabaram comigo. Eu queria dizer a ela que tudo ficaria bem, assegurar que eu tinha um plano.

Mas, verdade seja dita, eu não fazia ideia de como dar um jeito naquilo. Havia coisa demais entre nossa família, ódio demais.

— Vem cá. — Eu me levantei e a puxei comigo, embalando seu corpo junto ao meu.

Fui até a lateral da cama dela e consegui puxar as cobertas e deitá-la lá.

— Você já vai?

— Não vou a lugar nenhum. — Tirei as botas. — Chega para lá. — Me deitei ao seu lado e a envolvi com os braços, puxando-a para perto.

— Que gostoso — ela sussurrou.

— Nunca fiz isso — confessei.

— Nunca ficou de conchinha? Que triste.

— Já, sim. Com Alessia e minha mãe. Mas nunca com uma garota.

— Então eu sou a primeira? — Arianne olhou para mim, com um sorriso bobo no rosto. — Gostei. Gosto de conseguir algumas das suas primeiras vezes também.

— Me diz uma coisa…

— Qualquer coisa — ela respondeu.

— Foi Scott quem machucou você?

— O-o quê? Não… não, Nicco.

— Tem certeza? — Estreitei os olhos. — Porque o jeito que ele te olha…

Ari ficou de joelhos e segurou o meu rosto.

— Não foi o Scott. Não foi ninguém. Só um cara com quem fui idiota de aceitar sair. Esqueça ele, Nicco. Por favor.

— Pensar em alguém tocando em você, Arianne, colocando as mãos em você. Me faz querer cometer assassinato.

— Shh. — Ela se inclinou para mim, beijando meu queixo. — Não fale assim. — Seus lábios roçaram os meus, mas curvei a mão na sua nuca e a segurei.

PRÍNCIPE DE COPAS

— Eu mataria por você, Arianne. É quem eu sou. Eu posso não gostar de todos os aspectos da minha vida, do meu legado, mas esta vida, as regras a que estou atado, correm no meu sangue.

— Eu... eu entendo. — A voz dela tremeu.

— Isso... a gente, não é só uma ficada para mim. Não vou decidir daqui a uma semana ou daqui a um mês que não te quero mais. — Passei o polegar por sua bochecha. — Se quiser dar o fora, essa é a hora de me dizer.

— Você me deixaria ir? — Surpresa se agarrou às suas palavras.

— Você poderia tentar.

— Mas você acabou de dizer...

— Só porque você quer ir embora, não significa que não farei tudo ao meu alcance para te reconquistar. Você é minha, Arianne Carmen Lina Capizola. Para sempre.

— Para sempre... é uma promessa e tanto.

— Isso te assusta?

— O quê?

— Saber que você é minha. Saber que eu estou completamente apaixonado por você. Corpo, alma e coração.

— Nicco... — Seus olhos tremularam até fechar quando ela puxou um suspiro entrecortado.

— Não preciso que você diga também. — Beijei a ponta do seu nariz. — Não ainda. Mas você precisa saber que isto não é um jogo para mim. É de verdade, Arianne. E nada nem ninguém vai te tirar de mim.

Levei a boca à dela, selando minha promessa com um beijo. Nossa língua se encontrou em toques lentos e profundos que reverberaram pelo meu corpo. Ari me pegou de surpresa ao deslizar a perna sobre mim e me montar.

— Bambolina, está tentando me matar?

— Shh. — Ela me beijou de novo. — Pare de falar e se deixe levar.

Ah, essa era a minha garota esperta, sempre devolvendo para mim as palavras que usei com ela. Mas não a detive, não conseguia. A sensação dela era boa pra caralho, roçando em mim. Montando em mim, mesmo que houvesse camadas e camadas entre nós.

Minhas mãos mergulharam mais ainda na sua camiseta, percorrendo a pele macia e quente.

— A gente deveria parar... — As palavras não tinham significado nenhum enquanto eu arrastava lentamente o tecido pelo seu corpo. Arianne ergueu os braços e me deixou tirar a peça.

— Você está certo, a gente deveria mesmo parar. — As mãos dela foram para o meu agasalho e agarraram a barra. Eu me sentei e a ajudei a tirá-lo. Seus olhos me devoraram, vagaram pelas minhas tatuagens, para as cicatrizes minúsculas pontilhando a minha pele. Seus dedos vieram em seguida, passando por cima de cada mácula.

— O que foi essa? — Seu polegar roçou uma cicatriz enorme abaixo da minha última costela.

— Facada — confessei. Havia tanto que eu não poderia contar a ela: negócios da família, segredos que eu teria que carregar para o túmulo, mas eu queria lhe dar o máximo de partes de mim.

— Essa? — Ela se afastou, dando mais espaço para se inclinar e inspecionar o meu peito.

— Soco inglês, estraçalhou a minha pele.

Arianne se encolheu, mas não parou a exploração.

— E essa? — Os dedos pairaram bem perto do botão do meu jeans.

— O que você está fazendo, Bambolina?

Ela abriu o botão sem nem hesitar.

— Quero tocar em você.

Sibilei quando ela enfiou a mão lá, roçando a ponta do meu pau.

— Se alguém me pega aqui contigo...

— Você poderia estar dentro de mim.

— Jesus, Arianne.

Meu coração bateu com violência no peito enquanto ela continuava a me acariciar como se tivesse nascido para isso.

— Não é má ideia — falei, rouco. Não havia por que negar. Eu não conseguia resistir ao seu toque.

Como seria bom senti-la ao meu redor.

— Eu quero provar você — ela sussurrou.

— Ari, você não precisa... — Mas ela já estava deslizando pela cama, puxando o meu jeans para baixo. Meus dedos se enredaram em seu cabelo, involuntariamente guiando seus lábios abertos.

— O que eu faço? — ela perguntou.

— O que quiser.

Arianne não teve pressa, passou a língua pela cabeça e foi descendo.

Com cuidado, de início, engolindo centímetro a centímetro, chupando e lambendo, provando e provocando. Mas ela ficou ainda mais confiante com os meus gemidos de encorajamento.

PRÍNCIPE DE COPAS

— Jesus, você... porra. — As palavras ficaram presas enquanto ela ia mais fundo, com a mão me punhetando rápido e com força. — Bambolina — puxei seu cabelo de levinho —, eu vou gozar.

Ela pegou a minha mão, entrelaçou os nossos dedos, mantendo os lábios firmes ao meu redor. Meu corpo começou a tremer, um formigar já conhecido foi se formando nas minhas costas.

— Ari, porra... isso... Jesus. — Eu me contraí enquanto o prazer disparava por mim. A risada baixinha dela preencheu o ar enquanto se sentava, corada e com os olhos brilhando.

— Foi divertido — ela disse com um quê de orgulho enquanto lambia os lábios.

— Você é incrível. — Eu me inclinei e a beijei, mas alguém bateu na porta.

— Arianne? — Uma voz profunda retumbou.

— Droga. — Ela saiu tropeçando da cama. — É melhor você ir. Ele vai querer me ver, para saber se estou bem.

Meu agasalho pousou na minha cabeça quando ela começou a vestir a camiseta. Teria sido o bastante para cortar meu barato pós-boquete, não fosse pelo fato de ela estar tão linda.

— Vem cá. — Eu me levantei, enganchando o dedo no passador de cinto dela.

— Nicco, é sério. Você precisa...

— Arianne? — Outra batida.

— Estou me trocando, Luis. Já vou. Vai. — Ela olhou para mim.

— E eu vou. Mas não antes de fazer isso. — Reclamei seus lábios em um beijo profundo, provando meu gosto em sua língua. Nunca curti essas coisas, mas com ela era diferente.

Tudo era.

— Seu gosto é bom pra caralho. — Enterrei as mãos em seu cabelo, beijando-a de novo. — Talvez eu devesse gozar em você todinha e lamber tudo.

— Nicco, Deus... — Foi um suspiro ofegante.

Eu nos fiz recuar de costas até a janela, me recusando a pôr fim ao beijo. Mas ela pressionou as mãos no meu peito e se afastou.

— Eu também, sabe.

— É, o quê?

— Amo você, Niccolò Marchetti. — Arianne deu um único beijo nos meus lábios. — Mas se Luis entrar aqui e te achar, eu nunca vou te perdoar. Então, por favor, vá.

170   l. a. cotton

Abri um sorrisinho, e ela franziu a testa.

— O que foi?

— Até a próxima, Bambolina.

Antes que ela pudesse responder, saí pela janela e saltei da sacada.

Meu corpo bateu nas escadas, mas não era nada com que eu não pudesse lidar.

Arianne causava esse efeito em mim.

Ela me fazia me sentir invencível.

Fazia eu sentir como se pudesse voar.

Ela era tudo o que eu nunca soube que precisava.

E era minha.

Não voltei para casa. Assim que saí do quarto de Arianne, meu pai ligou e me mandou ir direto para o L'Anello's. Não se diz não para o chefe, então foi assim que me vi de pé do outro lado do clube, pouco depois da meia-noite, esperando Enzo e Matteo darem as caras.

O farol do meu primo surgiu à distância, e eu desci da moto, esperando. Ele parou lá na frente e desligou o motor.

— O que está pegando? — ele me perguntou no segundo que saiu do carro.

— Jimmy ligou para o meu coroa, disse que alguns caras estavam causando problema.

— E por que os caras do Jimmy não cuidaram do assunto?

— Porque é o cara daquela outra noite, com quem eu lutei no Hard Knocks.

— Tá de sacanagem? — Enzo caminhou ao meu lado enquanto entrávamos na boate.

— Parece que ele não entendeu da primeira vez.

— Então, qual é o plano?

— O plano é garantir que ele vá embora hoje, sabendo que não é para voltar mais.

Matteo soltou um longo bocejo.

— Foi mal — ele disse —, estamos te mantendo acordado?

— Porra, desculpa, Nic. Eu fiquei acordado para ajudar Arabella com o dever de casa, aquela merda já é o suficiente para dar sono em qualquer um.

— Você sabe que poderia contratar um professor particular, tem dinheiro para isso — Enzo sugeriu.

— Eu sei, mas ela gosta que eu ajude, e não me importo. Ela é minha irmãzinha. Alguém tem que cuidar dela.

— Quem bom que você faz isso, primo. — Bati nas costas dele. — Fiquem de boa, ok? Não quero causar mais alarde que o necessário.

No segundo que pisei no lugar, cabeças se viraram, e um ruído baixo de sussurros nos seguiu enquanto nos embrenhávamos ainda mais na boate.

— Ei, galera — uma das garçonetes nos cumprimentou. — Acho que o Jimmy está esperando vocês lá embaixo.

— Obrigado, Cassandra. — Matteo sorriu para ela.

— Imagina, lindo. Sabe, você deveria me ligar, já tem o meu número mesmo.

— Outra hora — ele murmurou. — O dever me chama. — Matteo abaixou a cabeça e foi na frente, Enzo riu.

— Não seja babaca — avisei. — E não importa o que você faça aqui embaixo, não perca a cabeça. *Capisci?*

Seguimos pelo corredor mal iluminado até os fundos do prédio, onde ficava o ringue de Jimmy. Era um negócio lucrativo, com noites mensais de luta que levantavam de dez a vinte e cinco mil.

Enzo se remexeu ao meu lado, enfiou a mão dentro do casaco, e eu soube que ele ou estava tateando a arma ou uma de suas muitas facas.

— Enzo, relaxa.

— Estou relaxado — ele murmurou. — Só gosto de estar preparado.

A porta de aço reforçado se avultava adiante. Matteo bateu duas vezes nela, e o olho-mágico se abriu. O cara deu uma olhada na gente e a escancarou.

— Nicco. — Ele assentiu para mim. — Estávamos te esperando. O cara ali diz que você deve a ele.

— Não devo nada a ninguém, Bobby, e você sabe muito bem.

— Foi o que eu disse a ele. Mas o babaca se recusou a ir embora antes de se encontrar contigo.

— Não esquenta, vou lidar com o problema.

Jimmy estava ocupado perto do ringue, sem dúvida aceitando apostas para a próxima luta. Ele era um associado de confiança; não fazia parte

172

l. a. cotton

da linhagem, mas era alguém que trabalhava com a minha família quase a vida toda. E era tão leal quanto possível. Killian estava no bar, rodeado por alguns caras tão grandes e tatuados quanto ele. Dois usavam a jaqueta de couro da gangue de moto de Providence.

Exatamente do que precisávamos, uma gangue de motoqueiros no território Marchetti.

— Merda, primo, ele voltou com tudo. — Enzo era um fio desencapado ao meu lado, louco para brigar. Matteo estava quieto, sem dúvida pesando todas as chances de aquilo poder sair ao nosso favor.

Eu?

Eu só tinha olhos para o cara cujo rosto eu já tinha reorganizado.

Ele me viu me aproximar e empurrou os amigos para o lado, ficando de pé para me receber.

— Você me deve, garoto — ele disse.

— Eu já te dei uma surra, coroa. Estou surpreso por você ter voltado para o segundo *round*.

O recinto ficou em silêncio, todo mundo observando enquanto ficávamos frente a frente.

— *Casso s*! — ele resmungou, mas eu ignorei.

— Vi que trouxe amigos. — Olhei para cada um deles. — Contou a eles quem eu sou?

Confusão enrugou o rosto dos caras.

— Do que ele está falando, Kill? — um perguntou.

Enzo bufou do meu lado.

— Ah, não contou, né? Deixou os caras virem aqui sem dar toda a informação.

— Vai se foder — Killian atirou, e Enzo avançou. Meu braço voou para bloqueá-lo.

— Você quer uma revanche, é isso? — Estreitei os olhos para Killian.

— Quero o que é meu de direito, garoto, claro.

— Que pena. Não estou a fim de suar a camisa hoje. Faça a si mesmo um favor e volte para o buraco de que saiu. Você não é mais bem-vindo aqui. Jimmy, mostre a porta para o cara. — Dei meia-volta, mas não cheguei longe. Sua mão pesada pousou no meu ombro, me puxando para trás. Um arquejo coletivo preencheu o recinto enquanto eu enfiava a mão na jaqueta e pegava a pistola. Soltei a trava, me virei e a apontei para Killian.

— Que ideia é essa de tocar em mim?

PRÍNCIPE DE COPAS

— Opa. — Ele ergueu as mãos, e o sangue foi drenado de seu rosto.
— Calma, garoto. Não quis te fazer mal.

Avancei, empurrei o cano da arma na sua testa, observando gotas de suor deslizarem pelo seu rosto.

— Quem eu sou?

— O-o quê? — ele gaguejou.

— Quem. Eu. Sou? — repeti, entre dentes, com Matteo e Enzo ao meu lado encarando os caras de Killian. Os homens de Jimmy se aproximaram também, formando um semicírculo ao nosso redor.

— Nic… — a voz dele tremeu. — Niccolò Marcheti.

Alguns dos caras dele resmungaram.

— Você trouxe a gente aqui para começar merda com um Marchetti? Com o filho de Antonio Marchetti?

— E por que você pensou que a gente viria aqui, caralho? — Killian sibilou. — Estamos em La Riva, território dos Marchetti.

Ele tinha razão. Ergui a sobrancelha para os amigos dele.

— Ei, cara, a gente não tem rixa nenhuma com você nem com a sua família. — Um deles avançou, com as mãos para o alto. — Killian disse…

— Acho que todos já entendemos que *Killian* precisa aprender a calar a porra da boca — Enzo disse.

— Ele faz parte do clube de vocês? — perguntei.

— Não, porra, mas é da família. Já entendi que tomamos uma péssima decisão vindo aqui. Os Providence Phantoms não têm nada contra vocês.

— É melhor vocês irem, então. — Olhei para a porta.

— O que você vai fazer com ele? — Eles hesitaram, olhando de mim para o amigo.

Killian ainda suava na outra ponta da minha pistola.

— Nada menos do que ele merece. — Pressionei o cano com mais força, ajustando o ângulo para baixo, assim ele não tinha escolha a não ser ajoelhar. — Quem eu sou? — repeti a pergunta de antes.

— Niccolò Marchetti — ele se apressou a dizer.

— Resposta errada. Quem eu sou?

Ele começou a tremer, a porra de um homem crescido se acovardando na minha frente, igual a uma criancinha.

— Sou o seu pior pesadelo. Ponha um pé em La Riva de novo, e eu vou cravar uma bala entre os seus olhos, entendeu?

— E-entendi… por favor, não me machuque. Não… — Dei uma

174   l. a. cotton

coronhada no rosto dele, fazendo o cara sair voando. Os amigos o levantaram e o arrastaram dali.

— O que foi? — perguntei a Enzo, que me encarava.

— Você deveria pelo menos ter dado um tiro no joelho dele. O filho da puta mereceu.

— Não somos tão rápidos no gatilho quanto você. — Além do que, eu era um *capo*. Um capitão. Um dos terceiro em comando do meu pai. Não podia simplesmente atirar em alguém a sangue frio na frente de uma sala lotada. Não era assim que agíamos.

Não era assim que *eu* agia.

Medo impunha respeito, assim como os atos, quando se carregava um sobrenome como Marchetti. Tomara que Killian desse ouvidos ao meu aviso e nunca mais colocasse o pé em La Riva. Porque se ele voltasse, eu teria que cumprir a ameaça.

— Agiu bem. — Jimmy veio e bateu a mão no meu ombro.

— É, bem, veremos. — Guardei a arma no coldre. — Tomara que ele não venha cheirar por aqui de novo.

Jimmy nos conduziu até o bar.

— Três do nosso melhor, Darla. Tudo bem para vocês se eu for cuidar dos negócios?

— Claro, Jimmy. — Enzo apertou a mão dele, e o coroa sumiu.

— Aqui está, por conta da casa. — A garçonete colocou três copos de Bourbon no balcão. — Prazer te ver de novo, Enzo. — Ela deixou os olhos muito maquiados vagarem pelo corpo dele, o que lhe garantiu um sorrisinho sacana do meu primo.

— Você está gata, Darl — ele disse, com o tom arrastado.

Matteo revirou os olhos e se encostou no bar, observando Jimmy organizar a próxima luta.

— Ei, Nicco.

Fechei os olhos enquanto esfregava as têmporas.

— Rayna — falei, ao me virar devagar e a encontrar parada ali.

— Faz tempo. — Ela sorriu, fingindo timidez.

— É.

— Você não ligou. — Ela fez cara de desânimo.

— E por que ligaria?

Ela puxou uma respiração trêmula.

— Será que a gente pode ir conversar em algum outro lugar?

PRÍNCIPE DE COPAS

Rayna estava gostosa no jeans justo e no suéter preto grande demais que pendia de um ombro dela. O cabelo escuro caía em ondas, emoldurando o seu rosto. Mas ela não fazia mais meu corpo incendiar logo que a via.

— Acho que não, Ray — falei. — Não hoje.

— Então é isso? Você está jogando fora tudo o que...

Invadi o seu espaço pessoal e estreitei os olhos.

— Não é a hora nem o lugar.

— Então venha, converse comigo. — Ela envolveu a mão no meu braço, como se fosse minha dona. — Senti saudades de você, Nicco. Senti saudades da gente.

Houve um tempo em que eu via Rayna e eu sendo mais do que parceiros de cama.

Ela tinha crescido naquela vida. Sabia mais do que a maioria das mulheres. Sabia o que isso significava para alguém como eu.

Rayna deixava tudo mais fácil. Não fazia perguntas nem cavava sujeira. Mas eu nunca fiquei de quatro por ela. Não igual estou por Arianne. Ficar com Rayna tinha sido um dia quente de primavera; confortável e fácil, que exigia pouco esforço. Mas estar com Arianne era como estar com o sol. Quente e intenso, e se chegar perto demais, acabaria queimado. Mas era um risco que se estava disposto a correr só para dizer que estava em sua órbita.

Tirei a mão de Rayna do meu braço, deixando-a cair ao seu lado.

— Está acabado — falei, sem nenhuma emoção. — Não tem mais nada entre a gente.

Surpresa cintilou em seus olhos, e a garota não ficou por ali, saiu feito um furacão.

— Perdeu a porra do juízo? — Enzo resmungou. — Rayna acabou de se oferecer para você em uma bandeja de prata, e você dispensa?

— Você esqueceu que ela deu para um *coglione* qualquer enquanto a gente estava saindo?

— Mas vocês não eram exclusivos.

— Não importa — respondi, sem querer entrar naquela com ele. — Acabou.

— Ela mexeu demais contigo, primo; não é saudável.

— O que você disse? — Cerrei a mão. Claro que ele não quis dizer...

— Agora aquela princesa Capizola está andando pelo campus como se fosse a dona da porra toda. Não posso jogar a responsabilidade em você.

— Ah... isso. É, é um problema. — Passei a mão pelo cabelo e lancei a Matteo um olhar que gritava por ajuda.

— Se quiser a minha opinião, ela é inocente em tudo isso — ele disse. — Tipo, ele a manteve trancada por anos. Imagina como ela deve se sentir? Não me desce usar a garota para obter vantagem.

— O mundo é assim. — Enzo deu de ombros. — Do meu ponto de vista, estamos em guerra, e pessoas inocentes podem acabar no fogo cruzado. É assim que funciona.

Peguei meu copo e virei a bebida de uma vez só.

— Preciso ir. A gente se fala amanhã.

— Mas, Nicco, a gente precisa conversar sobre...

As palavras de Enzo se fundiram com o silêncio enquanto me afastava deles.

Eu precisava de ar, antes que eu dissesse algo de que acabaria me arrependendo.

Arianne

Três dias se passaram.

Não tive contato com Nicco. Não houve visitas tarde da noite, e ele não voltou a aparecer na aula do Mandrake. Tive que sobreviver com olhares roubados do outro lado do refeitório e com algumas mensagens de texto bem picantes. Mas eu o sentia. Sentia seus olhos me seguirem pelo campus.

Às vezes, eu tinha certeza de que conseguia senti-lo ali perto, mas, quando o procurava, não conseguia nem um breve vislumbre.

— Você está inquieta — Nora disse quando entramos no refeitório. Era sexta-feira, e eu estava louca para o fim de semana chegar logo. Pelo menos poderia evitar meus colegas de classe e os olhares curiosos deles. De algum modo, tinha ficado mais fácil entrar em um lugar e encontrar todo mundo olhando, sussurrando e apontando, mas eu estava mais do que pronta para ter uma folga de me sentir um animal no zoológico.

— Que estranho. — Nora encarou o celular. — *Mamma* disse: "a gente se vê no fim de semana". Eu não...

Meu celular começou a tocar. Tirei-o da bolsa e suspirei.

— É a minha mãe. Alô?

— Arianne, *figlia mia*, como estão as coisas?

— É a faculdade, *mamma*. Tem seus momentos.

— Mas você está bem? — ela prosseguiu. — Estou tão preocupada.

— Luis e Nixon nunca me perdem de vista. E se não estou sob a guarda deles, é do Tristan. Estou bastante segura.

— Bom, isso é bom. Se alguma coisa acontecer contigo...

— Não vai acontecer nada. — Revirei os olhos para Nora, que sorriu.

— Suzanna está vindo amanhã, e pensamos que seria legal se você se juntasse a nós.

— Eu? Mas por quê?

— Para resolvermos os últimos detalhes do Baile do Centenário, e, bem, sua opinião seria muito valiosa para nós.

178 l. a. cotton

— É?

— Claro. Além do que, é hora de você começar a abraçar seu papel na família, Arianne.

— Tudo bem, eu vou. — Ela soltou um gritinho de aprovação, mas logo seguiu em frente. — Há algo de que eu queria falar com você, na verdade. Eu me inscrevi como voluntária no abrigo local, mas acho que o pai vai...

— Ah, mas que ideia maravilhosa. Vou falar com o seu pai. E você deveria falar com o coordenador e com o abrigo sobre a sua... situação difícil. Se Luis e Nixon vão estar com vocês, pode ser intimidante para alguns dos clientes deles.

— Você tem razão. Não pensei nisso. Ligo para lá mais tarde.

— Estou tão orgulhosa de você. Você tem um coração tão bom, Arianne. Fará coisas maravilhosas. Eu consigo sentir.

— A gente te vê amanhã, então.

— A gente? — Foi a vez dela de ficar confusa.

— É, Nora vai comigo.

— Ah, sim, claro. Tenho certeza de que ela vai gostar de ver os pais. Até amanhã.

— Então, pelo que entendi, a gente vai passar o fim de semana em casa? — Nora perguntou no segundo em que eu desliguei.

— Ela quer eu ajude a ela e a Suzanna Fascini com os últimos detalhes para o baile.

— Ah, divertido, só que não. — Nora se serviu de salada. — Já falou com ele?

Olhei para verificar se alguém ouvia.

— Só por mensagem. Depois da outra noite...

— É, foi por pouco. Você não pode ser descuidada, Ari. Não com os Irmãos Metralha observando cada passo seu.

— Eu sei. — Eu não tinha a intenção de deixar as coisas irem longe demais com Nicco naquela noite. Mas cada momento com ele parecia finito, como se estivéssemos correndo contra o relógio. Eu queria mergulhar em cada segundo, experimentar tudo o que eu podia antes de as coisas desmoronarem ao nosso redor.

Pagamos pelo almoço e fomos para a mesa de sempre. Tristan, Scott e os amigos já estavam lá. Sofia estava também, mas sem o grupo de amigas. *Graças a Deus*. Eu não estava com humor para as encaradas de Emilia.

PRÍNCIPE DE COPAS

— Prima. — Tristan puxou uma cadeira para mim. Sentei lá, disfarçando a risada quando Nora causou uma cena ao puxar a própria cadeira.

— E dizem que o cavalheirismo não existe mais. — Ela olhou feio para o meu primo.

— Aja como uma mulher, e talvez seja tratada como uma. — Scott sorriu do outro lado da mesa, trocando um cumprimento com o amigo.

— Não seja tão babaca, Scott — Sofia brigou com ele. — Estamos no século XXI. Se uma garota gosta de sexo, ela deveria muito bem ter direito a isso.

Nora franziu a testa para mim, e eu dei de ombros.

— Obrigada — ela disse para Sofia. — Eu acho.

— Eu não sou de tudo escrota. Além do mais, Scott pensa que pode fazer ou dizer o que quer, e estou cansada dessa merda.

De repente, vi Sofia sob uma luz completamente diferente.

— Algo com que posso concordar — sussurrei.

— Ei, eu ouvi — Scott reclamou.

— Que bom, talvez devesse levar as palavras em consideração. — Olhei nos olhos dele, dizendo todas as coisas que eu queria ter a liberdade de dizer em voz alta.

— É, foda-se. Vou pegar mais sobremesa. — Ele saiu, e a tensão foi junto.

— Gata — Tristan disse para Sofia. — Precisa cutucar a onça?

— Ah, qual é, Tristan, você sabe que ele é um perigo. O cara praticamente agarrou a Emil... — Meu primo a interrompeu com um beijo intenso. Sofia se derreteu e soltou um leve suspiro.

— Ai, que nojo — Nora exclamou, mas eu repeti as palavras de Sofia na minha cabeça. Ele tentou machucar Emilia assim como tentou fazer comigo?

Alguém precisava saber do que ele fazia, mas, assim como a minha família, os Fascini eram muito poderosos.

Fui inundada pela frustração. Qual era o sentido de ser Arianne Capizola, herdeira da fortuna Capizola, se eu não podia usar a minha voz para o bem? Para fazer riquinhos nojentos como o Scott serem punidos por seus atos? Claro que eu não era a primeira vítima dele. Caras como ele tomam o que querem, quando querem, sem pensar nas consequências, porque a sociedade ensinava que não haveria nenhuma.

— Em que você está pensando? — Nora se aproximou. — Conheço esse olhar, e sei que você está tramando alguma.

— Ele não pode se safar dessa — falei, sentindo a determinação me

180   l. a. cotton

invadir. — Ainda não sei como, nem quando, mas ele vai pagar, Nor. Ele tem que...

— É, acho que eles colocaram uns temperos e tals. Está bem gostoso. Prova. — Ela espetou as folhas da sala e ofereceu para mim, apontando discretamente o olhar para Scott, que se aproximava da mesa.

— Não, obrigada — murmurei.

Meu estômago queimava.

Scott Fascini pagaria por aquilo.

Ele pagaria, custe o que custar.

— Arianne, mas que prazer te ver. — Suzanna me abraçou, beijando minhas duas bochechas antes de me segurar à distância de um braço. — Está tão bonita. Me conta, como vai a faculdade? Espero que o meu filho tenha feito você se sentir em casa.

— Eu... é... Scott tem sido muito... receptivo. — Mordi o interior da bochecha.

— Que bom, bom saber disso. Ele gosta muito de você, Arianne.

— Oi, Sra. Fascini, eu sou Nora Abato. — Ela deu um passo adiante. — A senhora não deve se lembrar de mim.

— Nora, é claro. Que falta de educação a minha. É um prazer te ver de novo. Vai se juntar a nós ou...

— Na verdade — minha mãe apareceu —, Nora vai passar o dia com a mãe.

— Vou? — Ela franziu a testa.

— Vai. Já tomei todas as providências para as duas passarem o dia no meu spa preferido.

— Ah, nossa, Sra. Capizola, isso é... uau. — Nora olhou para mim, mas eu não sabia no que pensar.

Suzanne estava agindo como se eu e Scott fôssemos um casal, e minha mãe parecia distraída. E desde que voltamos para cá, pavor havia se arrastado por mim, fincado raízes no meu estômago.

— Acho que a gente se vê mais tarde? — Nora me tirou de meus pensamentos. — Você vai ficar bem?

PRÍNCIPE DE COPAS

— Claro que ela vai ficar bem. — Minha mãe riu. — Temos um longo dia de planejamento pela frente.

Dei meu melhor sorriso de lábios cerrados para a minha melhor amiga e a observei olhar duas vezes para trás ao sair de casa.

— Vem, vamos lá para a varanda. Está uma manhã tão agradável.

Ela e Suzanna conversavam enquanto percorríamos a casa. Notei que a Sra. Abato havia preparado um belo banquete para nós. Frutas frescas e doces, sanduichinhos e *crudités*. Meu estômago roncou, e as duas riram.

— Você precisa comer mais, *mia cara*. Homens italianos gostam de ter o que agarrar. Pelo menos o Mike gosta. — Suzanna riu, e o som pareceu unhas arranhando um quadro. Estremeci, segurando a ânsia de vômito.

Minha mãe se sentou e abriu a agenda.

— Ah, sim, os trajes.

— Pensei que falaríamos sobre os toques finais?

— Escolher o vestido perfeito *é* o toque final. — Suzanna sorriu para mim.

Ficou óbvio que eu estava deixando algo passar. Pensei que elas quisessem a minha opinião sobre decorações e entretenimento. Não sobre vestidos.

— Desculpa, não sei se entendi.

— O tema é carnaval de Veneza. Então estávamos pensando em algo arrojado. — Minha mãe pegou uma página e a deslizou pela mesa.

— Nossa, eles são… interessantes. — Os vestidos extravagantes com inspiração barroca e rococó eram muito *Maria Antonieta*, nada parecidos com o traje simples que eu pretendia usar.

— Você precisa mostrar a que veio — Suzanne disse.

— É?

— Bem, claro, querida. Você e Scott serão o…

— O que Suzanne está tentando dizer, meu amor, é que vai ser a oportunidade perfeita para você se mostrar.

Franzi a testa, ainda sem entender nada.

— Há algo se passando de que eu deveria saber? — perguntei.

Minha mãe soltou um suspiro exasperado, como se a minha ignorância a deixasse frustrada.

— Nossas famílias precisam se mostrar unidas, Arianne, agora mais que nunca.

— E como Scott e eu nos encaixamos nisso?

— Você é o futuro da Capizola Holdings — Suzanna se intrometeu —, e Scott vai se tornar sócio da Fascini e Associados assim que se formar. Separados, somos poderosos, mas, juntos, seremos invencíveis.

— *Mamma?* — Senti o chão se mover sob meus pés.

— Scott é um bom homem, meu amor, e ele sempre gostou de você. Os dois juntos faz sentido.

— Juntos? — Eu me engasguei com a palavra. — Você não pode estar falando sério. Quer que eu saia com ele porque é bom para os negócios?

— Bem, tínhamos a esperança de que vocês fossem se aproximar por vontade próprio assim que você começasse na UM, mas posso ver que não vai ser o caso. — Os lábios dela se torceram em desaprovação.

— Inacreditável. — Eu me levantei.

— Arianne, o que você...

— Preciso de um minuto. Por favor, me deem licença. — Segui em linha reta pela casa, com a raiva me percorrendo como um incêndio descontrolado.

Minha mãe não havia me chamado para planejar uma festa.

Foi uma emboscada.

Um esforço conjunto para me fazer aceitar sair com Scott.

Luis me seguiu pelo corredor, calado e emburrado.

— Sério mesmo? Na minha própria casa? — falei por cima do ombro.

— É para a sua...

— Proteção — falei com desdém. — Uau. Uau. — Cheguei às escadas e agarrei o corrimão. — Vai ficar de guarda na minha porta também?

O silêncio dele me disse tudo de que eu precisava saber.

— Muito bem. — Subi dois degraus por vez, batendo os pés, e corri para até o meu quarto. Bati a porta com força, o que me rendeu uma pouco de satisfação, mas não durou. Eu estava furiosa, raiva tremia dentro de mim como uma tempestade poderosa. Já era ruim ter passado cinco anos da minha vida trancada na propriedade, agora eu estava sendo forçada a sair com Scott, um predador sexual, só porque seria bom para os negócios.

Um grito frustrado se derramou dos meus lábios enquanto eu corria para a janela e me encolhia no assento. Pressionei a cabeça no vidro frio. Peguei o celular no bolso e mandei mensagem para Nicco.

> Como você consegue?

Ele respondeu na mesma hora.

> O quê?

PRÍNCIPE DE COPAS

> Carregar o fardo do legado da sua família.
> Ser quem eles esperam que você seja.

O número dele brilhou na minha tela, e eu atendi.

— Aconteceu alguma coisa? — ele perguntou, e as palavras foram um murmúrio baixo que reverberaram profundamente em mim.

— Não é nada... — O som da voz dele me centrou. — Eu só odeio tudo isso. Todas as mentiras e segredos. Eu não sei em quem ou no que acreditar. Nada mais faz sentido.

— Bambolina — ele suspirou, um som gutural e cheio de emoção. Pressionei a palma da mão no vidro e fechei os olhos, imaginando que ele estava bem ali. — Fale comigo, Arianne.

— Estou bem. É só a minha mãe e a amiga dela se intrometendo na minha vida. Tem sido uma manhã difícil.

— Queria poder te tirar daí; só você, eu, e a estrada à nossa frente.

— Para onde iríamos? — Meus lábios se curvaram.

— Para qualquer lugar. Talvez descer o litoral de Nova York, em direção a Long Island. Algum lugar em que ninguém vai nos encontrar.

— Gostei.

O silêncio foi ensurdecedor enquanto nós dois nos permitíamos sonhar. Eu e Nicco e um mundo que não queria nos separar.

— É melhor eu desligar — ele disse, por fim. Quatro palavrinhas que me jogaram de volta para a realidade com um baque bem alto.

— Tudo bem — sussurrei.

— Você vai ficar bem?

— Vou.

— Eu amo você, Arianne Carmen Lina Capizola. Não se esqueça. — Ele desligou abruptamente e parte de mim se perguntou onde ele estava e com quem.

Me ligar foi um risco. Trocar mensagens também era. Mas eu não conseguia não falar com ele. Não quando essa troca de mensagens fazia meus dias serem mais suportáveis até termos a oportunidade de nos ver de novo.

Uma batida na minha porta me afastou dos meus pensamentos.

— Oi? — falei.

— Arianne, sou eu.

— Entra.

Minha mãe entrou no quarto e fechou a porta.

— *Figlia mia*, está tudo bem?

— Sério, *mamma*?

— Desculpa, ok? Não pretendia que parecesse uma emboscada.

— Bem, mas pareceu. Você sabe que eu não gosto do Scott desse jeito, e mesmo assim está me empurrando para ele a cada oportunidade. Ele não é o menino de ouro como todo mundo o pinta, sabe?

— Ah, eu não duvido. — Ela me abriu um sorriso melancólico. — Scott é arrogante e tem sede de poder, e está acostumado a conseguir o que quer. Homens como ele não estão acostumados a ouvir não.

— Bem, talvez ele devesse se acostumar a isso.

— Em um mundo ideal, você estaria certa. Mas no mundo real não é assim.

— Então isso justifica tudo o que ele faz?

— Ah, Arianne. Você é tão esperta para a sua idade. — Ela se aproximou mais, e se inclinou para afastar uma mecha fujona para longe do meu rosto. — Mas também precisa ter experiência de mundo. Um homem como Scott precisa de uma boa mulher ao seu lado. Alguém forte e boa para sussurrar no ouvido dele e mantê-lo na linha.

— E você quer que essa pessoa seja eu?

A expressão dela ficou triste.

— A decisão não é minha.

— Você está falando que o *papá*...

— Seu pai só quer o melhor para você.

— Ele te contou?

— O quê? — Uma ruga surgiu entre os olhos da minha mãe.

— Que eu sei a verdade sobre a nossa família. Sobre o nosso legado.

Ela respirou fundo e murmurou:

— *Porca miseria!* Ele não falou nada.

— Foi o que pensei.

Ela não tinha comentado nada comigo. Parte de mim até se perguntava se ela sabia a história toda, mas, sentada ali, ouvindo-a falar dos deveres das mulheres e de como homens como Scott precisavam de uma mulher forte ao lado, me ocorreu que ela não estava tão por dentro quanto pensava.

Lágrimas arderam meus olhos quando tudo desabou na minha cabeça.

— O que foi, *figlia mia*? Qual é o problema?

Franzi os lábios e balancei a cabeça de levinho.

— Arianne, meu amor. Seja o que for, o que quer que estiver errado, você pode me contar.

PRÍNCIPE DE COPAS

Eu queria tanto poder contar a ela. Descarregar o meu segredo em alguém. Mas não podia arriscar. Podia?

— Fale comigo. Sou sua mãe. Você pode confiar em mim, com o que for.

— Eu amo outra pessoa, *mamma*. — As palavras se derramaram de mim, lágrimas escorreram pelas minhas bochechas.

— O-o quê? — Medo fervilhou em seus olhos. — Quem?

— Niccolò Marchetti.

Ela ficou lívida.

— M-Marchetti? Não, não, Arianne, não pode ser...

— É verdade, *mamma*. Eu o amo, e ele me ama.

— Seu pai sabe?

— Ele sabia que eu estava saindo com ele.

— E agora?

— Ele acha que acabou.

— Bom, isso é bom. — Ela segurou as minhas mãos. — Você não deve nunca mais voltar a ver esse rapaz. Entendeu? Se seu pai descobrir...

— Por que você está dizendo isso, *mamma*? Eu amo o Nicco. Pensei que você entenderia.

Foi um erro contar a ela. Eu percebia agora. Ela não pareceu feliz nem aliviada nem mesmo surpresa. Ela usava uma máscara de pavor.

— Precisa acabar. Agora mesmo. Há sangue demais, mágoa demais entre nossas famílias para consertar essa história. O que está feito, está feito. Prometa que você vai pôr um ponto final nisso. Prometa, Arianne.

— Prometo. — As palavras mataram um pedacinho do meu coração. Mas só pela mentira que eu contei. Pois nada me manteria longe de Nicco. Nem o meu pai, nem a expressão de temor da minha mãe. Nem Tristan, nem o interesse de Scott por mim.

Nada.

As pessoas mentiram para mim a minha vida toda.

Talvez fosse hora de pagar na mesma moeda.

A Iniciativa para a Reintegração Social do Condado de Verona ficava na Romany Square. Era, tecnicamente, território Marchetti, mas o diretor, Manny, havia reassegurado pessoalmente ao meu pai que eu ficaria em segurança. Não sei os detalhes da conversa, nem queria. Só estava aliviada por estar aqui, ajudando. Ter a minha melhor amiga ao meu lado só deixava tudo melhor.

— Sabe, isso é bem legal — disse Nora, ao pegar outra bandeja de biscoitos.

Manny havia nos colocado na estação de chá e café. Aos domingos, o Centro dava a pessoas de todo condado de Verona a chance de desfrutar de uma refeição e de uma bebida quente com o extra de ter uma conversa sem julgamentos. A equipe fixa era treinada em diversas atividades, como aconselhamento e orientação, consultoria, terapia e gerenciamento de crise; e todos os voluntários precisavam passar por um treinamento de introdução que completamos antes de o nosso turno começar naquela manhã, e daí teríamos acesso ao programa contínuo de treinamento.

— Então, você ainda não contou a ele? — Nora perguntou enquanto esperávamos Manny abrir as portas. Era quase meio-dia, e a previsão era de que o lugar ficaria lotado. Luis e Nixon receberam ordens estritas para ficar do lado de fora do prédio, a menos que fosse absolutamente necessário. Eu desconfiava que a minha mãe teve um dedo nisso.

Tentei não pensar se era por ela querer de verdade que eu tivesse experiência de vida ou se era por causa da culpa pelo que aconteceu ontem.

— Não parece certo contar a ele por mensagem.

Meu pai esperava que eu fosse ao Baile do Centenário, quisesse eu ou não. Se eu não fosse, arriscaria que ele ficasse ainda mais desconfiado quanto a Nicco; e se eu fosse, arriscaria magoar o cara que roubou o meu coração.

A resposta, não importa quão difícil fosse, era simples: eu precisava proteger Nicco.

— É melhor só arrancar o band-aid. Manda mensagem para ele, deixa o cara se acalmar, depois tenta se encontrar com ele. O cara vai perder a...

— Nor — sibilei, lançando um sorriso para um dos voluntários.

Manny havia concordado que seria mais seguro para todo mundo se eu estivesse ali sob uma identidade falsa. Então, mais uma vez, eu era Lina Rossi; não que eu esperasse que alguém fosse perguntar o meu nome. Pelo que consta, as pessoas estavam ali só pela comida grátis e a companhia.

As portas se abriram e o lugar começou a inundar. Nora ficou ao meu lado, com um sorriso ansioso. Eu não fazia ideia de quanto seria

PRÍNCIPE DE COPAS

recompensador servir chá e café para estranhos até ter completado cinquenta xícaras e uma infinidade de jarras com chá e café. Algumas pessoas conversavam fiado, comentando o quanto era bom ver dois rostos diferentes, enquanto outras abriam sorrisos tímidos antes de pegarem um ou dois biscoitos e seguirem caminho.

— Foi divertido — Nora exclamou, ao secar as mãos na toalha com a marca da IRSCV.

— Não fique muito animada — um voluntário chamado Brent disse. — O movimento de verdade só começa mais tarde.

— M-movimento? — Nora se engasgou. — Você está falando que isso aqui *não* está movimentado?

Brent riu.

— Bem-vinda aos domingos na IRSCV. Talvez seja melhor você ir reabastecer as bandejas enquanto está tranquilo. — Ele apontou a cabeça para as bandejas prateadas vazias que estavam na frente de Nora.

— Eu posso ir — falei. — Preciso usar o banheiro mesmo.

Deixei Nora e Brent conversando enquanto eu ia lá para os fundos. Havia uma salinha com banheiro para a equipe. Peguei a bolsa rapidinho, entrei lá e tranquei a porta.

Eu tinha duas mensagens. Uma da minha mãe, perguntando como estavam as coisas, e uma de Nicco.

> Como está tudo?

Digitei a resposta, incapaz de conter o sorriso se formando nos meus lábios.

> Ótimo. Eu me sinto tão... útil. É bobo?

> Claro que não. Estou orgulhoso de você.

Eu me enchi de culpa. Nora tinha razão. Eu precisava contar a ele. Precisava arrancar o Band-Aid e dizer de uma vez. Ele entenderia.

> Na verdade, há algo de que a gente precisa falar...

> Por que eu não estou gostando do rumo que o assunto tomou?

Eu mal tinha conseguido digitar uma resposta quando meu celular tocou.

— Oi — sussurrei.

— O que houve? — As palavras dele estavam bem-marcadas, o que só fez meu estômago revirar.

— Eu… é, bem, você sabe o Baile do Centenário daqui a algumas semanas? Minha mãe e a amiga estão no comitê de planejamento e pensaram que seria legal se eu fosse com Scott Fascini… como acompanhante. — As palavras se derramaram em um fôlego só.

— Que merda você acabou de dizer?

— Nicco, por favor, você precisa entender. Se eu dissesse não…

— Me encontra nos fundos daqui a dez minutos.

— Nicco, eu não posso escapulir do nada. Estou trabalhando. — Podia ser um trabalho voluntário, mas era importante para mim, e eu queria fazer tudo direito. — Além do mais, Luis e Nixon estão aqui. Se eles virem…

— Esteja lá nos fundos em dez minutos, Arianne. Estou falando sério. — A raiva na voz dele me deixou assustada. Eu sabia que Nicco tinha um lado mais sombrio, um que ele raramente me deixava ver.

— Eu só estou fazendo isso por… — A linha ficou muda. Eu logo digitei outra mensagem.

> Eu sei que você o odeia. Eu também não gosto muito do sujeito, mas se eu não for, meu pai vai desconfiar ainda mais. Você precisa entender a posição em que me encontro, Nicco. É só um baile idiota. Algumas horas. É provável que eu mal veja o Scott. Ele vai ficar bêbado e encontrar alguma pobre garota inocente para dar em cima. Você não tem com o que se preocupar. Com nada mesmo. Juro.

As mentiras se empilhavam ao meu redor. Mas eu tinha tentado acalmá-lo. Porque se Nicco descobrisse a verdade… um arrepio profundo me atravessou. Eu não suportava nem pensar.

Ele não respondeu, mas eu não poderia ficar trancada no banheiro para sempre. Então sacudi a poeira e fui pegar mais biscoitos, torcendo para Nicco ler a minha mensagem e confiar que eu sabia o que estava fazendo.

Mesmo que eu mesma mal soubesse.

PRÍNCIPE DE COPAS

Nicco

Esse filho da puta desse Scott Fascini.

No segundo que Arianne disse o nome dele, eu vi tudo vermelho. Era bom eu estar na oficina do tio Joe e não com os caras, porque não haveria como disfarçar a minha raiva.

Acho que o fato de, lá no fundo, eu saber que ela estava certa só piorava ainda mais as coisas.

Ela tinha que ir com ele.

Como a garota dele.

Sendo que cada pedacinho dela pertencia a mim.

Só de pensar nele colocando as mãos nela me fazia querer matar pessoas. Eu tinha notado como ele a observava lá pelo campus, como um predador rondando a presa. Me deu nojo, sem contar o desejo de querer rearranjar a cara dele.

Saí feito um furacão da oficina, subi na moto e disparei antes mesmo de poder pesar as consequências. Eu precisava vê-la, agora. Para minha sorte, tínhamos negócios com alguns estabelecimentos no mesmo quarteirão da IRSCV, então conhecia bem o prédio. Tão bem que sabia que a entrada dos fundos era usada para entregas. Estacionei mais abaixo na rua, com cuidado para não chamar muita atenção, puxei o capuz e fui na direção da IRSCV. Vi os homens do Capizola de guarda lá fora. Me enfiei em um beco entre o prédio e a loja ao lado, dei a volta e me escondi atrás de duas caçambas de lixo, então esperei.

Arianne havia enviado uma mensagem longa pra caralho tentando explicar, mas eu não precisava de palavras, precisava olhar nos olhos dela e saber que aquilo nada mais era do que outra das tentativas do pai para controlá-la.

O tempo passou. Contei os segundos, depois os minutos. Contei os tijolos na parede, o número de lugares em que beijei Arianne, todos os lugares em que ainda a beijaria. Contei tudo para me impedir de invadir a IRSCV e forçá-la a ir embora comigo. Apesar de cada célula do meu corpo querer fazer as coisas do meu jeito, eu sabia que ela já tinha pessoas demais tentando controlá-la. E não precisava que eu fosse mais um.

Mais cinco minutos se passaram e nem sinal dela. Talvez eu tenha sido incisivo demais, perdido as estribeiras rápido demais. Peguei o celular, li a mensagem de novo, então a imensa porta de aço se abriu. Arianne estava de pé lá, com duas sacolas de lixo imensas caídas às suas costas. Ela saiu, insegura, e foi direto para as caçambas. Eu me permiti um minuto para observá-la. Ela parecia tão focada, tão determinada. O canto da minha boca se ergueu.

Ela era linda pra caralho, mesmo carregando lixo.

— Sei que você está aqui — ela disse. — Senti no segundo em que abri a porta.

Saí do meu esconderijo e ergui as mãos.

— Me pegou.

Ela largou as sacolas e correu para mim, batendo as mãos no meu peito.

— Nunca mais desliga na minha cara. — O olhar dela estava louco da vida quando me encarou.

— Jesus, Bambolina. — Esfreguei o peito. Ela era feroz quando estava com raiva, mas era muito mais forte do que eu pensava. — Me deixa adivinhar, seu coroa te fez fazer aulas de defesa pessoal?

— Algo nessa linha — ela resmungou, e deu um passo para trás para pôr distância entre nós. — Desculpa ter batido em você.

— Desculpa ter desligado na sua cara. Foi a sua primeira briga? — Ela não respondeu, então curvei o dedo para chamá-la: — Vem cá.

Arianne se jogou nos meus braços, e eu nos puxei para trás das caçambas, nos dando um pouco de privacidade.

— Olha para mim — falei, deslizando a mão pelo seu queixo. Ela me olhou através dos cílios úmidos.

— Sei que você não quer que eu vá, mas não tenho escolha, Nicco. Não se eu quiser te proteger.

— Você tem escolha, Arianne; sempre teve.

— Acha que eu quero ir com ele? Eu não suporto o cara. — A expressão dela ficou sombria. — Mas meu pai enfiou na cabeça que é bom para os negócios, seja lá o que isso signifique.

— E você aceitou de boa? Está contente sendo o peão dele? — As palavras saíram mais bruscas do que eu pretendia e logo me arrependi delas quando Arianne se encolheu.

PRÍNCIPE DE COPAS

— Nós todos somos peões. — Ela deu de ombros. — Não há diferença.

Enganchei o braço em torno da sua cintura e nos viramos para que eu pudesse prendê-la à parede. Minha mão pressionou os tijolos ao lado de sua cabeça enquanto eu me inclinava para mais perto.

— Você não pode estar querendo que eu fique parado sem fazer nada enquanto você está por aí, em um encontro, com ele?

— Nicco, por favor...

— Por favor o quê? Que eu te dê a minha bênção e diga que estou de boa com isso? Eu *nunca* vou estar de boa com isso. — Minha voz tremia. — E se ele quiser dançar? Tocar você bem aqui. — Passei a mão pela curva do seu quadril, e a respiração dela ficou ofegante. — E se ele se inclinar para te beijar bem aqui? — Meus lábios sugaram de levinho a pele debaixo da sua orelha. — E se, ao fim da noite, ele esperar mais do que um beijo? O que vai acontecer?

— O que você quer que eu faça? — Arianne agarrou o meu agasalho, rogando com aqueles imensos olhos cor de mel. — Se eu não for, parecerá suspeito.

— Finja que está doente. Diga que tem que estudar. Diga *qualquer coisa.* Mas não vá. — Eu te imploro.

Arianne fechou os olhos com força, uma lágrima perdida desceu pela sua bochecha. Eu a sequei, me sentindo um verdadeiro babaca. Mas eu não podia suportar aquilo. Não suportava pensar nela nos braços dele, rindo e sorrindo para ele. Mesmo que fosse só fingimento.

Ela abriu os olhos, me encarando com tanta intensidade que eu senti até a alma.

— É tudo fingimento, Nicco. Encenação. Eu não sinto nada pelo Scott, *nada.*

— Você vai adiante com isso, né? — Descrença cobria a minha voz. — Não importa o que eu diga, você já tomou a sua decisão. — Recuei, com a dor esmagando o meu peito.

— Nicco, por favor. É só para aplacar o meu pai.

— E se fosse comigo? E se eu estivesse prestes a sair com outra pessoa? Fazer a garota acreditar na minha encenação? Você ficaria de boa?

Os olhos dela incendiaram de ciúme.

— Eu acreditaria que você saberia o que estava fazendo. Mesmo não gostando.

— Entendi. — Uma parede se ergueu entre nós. Eu estava muito irritado para continuar ouvindo. Mesmo que parte de mim soubesse que ela não tinha escolha; a outra parte, o alfa dominante e possessivo dentro de mim, se recusava a aceitar. Se recusava a entender por que ela não bateria o pé com esse assunto, por que bancaria a princesa boazinha e faria tudo o que o papai queria.

Que besteira do caralho.

Um silêncio pesado pairou sobre nós. Denso e sufocante.

— Diga alguma coisa — ela sussurrou.

— Não há nada mais a dizer, já deu.

— D-deu? — Aquela única palavra acabou comigo. Eu deveria ter esclarecido as coisas. Naquele momento, eu deveria ter dito que precisava de tempo para processar tudo; que assim que eu esfriasse a cabeça, a gente conversaria.

Mas não falei nada.

Em vez disso, eu a deixei parada lá, se perguntando se terminamos antes mesmo de começar, e fui embora.

— Nicco. — Alessia correu para mim, com o longo cabelo se movendo sobre seus ombros como um rio de ouro. — Eu não sabia que você viria.

— Não posso vir ver a minha irmã só por capricho? — Passei o braço por sua cintura e a guiei de volta para casa.

Eu estava ali a negócios, depois de ter sido convocado pelo meu pai. Mas Alessia não precisava saber. Além do mais, depois de encerrar a conversa com Arianne de um jeito tão merda, um tempinho com a minha irmã era exatamente do que eu precisava.

— Estou ajudando a Genevieve com o jantar. Você vai ficar?

— Claro, fedelha.

Ela revirou os olhos para mim.

— Você é só três anos mais velho que eu, Nicco.

— É, mas eu sou homem, e você sempre vai ser a minha irmã mais nova.

— Faça-me o favor. — Alessia me deu língua e saiu pelo corredor, em direção ao cheiro gostoso de molho de tomate.

— Nicco — Genevieve me cumprimentou, me dando um sorriso hesitante. — Não estávamos esperando você. Vou colocar mais um lugar à mesa.

— Não quero incomodar — falei.

— Ah, não é incômodo algum. Tenho certeza de que o seu pai vai ficar feliz com a companhia. — Ergui a sobrancelha e calor inundou as bochechas dela. — Desculpa. Eu não quis dizer…

— Relaxa, está tudo bem. — A posição dela na casa não era clara. Ela gostava do meu pai, isso era óbvio, e eu tinha bastante certeza de que ele gostava dela também. Só não a ponto de promovê-la de governanta à senhora da casa. Acho que, lá no fundo, ele ainda esperava que a minha mãe fosse voltar. Sendo que todos sabíamos que não seria o caso.

Ela havia escapado de uma vida da qual eu jamais escaparia.

— O cheiro está bom, Sia.

— Genevieve está me ensinando.

— Você é gentil demais, *mia cara.* — Elas trocaram um sorriso carinhoso.

Não tinha sido fácil deixar Alessia ali com o meu pai. Mas ela adorava o homem, e ele a ela. Além do que, não era como se eu pudesse levá-la comigo. Então eu respirava um pouco mais aliviado por saber que ela tinha Genevieve. A mãe de Matteo também ia muito lá, e embora estivessem em séries diferentes, Arabella, a irmã dele, e Alessia frequentavam a mesma escola.

Minha irmã tinha apoio. Estava rodeada por uma família que a amava. Tias, tios e primos. Então, mesmo que estar nessa casa trouxesse muitas memórias ruins, eu sabia que era o lugar certo para ela.

— Ele está por aqui? — perguntei a Genevieve, mas foi minha irmã quem respondeu.

— No escritório… esperando por você. — Ela me olhou como se soubesse de tudo.

— Com a boca na botija. — Curvei os lábios.

— Você tem sorte por eu te amar, Niccolò. — Alessia sorriu antes de voltar a prestar atenção no molho fervendo na panela.

Peguei uma cerveja na geladeira antes de ir atrás do meu pai.

— Entra — ele disse antes mesmo de eu bater na porta.

Entrei e me sentei no longo sofá encostado na parede. Ele estava ocupado na mesa.

— Que bicho te mordeu? — ele resmungou.

— Nada.

— Não me venha de palhaçada. — Ele estalou a língua. — Consigo sentir a tensão emanando de você. O que Enzo fez dessa vez para te irritar?

Eu ri.

194   l. a. cotton

— Está latindo para a árvore errada, coroa.

— Ei, pode parar com isso de coroa, garoto. Ainda tenho alguns anos pela frente. — Ele ergueu uma de suas grossas sobrancelhas castanho-escuras enquanto olhava para mim. — Você está enrolando com esse trabalho, por quê?

Jesus. Era a cara do meu pai ir direto ao assunto.

— É complicado.

— Você foi atrás do primo?

Assenti.

— Tristan confirmou que ela está no campus. É claro que não disse mais nada.

— Então…

— Ele foi correndo para o tio e contou que sabíamos.

— Porra, Niccolò. — Ele bateu a mão na mesa.

— Ela ainda está no campus, mas sob proteção. Rodeada de guarda-costas. Eles nunca a perdem de vista. Não sei se ela é…

— Ela é a chave, filho. Tem que ser. — Relaxando na cadeira, meu pai passou a mão no rosto.

— Você machucaria mesmo uma garota inocente só para ter vantagem contra o Capizola?

A cara dele fechou.

— Não me diga que você está se transformando no Matteo? Ela é um meio para um fim, Niccolò. Não espero que você cause um ferimento sério nela, só preciso que assuste a garota um pouquinho. O bastante para Roberto saber que estamos falando sério.

Apertei a minha coxa enquanto eu procurava o mínimo de verdade no rosto dele. Eu queria tanto perguntar o que tinha acontecido cinco anos atrás. Confrontá-lo com o que Arianne havia me dito. Mas se eu fizesse isso, nos delataria, e talvez a colocasse em um perigo ainda maior.

Pressionei os lábios com força, me obrigando a engolir a pergunta.

— Há algo que precise me dizer, filho?

Sim, eu quis gritar.

— Você precisa confiar que eu vou dar um jeito nisso — digo. — Vai levar tempo…

— Não temos tempo. O Capizola entrou com outro pedido no tribunal. Ele está obcecado em derrubar La Riva e substituir tudo por shoppings chiques e casas caras. Ele quer transformar o lugar em uma réplica de

PRÍNCIPE DE COPAS   195

Roccaforte. Este é o meu lar, filho. O *nosso* lar. Nossos bisavôs fizeram o acordo e agora ele quer foder com tudo.

— O que Stefan diz?

Stefan era o *consigliere* do meu pai, seu conselheiro e amigo fiel. Ele estava fora da cidade no momento, ajudando Alonso a resolver alguma coisa em Boston.

— Ele acha que a gente precisa começar a pagar as pessoas certas.

— Ele acha mesmo que o tribunal vai votar a favor de Roberto?

— O Capizola tem tantos oficiais no bolso quanto nós. — Um rosnado gutural subiu rasgando pela garganta do meu pai. — Ele não pode ficar com La Riva. Se isso acontecer, a gente pode muito bem entregar a Romany Square, porque vai ser questão de tempo até ele ir atrás de lá também. A garota é o respiro de que precisamos. Não fode com isso, Niccolò. Estou contando com você.

Assinto para ele. O que mais eu poderia fazer? Meu pai acreditava que eu faria todo o possível para proteger a família, e Arianne acreditava que eu faria todo o possível para proteger a ela.

E eu estava no meio de tudo, me perguntando como agradar aos dois sem que tudo acabasse implodindo.

— Vai ficar pra comer? — meu pai perguntou, mudando de assunto.

— Eu disse a Alessia que sim.

— Que bom, já está mais do que na hora de você aparecer mais vezes. Sei que as coisas têm sido complicadas para você, Niccolò. Mas você é um *capo* agora. Precisa começar a…

— Me poupe o sermão. Sei bem quais são as minhas responsabilidades.

— Filho, por favor… — Ele soltou um suspiro cansado. — Não posso mudar o passado, mas estou aqui, e estou tentando ser melhor. Alessia está…

— Minha irmã precisa do pai, eu sei. — Mas eu não precisava dele havia muito tempo.

— Você me lembra tanto dela. — Tristeza preencheu o seu olhar. — A teimosia…

— Não — falei baixinho, com o corpo vibrando de frustração. — Vou ligar para os caras e perguntar se eles querem vir. — Eu me levantei do sofá e fui em direção à porta.

— Niccolò, um dia tudo isso será seu. Quer você queira quer não, será seu. Só se lembre, filho, pesada é a cabeça de quem usa a coroa.

Relanceei o meu pai, o olhar dele dizia todas as coisas que ele provavelmente jamais diria.

196   l. a. cotton

Havia tanta dor e arrependimento em seu olhar melancólico. Eu sabia o que ele queria dizer; sabia que ele estava tentando me dizer que às vezes a vida era difícil demais. Era fácil demais para um homem, apesar de toda a sua honra e boas intenções, ser arrastado para o lado menos honrado da vida. Ele perderia a paciência rápido demais com aqueles que amava, aqueles de quem precisava viver guardando segredos. Ele encontraria conforto nos braços de diversas amantes, mulheres que não eram a sua esposa. E, acima de tudo, perderia uma parte de si mesmo.

Tudo em nome da Dominion.

Dominion corria em nosso sangue, e ele estava certo.

Um dia, ela seria minha.

Arianne

— Acho que vou vomitar. — Pressionei a mão na barriga, tentando acalmar a bola de nervos lá.

— Bem, você está uma visão e tanto. — Nora soltou um assovio baixo enquanto avaliava o meu vestido. Havia levado quase meia hora para eu conseguir entrar no bendito. Mas nem mesmo eu poderia negar que o trabalho que fizeram nele tinha sido magnífico. A peça verde-esmeralda estilo rococó envolvia a minha cintura de um jeito impossivelmente ajustado, o corpete era bordado com detalhes delicados em renda dourada. Ele fluía pelos meus quadris em uma saia ampla que beijava o chão.

— Eu estou ridícula. — Peguei as camadas de tecido e as balancei em torno das minhas pernas.

— Você está deslumbrante. Eu, por outro lado... — Nora olhou para o próprio vestido, torcendo os lábios. — Pareço a sua prima muito mais pobre e muito mais feia.

— Ah, para, você está linda. — O vestido dela era mais simples, uma camada de veludo preto justo que se abria em suas curvas, com mangas longas caindo em torno dos pulsos. Nora não teve pressa ao arrumar o próprio cabelo antes de partir para o meu, fazendo um coque intrincado e entremeado com diamantes. Suzanna havia me enviado um colar e pediu para que eu o usasse, uma relíquia de família, ao que parecia. Tinha um pingente imenso e berrante de ônix preta em forma de gota que se abrigou no meu decote profundo, tudo graças ao corpete do vestido. Eu não queria usar, mas sabia que não deveria correr o risco de ofendê-la.

Essa noite eu deveria interpretar um papel e aplacar os pais.

— Notícias do Nicco?

— Uma mensagem ou outra. — Meu peito se apertou e, dessa vez, não foi por culpa do corpete.

Desde o ocorrido do lado de fora do IRSCV, quinze dias atrás, quando

Nicco se afastou de mim, as coisas estiveram diferentes entre nós. Ele já tinha mandado mensagem se desculpando, me reassegurando que entendia. Mas parte dele havia se afastado. Eu sentia, sentia a amarra entre nós se enfraquecer um pouquinho.

Ele estava magoado, e não havia nada que eu pudesse fazer para consertar. Porque eu tinha que ir adiante com aquilo. Se quisesse guardar o nosso segredo, eu precisava ir ao baile com Scott.

— Ele vai acabar se conformando — minha melhor amiga disse, apertando o meu braço.

— Preciso sobreviver a esta noite, depois eu me preocupo com Nicco.

Quando ele disse aquelas palavras, "já deu", minha mente na mesma hora imaginou o pior cenário possível. Um em que Nicco não era mais meu. Mas eu logo percebi que era só um mecanismo de defesa. Ele gostava de estar no controle, mas não podia controlar o que estava acontecendo.

Éramos marionetes em um jogo com regras e expectativas que não podíamos simplesmente ignorar.

— Tudo bem. — Nora se inclinou e aplicou um pouco de gloss nos meus lábios. Eu o espalhei com os lábios e forcei um sorriso. — Pronta? — perguntou.

— Mais que isso não dá pra ficar.

Quanto mais cedo saíssemos, mais cedo voltaríamos.

Nora abriu a porta e me ajudou a manobrar o vestido pela abertura estreita. Luis e Nixon se empertigaram, e eu tive certeza de que captei um vislumbre de emoção na expressão de Luis.

— Arianne — ele começou, dando um passo à frente, oferecendo o braço. — O Sr. Fascini está esperando lá embaixo no carro. Me dá a honra?

Deslizei o braço pelo dele, deixando-o me escoltar pelo corredor. Pegamos o elevador, já que seria meio complicado descer as escadas com aquele vestido, mas não havia espaço para Nora e Nixon, então eles foram pelas escadas.

Um silêncio carregado nos envolveu, os segundos foram se passando dolorosamente devagar. Luis se remexeu ao meu lado e pigarreou.

— Há algo que queira dizer? — perguntei, inclinando o pescoço para olhar para ele.

— Eu devo obediência ao seu pai, mas, como você é minha responsabilidade, minha lealdade é sua. — Eu estava prestes a perguntar o que ele quis dizer, mas as portas se abriram. — Pronta? — ele perguntou, e eu assenti.

PRÍNCIPE DE COPAS

No segundo em que meus olhos pousaram em Scott sorrindo para mim através das portas de vidro como o gato que comeu o canário, eu quis dar meia-volta e correr para dentro.

Você consegue. Empurrei os ombros para trás, me preparando. Nora segurou a minha mão e a apertou de levinho, me dando forças. O que foi bom, porque algo me dizia que eu precisaria de toda a força que conseguisse para sobreviver àquela noite.

O auditório Montague tinha sido transformado em um exuberante Carnaval de Veneza.

Dançarinos mascarados e acrobatas nos receberam, alguns engolindo fogo, outros pendurados em cordas presas ao teto. Eu não fazia ideia de como minha mãe e Suzanna e o resto do comitê havia conseguido tal proeza, mas quando dinheiro não era problema, o céu era o limite.

Scott manteve a mão no meu braço, me conduzindo pelo arco de balões pretos e dourados.

Ele se derramou em elogios para mim no curto trajeto até lá. Poderíamos ter ido andando, mas Scott exigiu uma entrada triunfal, e conseguiu uma. O acompanhante de Nora, Dan, um cara que fazia aula com ela, nos esperava nos degraus, digno de fazer o queixo cair em seu smoking e a máscara preta simples de Colombina. Nora havia decidido não usar máscara depois de minha mãe e Suzanna pedirem para eu não me esconder. Era para eu estar visível... à mostra.

O barulho aumentou no que entrávamos no auditório interno. Os assentos haviam sido retirados para abrir espaço para as imensas mesas redondas dispostas em dois arcos amplos ao redor do palco e da pista de dança.

— Uau — suspirei, e meu coração bateu com força. Eu nunca tinha visto nada igual àquilo.

— É só o começo — Scott disse, enfim desvencilhando o braço do meu. — Vou pegar bebidas para a gente. Não saia daqui.

— Isso jamais passaria pela minha cabeça. — Saiu em tom adocicado.

Nora se aproximou enquanto eu absorvia tudo. As pessoas olhavam na minha direção e voltavam a olhar de novo quando percebiam que era eu. A herdeira Capizola. Mas os olhares delas não me preocupavam mais.

— Sua mãe sabe mesmo organizar festas.

— Só é uma pena ela ter tão mau gosto para acompanhantes.

Nós rimos, e ficamos caladas quando a mulher em questão se aproximou de nós.

— Meninas, vocês estão um colírio. *Bellissima*, você está deslumbrante.

— Obrigada, *mamma*.

— E o Scott? Ele gostou do vestido?

Ignorei a pergunta.

— O *papá* veio?

— Está fazendo a ronda social dele. Conhece seu pai, sempre trabalhando. — Ela abriu um sorriso animado. — Ele está com esperança de que o leilão silencioso levante uma quantia substancial para o fundo.

O Fundo de Caridade Capizola, um dos muitos projetos pelos quais meu pai era apaixonado, tinha como objetivo melhorar a vida dos menos afortunados.

— Ah, minha nossa, Scott, olha só você, está tão bonito.

— Sra. Capizola. — Ele ligou o modo encantador, pegou a mão dela e a beijou. — É um prazer vê-la de novo.

Ela deu uma risadinha. Minha mãe deu uma risadinha de verdade. Ao meu lado, Nora fingiu vomitar.

— Por favor, me chame de Gabriella. — Ela deu um tapinha na bochecha dele, como se fossem velhos amigos.

Não gostei daquilo. Não gostei nada.

Eu estava começando a acreditar que Scott tinha poderes mágicos que deixavam as pessoas cegas para as bizarrices que ele fazia.

— Bem, aproveitem a festa, sim? — Ela afastou um cacho do meu rosto. — Tão linda. A gente se vê mais tarde, ok?

— Tchau, *mamma*. — Eu a observei se afastar, e senti um cutucão estranho na barriga.

Creditei ao cara ao meu lado. Scott estava alheio ao meu desdém por estar ali com ele; ou era isso ou ele não estava nem aí.

— A nós. — Ele ergueu a taça e esperou. Relutante, bati a taça de champanhe na dele.

— Aos amigos — enunciei, olhando nos olhos dele.

— É o que veremos. — Ele deu uma piscadinha.

PRÍNCIPE DE COPAS

— Com licença, preciso ir ao toalete.

— Quer companhia? — Nora perguntou, mas balancei a cabeça. — É melhor você ficar com o Dan. — Ele parecia um pouco desconfortável. — Vão ser só uns minutinhos.

Luis me seguiu enquanto eu serpenteava pelo mar de corpos. Algumas meninas usavam vestidos iguais ao meu: trajes imensos e espalhafatosos que se misturavam com a decoração. Outras haviam optado por um estilo mais sexy e sedutor em lugar da autenticidade e estilo. Vi Sofia e o meu primo. Ela veio em linha reta até mim, com os lábios entreabertos enquanto admirava meu vestido com olhos arregalados.

— Puta merda, Ari, você está... uau. — Ela se inclinou para beijar as minhas bochechas.

Em algum momento ao longo das últimas duas semanas, nós nos tornamos amigas. Ou, pelo menos, ela não me tratava mais como se eu fosse uma alpinista social. Eu ainda não estava de todo confortável com o jeito meloso dela, mas a garota sentia tanta antipatia por Scott que, aos meus olhos, fazia dela uma aliada. Infelizmente, a mudança de atitude de Sofia não havia acontecido com Emilia, que ainda me olhava como se eu fosse uma rival. Eu queria falar com ela, perguntar se Scott tentou machucá-la também, mas não sabia como abordar alguém que passava a maior parte do tempo abrindo buracos na lateral do meu rosto.

— Prima. — Tristan beijou as minhas bochechas. — Você está linda.

— Obrigada. Na verdade, estou tentando encontrar o banheiro. Vocês sabem...

— Está vendo aquelas portas lá? — Sofia apontou para o outro lado do recinto. — Logo atrás delas. Parece um labirinto, então não se perca.

— Tenho certeza de que consigo me virar. A gente se vê depois. — Agarrei a saia e saí. Luis me seguia de perto, mas não me importei. Não quando havia tantas pessoas.

Atravessei as portas, aliviada por encontrar o corredor vazio.

— Vou esperar aqui — Luis declarou. — O banheiro feminino fica à direita. Só há uma porta para ir e vir, você vai estar segura.

Dei um aceno agradecido para ele, pouco surpresa por ele saber onde tudo ali ficava.

— Não vou demorar.

— Leve o tempo que precisar.

Franzi as sobrancelhas. Luis estava diferente. Eu não queria saltar para conclusões, mas ele parecia preocupado. Claro, não preocupado com a minha segurança, porque eu sabia que ele e os parceiros trabalhando ali no baile não deixariam nada acontecer comigo. Mas ele estava agindo de um jeito paternal, quase como se gostasse de mim.

Percorri o corredor, e passei por um arco que dizia "toalete feminino", e entrei em um reservado. Não foi fácil manejar tantas camadas de saia, mas por fim consegui. Depois de dar descarga, fui lavar as mãos, e quase morri de susto quando fiquei frente a frente com alguém trajado todo de preto, usando máscara de Pierrô.

— Você não respondeu a minha mensagem — Nicco disse.

— O que você está fazendo aqui? — Eu não sabia se o abraçava ou se batia nele. — Você não pode estar aqui, Nicco.

Ele segurou o meu pulso, tirou a máscara e me puxou para si.

— Eu também senti saudade, Bambolina. — As palavras dele atearam fogo no meu ventre, e eu me derreti toda.

Estive tão focada em sobreviver àquela noite que não me permiti tempo para pensar nas consequências. Em como Nicco se sentiria por eu estar ali com Scott.

— Diga que você ainda é minha — ele sussurrou no meu ouvido, mordiscando a pele ali. Desejo disparou por mim conforme eu me agarrava a ele.

— Nicco, você precisa ir antes que alguém…

— Shh, *amore mio*. Eu precisava ver você. Precisava saber que estávamos bem.

— Onde você se meteu? — Bati as mãos em seu peito, e minha resistência foi ruindo aos pouquinhos. — Duas semanas, Nicco; já faz duas semanas.

— É complicado. Mas estou tentando dar um jeito em tudo, prometo. — Ele envolveu a mão na minha nuca e me puxou para perto, colocando a boca na minha. Nicco me beijou com tanta intensidade que não consegui respirar. Eu não consegui fazer nada a não ser me render a ele.

— Jesus, Arianne. — Ele suspirou nos meus lábios. — Você está incrível.

— Eu me sinto completamente ridícula. — Olhei para baixo, mas notei que ele não estava olhando para o meu vestido, mas para o meu decote.

Pigarreei, sorrindo quando ele olhou para mim e engoliu em seco.

— Se ele encostar um dedo sequer em você…

— Não vai rolar, prometo. Estou aqui por causa dos meus pais, nada mais.

O maxilar de Nicco se contraiu enquanto ele batalhava consigo mesmo.

PRÍNCIPE DE COPAS

Eu sabia que ele queria confrontar Scott, declarar que eu era dele. Mas suas mãos estavam atadas, assim como as minhas.

— É melhor você ir.

— Tudo bem. — Ele soltou um suspiro resignado. — Só prometa que vai ficar perto da Nora e do seu guarda-costas, ok?

— O que está rolando? — Franzi a testa. Havia algo na voz dele, uma urgência que fez meus alarmes dispararem.

— Está tudo bem. — Ele beijou a minha cabeça e se demorou lá. — Vai na frente.

— Espera, como você sabia que eu estava aqui?

— Estou sempre de olho em você, Bambolina, mesmo quando você pensa que não. Agora vai.

Trocamos um último olhar enquanto Nicco recuava, rompendo nossa conexão física.

— Eu amo você — articulei com os lábios antes de escapulir de lá. Não podia ficar para ouvi-lo dizer também, porque, apesar de eu estar tentando muito ser forte, por dentro eu era fraca.

Por dentro eu estava prestes a implorar a ele para me levar embora dali.

— Senhoras e senhores, alunos e amigos. — A voz do meu pai soou pelo salão. — É uma honra receber vocês aqui esta noite, no deslumbrante auditório Montague, para celebrar o centenário da universidade. Minha família faz parte da história do nosso maravilhoso condado e é graças aos meus antepassados que vocês estão aqui agora, nesta instituição de tamanha importância e feitos acadêmicos, que molda a vida e a mente de tantos dos nossos jovens.

Uma salva de palmas tomou o salão. Scott estava ao meu lado, assentindo e aplaudindo assim como os outros. Eu me sentia traída, não podia evitar. Meu pai tinha um ar tão íntegro e humilde, mas era tudo fachada. Para esconder a história que ele dava duro para manter enterrada.

Uma verdadeira palhaçada, e eu estava cansada daquilo.

— Você precisa sorrir — Nora sussurrou entre dentes, apontando a cabeça para onde minha mãe estava ao lado do meu pai, fazendo careta para mim. Suzanna e Mike Fascini estavam do outro lado dele, os quatro exibindo sorrisos de solidariedade enquanto meu pai mantinha a audiência na palma da mão.

— Você precisa relaxar, linda. — Scott se aproximou, e seus lábios quase roçaram a minha orelha. Eu me afastei de supetão, esbarrando nele com os cachos soltos ao redor do rosto.

— Comporte-se — Nora articulou com os lábios. O acompanhante dela, Dan, tinha relaxado um pouco, já que Scott estava mantendo o copo do cara abastecido. Ninguém parecia se importar que um monte de gente ali tinha menos de vinte e um anos. Champanhe circulava à vontade e havia um bar só para cerveja e outros drinques. Eu, por outro lado, havia recusado as três tentativas dele de pegar mais bebida para mim.

A voz do meu pai ficou monótona enquanto falava da renovação e da construção de um futuro seguro para o condado de Verona. Meus pensamentos vagaram para Nicco e para o futuro. Eu queria acreditar que teríamos um, mas, de pé ali, com Scott ao meu lado, com nossos pais de olho na gente, era difícil ver algo que não fossem obstáculos à nossa frente.

Esquadrinhei a multidão, procurando a máscara de Pierrô dele, mas era impossível localizar qualquer coisa naquele mar de gente sem rosto.

De repente, uma onda de exaustão me invadiu, eu bambeei e agarrei o braço de Scott. Ele me olhou de cima e franziu a testa. Forcei um sorriso, acenando como se não fosse nada.

— Ei, você está bem? — Nora perguntou.

— Só cansada, e eu mal consigo respirar neste vestido.

Felizmente, meu pai escolheu aquele momento para encerrar o discurso. A multidão irrompeu em aplausos barulhentos.

— O que foi? — Scott perguntou.

— Senti um pouco de tontura, mas estou bem agora.

Ele estreitou os olhos.

— Tem certeza?

Mas não deu tempo de responder, pois nossos pais se aproximaram e nos encheram de carinho e elogios.

— Arianne, *mia cara*, o que houve?

— Ela está se sentindo um pouquinho sufocada. — Scott se dirigiu aos quatro, respondendo por mim como se fosse um direito garantido a ele por Deus.

PRÍNCIPE DE COPAS 205

— É verdade, *mio tesoro?* — Meu pai avançou para dar uma olhada em mim.

— Estou bem. — Afastei a mão dele. — Acho que o vestido está um pouco apertado demais.

— Você deveria ir pegar um pouco de ar — Suzanna sugeriu. — Scott, por que você não acompanha a...

— Na verdade, *mamma*, *papá* — falei, sentindo uma estranha onda de exaustão me atingir com tudo —, não estou me sentindo bem. — Fechei os olhos devagar enquanto estendia a mão para me equilibrar.

— Ari. — Ouvi a voz de Nora de longe, enquanto eu piscava para seis pares de olhos preocupados que me observavam. — Eu acho que é melhor levar a Ari para casa — Nora disse.

— Deixa comigo, Aba... Nora — Scott interveio, passando o braço ao meu redor.

— Meu amor. — Minha mãe pressionou a mão na minha bochecha. — Scott vai cuidar de você; não vai?

— É claro, Gabriella. Vou garantir que ela chegará ao dormitório.

— Estou bem. — Tentei afastá-lo, mas Scott já me conduzia para longe deles.

— Scott — sibilei, mas saiu mais como um gemido de súplica. — Pare só por um segundo.

Eu precisava recuperar o fôlego.

Felizmente, enquanto saíamos do auditório principal, Luis nos alcançou.

— Arianne? — Em silêncio, ele me perguntou o que havia de errado.

— E-eu não estou me sentindo bem. — Minhas pernas estavam mais pesadas. — Você pode me levar para a Casa Donatello, por favor?

Scott não disse nada, mas também não me soltou, manteve o braço firme ao meu redor. Pessoas olhavam, sem dúvida com a curiosidade fazendo hora-extra. Eu tinha chegado com Scott, agora estava indo embora com ele. Eu só podia imaginar a que conclusões estavam chegando, prontas para espalhar a fofoca na segunda de manhã.

Torci para que Nicco não estivesse lá fora, assistindo a tudo isso.

Assistindo a mim.

Luis se afastou e sussurrou ao rádio.

— Arianne? — Nora chamou, e eu me virei e vi minha amiga atravessar as portas correndo. — Você está bem?

— Estou bem. — Franzi os lábios. — Só acho que preciso de um pouco de ar.

— Tem certeza? — Preocupação iluminou o seu olhar. — Deixei o Dan conversando com o seu pai. Ele parecia apavorado.

— É melhor você ir salvá-lo. Luis e Nixon vão me levar. Fique e divirta-se. Uma de nós precisava fazer isso.

— E se... — Ela olhou feio na direção de Scott.

Ele mostrou o dedo para ela e riu baixinho.

— Scott vai fazer a coisa certa. Vai me acompanhar até em casa e depois vai embora — eu falei em voz alta para ele e Luis me ouvirem.

Eu sabia que ele não se afastaria ainda, assim como eu sabia que meus pais tinham visto uma oportunidade imperdível de fazer dele o meu cavaleiro de armadura brilhante. Assim como eu também sabia que teria que dar um jeito de pôr um fim àquilo. Pelo bem de Nicco e pelo meu.

Nora me abraçou.

— Tem certeza? Eu posso voltar com você.

— Está tudo bem — falei. — Prometo. Luis e Nixon vão comigo.

— Tudo bem, não me espere acordada. — Ela me beijou antes de juntar a saia do vestido e voltar correndo lá para dentro.

— A sós, enfim. — Scott se aproximou mais.

— Sério? — Ergui uma sobrancelha.

Ele sorriu, mas não respondeu enquanto me escoltava em direção às portas principais.

— Nixon foi pegar o carro. — Luis se aproximou de mim, mas a voz do meu pai disse: — Na verdade, Luis, deixe que Scott a leve.

— Claro, senhor. — Scott ficou ainda mais erguido, e me lançou um sorrisinho.

— *Papá*. — Eu me virei para o meu pai, franzindo a testa. — Eu prefiro que Luis e Nix...

— Não dificulte as coisas, *mio tesoro*. — Ele segurou o meu rosto e afagou a minha bochecha com o polegar. — Scott vai cuidar de você, e, quem sabe, talvez vocês consigam conversar.

— Conversar. — Franzi as sobrancelhas. — Não sei se...

— Vamos lá, Arianne. — Scott me pegou pelo cotovelo. — É melhor a gente ir. Eu vou cuidar bem dela, senhor.

— Eu sei que vai, Scott.

— Sr. Capizola — Luis pigarreou. — Talvez seja melhor eu levar os dois...

— Você pode segui-los. — Ouvi meu pai dizer enquanto Scott me acompanhava para fora do prédio. — Dê espaço aos dois. Eles têm muito a conversar.

PRÍNCIPE DE COPAS

— Mas, senhor... — A voz de Luis foi sumindo enquanto ele me encarava, um lampejo de preocupação passou por ele. Mas aí a porta se fechou, e ele foi embora.

Enfim uma lufada de ar fresco clareou um pouco da bruma na minha cabeça.

— Srta. Capizola — Nixon disse, se aproximando de mim enquanto eu descia as escadas.

Eu tinha ficado aliviada por estar voltando para o dormitório, querendo muito tirar esse vestido e colocar algo mais confortável. Algo que não me fazia sentir que estava lutando para respirar. Mas agora, aquilo estava se transformando em um pesadelo. Eu não queria que Scott me acompanhasse, não sem Luis ou Nixon.

— Onde está o Luis? — Nixon perguntou.

— Ele está...

— Lá dentro, conversando com o chefe. — Scott estendeu a palma da mão. — Pode me entregar as chaves e trazer o outro carro. Eu cuido disso.

Indo na direção do carro, eu cerrei os dentes, raiva e frustração se agitaram em mim. Eu entrei, puxei as saias e bati a porta. Scott se acomodou segundos depois.

— Vamos?

— Você está gostando disso, não está? — Minha cabeça girou de novo e eu respirei fundo.

— Tudo bem aí?

— É este vestido, ele... não importa. — Olhei pela janela, aliviada quando vi Luis e Nixon nos degraus, observando nosso carro. Eles viriam atrás de nós e garantiriam que Scott fosse embora logo que me acompanhasse até o quarto.

— Você precisa aprender a relaxar, princesa.

— A gente pode *não* fazer isso? — Perdi a paciência, coçando a cabeça enquanto outra onda de exaustão me invadia. Foi mais intensa dessa vez, um peso que me puxava para baixo. — Acho que tem algo errado. — Choraminguei, e meu corpo e mente se desfizeram enquanto eu desabava. Braços fortes me capturaram.

— Se joga — uma voz disse. — Eu estou aqui.

— Nicco? — Meus lábios formaram o nome dele, torcendo, *rogando*, que ele estivesse ali para dar um jeito naquilo. Algo estava errado. Eu não me sentia bem. Presa em meus próprios pensamentos, incapaz de me mover.

208

l. a. cotton

— Eu estou aqui. — Alguém sussurrou no meu ouvido enquanto o mundo se inclinava de novo.

Eu me senti leve.

Livre.

E, então, não senti nada.

— N-Nicco? — Abri um olho, me encolhendo enquanto eu esperava que tudo parasse de girar. — O que você...

— Eu sabia — Scott rosnou, agarrando o meu cabelo. Minha cabeça foi para trás, um grito deturpado se derramou dos meus lábios enquanto eu tentava descobrir que lugar era aquele. Estava escuro. Tão escuro que eu mal conseguia vê-lo. Mas uma lasca de luar brilhava no demônio, iluminando suas feições: olhos monstruosos e sorriso maligno, enquanto ele se movia acima de mim. Medo me fez paralisar, e se fixou na protuberância na sua calça.

Não.

Ah, Deus, não.

Eu me obriguei a me mover, a fazer alguma coisa, *qualquer coisa*, mas não conseguia.

— Você deu para ele? Deixou o cara te comer como se você fosse uma putinha? — Ele me deu uma bofetada tão forte que meus dentes bateram uns nos outros. Dor explodiu da minha bochecha, lágrimas queimaram os meus olhos.

— P-por que você está fazendo isso? — Tudo ainda estava meio nebuloso, como se eu não tivesse acordado de todo, congelada entre um pesadelo e a realidade. — O que você fez comigo?

— Uma princesinha tão boazinha, só tomou uma taça de champanhe. Eu queria fazer isso do bom e velho jeito. Te embebedar e te foder até arrancar a princesinha do papai de dentro de você, mas precisei ser... criativo.

— M-me drogando... — Joguei a cabeça para trás enquanto lutava contra o sedativo que ele tinha me dado. — Cadê... o Luis? O Nixon?

— Ninguém vem. — Ele passou um dedo pelo meu pescoço, brincando com o decote em forma de coração do espartilho. — Estamos completamente sozinhos, e eu vou poder pegar o que me pertence, enfim.

— Por favor, p-por favor, para.

Ele me deu outra bofetada, dor explodiu atrás dos meus olhos. Eu gritei, e o som foi engolido pela risada maníaca.

— Eu vou me divertir tanto com você. Eu tinha a esperança de que você estivesse mais... disposta, mas assim também vai dar certo. — Scott inclinou a cabeça e me encarou como se eu fosse um projeto de ciências que ele não conseguia desvendar, enquanto se esfregava em mim. — Nunca nenhuma garota disse não para mim. Bem, não depois de algumas boas bebidas.

Bile subiu para a minha garganta.

— Meu pai vai...

— O quê? — Scott se inclinou e pressionou os lábios no canto da minha boca. — O que o bom e velho Roberto vai fazer? Ele praticamente te entregou em uma bandeja de prata. Acha que ele vai acreditar em qualquer coisa que você disser? Ele precisa de mim. Precisa da minha família. Isso, você e eu, *vai* acontecer. Quanto antes você aceitar, melhor. — Ele afundou os dedos no corpete justo e começou a agarrar meus seios.

— Para, você está me machucando. — Tentei erguer a mão para lutar com ele, mas meus músculos estavam pesados feito chumbo.

— Vamos ver o que você está escondendo? — Ele puxou a saia para cima antes de enfiar as mãos nas camadas de tecido. Era bobagem pensar que elas forneceriam qualquer proteção, mas não consegui conter a pontada de decepção que me atingiu quando seus dedos afoitos encontraram a pele suave das minhas coxas.

— Bingo. — Ele soltou uma risada sombria, beliscando e apertando minhas pernas, movendo mais e mais alto até chegar à minha calcinha. — Renda — ele arrulhou. — Para mim? Não deveria ter se dado o trabalho...

— N-não, por favor. — Tentei fechar os joelhos, fazer qualquer coisa para mantê-lo longe de mim.

Mas Scott era forte, seu toque descuidado parecia lixa na minha pele. Lágrimas começaram a escorrer de meus olhos.

— Me implora para parar. — Ele me provocou contra meus lábios. — Vá. Implore.

Pressionei os lábios em desafio. Ele poderia me machucar, me tocar contra a minha vontade, mas não ia conseguir me destruir. Eu me recusava a dar esse poder a ele.

— Ah, você quer brincar assim? Vamos ver quanto tempo você vai aguentar. — Ele mordeu o meu lábio, rasgando a pele. Sangue escorreu da minha boca, pintando seus lábios de vermelho enquanto ele sorria para mim. — Quando eu terminar, aquele filho da puta do Marchetti nunca mais vai querer encostar um dedo em você.

Tentei me afastar dele, engolir o choro enquanto seus dedos rasgavam a última das barreiras e se enfiavam dentro de mim. Um grito de dor subiu para a minha garganta, mas eu me recusava a dar a ele essa satisfação. Scott poderia tirar tudo de mim, mas eu não daria nada a ele.

— Eu vou fazer você querer — ele falou, com a voz arrastada, lambendo o meu rosto, passando a língua na minha boca.

Eu me fechei em mim, em um lugar onde Scott não poderia me alcançar, até meu corpo se tornar nada mais que um recipiente vazio. Ele sentiu a mudança, ficou frustrado com a minha falta de resposta. Ele esfregou com mais vontade, me beijou com mais força. Arrancou o corpete, rasgou o tecido, mordeu meus seios, tentando, desesperado, arrancar uma reação de mim.

Mas eu não dei nada.

— Piranha filha da puta — ele cuspiu para mim, passando os dedos em torno do meu pescoço e apertando até eu pensar que fosse apagar. — Eu vou te destruir, maldita, e quando eu terminar, quando ele não quiser mais você e você voltar rastejando para mim, vou te fazer implorar por mais.

Ele abriu o cinto e abaixou a calça. Foi quando eu soube, eu não ia escapar ilesa. Scott pretendia tirar tudo de mim.

Meu corpo.

Uma parte da minha alma.

E a minha virgindade.

Era a única coisa que eu pretendia dar conforme a minha vontade, e ele ia me arrancar isso.

Algo em mim estalou.

Eu não ia conseguir.

Eu não podia *não* lutar.

Com toda a força que me restava, um rugido poderoso saiu da minha garganta enquanto eu me debatia, tentando, desesperada, conseguir dar um impulso. Scott era mais forte que eu, mas não esperava resistência. Ele perdeu o apoio e caiu da cama.

— *Cazzo!*

PRÍNCIPE DE COPAS

Eu tentei me erguer, mas ele foi rápido demais, forte demais. Eu esperneava, gritava até meus pulmões queimarem e sangue latejar entre meus ouvidos. Mas, no fim, não consegui.

Scott me deu uma bofetada tão forte que minha visão ficou borrada, e eu me senti cair de novo.

Mas não antes de senti-lo sobre mim.

Não antes de senti-lo acabar com a minha inocência e arrancar uma parte da minha alma junto com ela.

Não antes de eu choramingar:

— Nicco, me perdoa.

Eu sonhei com vozes. Vozes raivosas discutindo sobre uma menina.

— Ela precisa ir para o hospital. Eu vou levá-la...

— N-Nicco? — a menina choramingou.

— Ela precisa dele. Não estou nem aí para o que você diga. Eu vou levá-la até ele.

— Espera um segundo aí, garoto. Ela é responsabilidade minha. Eu nunca deveria ter deixado que ela...

— O quê... o que você fez?

— Nada, eu... porra. A gente deveria ligar para os pais dela.

— Nós dois sabemos que isso não vai ajudar a garota em nada. Não essa noite. Algo nessa história não faz sentido.

— Nicco, cadê você? — a garota murmurou.

— Merda, ela está acordando. É contigo. Você vai me deixar ajudar...

— Tudo bem, *tudo bem*! Mas, que Deus me ajude, é melhor você saber o que está fazendo.

Silêncio...

A sensação de leveza.

Lampejos de dor e agonia.

De completa desesperança.

— Nicco? — a garota choramingou de novo.

— Shh, Arianne. Eu estou aqui. Eu estou aqui.

Arianne?

Não podia ser.

Eu era Arianne.

O que significava que aquilo não era um sonho.

Era o meu pior pesadelo vindo à vida.

Nicco

A batida alta na porta me assustou. Saltei do sofá e fui correndo até lá, e a puxei com tudo.

— Bailey?

Ele estava pálido, olhos arregalados e lábios tremendo enquanto grasnava:

— É a Arianne.

Minhas costas ficaram eretas.

— O que houve?

Ele inclinou a cabeça para o carro, e eu a vi. Passei reto por ele, desci as escadas correndo e abri a porta.

— Não. — Essa única palavra rasgou o meu peito. — Não, não, não... — Dor como nunca experimentei inundou o meu peito, apertando meu coração como a porra de um torno.

Arianne, minha doce e inocente Arianne, estava deitada no banco de trás, com o vestido rasgado, sangue seco no lábio e escorrendo pelo queixo. Havia um vergão vermelho na bochecha dela, a pele inchada e ferida. O vestido estava todo errado, o tecido rasgado e torcido nas coxas, cheio de manchas vermelhas.

Não.

Não!

Fechei os olhos com força, tentando engolir o ácido que subiu pela minha garganta.

— N-Nicco — ela murmurou, praticamente inconsciente, com os olhos fechados enquanto abraçava alguma coisa.

Porra.

Era um moletom.

Um dos *meus*.

Senti Bailey se aproximar.

— Que merda que aconteceu? — rosnei, me sentindo fora de mim.

Era óbvio o que tinha acontecido, mas eu precisava ouvi-lo dizer as palavras. Eu precisava de confirmação antes de ir para a UM e enfiar uma bala na cabeça do Fascini.

— Depois que descobriram a gente, e você e os caras se separaram, eu fiquei por ali.

— Você estava de olho nela? — Meus olhos escorregaram para os dele, embora me doesse afastar o foco de Arianne.

— É. Eu não conseguia deixar a garota, entende?

Eu não sei o que fiz para merecer esse garoto, mas ele era leal pra caralho. Mesmo tendo sérios problemas para seguir ordens.

— Ela foi embora com ele. Os seguranças dela foram atrás, mas quando cheguei ao dormitório, algo parecia errado. Um dos guarda-costas estava montando guarda do lado de fora, mas ele parecia... não sei. Puto da vida. Então fiquei por lá. O otário por fim saiu, e eu entrei escondido pela porta dos fundos e fui até o quarto dela. Não sei explicar, Nic, mas eu sabia que algo não estava certo. O guarda-costas dela deve ter pressentido também, porque quando cheguei lá, ele estava lá também. Eu dei uma olhada na cara dele e soube... não precisei nem entrar no quarto.

Cerrei os punhos, raiva e agonia giravam dentro do meu peito como um redemoinho.

— E o Fascini? — perguntei, entre dentes.

— Já tinha ido há muito tempo. O guarda-costas queria ligar para os pais dela, e quase fizemos isso, mas, no fim das contas, ele sabia que eu estava certo. Ele sabia que eu precisava tirar a garota de lá.

Bati a mão no ombro dele e apertei.

— Você fez a escolha certa, obrigado.

— Ela está muito machucada — ele sussurrou. — Talvez precise de um médico.

Porra, ele tinha razão. Ela precisava de cuidados médicos, alguém que garantisse que ele não tenha causado nenhum dano interno. Exalei com firmeza, tentando controlar as emoções em ebulição.

— Preciso levá-la para o meu pai.

— Mas Nicco...

— Eu sei. Eu sei, Bay, mas isso muda tudo. — Arianne precisava de ajuda. Precisava de cuidados e de atenção. Meu pai conseguiria isso, por baixo dos panos. Ele também poderia garantir que tudo fosse registrado de modo adequado, caso precisássemos de provas no futuro.

PRÍNCIPE DE COPAS

Não que o caminho da lei fosse uma opção para o merda do Fascini. Ele não merecia cumprir pena, merecia uma morte lenta e dolorosa. E o cara havia selado o próprio destino no segundo em que encostou um dedo na minha garota.

— Você pode dirigir? — perguntei a Bailey, que assentiu e passou a mão pelo rosto.

— Vamos, antes que alguém nos veja. — Fechei a porta de trás e dei a volta para o outro lado, entrando devagar no banco de trás do Camaro dele. Tendo cuidado para não machucar Arianne, ergui a cabeça dela, coloquei-a no meu colo e afastei seu cabelo do rosto.

— N-Nicco? — Os olhos dela tremularam abertos. — É você?

— Shh, Bambolina. Estou aqui. Tudo vai ficar bem agora.

Bailey entrou no carro e deu partida.

— Tem certeza? — Os olhos dele encontraram os meus pelo retrovisor. — Podemos levá-la para a minha mãe.

— Não, tem que ser o meu pai. — Ele era o único que poderia protegê-la agora.

Bailey assentiu, deu ré e disparou em direção à estradinha que levava para fora do campus. Enfiei a mão no bolso e peguei o celular.

— Niccolò — meu pai atendeu no segundo toque. — Está feito?

— Temos um problema — falei. — Preciso que você ligue para um médico e diga a ele para me encontrar em casa daqui a quinze minutos.

— Devo me preocupar?

— Vou explicar tudo quando chegar aí. — Desliguei e joguei a cabeça para trás, descansando-a no suporte do assento. Arianne estava inconsciente, e soluços baixinhos sacudiam o seu corpo. Era bem provável que ela estivesse em estado de choque.

— Bailey — pus para fora, sentindo meu controle da realidade fraquejar.

— Oi, primo?

— Rápido.

Chegamos antes do médico. Bailey encostou na frente da casa e desligou o carro.

— Do que você precisa?

— Vá na frente e garanta que minha irmã permaneça no quarto. Ela não precisa ver isso.

— E o tio Toni?

— Deixa que eu cuido dele.

— Talvez seja melhor ligarmos para o Matteo, para ficarmos em maior número?

— Não — falei. — Ainda não. — Quanto menos pessoas souberem por hora, melhor.

Bailey saiu do carro e foi em direção à casa. Com cautela, passei os dedos pelos cabelos de Arianne.

— *Amore mio* — sussurrei —, você consegue me ouvir?

— Nicco? — Ela começou a se mover, mas gritou. — Está... está doendo.

Engoli as lágrimas de raiva queimando a minha garganta e abri a porta.

— Vou te levar lá para dentro, ok?

— N-não me deixa sozinha.

— Não vou, prometo.

Arianne não estava só em choque, mal estava consciente. Havia uma explicação para aquilo. Uma que eu não queria nem considerar.

O filho da puta havia drogado a garota.

Tirei seu corpo frágil do carro e a abriguei nos braços. A porta da casa se abriu, e meu pai saltou pelos degraus, com os olhos arregalados para a garota imóvel no meu colo.

— Não me diz que você... — Um rosnado feroz retumbou no meu peito, e meu pai ficou pálido. — Desculpa, filho. Eu deveria saber. Quem é ela? — ele perguntou, caminhando ao meu lado no que nos aproximávamos da casa.

— Agora não, mais tarde. O médico está a caminho?

— Deve chegar a qualquer instante. Quer que eu peça a Genevieve para preparar o quarto de hóspedes?

— Eu vou levar ela para o meu quarto. Quando o médico chegar, mande ele subir imediatamente. — Arianne se remexeu nos meus braços.

— Niccolò, espera. — A mão dele pousou no meu ombro, e eu parei e olhei para ele. — O que aconteceu, filho? Fale comigo.

PRÍNCIPE DE COPAS

— Vou contar tudo assim que eu tiver certeza de que ela está bem.

Genevieve apareceu no corredor e arquejou.

— Sinto muito, eu não...

— Gen, ajude o meu garoto, ok?

— Claro, Anton... — ela hesitou. — Sr. Marchetti. Vou pegar água e algumas toalhas.

Genevieve não era inexperiente no assunto. Estava com a minha família havia tempo o bastante para saber o que fazer. Só que normalmente não eram meninas semiconscientes trajando um belo vestido de baile; eram homens com a camisa enxarcada de sangue.

— Por favor, leve para o meu quarto — falei, e fui em direção às escadas.

— Bailey? — meu pai chamou. — Distraia a Alessia.

Ele assentiu.

— Vá cuidar dela, mas depois você e eu precisamos sentar e conversar.

Não me demorei, subi as escadas dois degraus por vez. Fazia quase um ano e meio que eu não morava ali, mas meu quarto permanecia igual. A mesma roupa de cama cor de carvão e as cortinas cinza. Mas a *sensação* não era a mesma.

Deitei Arianne no meio da minha cama e coloquei um travesseiro sob sua cabeça. Ela estendeu a mão para mim e os olhos se abriram de novo.

— Nicco. — Foi um choramingo.

— Estou bem aqui.

Ela sossegou de novo, como se minha presença a acalmasse. Genevieve bateu na porta antes de espiar lá dentro.

— Como ela está?

— Para ser sincero, não faço ideia.

— Ela foi... atacada?

Assenti, incapaz de falar por cima do nó na minha garganta.

— O que eu posso fazer? — ela perguntou.

— Você vai ficar com ela quando o médico chegar aqui? Não sei se... não consigo estar aqui quando ele... — Porra. Minha visão ficou borrada quando uma onda de emoção me invadiu.

— Niccolò. — Genevieve tocou o meu braço. — Você gosta dela. — Não foi uma pergunta, então não respondi. — Vou ficar com ela; te dou a minha palavra.

— Obrigado.

Ouvi vozes lá embaixo, o conhecido sotaque italiano do médico que atendia a nossa família. Ele sempre vinha nas emergências; costumava costurar facadas e buracos de bala. Ele havia dado pontos em cada cicatriz no meu corpo. Mas eu duvidava que ele já tivesse lidado com algo assim.

Passos soaram nas escadas, e então a voz do meu pai chegou no quarto.

— Niccolò, o médico chegou.

— Entra — falei, indo até a porta.

Genevieve foi ficar ao lado de Arianne, e eu sabia que ela estava em boas mãos. Eu queria ficar, estar ali quando o médico a examinasse, mas não sei se tinha forças para ver... Abafei aqueles pensamentos.

Cumprimentei meu pai e o médico. Ele olhou por cima do meu ombro e murmurou:

— *Dio santo*! Ela talvez precise ir ao hospital.

— Não — vociferei. — Nada de hospital. Se ela precisar de material especializado, peço alguém para pegar. Mas ela fica aqui.

— Tudo bem, Nicco. Eu vou examinar a menina e ver com o que estamos lidando.

— Obrigado. — Eu o deixei entrar, observei enquanto ele calçava as luvas descartáveis e se aproximava da cama.

— Vamos, filho. Venha tomar uma bebida comigo. — Meu pai saiu, e eu fui atrás, sabendo que não havia bebida no mundo que pudesse consertar aquilo.

— Quem é ela?

Três palavrinhas que temi desde o dia que percebi que não conseguiria me afastar de Arianne, e pareciam tão insignificantes agora. Ela estava deitada lá em cima, drogada e espancada, atacada e quebrada, e todo o resto parecia ter perdido a importância.

— Arianne Capizola — falei, e encontrei o olhar duro do meu pai com o meu.

— Desculpa, você precisa repetir o que acabou de dizer, Niccolò, porque parece que você acabou de me contar que a herdeira do Capizola está lá em cima, na sua cama. E eu sei que você não é burro a esse ponto, garoto.

— É ela.

Ele flexionou a mão, a que estava em torno do copo de uísque. Não fiquei muito surpreso quando o copo passou raspando pelo meu rosto, espatifando-se na parede às minhas costas.

— Me diz que você não se apaixonou por ela? Me olha nos olhos e diz que você não foi para a cama com o inimigo.

— Ela *não* é minha inimiga. Sei que você pensa que ela é a chave para chegar a Roberto, mas não é. — Mantive a voz calma e controlada. — Eles a estão usando também. Não encaixei todas as peças, mas o homem está usando a própria filha para se aliar aos Fascini. Estamos deixando passar alguma coisa, mas estou te dizendo, ela não é o inimigo.

Meu pai caiu na cadeira e coçou o queixo. Raiva fervilhava em seus olhos.

Ele estava puto da vida, e o que eu poderia dizer? No fim das contas, eu brinquei com ele. Pus Arianne acima da família. Em nosso ramo, eu havia cometido uma traição seríssima.

— O que aconteceu, Niccolò? E eu quero a verdade, filho. Não a versão que você quer que eu saiba. A verdade. O que você disser nos próximos cinco minutos vai determinar a sua punição.

Eu me encolhi com a severidade no tom dele. Mas contanto que Arianne estivesse em segurança, eu poderia enfrentar o que quer que ele decidisse.

Então eu contei.

Nos dez minutos seguintes, contei ao meu pai tudo o que havia acontecido ao longo das últimas semanas. Desde encontrar Arianne naquela primeira noite, a levá-la escondida até o country club, a descobrir a verdadeira identidade dela, até o momento em que Bailey apareceu na minha porta essa noite.

— Jesus, Niccolò, com tantas meninas do campus, tinha que ser ela?

— Não sei se importa, mas quero que você saiba que eu não pretendia que nada disso acontecesse.

Ele me avaliou, decepção nublava seus olhos.

— Você ama a garota?

— Mais do que já amei qualquer coisa na vida — falei, sem nem hesitar.

— *Cazzo*, Niccolò! E esse Scott Fascini, o que sabemos sobre ele?

— Pedi Tommy para dar uma olhada. A família dele é rica. São donos de vários negócios pelo país. A Capizola Holdings e Fascini e Associados estão prestes a fechar um acordo multimilionário para apoiar os planos de renovação de Roberto para o lado oeste do rio.

220　　　　　　　　　　　　　　　　　　　　　l. a. cotton

"Os pais de Arianne vêm insistindo para que ela saia com Scott. Eles acham que vai ser bom para os negócios. Mas o cara é um verdadeiro lixo. Tenho quase certeza de que foi ele quem a atacou na noite em que a conheci. Se eu estiver certo, Arianne foi inflexível na decisão de não procurar a segurança, e aposto que ela não chegou a contar aos pais. O que significa que ela deve saber que eles não acreditariam nela."

Era a única coisa que fazia sentido.

— Jesus Cristo. — Meu pai soltou um assovio baixo.

— Você viu o que ele fez com ela. — Cerrei os punhos sobre a coxa. — Eu precisava trazer a Arianne para cá. Não tinha outro jeito.

— Vamos lidar com isso mais tarde. Quem sabe que ela está aqui?

— Eu, Bailey, você, Genevieve e o médico.

— Ok, vamos manter desse jeito. Veja o que o médico tem a dizer. Vou fazer umas ligações, ver o que podemos descobrir sobre esses Fascini.

— Merda, o guarda-costas; ele sabe que Bailey a levou.

— Acha que ele vai contar para o Capizola?

— Não sei. Bailey parecia pensar que ele estava do lado dela...

— O que pode significar que podemos usá-lo. Se Roberto descobrir que a filha está desaparecida, não vai levar nem um segundo para apontar o dedo para a gente.

— Bailey pode falar com a amiga dela. Talvez a garota consiga mais tempo para a gente.

— Cuide disso. Mas, pelo amor de Deus, Niccolò, cuide para que o garoto não acabe em mãos erradas.

— Ele dá conta. — Eu sabia que ele faria isso caso eu pedisse.

— Dê o fora daqui. — Meu pai passou a mão no telefone. Mas eu parei na porta e olhei para ele.

— Por que você está fazendo isso? Por que está ajudando a Arianne?

— Porque apesar do que você pensa de mim, filho, eu dei uma olhada naquela menina no seu colo e vi a Alessia. Só de pensar em alguém fazendo algo assim com a minha garotinha... — Dor tomou as suas feições. — E porque talvez isso possa ser bom para nós dois.

— Como assim? — Eu não sabia se gostava do rumo que aquilo estava tomando.

— Entendi que você já decidiu que vai fazer de tudo para manter a garota segura.

Assenti.

PRÍNCIPE DE COPAS

— Talvez haja um jeito de você ficar com a garota e de a gente usá-la como vantagem contra Roberto.

Claro que ele veria assim. Eu deveria ter sabido.

Senti um espasmo na bochecha.

— Não me olhe assim, Niccolò. Você que causou isso. *Você*. Você tinha que saber que no segundo que decidiu trazê-la para cá, estaria me entregando a vantagem de que eu precisava para fazer Roberto recuar.

Ele tinha razão.

Claro que tinha razão, porra.

Ainda assim, não era mais fácil de engolir.

— Eu não vou deixar que você a machuque — falei, em desafio.

— E eu não esperaria menos. Ela é a sua mulher, o seu coração, e você a protegerá com a própria vida. Mas não se esqueça: o amor faz a gente ficar cego. Fraco. Vai chegar o dia em que você vai ter que fazer uma escolha: a família ou o seu coração, e é uma escolha que eu não invejo.

Arianne.

Minha escolha sempre será Arianne.

Mas eu poderia sacrificar tudo? Minha família. Alessia e Bailey. Matteo e Enzo. Minhas tias e tios. Até mesmo o meu pai?

Eu poderia condenar Arianne a uma vida atada a um mafioso que havia quebrado o código de honra?

— Já vi que você tem muito em que pensar. Vá ficar com a sua garota. Eu vou dar uns telefonemas.

— Obrigado. — Saí do escritório dele, fechei a porta e apoiei a cabeça na madeira.

Quando Bailey havia aparecido na minha porta e falado o nome de Arianne, eu só consegui pensar em chegar a ela, em protegê-la. Não parei para pensar nas consequências, porque tudo o que eu via era ela.

Mas meu pai tinha razão. Eu comecei uma cadeia de eventos que não havia mais como parar.

Uma cadeia de eventos para a qual eu não sabia se a gente estava pronto.

Uma cadeia de eventos a que não sobreviveríamos.

Bati baixinho na porta. Ela se abriu e Genevieve sorriu para mim.

— Ela estava perguntando por você. — Ela abriu a porta para revelar Arianne apoiada na cama, trocando sussurros com o médico.

— Nicco. — Ela suspirou, com os olhos marejados.

Eu fui até ela, me sentei na beirada da cama e segurei a sua mão.

— Como você está se sentindo?

— Um pouco grogue e dolorida. — Ela olhou para baixo, mas inclinei seu queixo para cima, com gentileza.

— Você está em segurança agora.

— Niccolò, podemos conversar lá fora?

— Claro, doutor. Já volto, ok?

— Promete? — Medo nublou seus olhos.

— Prometo. Genevieve vai ficar aqui.

— Claro. — Ela assentiu, e foi até o outro lado da cama.

— Vou passar aqui amanhã para dar uma olhada em você, ok, Arianne? — o médico perguntou.

— Obrigada, por tudo.

Ele abriu um sorriso caloroso para ela antes de sair do quarto. Eu o segui pelo corredor e fechei a porta ao passar.

— Como ela está?

— A Srta. Rossi — ele ergueu a sobrancelha em dúvida, mas o homem já conhecia as regras, e não faria perguntas — é forte. É provável que tenham dado a ela um sedativo antes do ataque. Ministrei soro e tratei vários cortes menores. Ela me informou que era virgem, então precisei também tirar amostras de sangue para fazer um exame completo, já que ela não se lembrava se a pessoa que a atacou usou preservativo.

Fechei os olhos, e meu punho foi com tudo na direção da parede. Dor explodiu pelo meu pulso e subiu pelo meu braço.

— Nicco...

— Foi mal, doutor — eu respirei bem fundo e embalei a mão junto ao corpo —, prossiga.

— Muito bem. Já que a Srta. Rossi não toma anticoncepcional, também dei a ela a pílula do dia seguinte. Eu gostaria de passar aqui amanhã para documentar qualquer ferida nova. Ela tem leves hematomas ao redor do pescoço que sugere...

— Não precisa me dar detalhes — falei, entre dentes —, só preciso saber se ela vai ficar bem.

PRÍNCIPE DE COPAS   223

— Como eu disse, ela é forte. Depois do soro e dos analgésicos ela parece bem mais animada. Mas, Niccolò, esse tipo de coisa afeta cada pessoa de um jeito. As cicatrizes físicas vão sarar, mas as emocionais podem levar tempo. — A expressão dele ficou desalentada. — Tirei fotografias e amostras para servir como prova. Presumo que você vá querer que eu analise e registre tudo?

Assenti, engasgado demais para conseguir responder.

— Vá ficar com ela, o resto pode esperar até amanhã. — Ele apertou o meu ombro.

— Obrigado, doutor, de verdade.

Ele saiu pelo corredor, e eu voltei para o meu quarto. Arianne e Genevieve estavam conversando, mas os olhos dela se fixaram em mim no mesmo instante.

— Vou deixar vocês a sós. Se precisar de alguma coisa...

— Obrigado. — E abri um sorriso amarelo para Genevieve, que saiu. Tensão preencheu o quarto.

— Desculpa — Arianne soluçou. — Me desculpa.

Corri para ela, caí na lateral da cama e a puxei para os meus braços.

— Você não tem nada por que se desculpar, *amore mio*.

— M-mas eu queria que tivesse sido com você. Eu queria te dar todas as minhas primeiras vezes, Nicco. Cada uma delas.

Meu coração parou quando dor tomou conta de mim.

— *Nunca* mais pense assim. — Segurei o rosto dela com gentileza e a encarei. — Você está em segurança, e está aqui, já basta.

— Mas...

— Shh. — Beijei o canto da sua boca, tendo o cuidado de não tocar o corte no seu lábio inferior.

— Parece um sonho, é como se eu não estivesse lá.

— Quer falar disso?

— Ainda não. — Seus lábios tremeram, mas ela não chorou. — Mas eu gostaria de tomar um banho. O médico disse que não teria problema.

— Um banho. Vou dar um jeito. — Dei um beijo na cabeça dela e me levantei. — Você vai ficar bem se eu... — Apontei a cabeça para a porta do banheiro do quarto.

— Vou ficar bem. — Ela abriu um sorriso fraco. Minha garota forte estava se fazendo de valente mesmo naquela circunstância pavorosa. Estar perto dela me fazia ficar de pés no chão, forçava a besta dentro de mim a voltar para a sua gaiola.

— Só cinco minutos, ok?

Ela assentiu, e eu sumi para dentro do banheiro, liguei as torneiras da banheira e fui atrás dos sais de banho. Ou talvez sais não fossem uma boa ideia. Cacete, eu não sabia como agir numa situação merda dessas.

Revirei o armário, peguei um frasquinho de espuma de banho de alfazema e camomila e adicionei algumas gotas na água. Bolhas começaram a se formar, e o aroma floral tomou o ar. Peguei algumas toalhas no suporte e as pendurei ao lado da banheira.

Quando voltei para o quarto, Arianne já estava tentando sair da cama. Fui até ela, passei o braço em torno da sua cintura e apoiei o seu peso.

— Tudo bem? — perguntei, e ela assentiu, dor estava gravada em sua expressão.

Ela estava envolta em um roupão fofinho, mas eu ainda via os leves hematomas de que o médico havia falado.

— Não me olhe assim, por favor. — A voz de Arianne falhou.

— Desculpa. — Engoli em seco. — É que é difícil te ver assim.

— Eu ainda sou a mesma pessoa, Nicco.

Jesus. Meu corpo tremia, fúria pura pulsava através de mim enquanto eu a acompanhava até o banheiro. Mas eu sabia que precisava ser forte por ela.

— Você consegue se despir se eu te der privacidade?

— Não — ela disse. — Fique, por favor. — Arianne estendeu a mão para mim e entrelaçou nossos dedos. — Eu preciso de você.

Devagar, tirei o robe de seus ombros e o puxei gentilmente pelos braços dela. Sua respiração falhou algumas vezes, mas no geral ela ficou quieta. Arianne não usava nada por baixo, o médico sem dúvida recolheu o vestido e a roupa de baixo como prova, ou, como chamávamos, vantagem.

Tentei manter os olhos no rosto dela, ignorar a marca de mordida na curva do seu seio, ou a outra mais embaixo.

— Nicco — ela sussurrou, levando a mão à minha bochecha. — Não deixe que ele fique aqui conosco.

— Como? — perguntei, me sentindo tão fora de mim que era como se eu estivesse me afogando.

— Você está aqui. Contigo ao meu lado, eu posso fazer qualquer coisa. — Ela se inclinou e tocou a cabeça na minha. Senti o seu cheiro e deixei que as palavras dela me tocassem fundo.

— Desculpa — sussurrei. — Eu não deveria ter saído do baile. — Não que eu tivesse tido muita escolha com os seguranças do pai dela fungando nosso cangote a noite toda.

PRÍNCIPE DE COPAS

— Para. — Arianne roçou os lábios nos meus, mas eu me afastei.

— Vamos lá, eu vou te ajudar a entrar. — Eu a peguei pelo cotovelo e a guiei para a banheira. Arianne soltou um leve sibilo quando o corpo desapareceu sob a água. — Muito quente?

— Está gostoso. Relaxante. Eu só estou um pouco… dolorida.

A palavra pareceu uma geleira entre nós. Eu não queria que aquilo se resumisse a mim, a como me afetava, mas eu não sabia como controlar os pensamentos que me afligiam. Eu me inclinei, desliguei as torneiras e empoleirei na beirada da banheira.

— Quer que eu saia?

— Você quer?

— Você sabe que não.

— Que bom. — Ela sorriu, relaxando na banheira. — Então foi aqui que você cresceu? Sabe, eu pensei muito sobre ver esse lado da sua vida. Só esperava que fosse em outras circunstâncias. — Um segundo se passou enquanto ela movia a água em torno do corpo. — Seu pai sabe que estou aqui?

— Sabe. Mas não se preocupe com isso agora. Você está segura, e é tudo o que importa. Bailey voltou para a UM para procurar Nora. Ele vai ganhar algum tempo para nós enquanto pensamos no que fazer.

— Eu não vou voltar — ela falou, com ar de desafio.

— A gente fala disso mais tarde.

Arianne cerrou os lábios, silêncio nos envolveu. Quando ela cansou do banho, eu a ajudei a sair da banheira e a envolvi em uma toalha branca fofinha. Então a peguei no colo, fui para o quarto e a deitei na cama.

— Você deveria descansar — falei.

— Deita comigo.

Meu corpo ficou rígido.

— Nicco, por favor…

Chutei as botas para longe, dei a volta na cama e me deitei ao lado dela. Arianne se aconchegou em mim, deslizando a mão sob meu agasalho.

— Bambolina, para. — Eu a afastei com gentileza. Ela me encarou com aqueles olhões cor de mel, bochechas coradas e lábios entreabertos.

— Eu quero, Nicco. Eu *preciso*. — Não foi a dor na voz dela que me surpreendeu, foi a força. A convicção.

Arianne realmente acreditava que precisava daquilo.

Que me desejava.

Depois de tudo pelo que passou.

226

l. a. cotton

— Você não sabe o que está dizendo — sussurrei, e as palavras pareceram bruscas na minha garganta.

— Eu sei. — Ela se aproximou mais, beijou o meu pescoço, arrastando a língua por ele. *Jesus, que delícia.*

Mas aquilo era errado.

Tudo que envolvia aquilo era errado pra caralho.

— *Amore mio*, para. *Para.* — Dessa vez ela se afastou por vontade própria.

— Você não me quer? — Dor lampejou na sua expressão. — Mas eu pensei...

— Eu quero — confessei. Eu a desejava mais do que desejava respirar. Mas não ali, não desse jeito. — Você está ferida e confusa...

— Confusa? — Ela arquejou, afastando-se de mim. — Eu não estou confusa. Nada do que ele fez comigo é confuso. Eu me lembro, tá? Está tudo nebuloso, mas está aqui. O peso dele pressionado em mim. A sensação do ar sendo sugado dos meus pulmões enquanto ele...

Raiva irradiou por mim. Desenfreada e escaldante. Scott Fascini ia morrer. Talvez não amanhã nem depois de amanhã. Mas ele pagaria por aquilo. Eu queria ver aquele cara sangrar. Eu queria ficar acima dele enquanto ele implorava pela própria vida.

Qualquer outra coisa não seria uma opção.

— Ari... — Estendi a mão para ela, mas ela me impediu, mantendo distância.

— Ele me estuprou, Nicco. Tirou de mim a única coisa que eu havia me prometido que daria apenas a quem eu escolhesse, conforme a minha vontade. Ele tirou isso de mim. — Lágrimas escorreram pelo seu rosto, mas nunca vi Arianne parecer mais feroz. — E eu não vou recuperar isso nunca mais. Mas posso controlar o que acontece aqui. Posso escolher me entregar a você, Nicco. Eu escolho *você*.

A decisão dela pareceu fraquejar, desespero se agarrava a cada palavra.

— Eu escolho você, então, por favor, *por favor*, não tire isso de mim também. Eu quero você. Eu quero que você me mostre como deveria ser. Quero que você me faça me sentir bem.

Passei a mão pelo rosto. Eu tinha desejado Arianne desde que a vi pela primeira vez, e lutar contra o impulso de possuí-la não havia sido fácil. Mas eu tinha conseguido. E isso porque eu sabia que ceder só serviria para complicar as coisas de um jeito para o qual ela não estava preparada.

PRÍNCIPE DE COPAS

Ainda assim, ali estava ela, oferecendo-se a mim. Implorando para que eu apagasse a memória daquele filho da puta do Fascini.

— Nicco. — Arianne se pressionou mais, e as mãos foram para o meu peito de novo. Seu toque era corrosivo, e lentamente dizimava as minhas defesas. Defesas que eu passei a vida toda construindo. Ela se inclinou para a frente, e os lábios foram só um sopro no meu queixo, no canto da minha boca. Meu corpo tremia de desejo.

Para aceitar o que ela estava oferecendo.

Para ser um homem melhor.

Mas eu não era um bom homem. Eu era Niccolò Marchetti, filho do demônio, príncipe do inferno.

Ari, por outro lado, era um anjo. Pura e boa. Tudo o que eu não era. Tudo o que eu jamais seria.

Sim, ela me desejava.

Ela havia *escolhido* a mim.

Ou talvez isso jamais tenha sido uma escolha. Eu nunca havia acreditado em sina, em destino. Minha família, assim como a maioria das famílias italianas que morava no condado de Verona, era católica. Mas eu já tinha visto coisa demais, vivido coisa demais para ter a fé inabalável que muitos dos mais velhos tinham.

— Eu quero que você faça isso, por favor. — A voz dela esmagou minha última linha de defesa.

Como eu diria não para essa garota?

Essa mulher forte e corajosa diante de mim, com nada mais que esperança no coração e desejo nos olhos.

A resposta era: eu não podia.

Mas essa noite, eu faria isso.

Precisava fazer.

Porque ela precisava que eu tomasse a decisão por ela.

— Durma, Bambolina. — Eu a puxei para mim, sentindo a resistência abandonar seu corpo frágil. — A gente tem tempo. Temos todo o tempo do mundo.

Arianne não respondeu, mas eu soube que ela tinha dormido.

E torci para que a paz a encontrasse lá.

Arianne

Acordei assustada, com as lembranças da noite anterior me atingindo uma atrás da outra. Eu me sentei e estremeci em agonia.

— Posso pegar alguma coisa para você?

Meus olhos dispararam para o canto do quarto e pousaram em uma garota pequena com olhos familiares.

— Ah, desculpa. Eu sou a Alessia.

— A irmã do Nicco — suspirei.

— A própria. — Ela me abriu um sorriso cálido. — Você deve ser a outra mulher importante na vida dele.

Franzi as sobrancelhas.

— Arianne. Meu nome é Arianne.

— Sinto muito... pelo que aconteceu com você.

— Ele te contou? — Puxei as cobertas para cima, sentindo a necessidade de me proteger. Eu não estava ofendida por ele ter contado a ela, só surpresa.

— Ah, não, ele acha que eu não tenho idade nem força o bastante para saber de coisas assim... — Ela deu de ombros. — Eu sou muito boa em me meter onde não sou chamada. É verdade que você é a filha de Roberto Capizola?

Fiz que sim. De que importava se alguém soubesse a minha identidade agora?

Tudo estava diferente essa manhã.

Eu estava diferente.

Scott havia tomado algo de mim, algo que eu jamais recuperaria. Mas era mais que isso... ele havia matado uma parte minha.

A verdade era que Scott havia me mudado.

De um modo que eu sabia que ainda não compreendia por inteiro.

Lágrimas arderam nos meus olhos, mas eu não ia chorar. Não na frente dessa menina meiga que tentava me... distrair?

O som de vozes exaltadas chegou ao quarto.

— O que é isso? — perguntei.

— O rescaldo do que aconteceu com você. — Alessia sorriu de novo, mas dessa vez foi um sorriso triste e cheio de compreensão. — Meus primos, Enzo e Matteo, chegaram há um tempo. Estão assim desde então.

Enzo.

Se ele estava ali, sabia de mim. Era a única explicação para a gritaria.

— Preciso ir lá embaixo — falei, e joguei as cobertas para longe. Cada músculo no meu corpo protestou, dor irradiou para lugares que eu nem sabia que estavam machucados.

— Acho que é melhor você ficar aqui — a irmã de Nicco avisou. — Ele não vai querer que você testemunhe... — ela fez uma pausa — *aquilo*.

— Parece que eles vão se matar.

— Não seria a primeira vez. Você conheceu meu irmão e os amigos dele, né?

— Eu... — Não fazia ideia de como responder. O Nicco por quem eu havia me apaixonado era gentil e atencioso, mas eu sabia que havia outro, um mais obscuro. Um que ele tentava esconder de mim.

Alguém gritou uma sequência de palavrões em italiano. O que logo foi seguido por um barulho alto de algo se quebrando.

— E eu devo fingir que nada disso acontece. — Alessia enrolou uma mecha de cabelo ao redor do dedo.

— Você poderia me emprestar alguma coisa para vestir? — A gente parecia ter o mesmo tamanho.

— Sério que você vai lá embaixo?

— Preciso ver o Nicco.

— Tudo bem, então. Mas não diga que eu não avisei. — Alessia se levantou. — Vou pegar algumas roupas para você. E enquanto isso, talvez você devesse dar um jeitinho no cabelo.

Toquei os cachos indomados.

— Está ruim assim? — Risada borbulhou de mim, e foi bom, e estranhamente catártico.

A noite passada foi a pior da minha vida. Mas depois que Nicco cuidou de mim e eu adormeci em seus braços, soube que ficaria tudo bem. Porque embora Scott tenha tirado algo de mim, ele não havia conseguido alcançar o que eu tinha de mais importante: meu coração.

Que pertencia a Nicco.

Para sempre.

l. a. cotton

— Só para constar — Alessia parou à porta —, Nicco nunca trouxe garota nenhuma aqui antes. — Ela saiu andando como se aquilo não significasse nada. Quando, na verdade, significava tudo.

Sorri comigo mesma.

Scott pode ter me deixado machucada, mordida e sangrando. Mas ele não conseguiu corromper o meu espírito, o que me pareceu uma pequena vitória.

— Estou passável? — perguntei a Alessia vinte minutos depois. Ela precisou me ajudar a me vestir no fim das contas. Uma esquisitice que eu não queria reviver tão cedo, mas nunca me senti tão grata por ter uma desconhecida por perto para me ajudar.

— Está, sim. — Os lábios dela se curvaram. — Talvez seja melhor eu te avisar... as coisas lá embaixo não estão muito boas. Enzo parece prestes a matar alguém, e Nicco está igual a um bicho acuado.

— Não é bem a manhã de domingo que eu havia planejado...

— A vida tem um jeito engraçado de brincar com a gente.

— Obrigada, Alessia. Não sei como eu teria reagido se tivesse acordado sozinha.

— Meu irmão acabaria aparecendo em algum momento.

Eu não duvidava, mas, de certo modo, fiquei feliz por ter sido Alessia e não Nicco. Eu ainda me lembrava do jeito como ele me rejeitou na noite passada. Minha cabeça sabia que ele só estava fazendo o que era certo e honrado, mas meu coração não concordava. E parte de mim não podia deixar de se preocupar com a possibilidade de que ele me olharia diferente sob a luz forte do dia.

Abafei esses pensamentos. Havia questões mais urgentes. Tipo impedir que ele e Enzo se matassem.

— Pronta? — Alessia estendeu a mão, e eu deslizei a palma na dela. A cada passo, as vozes ficavam mais altas, até estarmos de pé do lado de fora de uma porta lá embaixo. — Você não precisa fazer isso — sussurrou, apertando a minha mão. — Ninguém espera que você se envolva.

— Eu preciso ver o Nicco. — Assenti, decidida, apesar da manada de cavalos selvagens galopando no meu peito.

PRÍNCIPE DE COPAS 231

— E lá vamos nós. — Alessia soltou um suspiro enquanto abria a porta e entrava. Eu fui atrás, esperando que os homens me notassem. Mas eles estavam ocupados demais batendo boca.

Nicco e Matteo estavam no sofá, e o homem que concluí ser seu pai estava sentado atrás da mesa, e Enzo andava para lá e para cá. Não havia nem sinal de Bailey.

— Que palhaçada — Enzo rosnou. — A gente precisa devolver a garota para...

— Arianne. — Nicco saltou de pé, me encarando surpreso. — O que você...

— Achou mesmo que ela conseguiria dormir com essa barulheira toda? — Alessia ergueu uma sobrancelha.

— Eu... merda, desculpa. — Ele se aproximou de mim devagar, o olhar preocupado esquadrinhou o meu rosto. — Bambolina... — Foi um sussurro cheio de dor.

— Estou bem — falei, respondendo à pergunta silenciosa.

Ele estendeu a mão para mim e afastou o cabelo do meu rosto.

— Você precisa descansar.

— Dormi por horas. Eu precisava ver você.

— Niccolò — o pai ordenou, e eu dei a volta por Nicco para ficar cara a cara com Antonio Marchetti.

— Obrigada — falei, sem nem hesitar. — Por me deixar ficar aqui.

Ele assentiu, e a expressão tranquila não deixou nada transparecer.

— Infelizmente você nos pegou em um momento ruim, Srta. Capizola.

— Eu não queria interromper, mas precisava ver Nicco.

— Só pode ser sacanagem, puta que pariu — Enzo vociferou, emanando desdém. — Vamos mesmo ficar sentados aqui e agir como se estivesse tudo bem? Ela é a herdeira do Capizola, pelo amor de Deus. Se o homem sequer desconfiar de que ela está aqui, podemos muito bem simplesmente ir embora da cidade agora.

— Lorenzo — Antonio avisou. — A Srta. Capizola é nossa convidada. Seria bom você lembrar dos seus modos.

— Tio, não foi a minha intenção faltar com respeito, mas não faz muitas semanas, a gente pretendia...

— Enzo, *já chega*! — Ele bateu a mão na madeira polida. — Alessia, vá chamar a Genevieve, por favor. Seja útil.

— Mas, *papá*...

— Alessia…

— Tudo bem. — Ela bufou. — Mas, um dia, vocês vão ter que aceitar que eu já tenho idade para entender o que significa esta vida. — Alessia saiu da sala e bateu a porta ao passar.

— Por favor, sente-se — Antonio disse, apontando para o sofá. Matteo chegou para lá e abriu um sorriso inseguro enquanto Nicco me guiava até ele. Nós nos sentamos.

— Você nos meteu em uma baita complicação, Srta. Capizola. Eu gostaria de ouvir a sua versão dos fatos, se não for pedir demais?

Nicco abriu a boca para falar, mas eu cobri seu joelho com a mão e apertei de levinho.

— Sei que o senhor odeia minha família — minha voz tremia —, mas eu não sou o meu pai. Na verdade, não sei nem se quero chamá-lo assim no momento.

— Arianne, você não precisa fazer isso — Nicco sussurrou.

— Preciso, sim. — Encontrei o olhar carregado de Antonio de novo. — Até pouco tempo, eu não sabia nem a história da nossa família. Não fazia ideia de que meu pai queria renovar La Riva. E não sabia nada dos Marchetti.

— Impossível — Enzo disse entre dentes.

— É verdade. Passei os últimos cinco anos da minha vida sendo protegida da verdade, do mundo além da propriedade da minha família. Eu nunca questionei nada, até agora. — Meu olhar foi para Nicco.

— O que aconteceu ontem? — o pai dele perguntou.

— Não. — Nicco ficou branco igual papel.

Meu corpo tremia, as memórias exigiam atenção. A sensação das mãos dele na minha garganta. Seu peso sobre mim. O modo como ele cravava as unhas na minha pele. Reprimi um tremor e me forcei a respirar para me acalmar.

— Scott Fascini, filho de um potencial parceiro de negócios do meu pai, me drogou e me estuprou.

Matteo sugou o ar ao meu lado, enquanto Antonio encarava, com os lábios retorcidos de desgosto. Mas foi Enzo que me deixou mais surpreendida.

— *Porca troia* — ele resmungou baixinho, e cerrou o punho sobre a coxa. — Ele fez o quê? — Ele apontou a cabeça para o meu rosto. Eu sabia que estava uma bagunça: os vergalhões vermelhos, embora tenham sumido um pouco, ainda eram visíveis. Para não mencionar as marcas de dedo ao redor da minha garganta e o corte no lábio inferior.

— E pior — confessei.

PRÍNCIPE DE COPAS

Foi a vez de Nicco xingar.

— Chega. Já deu. Ela não está sendo julgada aqui.

— Você tem razão, filho, não está. Mas se vamos ajudar a Srta. Capizola, precisamos saber a história toda.

Naquele momento, alguém bateu na porta.

— Entre — Antonio disse, e a mulher de ontem à noite apareceu. Ela usava uma blusa branca simples e calça preta. — Genevieve — prosseguiu, curto e grosso.

— Desculpa interromper, mas Bailey acabou de chegar e não está sozinho.

— Que merda ele fez dessa vez? — Enzo resmungou.

— Nicco, vá resolver esse assunto, por favor.

— Eu, mas…

— Agora, Niccolò.

— Já volto, tá? — Ele roçou a mão na minha antes de ir atrás de Genevieve.

A tensão na sala redobrou. Enzo me encarava, seu olhar frio me avaliava como lâminas cortando a minha pele. Antonio soltou um suspiro como se estivesse prestes a falar, mas em vez disso voltou a se recostar na cadeira.

O silêncio se estendeu.

Meu coração parecia uma bateria vibrando na minha caixa torácica.

Então, quando a porta se abriu e vi Nora e Luis de pé atrás de Nicco, quase chorei de alívio.

— Graças a Deus. — Minha melhor amiga correu até mim e me abraçou. Eu me encolhi e ela se afastou no mesmo instante. — Droga, desculpa.

— Está tudo bem.

— Nada nessa história está bem. Eu vou matar esse cara. Vou esfolá-lo vivo, cortar o pau dele fora e enfiar na boca dele, aquele nojento filho da…

Antonio pigarreou e, devagar, Nora olhou para ele.

— Humm, desculpa.

Enzo bufou, e a tensão na sala diminuiu.

— Arianne. — Luis avançou, e eu fui até ele. — Eu sinto muito. Jamais vou me perdoar.

— Não é culpa sua. — Eu o abracei com força.

— E você é quem? — A voz de Antonio soou.

— Luis, senhor. Luis Vitelli, guarda-costas de Arianne.

— Entendi. Você estava lá ontem à noite?

Luis fechou a cara e assentiu.

— Eu estava no prédio, mas o Sr. Capizola pediu para que eu desse a Arianne e ao Sr. Fascini espaço para... *conversar.*

— Conversar? — Enzo debochou. — Ao que parece o desgraçado do Fascini não tem ideia do significado da palavra conversa.

— Enzo — Nicco suspirou.

— Você ter sorte por eu ainda estar aqui. Esse tempo todo, e você saindo com a garota, uma Capizola. O inimigo. — Ele se afastou da parede e chegou mais perto. — Você mentiu para nós, primo, por causa da porra de uma garota.

— A gente já discutiu esse assunto. — Nicco se enfiou entre mim e Enzo. Luis tentou me rodear também, mas me mantive firme. Eu me recusava a ser jogada para escanteio por esses homens.

— Eu não sou o meu pai — repeti, olhando nos olhos de Enzo. As narinas dele se dilataram, raiva e traição giravam ao seu redor feito um redemoinho.

— Isso não é um jogo, garotinha. É a porra de uma guerra. A gente faz um movimento errado, e pessoas se machucam. Pessoas morrem. Está pronta para isso? Está pronta para ver pessoas de quem você gosta morrer? Está pronta para...

— É melhor você se afastar, Enzo. Estou te avisando. — Nicco rosnou as palavras e o ar mudou ao nosso redor, estalando em expectativa.

— Tio Toni — Matteo interveio. — Talvez devêssemos...

— Deixa. — Ele fez sinal, dispensando o comentário. — Ela precisa ver isso.

— Você me traiu. — Enzo partiu para cima de Nicco, atingindo o rosto dele com um estalo alto.

Nicco conseguiu dar uma cotovelada no melhor amigo e os dois se rodearam.

— Você precisa parar com isso. Estou te avisando, E.

— Parar? Eu preciso enfiar um pouco de bom senso na porra da sua cabeça, primo. Ela é o inimigo. Você está na cama com o inimigo.

— *Vaffanculo!* — Nicco rosnou, jogando as mãos para cima em rendição.

— Ela está no meio disso, Niccolò — Antonio interveio. — Você goste ou não. A questão é: ela é forte o suficiente para lidar com a situação?

Todo mundo me fitou. Senti a encarada deles queimando meu rosto enquanto eu olhava adiante. Eu não tinha todas as respostas. Eu mal estava me aguentando, meu corpo estava ferido e dolorido.

Mas se eu mostrasse um grama de fraqueza, sabia que o pai de Nicco a usaria contra mim.

PRÍNCIPE DE COPAS

Talvez até mesmo me enviasse de volta para os braços do meu pai. Rodeei Nicco, olhei para Enzo, depois para Antonio.

— Eu não sou o meu pai — repeti. — Ele me traiu. Ele mentiu e manteve segredos para me proteger, e aí me entregou para Scott Fascini como se eu não fosse nada mais que um prêmio a ser almejado. Eu não vou voltar para lá. Eu... eu não posso. Prefiro morrer.

As palavras ecoaram pela minha cabeça. Eu não pretendia dizê-las, não tinha certeza nem do que quis dizer com aquilo, mas precisava que o pai de Nicco entendesse que eu não era só um peão nesse jogo.

— Eu amo o seu filho, Sr. Marchetti. Eu vou escolher ele. Sempre.

O que eu estava dizendo?

Antonio Marchetti não se importava comigo; ele havia tentado me matar quando eu era só uma garotinha.

Ele provavelmente mal podia esperar para me exibir na frente do meu pai como vantagem.

Ah, Deus...

Nora correu para o meu lado enquanto eu balançava sobre os meus pés.

— Ari! — ela gritou.

Mas era tarde demais.

Tudo desabou sobre mim. A força temporária que eu havia encontrado se desfazia feito areia na chuva. Nicco me flanqueou pelo outro lado, o braço envolveu a minha cintura, suportando o peso. Luis se aproximou por trás de mim.

Havíamos desenhado uma linha invisível na areia. Mas eu não esperava que Matteo a atravessaria para ficar ao lado de Nicco.

— Ora, ora, que interessante. — Antonio entrelaçou as mãos sobre a mesa e se inclinou para a frente. — Lorenzo, importa-se de decidir sua posição?

— Ainda não me decidi. — Ele recuou até a parede do fundo, braços cruzados sobre o peito, uma sombra roxa se formando ao redor do olho. Nicco não havia saído ileso também, estava com um corte pequeno na sobrancelha e um leve inchaço nos lábios.

— Vou levar Arianne de volta para o meu quarto — ele disse, baixinho. — E aí resolveremos tudo isso. — Nicco lançou um olhar gelado para Enzo antes de me pegar no colo e me levar de lá.

— Como você está se sentindo? — Nicco afagou a minha mão. Ele me carregou de volta para o quarto e insistiu que eu ficasse de repouso até o médico chegar para me examinar.

— Um pouco cansada.

— Em que você estava pensando quando desceu lá e confrontou o meu pai?

— Eu queria ver você.

Respirei fundo.

— Essa é uma situação delicada. Se algo acontecer com você... por causa de mim, eu jamais vou me perdoar. — Dor se mostrou em suas feições.

Eu me sentei e segurei o rosto dele.

— Eu fui sincera em tudo o que disse. Eu escolho você, Nicco.

— Você não sabe o que está falando.

— Como você pode dizer isso para mim depois de tudo? — Meus olhos ficaram marejados. — Eu amo você. E isso nem chega perto do que sinto por você. Você é a minha vida.

— *Ti voglio sempre al mio fianco* — ele sussurrou. — Sabe o que significa?

Eu conseguia entender uma palavra ou outra, mas não havia crescido falando italiano fluente como muitas das famílias ítalo-americanas que viviam no condado de Verona.

Nicco se aproximou e roçou o nariz no meu.

— Quer dizer eu te quero ao meu lado, sempre. *Sei tutto per me*, Arianne Carmen Lina Capizola.

— Você é tudo para mim também. — Nossos lábios se encontraram em um afago delicado. — Eu fiquei com tanto medo de que os seus sentimentos por mim... mudassem.

— Bambolina, eu amo você. Você é a minha vida. Nada jamais vai mudar isso. — O olhar dele ardeu com possessividade feroz. E me envolveu como um cobertor quentinho. — Mas o caminho que temos adiante não é simples, você precisa ter noção disso. Esta vida, a família, não é uma escolha. Eu não posso dar as costas para eles, Arianne. Se fizermos isso, se você tiver sido sincera quanto a escolher a mim, significa que está escolhendo esta vida. E eu deveria ser um homem melhor, não deveria ter deixado você fazer essa escolha.

— Está feita — falei. — E eu não vou voltar atrás, Nicco. Nem agora nem nunca. Eu não tinha certeza de que havia sido sincera lá embaixo, mas agora tenho. Não quero viver em um mundo sem você, Niccolò Marchetti. Não vou.

PRÍNCIPE DE COPAS

Uma batida na porta quebrou nossa conexão. Nicco soltou um suspiro cansado.

— Sim?

Ela se abriu e Antonio apareceu.

— Niccolò, eu gostaria de conversar a sós com a Srta. Capizola. Se estiver tudo bem?

— Arianne? — Nicco me perguntou, e eu assenti.

— Entre, Sr. Marchetti.

— Vou esperar lá fora, ok? — Nicco deu um beijo na minha testa e passou pelo pai.

— Os rapazes estão te esperando. Acho que a Srta. Abato também quer falar com você. Ela é interessante, não é?

Segurei a risada, temendo sequer pensar no que Nora podia ter dito para Antonio. Nicco saiu, e o homem se sentou na cadeira ao lado da cama. A semelhança entre eles era gritante: os mesmos olhos escuros e o queixo forte. Os homens Marchetti tinham olhos que atravessavam a gente.

— Parece que você enfeitiçou meu filho, Srta…

— Por favor, me chame de Arianne.

— Muito bem. — Ele deu um breve aceno de cabeça. — Nunca vi Nicco demonstrar que gosta de alguém como fez contigo, a não ser com Alessia. Quando a mãe dele foi embora, isso o afetou mais do que ele deseja reconhecer. Esta vida exige que os homens endureçam o próprio coração, Arianne. Isso não quer dizer que não temos sentimentos, muito pelo contrário. Às vezes temos sentimentos tão profundos que podem chegar a nos sufocar. Mas é diferente para os mafiosos. Somos homens honrados, atados ao código *omertà*. Sabe o que isso quer dizer?

— Sim, senhor. É o código de silêncio.

— É uma boa forma de resumir do que se trata. Mas é muito mais que isso. Significa que a família vem primeiro. E eu não estou falando de família no sentido tradicional. — Ele me lançou um olhar penetrante. — A vida com Niccolò será difícil. Vai ter vezes que ele não poderá falar com você, vezes que sumirá e não poderá te dizer para onde vai. Você lerá coisas nos jornais, verá coisas na televisão. Mas jamais poderá fazer perguntas. Esse é o código do *omertà*, e eu já o vi arruinar mais relacionamentos do que se pode contar.

Ele afastou o olhar, perdido nos próprios pensamentos.

— Ele me custou a minha esposa, Arianne. O amor da minha vida.

238   l. a. cotton

Então, veja, embora eu admire sua fé inabalável de que ficará ao lado do meu filho, você deveria saber que amar Niccolò é uma sentença perpétua a que seu coração provavelmente não sobreviverá.

— E se eu ainda escolher Nicco? E se eu escolher ficar ao lado dele?

— Então torço para que você esteja preparada para o inferno que vai desabar na cabeça de vocês. Porque o seu pai não vai simplesmente aceitar a situação. Ele vai lutar, Arianne. Ele pode ter renunciado às próprias raízes, ao sangue, mas ainda está dentro dele. E quando ele atacar, não teremos escolha a não ser retaliar. Uma guerra vai ser deflagrada.

— Sabe — comecei —, o senhor não é nada do que eu esperava.

— Não? — Ele ergueu a sobrancelha. — E o que você esperava?

— Bem, para alguém que deu a ordem para que matassem uma garotinha, eu esperava alguém mais... monstruoso.

Os olhos de Antonio ficaram nublados de surpresa, mas ele não vacilou.

— Um monstro tem muitos disfarces, Arianne. É melhor você se lembrar disso.

— Então o senhor não vai negar? Deu mesmo a ordem para me matarem?

— Nicco sabe disso? — Ele ignorou a minha pergunta.

— Eu contei a ele quando o meu pai me disse.

— Muito bem. Preciso falar com o meu filho. Por favor, me dê licença.

— É isso? Nenhum pedido de desculpa? Nenhuma explicação? Passei cinco anos da minha vida na mais absoluta solidão por causa do senhor, Sr. Marchetti, acho que mereço saber a razão.

— E vai, no devido tempo. — Ele se levantou e alisou o paletó. — O médico já deve estar chegando. Se precisar de alguma coisa, vou mandar Genevieve dar uma olhada em você.

Deixei a cabeça cair para o travesseiro. Se eu pensava que Nicco já dava trabalho, o pai dele era uma história totalmente diferente.

E eu não podia deixar de pensar que ainda havia peças a se revelar nesse quebra-cabeça.

PRÍNCIPE DE COPAS

Nicco

— Você ama mesmo essa garota? — Enzo me olhou como se não me reconhecesse mais. Doeu, mas eu sabia que merecia.

— Amo, primo. Sei que não é o que você queria ouvir, mas ela foi feita para mim.

— Jesus. — Ele soltou um assovio baixo. — A herdeira do Capizola. Eu sabia que tinha alguma coisa com ela. Só não percebi que era porque você estava comen…

Eu o olhei nos olhos, com firmeza, e ele jogou as mãos para cima.

— Foi mal. Ainda estou puto contigo, provavelmente vou ficar assim por um bom tempo ainda, mas nem eu posso negar que o que aquele filho da puta fez com ela faz meu sangue ferver.

— Ela está bem, de verdade? — Matteo perguntou. Ele ainda estava sentado no sofá. Luis e Nora haviam ido lá em cima se despedir de Arianne. Eles iam conseguir mais tempo para a gente até pensarmos no que fazer com essa merda toda.

— Acho que ela está se aguentando por um fio.

— Ela é forte — ele falou. — Nunca vi alguém se manter tão firme em uma sala cheia de caras. Que dirá de homens Marchetti.

Ele tinha razão. Ela havia sido feroz, talvez até um pouco imprudente.

Uma batida soou na porta, e a cabeça de Luis apareceu.

— Ela está dormindo.

Graças a Deus. Pelo menos dormindo ela não causava problemas.

— Achei que deveria avisar que a mãe dela ligou para Nora enquanto estávamos lá em cima.

— Arianne falou com ela?

Ele assentiu, e entrou ainda mais na sala.

— Ao que parece, o Fascini voltou para a festa ontem à noite, depois que… — Luis respirou bem fundo. — E disse a eles que Arianne havia vomitado nele e ficou tão envergonhada que o expulsou. Então assegurou a eles que daria uma olhada nela hoje.

— Filho da puta — rugi, com a mandíbula impossivelmente tensa.

— Calma, primo. — Matteo se levantou. — O que mais a mãe dela disse?

— Perguntou se Arianne precisava de alguma coisa. Nora pegou o telefone nesse momento e disse que Arianne tinha saído correndo para o banheiro, adicionando que provavelmente seria melhor ela deixar a filha descansando até aquilo passar. Isso deve garantir mais tempo para vocês.

Dei a ele um aceno de cabeça agradecido.

— E Roberto? Ele entrou em contato?

— Ele me mandou mensagem mais cedo, dizendo para eu manter posição até segunda ordem.

— E o seu parceiro? Ele vai causar problemas?

— Eu cuido de Nixon.

— Tudo bem, então temos o resto do dia e da noite, se tivermos sorte. Mas precisamos decidir o próximo passo. Arianne já disse que não volta para o dormitório. — Não que eu a queira perto daquele lugar. Não depois do que ele fez com ela lá, na porra do quarto dela.

Raiva queimou dentro de mim, e eu esfreguei as têmporas, tentando controlar o impulso de ir atrás dele.

— Ei, tudo bem? — Enzo me perguntou, preocupado. Dei um aceno de cabeça tenso para ele e me forcei a respirar fundo.

— Eu vou falar com Nora — Luis disse. — Talvez a gente consiga pensar em alguma coisa.

— A gente pode confiar nela?

— Em quem? Em Nora? — Luis riu. — Ela ama Arianne mais que qualquer coisa. Não precisa duvidar da lealdade da garota nem por um instante.

— Ok — falei — e obrigado. Por tudo. Facilita um pouco saber que ela tem alguém do lado deles olhando por ela.

Luis prendeu o meu olhar. Meu pai já havia pedido ao cara da TI para levantar a ficha de Luis Vitelli. Ele estava limpo, exceto pelo trabalho atual ser com Roberto Capizola. Mas Luis não era mafioso, não agia sob os mesmos códigos que a gente. Ele era mão de obra contratada. E contratada a um preço bem alto. Mas acontece que encontrar Arianne depois do ataque de Scott bastou para ele mudar de lado.

— Você tem o meu número — falei. — Se algo mudar, ligue.

Com um último aceno de cabeça, Luis saiu da sala.

PRÍNCIPE DE COPAS

— Eu gosto dele — Matteo declarou.

— Você gosta de todo mundo.

— Eu só gosto de você às vezes.

Enzo me mostrou o dedo, depois fechou a cara.

— E que merda a gente vai fazer agora?

— Vocês dois vão atrás de Alessia para acalmar as coisas. Preciso falar com o meu pai.

— Babá? Você quer que a gente seja babá...

— Vamos lá, E. — Matteo lutou com o sorriso. — A gente pode pegar gelo para a sua cara. Talvez melhore um pouco as coisas.

Os dois saíram se empurrando do escritório. Eu me larguei no sofá e soltei um longo suspiro. As coisas estavam acontecendo rápido demais, as peças do quebra-cabeça se multiplicando a cada segundo. Arianne estava em segurança, por ora. Mas ainda restava o problema do que faríamos quando o amanhã chegasse.

— Niccolò. — Meu pai entrou no escritório e fechou a porta. — Fiquei sabendo de coisas interessantes depois de conversar com Arianne.

Merda.

Os olhos dele se fixaram em mim, escuros e avaliadores.

— Ela contou para você — eu suspirei.

— E, ainda assim, você não disse nada. Por quê?

— Porque eu sabia que isso revelaria nosso segredo, e eu não queria colocá-la em perigo.

— Deve ter sido muito difícil para você.

— Descobrir que meu pai, um homem em que eu pensava que podia confiar, deu a ordem para que matassem uma *criança* e em seguida sumiu com a minha mãe? Foi difícil pra caralho. Mas consegui. — Amargura revestia as minhas palavras.

— Cuidado com essa língua, rapaz. — O tom dele foi contundente. Antonio Marchetti podia ser meu pai, mas ainda era o chefe. E você nunca desrespeitava o chefe. — Sabe — ele prosseguiu —, eu sempre me perguntei o que levou Roberto a esconder a herdeira daquele jeito. — Ele tamborilou na mesa.

— Só um minuto. — Digeri as palavras. — Quer dizer que não foi você?

— Niccolò — ele suspirou —, eu sou muitas coisas, mas não um assassino de crianças. Você acreditou nela? Pensou mesmo que eu poderia?

— O momento faz sentido. — Culpa e confusão me rasgaram. — Minha mãe foi embora logo depois.

— Entendi. — Ele ficou quieto por um segundo, pensativo. — Parece que há coisas acontecendo e que eu ainda não entendo. Mas eu te prometo, Niccolò, não dei a ordem para que matassem Arianne.

— Mas se não foi você, quem foi?

— É o que pretendo descobrir.

Jesus, a gente não tinha uma folga. As coisas não paravam de surgir.

— Mas a minha mãe...

— Coincidência, ou talvez haja outra explicação. — Ele franziu as sobrancelhas. — Mas temos questões mais urgentes a resolver no momento.

— Tipo como manter Arianne em segurança sem deflagrar uma guerra?

Os lábios dele formaram uma linha severa.

— Exatamente. Vá ficar com a sua garota, ela precisa de você. Vou conversar com Vincenzo e com Michele, colocá-los a par dos acontecimentos.

— Acha que é uma boa ideia?

— Niccolò, eles são seus tios. Meus *capos*. Eu confio minha vida a eles. E, agora, devemos confiar a da Arianne também. Suspeito que Vincenzo não vai gostar. Mas Michele ficará do nosso lado.

— Então *nós* estamos do mesmo lado? — Eu queria ter cem por cento de certeza.

— Filho, mesmo se você tentasse se afastar da garota, algo me diz que ela ia dar um jeito de se colar a você. Ela fez a própria escolha. E você fez a sua no segundo em que a trouxe para cá. Quer eu goste ou não, ela é uma de nós agora.

— Obrigado. — Eu me enchi de alívio. Só percebi o quanto precisava que ele dissesse aquelas palavras quando elas saíram de sua boca e penderam entre nós.

Ele me deu um aceno rígido de cabeça.

— Ainda precisamos de um plano. E você deveria se preparar para o fato de que ela talvez tenha que voltar para a própria família, pelo menos até pensarmos no que fazer. Mas Arianne tem a minha proteção, eu te dou a minha palavra.

Eu me levantei e fui até a porta, mas a voz dele me fez parar.

— Ainda há o problema com esse Scott Fascini. Ele vai ter o que merece, Niccolò, mas até sabermos mais informações sobre a família dele, fique longe. É uma ordem. Entendido?

Pressionei os lábios, raiva vibrava por mim.

— Niccolò, não chegue perto desse Fascini, estamos entendidos?

PRÍNCIPE DE COPAS 243

— Vou tentar. — Não era o que ele queria ouvir, mas era o melhor que eu conseguia dizer no momento.

Fascini havia machucado Arianne. Roubado a inocência dela. Ele merecia nada mais que as minhas mãos em torno da sua garganta, removendo o ar de seus pulmões.

Eu teria a minha chance.

Era só questão de tempo.

— Está tudo com a cara muito boa — Arianne disse. No segundo que a garota sentiu o cheiro da comida de Genevieve, ela quis ir lá para baixo. Não pude dizer não. Ela parecia mais leve de certa forma. Como se um peso tivesse sido erguido desde a nossa conversa naquela manhã. O médico havia passado para vê-la de novo e ficou feliz com o seu progresso.

— Alessia fez torta — Genevieve disse por sobre o ombro. — Tenho a sensação de que vai ser a mais gostosa que ela já fez.

Minha irmã abriu um sorrisão, ficou cinco centímetros mais alta, e culpa envolveu o meu coração. Eu a tinha deixado. Assim que fui capaz, eu me mudei e a abandonei. Ainda assim, ela nunca me culpou. Nunca me fez me sentir menos que o irmão dela, o protetor dela. Era mais do que eu merecia.

— Nicco? — Arianne puxou o meu agasalho. — O que foi?

— Nada. — Dei um beijo na ponta do seu nariz. — Está tudo bem.

Cruzei olhares com Alessia, que franziu a testa. Ela era muito perceptiva para alguém de dezesseis anos. Eu deveria ter sabido que ela não ficaria na dela ontem à noite, nem essa manhã. Ela era uma pedra perpétua no meu sapato, mas eu a amava demais. Tudo o que eu fazia, tudo o que faria, era para assegurar o seu futuro. Para deixar a vida mais segura para ela.

Só que agora eu tinha duas vidas em que pensar.

Deslizei o braço ao redor do peito de Arianne e a puxei para mim. Ela soltou um leve suspiro, completamente à vontade na cozinha da minha família. Alessia já havia se apegado a ela, afoita para saber todo o possível sobre Arianne e a vida dela na UM. Matteo, embora calado, havia ficado do lado dela sem nem questionar. Mesmo Enzo se aproximava aos poucos.

Ela havia encantado a minha família e os meus amigos. E cada vez mais começava a parecer que o lugar de Arianne Capizola era ali, ao meu lado.

— Vocês dois são tão fofos — minha irmã comentou.

Enzo bufou, revirando os olhos para a gente.

— Talvez você e a Nora devessem terminar o que começaram — Arianne comentou, abafando a risada.

Ele ficou de pé e olhou feio para ela.

— Preciso tomar um ar.

Eu e Matteo rimos. Enzo não namorava. Ele mal falava com as mulheres com quem ficava. Ele e Nora eram opostos totais, mas eu sabia por experiência própria que às vezes os opostos se atraíam.

— Você não deveria provocar o cara — sussurrei em seu ouvido. Ela estremeceu, inclinando a cabeça para o lado. Eu não consegui resistir ao impulso de passar a língua pela sua pulsação, pressionando meus lábios ali.

— Talvez seja melhor você fechar os olhos, Sia.

— Vai se foder, Matteo. — Alessia soltou um gritinho. — Eu tenho dezesseis anos. Sou praticamente a única aluna do segundo ano que *não* está mandando ver.

Virei a cabeça de supetão e a encarei.

— O que você disse?

— Nicco. — Arianne apertou o meu braço.

— Ela tem dezesseis anos — protestei. — Ela não deveria estar falando sobre sexo.

— Quase dezessete. — Alessia devolveu a encarada, e Genevieve riu.

— Isso é tão legal — ela disse, nostálgica.

— Não vai ser legal quando eu trancar a minha irmã no quarto pelo próximo ano.

Arianne enrijeceu ao meu lado, e eu xinguei baixinho.

— Desculpa, foi insensível da minha parte.

— Tudo bem. Mas Nicco tem razão, Alessia. Você deveria esperar. Muitas garotas se apressam para fazer sexo e acabam se arrependendo. Espere por alguém que te mereça, alguém que vai te tratar bem. — Não havia como ignorar a tristeza na voz dela.

Dor me atravessou.

— Droga, Ari — minha irmã se apressou a dizer. — Desculpa. Eu não queria...

— Tudo bem, eu estou bem.

PRÍNCIPE DE COPAS

— Você é incrível demais, Bambolina — suspirei em seu pescoço.

— Isso. — Alessia adicionou com um sorriso bobo no rosto. — Eu quero o que vocês têm.

— Não posso discordar. — Se Alessia encontrasse alguém que a amasse metade do que eu amo Arianne, ela daria muita sorte. Mas ele ainda teria que passar pelo teste do irmão.

Meu pai se juntou a nós, e nós seis comemos. Ele até mesmo passou o braço por Genevieve e a puxou para o colo, alimentando-a com pedaços generosos de frango. A risada dela encheu a cozinha, mas ela logo ficou quieta, muito vermelha quando percebeu que estávamos olhando.

— É melhor eu ia dar uma olhada na torta — falou, pedindo licença.

— O quê? — meu pai vociferou, passando a mão pelo cabelo.

— Nada, coroa. — Eu sorri.

Algo estava mudando entre nós. Ele ter ficado do meu lado e do de Arianne era mais do que eu podia ter esperado.

Meu celular vibrou, e o tirei do bolso.

— O que é? — Arianne perguntou enquanto eu lia a mensagem.

— Nada. — Tentei controlar minha expressão. — Preciso fazer uma ligação.

— Nicco...

— Bem-vinda ao meu mundo — Alessia resmungou, e enfiou um pedaço de frango na boca.

— Já volto.

Enzo e eu cruzamos olhares, mas balancei a cabeça. Até eu ter mais informações, não havia por que causar alarde. Assim que me afastei o bastante para não ser ouvido, liguei para Luis.

— Nicco?

— Sim. O que foi?

— Ele está aqui. Apareceu há cinco minutos. Entrou no prédio como se fosse o dono da porra do lugar. Está exigindo ver a Arianne.

— Porra. — Pressionei o pulso na testa. — A Nora...

— Está no quarto, juntando algumas coisas. Ela também não quer ficar aqui.

— Você consegue se livrar dele?

— Posso tentar, mas ele vai fazer perguntas se perceber que ela não está aqui. Deixa comigo. Vou ver o que posso fazer.

— Me dê notícias. — Desliguei e soltei um suspiro cansado. Aquilo era

246   l. a. cotton

um problema. Se Scott souber que Arianne não estava no quarto, dispararia o alarme e nosso arranjo temporário iria pelos ares.

Voltei para a cozinha, mas Arianne não estava na cadeira dela. Matteo apontou a cabeça para a porta dos fundos, onde encontrei a minha garota ao telefone. Ela olhou para mim, com o rosto branco que nem papel, e assentiu.

— Amanhã, claro, *papá*. A gente se vê.

Tanto esforço para conseguir mais tempo.

O tempo tinha acabado oficialmente.

— Ei. — Arianne sorriu para mim. — Vai ficar tudo bem.

Eu não respondi, e ela se pressionou mais em mim, passando a mão pelo meu rosto. Estávamos sentados no jardim com Alessia e os caras, bebendo cerveja e ouvindo as histórias de Enzo e Matteo sobre crescer em La Riva. As histórias que poderíamos contar às meninas, pelo menos. Eu queria levá-la para o meu quarto, mas Arianne quis passar tempo ali. Então ali estávamos... passando tempo.

— Nicco — ela sorriu para mim —, a gente sabia que isso ia acontecer.

Ela tinha razão.

Puta que pariu. Claro que tinha. Roberto ia querer ver a filha em algum momento. Eu só pensei que teríamos mais tempo. Pensei que já teríamos um plano antes de ela ter que sequer chegar perto da UM de novo.

Ao que parecia, Roberto havia convocado Arianne para a propriedade. Foi uma pequena bênção ele não ter querido visitá-la no dormitório, mas isso significava que não poderíamos acompanhá-la além do perímetro da propriedade.

— Repete para mim — falei.

— Primo, a gente já repassou tudo...

— Repete para mim. — Toquei a cabeça na de Arianne, ignorando o olhar carregado de Matteo.

— Por favor.

— A gente vai se encontrar com o Luis e a Nora em University Hill. Aí ele vai nos levar até a propriedade do meu pai. Eu vou dizer que um cara com quem Nora estava saindo começou a ficar um pouco insistente

PRÍNCIPE DE COPAS 247

demais e que queremos nos mudar da Casa Donatello. — Ela fechou os olhos enquanto puxava uma respiração trêmula.

— Ei — falei, passando o polegar pelo dela. — Estou bem aqui.

— Eu sei. — Duas piscinas escuras de mel se fixaram em mim.

— E se o seu pai insistir para saber quem é o cara?

— Nora vai ficar agitada e dizer que deixou as coisas irem longe demais. Eu vou dizer que já que todo mundo sabe quem eu sou, que prefiro morar fora do campus.

— Você acha que ele vai engolir?

— A gente vai morar em um dos prédios dele com segurança vinte e quatro horas. É claro que ele vai engolir. — Ela abriu um sorriso fraco.

— Tudo bem... e se ele falar do baile de gala?

— Vou confirmar a história de Scott. Ele me levou de volta para o dormitório e eu fiquei enjoada. Fiquei com tanta vergonha que disse para ele ir embora.

O músculo da minha mandíbula se contraiu.

— Tudo bem. Luis vai estar lá, e estaremos por perto. Se precisar de mim...

— Nicco. — Arianne passou os dedos de leve pelo meu rosto e se demorou nos meus lábios. Ela se inclinou, quase me beijando. — A gente sabia que o nosso conto de fadas não ia durar.

— Nosso conto de fadas?

— É, meu príncipe me levando para o seu castelo para me proteger.

— Príncipe, é? — Eu ri da ironia. Ela ainda não me conhecia bem. Não sabia do que me chamavam no L'Anello's. Eu contaria a ela.

Eu contaria tudo a ela algum dia.

Assim que passássemos por isso.

A manhã seguinte chegou rápido demais. Eu mal tinha dormido, incapaz de afastar o olhar do anjo ressonando ao meu lado. Havia sido tortura ficar tão perto de Arianne e não ser capaz de tocá-la. Felizmente, ela estava exausta e apagou feito uma lâmpada no segundo em que encostou a cabeça no travesseiro. Ela precisava descansar, se curar. Precisava de toda a força para enfrentar o que o hoje reservava.

Nós nos encontramos com Luis e Nora em um estacionamento perto de University Hill. Arianne saiu correndo do carro e foi direto para Nora, as duas se abraçaram. Peguei Enzo observando com uma expressão estranha. Ele me viu e dei um sorrisinho, o que me rendeu um "vai se foder".

Luis se aproximou e estendeu a mão.

— Como ela está?

— Ela é forte, mas estou preocupado com o que vai acontecer.

— Não vou sair do lado dela, dou minha palavra. É provável que Scott tenha dito algo para Roberto. Não há como ele ter sabido que Arianne não estava no quarto, mas ele não ficou feliz por Nora não deixá-lo vê-la. Ele me mandou ir me foder enquanto saía. O garoto é desequilibrado. — O olhar dele se desviou para as meninas. — Acho que pode ser que ele volte a machucá-la.

— Ele vai ser um problema — disse. — Mas não se preocupe com o Fascini. Seu trabalho é ficar de olho em Arianne. Sempre nela, ok? — Luis assentiu. — Acha que Roberto vai engolir a história delas?

— Pode dar certo. Sei que a Srta. Capizola teve que insistir bastante para ele a deixar morar no campus. Ele preferia que ela fosse e voltasse todo dia ou que ficasse em um dos prédios dele.

— Alguma ideia em qual deles ele colocaria as meninas? — Quanto mais pudéssemos prever, melhor.

— La Stella é o mais provável. Fica perto do campus e é menor do que os outros. La Luna ou L'Aquila também ficam por perto, mas o L'Aquila é popular com os profissionais jovens que trabalham na cidade. Acho que ele não colocaria as garotas lá.

— Ok. Enzo — chamei —, quero que descubra tudo o que puder sobre os dois prédios do Capizola: La Stella e La Luna.

— Sério? — Ele ergueu a sobrancelha. — Está me colocando na busca?

— Preciso repetir?

— Não, *chefe*. — Sarcasmo escorria de suas palavras.

— Ele vai causar problemas? — Luis suspirou enquanto Enzo se afastava.

— Preocupe-se com o Capizola e deixe que eu cuido dos meus caras. Resolveu as coisas com o seu parceiro?

— Ele não quer irritar o Capizola, então o aconselhei a tirar uma licença prolongada. Roberto confia em mim para cuidar de Arianne. Ele crê que

PRÍNCIPE DE COPAS

vou pedir reforços se achar que é necessário. Eu tenho uns caras na equipe em que posso confiar, se for o caso.

— O que você acha que Capizola pretende com isso da Arianne com o Fascini?

— É difícil dizer. Mike Fascini é um sujeito esquivo, não consigo lê-lo com exatidão, mas parece vir dele a pressão para que o relacionamento do filho com Arianne avance.

— Certo, tem um cara meu investigando a família. No segundo em que ele descobrir alguma coisa, vai avisar. Arianne — chamei. Ela se desvencilhou dos braços de Nora e se aproximou de mim sem nem hesitar. Eu a puxei para o meu peito, afundei a mão nos cabelos dela. — Luis vai estar lá, ok? Se algo não cair bem, peça licença, encontre o Luis e ele vai te trazer direto para mim.

Ela recuou para olhar para mim, lágrimas brilhavam em seus olhos.

— Não chora. — Minha voz ficou embargada. — Eu não vou suportar.

— Estou tão brava com ele, Nicco. É como se ele tivesse dado permissão a Scott para me... — Arianne engoliu em seco e fechou os olhos.

— Bambolina, olhe para mim. — Afaguei a bochecha dela com o polegar. — Eu não vou deixar que ele te machuque de novo. Prometo.

A certeza dela começou a ruir quando a beijei, vertendo tudo o que eu sentia em cada toque, cada afagar de língua, até seus soluços baixinhos se transformarem em gemidos suaves.

— Niccolò — ela suspirou.

Alguém pigarreou, Enzo, provavelmente, o idiota filho da puta.

— É melhor você ir. Lembre-se de seguir a história, e a gente conversa mais tarde, ok?

Arianne assentiu, secando os olhos. Meus primos me flanquearam enquanto Luis a conduzia até Nora e as acompanhava até o SUV.

— Ela é forte — Matteo disse. — Vai ficar bem.

— E se ela não for? — Enzo precisava dizer a única coisa em que eu não queria pensar. Olhei feio para ele, mas não vi malícia. Muito pelo contrário. Na verdade, ele parecia tão preocupado quanto eu.

— Ela é forte o bastante — falei entre dentes.

Ela tinha que ser.

Arianne

— *Mia cara*, você está se sentindo melhor?

— Estou bem. — Agarrei o lenço ao redor do meu pescoço. Alessia havia pensado que seria uma boa para esconder os leves hematomas na minha garganta. Felizmente, com um pouquinho de corretivo e maquiagem, as marcas no meu rosto e o corte nos meus lábios mal eram visíveis no momento.

— Cadê a Nora?

— Foi para o chalé ver os pais. Na verdade, eu esperava falar com você e o *papá* sobre um assunto.

— Parece que todos temos muito a discutir, então. — Meu pai apareceu no fim do corredor. — Venha, vamos lá para a sala de estar.

— Scott estava muito preocupado com você — minha mãe começou enquanto seguíamos meu pai pelo corredor. — Ele passou lá para ver como você estava?

— Gabriella — meu pai grunhiu, e ela ficou em silêncio.

Eu odiava aquilo.

Odiava que não podia mais confiar no meu pai nem nas suas intenções. Ele sempre foi tão focado na minha proteção, em me manter em segurança, mas agora quando olho para ele só me sinto traída.

Nós nos sentamos em torno da mesinha de centro cheia de enfeites enquanto minha mãe servia chá. Meu pai havia se acomodado na poltrona de frente para mim, então não havia como evitar o olhar incisivo e avaliador dele.

— Falei com Scott mais cedo, *mio tesoro*. Ele parecia preocupado com a possibilidade de você não querer vê-lo.

— *Papá*, ele te contou o que aconteceu ontem à noite? Eu fiquei tão envergonhada, e ainda não estou me sentindo muito bem. Pedi a Nora para dizer a ele que não estava recebendo ninguém.

— Arianne, por que você tem que dificultar tanto para ele? Ele gosta de você.

— Desculpa, *papá*. As atenções dele são excessivas. E eu não estou pronta para…

— Roberto. — Minha mãe colocou a mão na coxa dele. — Tudo é novidade para ela. Talvez estejamos apressando algo que só precisa de mais tempo. Uma abordagem mais sutil.

— Como assim, apressando as coisas? Que coisas, *mamma*?

— Ah, Arianne, meu docinho. Você é uma mulher agora. Deve sentir… desejo. Scott pode mostrar o mundo a você. Ele vai te cortejar, conquistar você, o seu coração.

— Me conquistar? Sério, *mamma*? — Eu me negava a ouvir aquilo. Se ela soubesse o que Scott gostava de fazer com garotas inocentes no escuro, tenho certeza de que ficaria horrorizada. Mas eu não poderia me arriscar a contar. Não ainda. Não quando meu pai parecia tão decidido a nos juntar.

— Arianne — meu pai disse, impaciente. — Ele não é um ogro. O rapaz vai cuidar de você, *mio tesoro*. É tudo o que um pai deseja para a filha.

— E o que eu quero? — Lágrimas queimaram os meus olhos enquanto eu tentava desesperadamente me manter forte. — Eu não sinto nada pelo Scott. Não é romântico, é trabalhoso. Não temos nada em comum e ele…

— Ele o quê, Arianne? Conta para a gente? — Preocupação cintilou no olhar da minha mãe.

— Ele é muito mais experiente que eu. Espera coisas… coisas para as quais eu não estou pronta.

Minha mãe relanceou o meu pai, e uma semente de esperança desabrochou no meu peito. Talvez ela fosse entender. Talvez ela dissesse ao meu pai que seria demais esperar que eu ficasse com alguém que não amo.

Mas uma máscara de indiferença deslizou sobre o rosto do meu pai enquanto ele soltava um suspiro exasperado.

— Ele é dos bons, Arianne; tudo o que você pode querer em um parceiro. Scott é um homem honrado, que segue a tradição. Ele jamais te machucaria.

Mas ele já machucou, eu quis gritar. Em vez disso, me contive e engoli as lágrimas que ameaçavam cair.

— É demais, *papá* — choraminguei.

— Você só precisa dar uma chance a ele, Arianne. Passar tempo juntos, conhecer um ao outro. Tenho certeza de que verá que vocês têm muito em comum. Essas coisas não acontecem da noite para o dia, levam tempo e esforço. Você vai ver.

Só que ele estava errado.

Quando era certo, quando alguém estava destinado a você, acontecia rápido. Acontecia tão rápido que a gente nem se dava conta. Em um piscar de olhos, sua vida está entrelaçada com a da pessoa, e o tecido da alma dos dois está inexplicavelmente unido. Como se a própria Sina tivesse desejado.

— Scott quer te levar para sair amanhã à noite. Eu disse a ele que você está ansiosa para ir.

— Vamos ver. — Raiva vibrava dentro de mim. Tanta que minhas mãos começaram a tremer. Eu as enfiei entre as coxas e respirei para me acalmar. — Mais alguma coisa?

— Você queria conversar com a gente?

— Sim. — Respirei fundo. Era agora ou nunca. — Nora está em uma situação complicada. Tem um cara… ele não a machucou nem nada disso, mas está ficando meio incômodo…

— É só me dizer o nome dele que eu peço à segurança para cuidar do assunto.

— Nora não quer isso, *papá*. Veja bem, ela se sente culpada por tudo. Passou a impressão errada para ele e agora o cara está encantado por ela. É meio triste, na verdade. Ele está sempre rondando o dormitório. Então a gente estava pensando… que preferimos morar fora do campus.

— Fora do campus? — Meu pai pareceu suspeitar.

Assenti.

— Para ser sincera, agora que todo mundo sabe quem eu sou, a atenção é sufocante. Ficamos no dormitório o tempo todo, como se fôssemos prisioneiras. E agora que Nora arranjou esse pretendente indesejado, está incômodo demais.

— Querida — minha mãe começou —, aconteceu alguma coisa? Esse é um pedido e tanto, Arianne. Você sabe o quanto foi difícil convencer seu pai a te deixar morar lá.

— Eu sei, sério, e estou grata demais pela experiência. Mas, sinceramente, não é o que eu pensei que seria. Acho que vou ficar muito mais feliz em um apartamento fora do campus. Só nós duas. — Relanceei o meu pai, tentando ler a expressão dele. — Acho que vou me sentir mais segura também.

O olhar dele ficou mais suave e eu soube que o convenci. Meu pai, apesar de algumas das suas decisões recentes, ainda me queria em segurança.

— Arianne, eu me sentiria muito mais confortável falando com a segurança do campus sobre isso e resolver essa…

PRÍNCIPE DE COPAS   253

— Eu dou uma chance ao Scott — deixei escapar. — Se você deixar a gente se mudar do campus, eu vou tentar ser mais aberta à ideia de nós dois.

Seus ombros cederam enquanto ele me avaliava com um misto de orgulho e incerteza.

— Você é mais parecida comigo do que eu pensava.

— Então é um sim? A gente pode ir embora do dormitório?

— Vou precisar de um tempinho para resolver as...

— Não — falei, um pouco afoita demais. Me remexi no sofá, alisei a blusa e sorri para os meus pais. — Nora não quer mais ficar lá... há mais coisas. Mas a história é dela, não minha, e seria legal se vocês não a pressionassem.

Meu pai disparou para a frente.

— Arianne, se tiverem machucado Nora...

— Não foi, prometo. Mas prefiro sair de lá o mais rápido possível.

— Quando você ficou tão crescida? — ele resmungou. — Tudo bem, vou fazer umas ligações. Há alguns apartamentos perto do campus que podem servir. Se eu não conseguir ajeitar tudo hoje, vocês podem passar a noite aqui. — Ele me deu uma olhada que dizia que aquilo não estava aberto à discussão. — Tem certeza de que não quer me contar o que realmente aconteceu?

Mesmo se eu contasse, você não acreditaria em mim.

— Como eu disse, a história não é minha. — As mentiras saíam com mais facilidade agora. Eu mal sentia o mínimo de culpa.

Mas meu pai estava errado, eu não tinha crescido.

Eu tinha mudado.

Não esperava mais aprovação ou validação da parte deles, e não estava feliz vivendo com as asas cortadas.

Eu queria mais.

Eu *merecia* mais.

Eu merecia amor para a vida inteira, um amor que estava escrito nas estrelas.

O tipo de amor que sentia por Nicco.

Ele podia ter sido meu inimigo, mas nossas almas eram as mesmas. E eu contaria um milhão de mentiras se isso significasse proteger a ele e ao nosso amor.

— Tudo bem, vou fazer algumas ligações. Fique conversando com a sua mãe. Talvez ela te conte as histórias de como a conquistei. Não foi muito fácil.

— *Ruffiano*! — Minha mãe o dispensou com um gesto, sorrindo para ele com uma adoração que fez meu coração doer.

Meu pai saiu e fechou a porta. Soltei o fôlego.

— Ah, *mia cara*, venha aqui. — Ela deu um tapinha no sofá e eu fui até ela. No segundo que ela me abraçou, eu ruí. — Ah, meu bem. O que foi? O que aconteceu?

As lágrimas não paravam. Tentei muito ficar impassiva durante a conversa com o meu pai. Eu havia subestimado a dificuldade de manter a fachada com a minha mãe. A mulher que deveria me amar incondicionalmente.

Ela segurou o meu rosto com carinho e me convenceu a olhar para ela.

— Arianne, eu sou sua mãe. Você pode me contar qualquer coisa.

— Posso mesmo?

Ela ficou pálida, e dor brilhou em seus olhos.

— Acha que não pode confiar em mim?

— Eu... eu não sei mais o que pensar.

— Docinho, você é sangue do meu sangue. É o Scott?

Assenti.

— Aconteceu alguma coisa? Mais cedo, quando você falava com o seu pai, eu senti... — Ela deixou por dizer.

Devagar, eu desatei o lenço no meu pescoço e o tirei. Minha mãe arquejou, os olhos dela percorreram os hematomas.

— Eu não vomitei em cima do Scott, *mamma*. Ele... ele me drogou e me forçou.

— Não, não, não. O que você está dizendo, Arianne?

— Ele me estuprou. — A palavra saiu em um choramingo incompreensível enquanto minha mãe me abraçava de novo e chorava comigo. — O que eu vou fazer, *mamma*? Você ouviu o *papá*. Ele quer porque quer que eu dê uma chance a Scott. Eu deveria contar...

— Não, Arianne — ela se apressou a dizer. — Você não pode contar a ele. Nada de bom vai acontecer se ele souber. Ele não vai... — Minha mãe xingou, algo que raramente fazia.

— Ele não vai mudar de ideia — terminei por ela, meu pior pesadelo estava se tornando realidade. — Ele ainda vai querer que eu siga com isso, não vai?

— Ah, meu amor. Não é o que eu queria para você. Mas não sei como te proteger disso.

— Nicco — sussurrei. — Nicco vai me proteger.

PRÍNCIPE DE COPAS

— Você ainda está vendo o garoto do Marchetti? Claro que está. — Ela abriu um sorriso amarelo. — Arianne, você entende o que vai acontecer se o seu pai descobrir?

— Eu não ligo, *mamma*. Eu amo o Nicco. Nós temos um plano.

Ela fechou os olhos e murmurou algo baixinho. Parecia tão derrotada, tão desamparada. Mas logo a sua expressão ficou firme e ela assentiu.

— Tudo bem, tudo bem. Me diz o que eu posso fazer.

Acabamos passando a noite lá. Quando meu pai veio atrás de mim, estava tarde, e Nora já dormia. Eu não queria ficar lá mais nenhum segundo além do necessário, mas não poderia deixar meu pai ainda mais desconfiado. O bom é que ele encontrou um apartamento de dois quartos vazio em um dos seus empreendimentos em University Hill. A gente poderia se mudar imediatamente.

— Não consigo acreditar que ele engoliu — Nora sussurrou, enquanto Luis nos levava de volta ao dormitório. Eu não queria voltar para lá nunca mais, porém precisávamos arrumar a mudança. Minha mãe havia implorado para eu considerar ficar em casa, mas, verdade seja dita, eu queria distância do meu pai.

— Você mandou mensagem para o Nicco? — ela perguntou, e eu assenti.

— É ele agora. — Passei os olhos pela resposta.

> Vou ficar de olho. Se cuida. Amo você.

Mostrei para a Nora, que ficou derretida e se afundou no assento.

— Ele é tão machão; um baita tesão.

— Nora... — Minhas bochechas pegaram fogo.

— Sabe — ela ficou séria —, a gente não chegou a falar do que aconteceu com você sabe quem.

— Eu me recuso a permitir que o que ele fez me defina — falei.

— E isso é impressionante, sem dúvida. Mas talvez você devesse conversar com alguém, com um profissional.

— Tipo um psicólogo?

— Ou um terapeuta. Alguém que te dê um espaço seguro para processar o que aconteceu.

— Eu não quero ficar revivendo aquilo. — Eu me fechei em mim mesma, como se passar os braços ao redor da minha cintura fosse manter as lembranças afastadas.

— E eu entendo, de verdade. Mas você precisa enfrentar o que aconteceu, ainda mais se tiver que ver o cara de novo.

Eu não queria nem pensar no que prometi ao meu pai, não agora. Eu tinha dito aquilo para aplacá-lo, para conseguir o que queria dele. Não tinha pensado no que aconteceria quando eu tivesse que sair com Scott.

Eu fiz o que tinha de ser feito naquele exato momento.

— Vou dar um jeito.

— Nicco vai perder a cabeça — ela sussurrou.

— É por isso que não vamos mencionar nada por enquanto. — Olhei sério para ela.

— Minha boca é um cofre. — Ela fez sinal de jogar a chave fora.

> Eu amo você também, bj

Apertei enviar e guardei o celular. Nicco estaria por perto. Não era o ideal, mas bastava.

Tinha que bastar.

Nós paramos no campus menos de dez minutos depois, e o nó no meu estômago estava tão apertado que duvidei de que conseguiria ir adiante com aquilo.

— Ei — Nora falou, notando o quanto eu havia ficado quieta. — Você não precisa entrar. Eu e Luis podemos pegar tudo.

— Não — falei. — Eu preciso ir. Eu preciso... — Lágrimas silenciosas escorreram pelo meu rosto. — Eu só preciso de um minuto. Vocês dois podem começar. Vou esperar aqui.

— Posso ligar para alguém vir cuidar de tudo — Luis disse. — Temos homens o bastante...

— Não, não quero mais segurança.

Ele assentiu enquanto eu agarrava o telefone junto ao peito. Eu precisava de Nicco. Mas não podia pedir isso a ele. Não aqui, onde poderiam nos ver.

— Podem ir. Eu vou ficar bem.

PRÍNCIPE DE COPAS

Luis parecia incerto, mas abri um sorriso fraco para ele.

— Não vai acontecer nada comigo.

Ele sabia que a ameaça dos Marchetti não existia mais. Eu era um deles agora. Não por sangue nem por nome, mas porque o filho do chefe me amava. Além do mais, Nicco estaria por perto. Eu sabia que ele não seria capaz de me perder de vista, nem mesmo agora.

Relutantes, Luis e Nora saíram do SUV e sumiram para dentro do prédio.

Menos de cinco minutos depois, eles apareceram com mais bolsas do que conseguiam carregar. Luis as colocou no porta-malas enquanto Nora abria a porta.

— Eu posso pegar as suas coisas. Você não precisa fazer isso.

— Preciso, sim — falei, e saí do carro.

Nora entrelaçou o braço com o meu e nós entramos. Algumas garotas estavam lá pelo salão, e não deram muita atenção para a gente. Claro, eu sabia que deviam estar mandando mensagem para as amigas, relatando em detalhes a nossa visita. Eu me perguntei se elas acreditariam na minha história se eu contasse: elas ficariam do lado da misteriosa herdeira Capizola ou acreditariam no jogador de futebol americano riquinho e convencido que havia me agredido? Ele era um dos mais desejados da faculdade.

As garotas queriam sair com ele, e os caras queriam ser ele. Elas rejeitariam o príncipe ou acreditariam nas mentiras dele?

Eu sabia a resposta.

É a mesma razão para eu não ter contado ao meu pai. Ele estava ofuscado demais pela reputação estelar do Scott, por seu acordo de negócios idiota com Mike Fascini, para ver a verdade. E mesmo que a visse, não sei se ia querer ouvi-la.

Meu coração se afundou.

A cada passo, meu corpo tremia. Detalhes daquela noite eram tão nebulosos quanto um sonho. Mas não se acordava de um sonho com hematomas espalhados por todo o corpo e sangue seco manchando a pele.

— Tem certeza de que consegue? — Nora sussurrou.

— Estou bem. — Engoli a mentira.

Chegamos à porta do quarto. Luis a abriu e entrou primeiro. Respirei bem fundo e fui atrás. Parecia igual, mas a sensação nunca mais seria a mesma. Um arrepio profundo me atravessou. Nora ficou colada ao meu lado enquanto eu fiquei lá, deixando as lembranças daquela noite me invadirem.

— Já quase terminei com as minhas coisas. Vou começar com as suas. — Nora apertou a minha mão antes de sair do meu lado e começar a juntar os meus pertences. Luis a ajudou a encher uma mala pequena e algumas bolsas de viagem que havíamos trazido. Mas eu estava paralisada.

Uma batida na janela me assustou, e Luis resmungou baixinho.

— Mas que porra? — Ele foi até lá, puxou a cortina, mas eu já sabia quem ele ia encontrar.

— Nicco — suspirei e avancei um centímetro. Ele entrou, os olhos pousaram nos meus. Corri para ele e me atirei em seus braços. Ele me pegou, pressionou a mão nas minhas costas e nos encaixou como duas peças de quebra-cabeça.

— Você está aqui, você está aqui — chorei, apertando os braços em torno do seu pescoço.

— Shh, Bambolina. Não chora.

— Marchetti — Luis falou, com o tom cheio de aviso.

— Eu precisava — Nicco respondeu por cima do meu ombro.

— Não posso nem te julgar.

— Vamos deixar vocês dois a sós — Nora falou.

Eu os senti ir embora, ouvi o clique da porta, mas não saí do conforto dos braços de Nicco. Não podia.

— Merda, Arianne — saiu em um murmúrio. — Você não deveria estar aqui.

— Eu precisava. — Agarrei o agasalho dele. — Eu precisava mostrar a mim mesma que ele não me controlava.

Eu sabia que não fazia muito sentido, mas voltar ali era como se eu estivesse mandando Scott ir se catar.

— Ele vai pagar, *amore mio*. — Nicco deslizou os dedos pelo meu queixo e apertou o meu rosto. — Algum dia, ele vai pagar, prometo.

Ele me beijou, lambeu a junção dos meus lábios, exigindo entrada. Não foi um beijo intenso e cheio de desejo como eram muitos dos outros. Foi uma carícia suave, cheia de cura e aceitação. Era o jeito de Nicco dizer que não importava o que Scott tinha feito para mim, eu ainda era dele.

Irrevogável, inexplicavelmente dele.

Ele colocou uma mecha de cabelo atrás da minha orelha e tocou os lábios na minha testa.

— Você está bem? — Assenti. — Que bom. Já pedi ao Enzo para dar uma olhada no La Stella. Seu pai o protegeu bem, mas talvez tenhamos conseguido alguma coisa.

PRÍNCIPE DE COPAS

— Tudo bem. — Hesitei. Agora era uma boa hora para eu contar a ele a troca que precisei fazer com o meu pai. Mas assim que olhei em seus olhos escuros, que brilhavam com tanto amor e possessividade, não consegui.

Eu não consegui arruinar aquele momento perfeitamente imperfeito.

Uma batida baixinha soou à porta, e a cabeça de Nora apareceu lá.

— É melhor a gente ir.

— Ela tem razão. — Nicco beijou o meu cabelo. — A gente vai seguir vocês, ok?

— Nos vemos em breve?

— Nada vai me manter longe de você, nem mesmo um dos prédios fortificados do seu pai. — Nicco deu um sorrisinho. — Agora vai. — Ele me soltou, voltando para as sombras.

Luis e Nora pegaram as últimas bolsas. Ainda havia algumas coisas para embalarmos, mas nada que não pudesse esperar.

Olhei uma última vez para a minha cama, e reprimi um tremor violento.

— Arianne? — Nora disse baixinho. — Você está pronta?

— Estou. — E a segui para fora do quarto.

O que havia começado como a minha liberdade, estava aos poucos se revelando um pesadelo. Mas no meio de tanta dor e confusão, eu tinha encontrado Nicco.

E, por isso, eu jamais me lamentaria.

— Tudo certo? — Luis olhou para mim pelo retrovisor, e eu assenti. Mas ele mal tinha ligado o motor quando Scott apareceu, com os olhos estreitados de raiva.

— Saia do carro, Arianne. — Ele bateu as mãos no capô. Luis saiu para confrontá-lo.

— Ele é louco — Nora disse, travando a porta. — Doido de pedra.

— Arianne! — gritou em torno de Luis, que tentava acalmá-lo. — A gente precisa conversar, gata. Só saia do carro para a gente conversar.

Luzes se acenderam nas janelas enquanto as pessoas começavam a olhar lá para fora para ver do que se tratava aquela comoção toda.

— Ele está tentando armar uma cena?

— Toca em mim de novo, Vitelli — Scott rosnou —, e você e eu teremos problemas.

Sem nem pensar, agarrei a maçaneta.

— Ah, mas nem a pau — Nora murmurou. — Você não pode estar pensando em ir lá fora.

— Que escolha eu tenho? Se Nicco o vir...

— Droga. — Ela abriu o cinto. — Eu vou também.

— Só tenta ficar calma, ok?

— Calma? Se ele sequer tocar em você, eu vou ligar para a polícia.

— Nora...

— Tudo bem. Mas eu não gosto disso, Ari. Nem um pouco.

Eu me preparei, saí do carro e fui até onde os dois estavam. Scott na mesma hora se afastou do meu guarda-costas, focando apenas em mim.

— Que palhaçada é essa, Ari? Você está se mudando?

— Houve um incidente — falei, controlando minha expressão.

— Um incidente? — ele debochou.

— É, um cara com quem Nora estava saindo ficou meio interessado demais. E não estava aceitando não como resposta.

— É isso mesmo? — Os olhos de Scott queimaram enquanto ele coçava o queixo. Ele deu um passo na minha direção e eu recuei. — Acha que pode fugir de mim, não é?

— Não estou fugindo de ninguém. — Empurrei os ombros para trás, me recusando a mostrar um grama de medo. — A gente vai ficar em um dos prédios do meu pai. Tenho certeza de que ele já te deu todos os detalhes.

— Que jogo é esse, Arianne? — Sua voz foi um rosnado baixo enquanto ele se aproximava.

— Não faço ideia do que você está falando. Agora, se de me der licença, precisamos ir. — Comecei a me afastar, mas a voz dele me fez parar.

— Ele sabe? — Scott gritou. Meus músculos ficaram tensos; minha respiração, ofegante. — O Marchetti sabe que eu tomei a única coisa que ele queria e nunca vai poder ter?

Eu me virei devagar, incapaz de continuar lutando com as lágrimas.

— Por que você está fazendo isso?

Ele veio atrás de mim de novo, me prendendo contra o carro, com as narinas dilatadas e os olhos perigosamente estreitados.

— Porque você é minha. Porque esse seu corpinho apertadinho é meu.

PRÍNCIPE DE COPAS

Você acha que é boa demais para mim? Que é melhor que eu? — Saliva voava para todo lado. — Eu vou assistir você ficar aos cacos.

Nora arquejou em algum lugar ao meu lado, então o vi. Nicco de pé, perto das árvores. Ele parecia prestes a matar alguém, com os olhos fixos em Scott, que olhou para trás e grunhiu.

— Você não deveria estar aqui. — Ele me agarrou, a mão afundou com força no meu quadril quando ele me puxou para ficar de frente para Nicco.

— Tire as mãos de Arianne — ele falou.

— Como assim? Você não ficou sabendo, Marchetti? Ela é minha. A boceta dela... Porra, cara, ela estava tão apertada. Tão...

— Não vou repetir, Fascini. Tire as mãos dela. — Uma energia pesada emanava de Nicco, as pupilas dele estavam dilatadas; a mandíbula cerrada com tanta força que parecia doer.

— Nicco... — roguei, pedindo em silêncio para ele se afastar. Para ir embora antes de piorar tudo.

Senti Luis se aproximar. Nicco olhou para mim. Me dizendo alguma coisa. E então foi tudo para o inferno.

Luis pegou a minha mão, me puxou para longe de Scott no momento em que Nicco partiu para cima dele. Os dois começaram a brigar, punhos voavam e ossos eram esmagados. Nora correu para o meu lado, me puxando para longe deles.

— Faça alguma coisa! — gritei. — Alguém faça alguma coisa! — Mas Luis não se mexeu, ficou ao meu lado enquanto deixava Nicco e Scott batalharem pelo controle. Scott era grande, largo e musculoso devido às horas de condicionamento no campo de futebol americano, mas Nicco era rápido e mortal.

— Você está morto, Marchetti — Scott grunhiu, lançando o punho direto na cara de Nicco. Mas só serviu para atiçá-lo. Ele bateu o corpo no de Scott, os dois caíram com força no chão. Nicco mergulhou em cima dele, desferindo soco atrás soco, era estalo perturbador atrás de estalo perturbador.

— Luis! — gritei, mas Tristan apareceu do nada e partiu para cima de Nicco.

— Porra, cara, você vai matar ele. Para, Marchetti, só... — Nicco deu uma cotovelada na cara do meu primo, e Tristan tropeçou para trás. Ele perdeu o equilíbrio e caiu de costas, batendo a cabeça no asfalto.

Nora correu até ele. As pessoas começaram a se aglomerar ao redor do prédio.

— Ari. — Medo se agarrou a cada letra, o mundo sumiu sob os meus pés enquanto ela enfiava a mão debaixo da cabeça do meu primo, e os dedos saíram lavados em sangue.

— Ah, meu Deus, Luis.

Luis se pôs em ação, tirou Nicco de cima de Scott. Ele parecia selvagem, pulsos cerrados e sangrentos, olhos mais pretos que as profundezas do inferno.

— É melhor você ir. Dê o fora daqui antes que as autoridades apareçam.

Os olhos de Nicco enfim encontraram os meus, meu Nicco ressurgindo aos poucos.

— Arianne? — ele conseguiu pôr para fora.

— Vai — articulei com os lábios. — Por favor, vá embora.

Sirenes soaram à distância, e a realidade do que aconteceu desabou ao meu redor.

Scott gemia no chão, com o rosto todo machucado, já o corpo de Tristan estava imóvel, uma poça de sangue vermelho-escuro se espalhava ao redor dele.

— Vai — sussurrei, e dor estilhaçou a minha alma.

O olhar de Nicco se demorou em mim, dizendo tudo o que ele não podia.

Ele sentia muito.

Ele me amava.

Ele não sabia como consertar aquilo.

E tão rápido quanto apareceu, ele se foi.

Nicco

— Em que merda você estava pensando? — Enzo rosnou ao me arrancar do campus por uma estrada secundária.

— Eu não estava. — Flexionei as juntas, dor disparou pela minha mão e o meu pulso. Eu tinha certeza de que havia quebrado alguma coisa, talvez um ou dois metacarpos. Mas valeu a pena.

Valeu a pena sentir o osso do Fascini ser esmagado pelo meu punho, ouvi-lo xingar de agonia.

Mas eu não tinha a intenção de machucar Tristan. Porra. Ele não estava com uma cara boa deitado lá, com sangue o rodeando como se fosse uma auréola vermelha.

Porra. Puta que pariu.

Bati a mão boa no painel. Eu fodi com tudo. Não deveria ter partido para cima dele, mas no segundo que Fascini encurralou Arianne na lateral daquele carro, eu vi tudo vermelho.

— Tio Toni vai ficar puto quando descobrir.

— Eu cuido dele. É com a Arianne que estou preocupado. Ela não deveria ter que chegar perto desse merda.

— Eu sei, primo. Mas você sabe que não é simples.

— Filho da puta — rugi, emoção se derramava de mim. Caí no assento de couro, a expressão devastada de Arianne estava gravada na minha cabeça enquanto ela me dizia para ir.

Ela sabia.

Ela sabia que eu tinha fodido com tudo, e ainda tentou me proteger.

Jesus. Não havia como escapar disso.

Naquele momento, meu celular vibrou.

— Luis? — vociferei.

— Não é nada bom. Tristan está inconsciente. Estão levando ele para o hospital do condado. Roberto vai nos encontrar lá. Tenho ordens para levar Arianne e Nora direto para lá. Fascini foi levado sob observação, mas no momento que os socorristas o liberaram, ele se levantou e começou a me xingar, então acho que ele vai sobreviver.

Murmurei baixinho.

— Como ela está?

— Como você acha? — O tom dele foi brusco.

— Eu mereço isso.

— Nicco, eu não quis dizer... Arianne é forte — ele sussurrou, e eu soube que ela devia estar por perto. — Mas não é forte o bastante para o inferno que o pai está prestes a causar. Você acaba de fazer o jogo virar, Marchetti. Espero que tenha noção disso. — Luis respirou bem fundo. — Para ser sincero, não posso te julgar. Eu também queria matar o sujeito com as minhas próprias mãos.

— Quando percebi que era Tristan, era tarde demais. Foi um acidente — falei, sabendo que não importava. O sobrinho de Roberto estava sendo levado para o hospital por minha causa.

Porque eu permiti que Fascini me fizesse perder o controle.

Porque eu ferrei com tudo.

— Diga a ela que sinto muito.

— É melhor você mesmo dizer. Vou te manter atualizado. — Ele desligou, mas poderia muito bem ter atirado em mim à queima roupa.

Porque ele tinha razão.

O jogo tinha acabado de virar de novo.

E eu só podia culpar a mim mesmo.

— Nicco, o que aconteceu? — Alessia desceu correndo, me sufocando com atenção. — Ouvi o pai gritar e depois quebrar alguma coisa.

— Acho que ele já está sabendo — Enzo resmungou, antes de seguir para a casa. — Foi um prazer te conhecer, primo — ele disse por cima do ombro antes de sumir lá dentro.

— Arianne está bem? Onde ela está?

— Ela está bem. Mas eu poderia receber alguns cuidados. — Estendi a mão arrebentada.

— Ah, meu irmão, me diz que você não fez nenhuma idiotice.

— Eu fiz merda, Sia. Merda feia.

— Foi por causa da Arianne?

Assenti, e minha irmã tocou minha bochecha.

— Então valeu a pena.

Eu só desejava que o meu pai também achasse.

Entramos na casa e Alessia foi pegar o kit de primeiros socorros. Eu sabia que talvez fosse precisar de um raio X, mas teria que esperar.

— Niccolò. — A raiva na voz do meu pai sacudiu a casa.

— Boa sorte — Enzo falou.

Alessia voltou com o kit, mas eu fiz sinal que não.

— Isso pode esperar. Vá pegar alguma coisa para o Enzo comer ou beber.

— Mas...

— Sia — avisei, e ela saiu de fininho.

Fui na direção do escritório do meu pai. Ele estava atrás da mesa, com a mão cerrada com força.

— Me diz que você não quase matou o Fascini sendo que eu mandei você não chegar perto dele.

— Como você descobriu?

— Um dos caras do seu tio Vincenzo pegou o chamado quando apareceu no rádio.

— Eu ferrei com tudo. Eu sei. Mas você não ouviu o que ele estava falando dela, o modo como intimidou Arianne.

— Droga, Niccolò. Tem ideia do que você fez?

— Eu não tinha a intenção de machucar Tristan. Ele me pegou de surpresa, e dei uma cotovelada...

— Tristan? Que porra ele tem a ver com isso?

— Ele acabou machucado — falei. — Foi um acidente, mas foi feio. Levaram ele para o hospital.

— *Maledizione*! Era só o que faltava. — Meu pai respirava com força pelo nariz. — Descobri algo sobre o Fascini.

— Descobriu?

— Tommy ligou.

Minhas costas ficaram eretas. Tommy deveria ligar para mim para dar as notícias, e se ele preferiu procurar o meu pai, era porque era ruim.

Ruim de verdade.

— Tommy não tinha descoberto nada sobre Mike Fascini. Os negócios dele pareciam imaculados, o portfólio de investimentos todo às claras. Então ele começou a ir mais fundo e descobriu algo interessante.

— O quê? — Passei a mão pelo cabelo, me perguntando se aguentava mais notícias ruins.

— Quando você era pequeno, me ouviu mencionar o nome Ricci?

— Não lembro.

— Isso é porque não é mais um nome de que falamos. — Ele soltou um suspiro carregado e encostou a cabeça na cadeira. — Lembra das histórias que eu costumava contar sobre a razão da rixa entre nós e os Capizola?

Assenti. Todos conhecíamos a história. Era incutida entre nós desde a infância. O bisavô do meu pai e o bisavô de Roberto queriam unir as famílias e deixá-las mais fortes. Mas o filho de Luca Marchetti, Emilio, não cumpriu seu compromisso de se casar com a filha de Tommaso Capizola. Em vez disso, ele fugiu com a noiva do irmão, desencadeando os eventos que culminaram na separação das famílias.

— Quando Emilio fugiu com Elena, não acabou apenas com a união dos Marchetti e dos Capizola. Enfraqueceu os nossos laços com os Ricci também.

— Ricci?

— Emilio fugiu com Elena Ricci. Ela estava prometida a Alfredo Capizola. Não era só um casamento por amor, era uma junção de forças, arranjada pelos pais, para trazer a família Ricci para o rebanho.

— Tudo bem, mas o que isso tem a ver com os Fascini?

— Acontece que Mike Fascini nem sempre foi um Fascini. Esse é, na verdade, o sobrenome da mãe dele. O pai assumiu o sobrenome dela quando se casou. O sobrenome paterno na verdade é Ricci.

— Então você está dizendo que os Fascini não são Fascini? São Ricci? Não estou entendendo nada.

— Nem eu, filho. Nem eu. Pode ser apenas coincidência, mas o instinto me diz que não. Os Fascini se enfiaram bem no meio dos negócios do Capizola. O que os colocava no meio dos nossos negócios. Eu estou nessa há tempo o bastante para saber que se algo parece não se encaixar é porque não se encaixa. Tommy vai continuar revirando essa história e vai me avisar o que descobrir. Mas essa merda que você arrumou hoje é um problema do caralho, Niccolò.

— Eu vou consertar as coisas. — Eu não sabia como, mas ia.

PRÍNCIPE DE COPAS

— Vou te mandar para Boston.

— O quê? — Disparei para frente. — Você não pode...

Ele bateu a mão na mesa, fazendo-a balançar.

— Eu posso, cacete, e vou. Posso ser seu pai, Niccolò, mas ainda sou o chefe, e você vai me obedecer. Vá para Boston, fique na sua e me deixe pensar em como acalmar as coisas. Quando o Capizola descobrir que você é o responsável por tudo isso, vai querer a sua cabeça na porra de uma bandeja de prata.

— Mas a Ari...

— Arianne te enfiou nessa bagunça. Jesus, Niccolò, você precisa pensar com a cabeça de cima. Não vai conseguir proteger a garota se estiver atrás das grades ou servindo de adubo. Vá para Boston e me deixe ver o que Tommy vai descobrir. E confie em mim para tentar arrumar essa bagunça que você causou.

— Se alguma coisa acontecer com ela... — Porra, eu não ia suportar.

— Ela está sob minha proteção. Eu te dei a minha palavra. Vou dar um jeito.

— Eu amo Arianne. Pra caralho.

— Eu sei, filho. Mas olhe para seus ancestrais e aprenda com eles. O amor quase destruiu essa família antes. Não deixe que ele destrua você também. Vá para Boston e fique na sua até eu pensar em como lidar com a situação.

— Eu não quero perdê-la — falei, com absoluta convicção. Perder Arianne não era uma opção, não nessa vida nem na próxima.

Meu pai se inclinou para a frente, me olhou bem sério, mas tenho certeza de que vi um lampejo de pesar lá também.

— Vamos torcer para que não aconteça.

Ele queria que eu partisse imediatamente. Mas não havia como eu ir embora sem vê-la. Ela tinha passado a noite no hospital, esperando notícias de Tristan. Ele teve traumatismo craniano, e os médicos o puseram em coma induzido por causa do inchaço ao redor do cérebro.

Havia certa ironia no fato de que eu queria ter matado Scott, ter assisti-do a vida ser drenada dos olhos dele por causa das minhas mãos em torno do seu pescoço, e ser Tristan acabando num leito de hospital.

Mesmo eu não gostando do cara, sabia que, se pudesse voltar atrás, não teria feito aquilo. Repassei sem parar o que aconteceu na minha cabeça, mas eu não podia mudar nada. Se ele não acordasse ou se o dano no cére-bro acabasse sendo extenso demais, seria culpa minha.

Do meu cotovelo.

Do golpe que dei em seu rosto.

Culpa. Minha. *Porra.*

Claro, não tinha como eu saber que ele ia cair e bater a cabeça, mas eu teria agido de outro jeito.

Arianne não me culpava. Ela havia repetido sem parar nas mensagens. Mas não ajudou muito com a culpa que serpenteava pelo meu peito. Eu tinha passado a noite toda acordado no meu quarto de infância a pedido do meu pai. Acho que ele esperava que a polícia apareceria e me queria por perto só para garantir. Mas ninguém veio. Amanheceu, e com isso a reali-dade de que, ao pôr do sol, eu já teria ido embora.

Ainda não tive coragem de contar para Arianne. O mundo dela tinha ido pelos ares de novo, e eu não queria que ela ficasse ainda mais preocu-pada. Mas eu teria que contar. Em vez disso, liguei para Luis e pedi para ele dizer para Nora me ligar. Precisava que ela fizesse algo para mim, que os dois fizessem. Seria meu último pedido antes de sair de Verona.

Antes de deixar Arianne para trás.

— Você está uma merda — Enzo falou enquanto eu me arrastava para a cozinha. — É verdade, então, você vai embora?

— Embora? — Alessia arquejou.

Lancei um olhar irritado para Enzo antes de me virar e encontrar mi-nha irmã parada ali, com o olhar preocupado e traído.

— É temporário — falei.

— Você não pode ir embora. — O lábio dela tremeu. — Eu preciso de você. Ari precisa de você.

Eu me aproximei e abri os braços. Mas ela se afastou.

— Você não pode ir, Nicco. Eu não ligo para o que aconteceu ontem à noite. A gente precisa de você. — Lágrimas gordas começaram a escorrer pelo seu rosto. Eu a puxei para os meus braços e apertei com força.

— Enzo e Matteo vão cuidar de você. Bailey também. E eu vou voltar

PRÍNCIPE DE COPAS

269

antes que você perceba. — Eu odiava mentir para ela, mas era melhor do que confessar a verdade.

Eu não fazia ideia de quando seria seguro voltar. Se Roberto e Fascini prestassem queixa, eu seria um fugitivo. E, se não prestassem, seria porque pretendiam lidar com o assunto de outra forma. Roberto Capizola podia até ser um cidadão honesto, cumpridor das leis, mas ele tinha dinheiro o bastante para fazer as coisas acontecerem e depois sumir com os rastros. E se Fascini tivesse mesmo parentesco com os Ricci, vai saber as reais intenções da família dele.

Pensar em deixar minha irmã e Arianne para trás era quase insuportável. Eu deveria estar ali para protegê-las.

— O que eu vou fazer sem você? — Ela soluçou no meu peito, e aquilo acabou comigo.

— Shh, Sia. Você tem que ser forte, ok? Você é uma Marchetti, e está na hora de agir como uma.

— Você tem razão. — Minha irmã se afastou, endurecendo a expressão. — Se você permitir que algo te aconteça — ela bateu as mãos no meu peito —, eu juro por Deus, Nicco. Nunca vou te perdoar.

Enzo riu.

— Você não tem com o que se preocupar. Nós vamos cuidar dela.

— Até parece que não vão sentir saudade de mim. — Tentei animar o clima, mas a cara dele fechou.

— Nada nessa história me desce, sabe?

— Meu pai tem razão. Se eu ficar... não posso fazer isso com vocês. Se eu for, pelo menos vocês têm chance de pensar num jeito de derrubar Roberto e Fascini.

E aí eu poderia voltar. Eu poderia ficar com Arianne e poderíamos ter uma chance de viver o nosso felizes para sempre.

A quem eu queria enganar?

Finais felizes não existiam no meu mundo.

Mas ela merecia um.

Arianne merecia o sol, a lua e as estrelas. E eu estava determinado a tentar pensar em um jeito de dar isso a ela.

Mesmo que eu acabasse morto.

l. a. cotton

Arianne

— Ari. — Nora me cutucou nas costelas, e eu acordei no susto. Não que eu estivesse dormindo de verdade. A exaustão pesava nos meus ossos, mas o sono mesmo não vinha. Eu estava atormentada demais pelos pesadelos. Pela respiração de Scott enquanto provocava Nicco e eu, a sensação dos dedos dele espalhados possessivamente no meu quadril. O modo como Nicco havia libertado seu lado mais sombrio, o lado de que eu vinha sendo protegida, para cair matando em cima de Scott. O corpo sem vida de Tristan, o sangue dele manchando as mãos de Nora.

Ah, Deus, o sangue.

Por um milésimo de segundo, pensei que ele estivesse morto. Assassinado pela pessoa que eu amo mais que tudo nesse mundo.

Foi um acidente. Eu sabia. Uma trágica reviravolta. Mas eu também sabia que não importaria para o meu pai. Ele havia criado Tristan como se fosse seu filho. Minha tia Mirim era mãe solo, o pai de Tristan sumiu no mundo muito antes de ele nascer.

Nicco poderia muito bem ter machucado a mim, é essa a gravidade do golpe que meu pai recebeu. Ele estava de pé à porta, com a expressão fria, pesar emanando de cada centímetro dele.

— Eu gostaria de falar a sós com a minha filha — ele falou.

Nora se levantou e apertou a minha mão.

— Eu vou estar lá fora.

Pelo menos doze horas se passaram desde que levaram Tristan para o hospital. Uma noite insone de espera e preocupação. Mesmo a luz da aurora não havia trazido consolo nenhum. Tristan estava estável, mas em coma, enquanto davam ao cérebro dele tempo para sarar. Até ele acordar, os médicos não poderiam dizer a gravidade das lesões.

— Você criou uma bela de uma confusão, *mia cara*.

Nada de *"mio tesoro"*.

A voz dele estava tão fria, tão clínica.

— Foi um acidente, *papá*. O senhor precisa acreditar em mim. Nicco não queria...

— Não fale o nome dele na minha frente. Aquele garoto é encrenca. Eu te disse para ficar longe dele. Eu te disse, e mesmo assim você me desobedeceu. Agora Tristan está... — Ele engoliu em seco, o pomo de adão pressionou com força a garganta.

— Foi um acidente — repeti, como se importasse. Como se o fato de Nicco não ter tido a intenção de machucar Tristan mudasse alguma coisa.

— E o Scott? Foi um acidente também? Ele está todo roxo, Arianne. O punho do seu namorado escorregou e caiu na cara de Scott? — Ele estava furioso, sua raiva permeava o ar como uma nuvem escura no horizonte. — Em que você estava pensando?

— Eu amo Nicco, *papá*. Eu amo Nicco! — gritei.

— Ama? — Ele debochou. — Aquele monstro é incapaz de amar; o sangue dele não permite isso. Scott...

— Scott é um monstro. — Meu corpo tremia com a força das palavras. — Ele me machucou, *papá*. Ele... ele me forçou.

— Não seja ridícula, Arianne. Scott me disse o que realmente aconteceu na noite do baile. Ele me contou que as coisas foram rápidas demais para você e que você se descontrolou.

— Ele disse isso? — Claro que sim. Por que eu esperava outra coisa? — Eu falei não, *papá*. Eu disse não e mesmo assim ele...

— *Basta*! — A veia em seu pescoço pulsava. — Você não vai falar mal de Scott de novo. Me entendeu? Ele é um bom homem de uma boa família.

— Mas, *papá*... — Lágrimas escorriam pelas minhas bochechas, meus olhos estavam doloridos e inchados.

— Niccolò Marchetti está acabado. O pai dele pode ter amigos importantes, mas eu sou Roberto Capizola. Vou partir com todo o meu arsenal para cima dele para ter certeza de que ele nunca mais veja a luz do dia.

— Você não... — Medo me dominou.

— Quando você vai aprender, Arianne? Eu sempre faço o que é melhor para você. Sempre.

— Você quer dizer que sempre faz o que é melhor para você e os seus negócios! — atirei as palavras, mas meu pai já estava dando meia-volta, estendendo a mão para a maçaneta. — Se for adiante com isso — falei, baixinho —, eu vou expor o que Scott realmente é. Um maníaco sexual que não aceita ouvir não.

272

l. a. cotton

Meu pai se virou devagar, com a cara fechada.

— Está me ameaçando, *figlia mia*?

— Eu tenho provas. Provas do que ele fez comigo. Se você prestar queixa contra Nicco, eu vou entregar tudo para a polícia. Tenho certeza de que não sou a única que ele atacou lá no campus. Eu poderia convencer as outras a testemunhar. — Estreitei os olhos, energia nervosa vibrava por mim. — Vai ser um baita escândalo. Vai arruinar o nome da família deles. A reputação deles.

— Provas? — Ele se engasgou com a palavra. — Mas ele disse que foi um mal-entendido.

— Ele mentiu. Tenho marcas para provar.

— Você está dizendo que ele... que ele te *estuprou*?

— Não ouviu o que acabei de dizer? — gritei. — Você preferiu colocar seus negócios em primeiro lugar. Nada do que você faz é para me proteger; é tudo para o progresso da empresa. Para fazer bem para você mesmo.

— Arianne, *mio tesoro*. — O sangue sumiu do rosto dele. — Isso não é...

— Não. — Eu ergui o dedo. — Não se atreva a voltar atrás. Você não se interessou em ouvir o meu lado até eu dizer que tinha provas. Então aqui está a minha proposta, *pai*. Desista de prestar queixa contra Nicco, e eu não entrego as provas para a polícia nem vou a público com a história.

— Scott e o pai jamais vão concordar com isso. Eles querem sangue, Arianne. O sangue de Nicco.

— Bem, você vai ter que convencer os dois, porque eu não estou de brincadeira. Se Nicco for acusado, vocês vão descobrir exatamente até onde sou capaz de ir pelas pessoas que amo.

Meu pai me encarou como se não me reconhecesse. Me caiu bem, na verdade. O homem que eu antes adorava havia se transformado em alguém que eu não conhecia, e a filha que ele adorava havia se transformado em uma garota de quem ele não sabia absolutamente nada.

— Quem é você, *mio tesoro*? — Tristeza invadiu sua expressão enquanto ele me encarava.

— Está dizendo que não me reconhece, *papà*? — Fiquei mais empertigada, sabendo que não havia como voltar atrás. Eu tinha feito a minha escolha, escolhido um lado. — Eu sou Arianne Capizola. Sou filha do meu pai.

Nosso novo apartamento era pequeno, tinha dois quartos e ficava em um dos prédios do meu pai, no coração de University Hill. La Stella ostentava uma academia completa e piscina aquecida, tudo bem no meio de um quarteirão movimentado com cafeteria, restaurante de comida chinesa para viagem, armazém e lavanderia.

— Ahh, que chique — Nora disse ao largar as bolsas no chão e avaliar o espaço.

— Eu só quero dormir — resmunguei. Meu pai enfim nos dera permissão para sair do hospital.

— Pelo menos não temos que ir à aula hoje. Talvez eu vá ver meus pais mais tarde. — Nora olhou para Luis, que verificava o lugar. — Depois do que aconteceu com Tristan, senti vontade de abraçá-los, sabe?

— Não sei se quero voltar para casa. — Eu já havia aguentado o meu pai o suficiente por hoje.

— Posso providenciar para que Maurice leve Nora à propriedade. Vou ficar aqui com você.

— Obrigada, Luis — falei. — Por tudo.

Ele me deu um rápido aceno de cabeça.

— Vou me apresentar à segurança e à equipe. Se precisar de mim, só chamar. — Ele saiu do apartamento e nos deixou a sós.

— Como você está se sentindo? — Nora perguntou.

— Como se a minha cabeça tivesse passado por um moedor.

— Tristan vai sair bem dessa. Ele é grande e irritante demais para deixar algo bobo igual a um golpe na cabeça derrubá-lo.

Forcei um sorriso amarelo. Eu sabia que ela tinha boas intenções, mas a piada foi desperdiçada comigo.

— Não sei se tem jeito para mim e para o meu pai — sussurrei, me largando no sofá.

— Mas você disse que ele pareceu em choque quando disse que havia provas.

— Acho que só serviu para piorar as coisas. Como se minha palavra não bastasse. — Engoli as lágrimas que queimavam a minha garganta. — Não sei se consigo perdoá-lo, Nor.

— E tudo bem. Ele te magoou, Ari. É compreensível. Mas talvez ele saia em sua defesa quando for conversar com Scott e o pai?

— É, pode ser.

— Você falou com o Nicco?

— Ele está tomando providências para o caso de o meu pai não conseguir convencer Scott e o pai dele a não prestarem queixa. Seja o que for que isso signifique.

— Você fica incomodada por ele ter uma vida inteira da qual você nunca vai chegar a fazer parte?

— Deveria — confessei. — Mas quando a gente ama alguém, quando ama de verdade, precisa aceitar todas as partezinhas da pessoa, não? Mesmo as que não entendemos muito bem.

— O que você acha de Enzo? — Nora mudou de assunto. — Eu não consigo entender qual é a dele. Tipo, ele é gostoso pra caralho e tão grande... *lá embaixo.*

— Nora! — Cobri minhas orelhas e abafei a risada.

— Ah, qual é, somos calouras na faculdade. A vida deveria se resumir a isso. Fiquei cara a cara com aquela coisa e, deixa eu te dizer, era monstruosa.

— Para. Ai, Deus, para. — Tentei bater a mão em sua boca, mas ela afastou meus dedos.

— Pelo menos vinte e cinco centímetros. Consegue imaginar? E ele é tão musculoso e irritado. Aposto que é um verdadeiro...

— Não siga por aí, não com ele.

— O quê, por quê? Você arranjou seu próprio mafioso, parece justo eu ter um também. — Ela abriu um sorrisinho.

— Ele não é o Nicco, Nor. Enzo é... bem, algo totalmente diferente.

— É. — Ela suspirou, jogando-se no sofá. — Você deve ter razão. Eu sempre escolho os idiotas.

— Você vai encontrar alguém, é só dar tempo ao tempo.

— Mas fiz você rir, não fiz? — Ela me deu uma olhadinha e sorrimos uma para a outra.

— Não sei como eu teria passado por tudo isso sem você.

— Provavelmente teria feito muita idiotice. Agora vamos dar uma olhada na nossa casa nova. Acho que merecemos. — Nora me pegou pela mão e me puxou de pé. — Pronta?

Eu não estava, mas que escolha eu tinha? A vida seguia, a gente querendo ou não. Só precisamos descobrir como continuar pondo um pé na frente do outro e seguir adiante.

PRÍNCIPE DE COPAS

— Ari. — Alguém me sacudiu de levinho, mas o repuxar do sono era forte demais para resistir. — Ari, estou indo. Maurice chegou para me levar para casa. Eu te ligo depois para avisar quando vou voltar. Aproveite a noite. — A voz de Nora ficou mais alta, o quê de diversão nas suas palavras me despertou.

— Nor, o que está pegando? — murmurei.

— Nada. — Ela disfarçou uma risadinha.

Meus olhos se abriram.

— Nora Hildi Abato, o que você fez?

— Eu? Nadinha. Tenho que ir, amo você. — Ela foi até a porta. Nós enfim escolhemos o quarto de cada uma no par ou ímpar. Fiquei com o quarto menor no fim do corredor com o próprio banheiro, e ela ficou com o maior ao lado do banheiro social. Eu mal tinha colocado lençóis limpos na cama quando caí em cima dela e sucumbi ao sono.

— Até mais tarde. — Eu acenei para ela e me aconcheguei sob as cobertas.

— Ah, e, Ari? — ela chamou. — Talvez você queira vestir algo menos… "acabei de acordar". — A porta se fechou com um estalido e eu me levantei de supetão. Que droga aquilo queria dizer? A menos que…

Saí atrapalhada da cama para olhar o celular, e é claro que havia uma mensagem de Nicco.

> Seis e meia. Esteja pronta. Bj

Meu coração não cabia no peito. Ele ia vir aqui. Não sei como ele encontrou um jeito de entrar, mas e daí? Isso foi até eu olhar a hora e ver que eu só tinha quarenta e cinco minutos para me arrumar.

Logo comecei a me mover, dei com a cômoda e xinguei baixinho enquanto a dor me atravessava.

— Arianne? — Luis chamou.

— Estou bem — respondi, esfregando o quadril. — Vou tomar banho.

Uma risada profunda veio do corredor, mas não havia tempo a perder. Nicco estava vindo, e eu parecia ter sido arrastada por uma cerca-viva.

Trinta minutos depois, eu estava limpinha e cheirosa, hidratada e arrumada até a alma. Havia escolhido um vestido esvoaçante e decotado, que ia até os joelhos. Era feminino, leve e se agarrava às minhas curvas quando eu andava. A maquiagem estava discreta, e meu cabelo caía em ondas ao redor do rosto. A menina no espelho parecia apaixonada, seus olhos brilhavam e a pele estava radiante. Mas havia mais. Eu só precisava vê-lo, saber que estávamos bem. Eu precisava de Nicco de um jeito que me metia muito medo.

Quando entrei na sala, Luis pigarreou e se sentou mais erguido.

— Ariane, você está... linda.

— Obrigada.

— Nicco é um cara de sorte.

— Obrigada por tudo o que você tem feito por nós. Jamais vou esquecer.

Ele se levantou e assentiu.

— Eu vou lá tomar as providências.

— Ele não está colocando você nem ele mesmo em risco, né?

— Deixe que a gente cuida disso. Só aproveite a sua noite. Deus sabe que você merece.

O friozinho na minha barriga se multiplicou, e pressionei a mão de leve lá, tentando me acalmar. Luis sumiu do apartamento, me deixando sozinha. Olhei o celular, esperando ver mensagem do meu pai. Não havia nada, então enviei uma.

> Novidades?

Ele respondeu na mesma hora.

> Essas coisas levam tempo, Arianne.

> Nicco não tem tempo.

> Tenha paciência, mio tesoro, por favor.

> Faça acontecer, papá. Por favor.

> Farei o meu melhor.

Teria que servir por ora. Eram quase seis e meia. Nervosa, fiquei por perto da sacada, esperando. Depois do que pareceu uma vida, a porta se abriu, e Nicco estava de pé lá, cada centímetro dele parecendo o mafioso perigoso e misterioso que eu sabia que ele era.

Nosso olhar se cruzou, alívio e possessividade girava naquelas profundezas.

PRÍNCIPE DE COPAS

Fiquei ofegante enquanto o comia com os olhos. Foi como vê-lo pela primeira vez. Sem nem pensar, corri para ele e joguei meus braços em torno dos seus ombros.

— Nicco. — Minhas forças ruíram com aquela única palavra, toda a dor, confusão e raiva dos últimos dias saíram de mim.

— Eu sinto muito — ele disse, com a mão na minha nuca e me abraçando firme.

— Sente muito? — Eu me afastei e olhei para ele. — Mas o que você...

— Pelo Tristan. Eu não tinha a intenção de machucá-lo. — Ele fechou os olhos, dor emanava dele.

— Shh. — Pressionei o dedo nos lábios dele. — Foi um acidente, e talvez isso faça de mim uma pessoa egoísta e horrível, mas não quero nem pensar em Scott, nem em Tristan, nem no meu pai no momento. — Algo se agitou dentro de mim.

Nicco estava ali.

Ele estava ali, por mim.

— Diga alguma coisa — falei, sentindo o calor do olhar de Nicco me percorrer.

— Você está... Porra, Bambolina. Eu tinha toda a intenção de vir aqui e fazer a coisa certa. Mas só consigo pensar em te levar para o quarto e tirar a sua roupa.

Fui inundada pelo desejo, meu ventre se contraiu com força.

— Sim, por favor — sussurrei.

Deus, como eu desejava esse homem.

Eu o queria mais do que já quis qualquer coisa na minha vida.

Mais que a liberdade.

Mais que a verdade.

Mais do que precisava respirar.

— Eu trouxe o jantar. — Ele ergueu um saco de papel pardo, um aroma gostoso tomou o apartamento.

— O jantar pode esperar. — Peguei a comida da mão dele e coloquei no balcão. — Eu preciso de você, Nicco.

Preciso ter certeza de que isso está acontecendo de verdade.

— *Amore mio*, não há pressa. Nós temos tempo. — Nicco me encarou com tanto amor e afeto que mal consegui respirar.

Subi as mãos pela sua camisa preta. Ele havia arregaçado as mangas até os cotovelos e a deixado para fora da calça social da mesma cor. Eu nunca tinha visto Nicco tão elegante. Tão devastadoramente lindo.

— Gosta do que vê? — Ele abaixou o rosto para o meu, um leve sorriso repuxou o canto da sua boca.

— Você é tão lindo. — Meus dedos percorreram seu perfil, se demorando nos lábios. Nicco fechou os olhos e respirou fundo, o ar estalava ao nosso redor. — Está sentindo? — perguntei.

— Estou. — Ele engoliu em seco, deslizando uma das mãos pela minha, entrelaçando nossos dedos.

— Deus, Arianne, as coisas que quero fazer com você.

— Eu quero tudo. Cada uma delas.

— Você não tem ideia do que está pedindo. — Ele tocou a cabeça na minha, seu fôlego saía em rajadas entrecortadas.

— Você. Você é tudo o que eu quero. — Minha boca logo seguiu os meus dedos, e o beijei de levinho. Mas aí Nicco me pegou no colo, me fazendo soltar um gritinho de surpresa. Ele me carregou pelo corredor e parou na porta do quarto de Nora.

— O outro. — Sorri, com os braços em torno do seu pescoço.

Nicco chutou a porta e entrou no meu quarto.

— Eu não tive tempo de decorar — falei —, mas a cama é bastante confortável.

Seus olhos se dilataram de luxúria enquanto ele avançava até o colchão e me colocava lá como se eu fosse preciosa.

— Tem certeza? — ele perguntou.

Pressionei a mão na bochecha de Nicco, minha pele formigou de expectativa.

— Nunca tive tanta certeza de nada.

Eu tinha me esforçado tanto para ficar bonita para ele, não tive pressa nenhuma para escolher o vestido perfeito. Mas não importava. Nicco sempre me olhava como se eu fosse a garota mais bonita do mundo. Era revigorante e intimidante saber que ele, Niccolò Marchetti, o príncipe da máfia, me desejava.

Ele se endireitou, deixou as mãos caírem para a camisa e começou a desabotoar devagar. Eu observei com absorto fascínio enquanto mais da pele dele era revelada. Meus olhos ávidos traçavam a barriga tanquinho e se demoraram no V perfeito que sumia para dentro da calça.

— Com fome, amor? — sussurrou, deixando a camisa cair no chão.

Eu não estava com fome, estava voraz. Confiança se agitou dentro de mim, e eu fiquei de joelhos, deslizei as mãos pelo meu corpo, curvando os dedos ao redor da bainha do vestido.

PRÍNCIPE DE COPAS

Nicco estava parado feito uma estátua, o subir e descer do seu peito acelerado enquanto me observava puxar o tecido bem devagar até a cintura.

— Sei *bellissima*. — Foi o rosnado baixo em sua garganta enquanto ele dava um passo à frente. — Posso?

Ele enfim estendeu a mão para mim e caiu de joelhos aos pés da cama. Assenti, tirei as mãos e estremeci quando seus dedos as substituíram, afagando as minhas coxas. Ele segurou o tecido e subiu o vestido pelo meu corpo, roubando meu fôlego e pressionando os lábios no meu umbigo.

Minhas mãos deslizaram em seus cabelos enquanto ele subia pela minha barriga, beijando e lambendo. Nicco se afastou para tirar o meu vestido, e logo estava me beijando, me puxando para a sua tempestade. Eu me agarrei a ele, trêmula e ofegante, e ele mal tinha me tocado.

— Nicco. — Foi um meu gemido ofegante. Um apelo.

Eu precisava de mais.

Muito. Mais.

Ele mudou de direção, passando os lábios pela curva do meu pescoço, mordiscando a pele sob minha orelha. Em um movimento rápido, me pegou no colo, enganchou minhas pernas em sua cintura e me deitou. Seus olhos se dilataram quando ele encontrou os leves hematomas que ainda manchavam os meus seios e a curva dos meus quadris. Fiquei ofegante, esperando para ver o que ele faria. Se seria demais para ele. Mas isso não o deteve.

Ele abaixou a cabeça e se demorou beijando cada um deles, substituído cada memória dolorosa com nada mais do que puro prazer. Quando chegou às minhas coxas, ele puxou meu corpo para a beirada da cama e tirou a minha calcinha. Um arrepio me percorreu quando ele passou a língua em mim, sugando meu clitóris. Eu me curvei sob ele, puxando seu cabelo enquanto ele me adorava. Se banqueteava de mim.

— Você tem gosto de céu — ele falou, lânguido, deslizando um dedo para dentro de mim. — Tudo bem? — Nicco perguntou, e eu assenti, esperando que o desconforto passasse. Ele beijou a parte interna da minha coxa, sugou de levinho, transformando a dor persistente em puro prazer enquanto curvava o dedo o bastante para atingir um ponto profundo que me fez me partir em mil pedaços.

Eu estava nas alturas, flutuando para longe em uma nuvem de prazer.

E então Nicco ficou acima de mim, me encarando com nada mais do que desejo. Seu olhar semicerrado me manteve ali. Ancorada naquele momento.

— *Voglio fare l'amore com te.* — Ele se aproximou mais, sussurrando as palavras sobre os meus lábios.

— Meu italiano está um pouco enferrujado — confessei.

Nicco sorriu e balançou a cabeça para mim.

— Eu falei que quero fazer amor com você, Arianne. Quero tanto... — Ele afastou o cabelo do meu rosto, e olhou bem dentro da minha alma.

— Isso.

Eu estava nua para ele, mas era muito além do que pele na pele.

Eram dois corações batendo no ritmo de um.

Duas almas se unindo.

Nicco engoliu em seco e se ergueu, então tirou a carteira do bolso. Tirou de lá uma embalagem prateada e a colocou ao meu lado na cama, então desabotoou a calça e a tirou junto com a boxer. Minha língua disparou para fora, e eu lambi os lábios. O corpo dele era uma obra de arte da escultura. Todo em linhas firmes e músculos bem-marcados. Mas eram as cicatrizes que o deixavam lindo; um lembrete constante da fragilidade da vida. Do quanto era importante tirar o máximo proveito de momentos como esse.

Momentos intensos. Avassaladores. Mágicos.

— Se eu fizer algo de que você não gosta, algo que machuque, preciso que me diga, ok? — Ele se ajoelhou na cama, passou a mão em torno da ereção e se afagou. Eu queria me inclinar e sentir o sabor dele de novo, mas não conseguia me mover. Estava congelada pela energia nervosa disparando por mim.

Nicco cobriu meu corpo com o seu, tendo cuidado para não me esmagar com o seu peso. Então afundou a mão entre nós e, com gentileza, deslizou o dedo dentro de mim.

— Ah... — Eu arquejei, tremendo com aquela posição íntima. A sensação foi mais intensa que antes, seu olhar escuro me prendia, inflexível. Eu me perdi nele, completamente à sua mercê enquanto ele me tocava, com o polegar circulando meu clitóris em câmera lenta. Era demais, sensível demais.

Mas, ao mesmo tempo, não era o bastante.

— Nicco — suspirei. — Você, eu preciso de você.

Os olhos dele ficaram pretos como a noite. Nicco me beijou e se afastou para colocar a camisinha.

Então, ali estava ele, se posicionando sobre mim.

— Eu amo você, Arianne. Nunca se esqueça disso. — Com um único movimento suave, ele entrou em mim. — Tudo bem? — perguntou, roçando o nariz no meu, dando ao meu corpo a chance de se ajustar.

Fiz que sim, sobrepujada demais de emoção para falar. Ele estava em toda a parte. Dentro do meu corpo, do meu coração, da minha alma.

— Eu vou devagar.

— Não. — Segurei o seu braço e arqueei as costas, o que o fez ir mais fundo, e nós dois gememos. Ele enterrou o rosto no meu pescoço, e eu soube que ele estava se segurando. — Não quero que você me trate como se eu fosse feita de vidro, Nicco.

Depois de um segundo, ele começou a se mover. Devagar, de início. Nicco me beijou com intensidade, espelhando o modo como seus quadris se moviam em estocadas calculadas e torturantes. Meus dedos se curvaram nos lençóis enquanto sensações me atingiam de todas as direções. Eu sempre soube que estar com Nicco seria tudo. Mas não tinha esperado que fosse ficar tão consumida por ele. Cada estocada, cada afundar de dedos, cada roçar de dentes na minha clavícula. Eu sentia tudo.

Ele entrelaçou nossos dedos e pressionou as mãos nas laterais da minha cabeça enquanto ia mais forte e mais fundo. Seus beijos ficaram famintos, safados. Ele lambia, mordiscava e mordia de levinho os meus seios, passando a língua no meu mamilo, expulsando a dor com beijos carinhosos. Meus quadris começaram a se mover, desesperados.

— Mais — arquejei. — Eu preciso de mais.

— Você é tão gostosa — Nicco disse rouco na minha garganta, e meu corpo se esticou por baixo do seu. Ele se colocou por cima de mim, mudando o ângulo, buscando algum lugar profundo que fez meu fôlego ficar preso. — Não quero que acabe, *amore mio*.

Eu também não queria.

Eu queria me perder nele, me afundar em suas águas escuras e nunca mais ir à tona para respirar.

— Arianne… — Nicco estava se afogando também. Eu sentia. Eu o sentia prestes a se estilhaçar. — Porra, eu não consigo…

— Está tudo bem — murmurei em seus lábios, beijando-o com toda a força que tinha, erguendo meus quadris para encontrar os dele. Meu corpo começou a tremer enquanto ondas intensas de prazer me atingiam. — Ah, Deus… — choramingu ei, me agarrando ao corpo de Nicco enquanto ele congelava sobre mim, gemendo meu nome.

Silêncio nos envolveu como uma bolha enquanto Nicco me encarava com tanto amor e anseio que me senti flutuar.

— Você é tudo para mim, Arianne. *Sei la mia metá*. Não importa o que aconteça, eu vou te amar até o dia da minha morte.

Rocei os dedos em seu queixo e sorri.

— Tudo vai se resolver, Nicco, você vai ver.

Tinha que se resolver.

Porque Nicco estava certo.

Aquilo entre nós não era passageiro. Era tão profundo que ia até a alma.

Estava escrito nas estrelas.

O tipo de amor que inspirava histórias.

Acordei com um sorriso, estendendo a mão para encontrar os músculos fortes do corpo de Nicco. Mas só encontrei os lençóis de seda frios.

— Nicco? — O nome dele era uma prece nos meus lábios. A noite anterior tinha sido perfeita. Desde ele se vestindo todo elegante para mim, passando pela deliciosa refeição que havíamos esquentado, então por comer tudo envoltos nos lençóis, até chegar ao modo como ele havia adorado cada centímetro da minha pele a noite toda.

Eu não queria que acabasse, lutei com unhas e dentes contra o sono enquanto meu corpo saciado sucumbia ao repuxar da exaustão. A única coisa que poderia deixar tudo melhor seria acordar nos braços dele, segura, mimada e amada.

— Nicco? — chamei de novo, como se eu o esperasse se materializar diante dos meus olhos. Não havia sinal dele. Nenhuma roupa jogada pelo chão nem o som da água correndo, indicando que ele estava no banho.

Nada.

Passei as pernas pela beirada da cama e me sentei, esfregando o sono dos meus olhos.

Ele não pode ter me deixado ali. Não sem uma explicação.

Foi quando eu vi.

O bilhete.

Um pedacinho de papel preso ao espelho da cômoda. Eu me enchi de pavor, cada passo na direção dele se equivalia a caminhar pela areia movediça.

> *Bambolina,*
>
> *Eu te amo mais do que palavras podem expressar.*
>
> *Espere por mim, por favor.*
>
> *Até nos encontrarmos de novo,*
>
> *Bj Nicco*

— Mas o quê... — Li as palavras de novo, tentando entender o que queriam dizer, tentando ler as entrelinhas de um bilhete que de outra forma pareceria muito com uma despedida. Corri até a mesa de cabeceira e apanhei o celular, então liguei para o meu pai.

— Arianne. — Aquela única palavra me disse tudo de que eu precisava saber.

Algo havia acontecido.

— O que você fez? — rosnei, com as mãos tremendo de raiva.

— Luis vai te trazer para casa. Preciso te ver. — Então ele sussurrou: — *Perdonami, figlia mia.*

Eu desliguei e caí na cama em uma pilha de frustração. Agarrei o travesseiro e gritei.

— Ari? — Nora entrou correndo no meu quarto. — O que foi? O que aconteceu?

— Ele foi embora — chorei. — Nicco foi embora.

— Ah, Ari. — Ela se sentou ao meu lado, passando um braço ao meu redor. — Tenho certeza de que há uma boa explicação.

— Você sabia?

— Que ele pretendia ir embora? Claro que não. Eu estava torcendo para tudo se resolver, assim como você. — Ela me apertou com força.

— Eu vou ligar para ele. — Foi o que fiz, mas não tocou.

— Tente mandar mensagem.

Meus dedos voaram pelo teclado enquanto eu digitava. Mas não veio resposta nenhuma. Nicco não atendia. Ou isso ou ele estava me ignorando.

— Preciso ir ver o meu pai. — Me desvencilhei dos braços de Nora e fui pegar roupas limpas.

— Talvez seja melhor a gente pensar no que está acontecendo. Tenho certeza de que há uma explicação...

— Ele está por trás disso — me descontrolei. — Quando liguei agora mesmo, foi como se ele estivesse esperando a minha ligação e ele disse algo... *Perdonami, figlia mia.*

— Me perdoa? Ele disse isso? — ela perguntou, e eu assenti.

— Ele prometeu que tentaria consertar tudo. Ele prometeu.

— Bem — Nora disse, ao ficar de pé —, então vamos atrás das suas respostas.

No fim das contas, falei para Nora ir para a aula. Ela queria ir comigo, mas eu precisava cuidar daquilo sozinha. Bem, não totalmente sozinha. Luis estava comigo.

Entramos na casa juntos, a batida silenciosa da porta se fechando às nossas costas foi como um tiro ecoando por mim. A mãe de Nora nos recebeu.

— Oh, *mia cara*, venha. — Ela me abraçou. — Tristan é um rapaz forte, ele vai sair dessa.

— Obrigada — falei. — O meu pai...

— Ele e seus visitantes estão esperando no escritório.

Visitantes?

Franzi a testa e olhei para Luis.

— Você vai comigo?

— Claro. — Ele fez sinal para eu ir na frente.

Algo estava estranho, mas eu não conseguia dizer o quê. Tudo o que eu sabia era que algo havia acontecido entre ontem à noite e essa manhã para Nicco ir embora e me deixar para trás.

Bati de levinho à porta do escritório do meu pai.

— Entre — ele disse.

No segundo em que fiz isso, o chão sumiu sob os meus pés. Luis se pressionou às minhas costas, me dando a força de que eu precisava para encarar Scott Fascini e o pai.

— Arianne, que prazer ver você. — O Sr. Fascini sorriu, revelando os dentes brancos e perfeitos.

— O quê? Não vai me cumprimentar? — Scott debochou. O rosto dele estava um horror; retalhos de cortes, inchaços e hematomas.

— Scott — falei, educada. — Sr. Fascini. Que surpresa. — Eu me virei para o meu pai. — O que é isso, *papá?*

— Sente-se, Arianne, temos muito a conversar — ordenou. Nenhuma explicação, nenhuma gentileza.

Nada.

— Acho que vou ficar de pé. — Puxei os ombros para trás, encarando os três. Me preparando para a bomba que estava prestes a ser lançada.

— Muito bem — meu pai disse, com a expressão desprovida de emoção.

Quem era aquele homem?

Porque com certeza não era o meu pai.

— Há algo que preciso te contar — começou, remexendo-se desconfortavelmente na cadeira. — Algo que pode ser um pouco chocante.

Medo me agarrou, o fôlego ficou preso na minha garganta enquanto ele me olhava com tanto pesar, com um pedido de desculpas brilhando em seus olhos.

— O que você fez? — perguntei, com a voz trêmula.

E então ele disse as palavras que virariam meu mundo de cabeça para baixo para sempre.

Nicco

Esperei até estar a quarenta quilômetros do condado de Verona para parar. Poeira se espalhou ao meu redor enquanto a moto desacelerava. Tirei o capacete, puxei uma golfada de ar, torcendo para que isso aliviasse o aperto na minha garganta.

Eu fiz um monte de coisa fodida na vida, mas nada me desceu tão errado quanto deixar Arianne na calada da noite. Ela adormeceu quase que na mesma hora depois de ter se entregado para mim de um jeito tão completo. Tinha sido o melhor momento da porra da minha vida, amá-la, me unir a ela do jeito mais íntimo possível. Fiquei deitado lá por horas, afagando sua pele, observando-a dormir.

Foi perfeito.

Um único momento que eu queria congelar só no caso de nunca mais vivermos algo como aquilo.

Sair da cama dela e me vestir quase me matou. Ela havia se agitado, meu nome saiu de seus lábios em um murmúrio suave. Devia estar sonhando comigo.

O pensamento me fez sorrir e também me fez morrer por dentro. Pois quando ela acordasse e percebesse que eu tinha ido embora, sei que seu amor por mim se transformaria aos poucos em ódio.

Um dia, eu sabia que ela entenderia, mas sob a clara luz do dia, ela veria que eu a tinha abandonado depois do que deveria ter sido a melhor noite de sua vida.

Merda.

Eu era um filho da puta.

Mas não tinha escolha. Ficar e vê-la essa manhã teria sido tortura, e havia limite para a dor que um homem poderia suportar antes de se render. E eu sei que, se tivesse contado para ela, se tivesse olhado nos olhos dela e dito adeus, jamais conseguiria deixá-la para trás. Ou eu ficaria e enfrentaria as consequências das minhas ações, ou arriscaria tudo para levá-la comigo.

Então fui embora no meio da noite como o covarde que eu era.

Peguei meu telefone, esperando ver inúmeras chamadas perdidas e mensagens de Arianne.

Eu não esperava ver o nome de Luis.

Meu coração esmagava minhas costelas enquanto abria a mensagem dele, rogando para que não tivesse a ver com a Arianne, que ela não tivesse feito nenhuma loucura ao descobrir que fui embora. Mas era pior.

Muito pior.

Encarei a mensagem, lendo as palavras sem parar, desejando que estivessem erradas. Eu tinha feito o que ele falou. Saí do condado de Verona para manter Arianne em segurança, para protegê-la.

Então a mensagem de Luis tinha que estar errada.

Porque não havia como Roberto Capizola aceitar que a filha se casasse com o merda que roubou a inocência dela e cobriu seu corpo de mordidas e hematomas.

Ainda assim, era exatamente o que a mensagem dizia.

> É melhor você dizer para o seu pai agilizar, porque eu não sei em que jogo Roberto está metido, mas eu trouxe Arianne para casa para enfrentá-lo, e Scott e o pai estavam lá. Roberto anunciou que ele havia concordado com o noivado... está ouvindo essa merda, Marchetti? A sua garota está prometida àquele merda. Espero que você tenha um plano, porque, quando chegar o aniversário de dezenove anos dela, os dois vão se casar.

A história de Nicco e Ari continua em Rei de almas.

Sobre a autora

Romances angustiantes. Tensos. Viciantes.

Autora best-seller do *USA Today* e do *Wall Street Journal* de mais de quarenta livros para jovens adultos, L.A. fica mais feliz quando escreve o tipo de história que ama ler: as viciantes, cheias de angústia adolescente, tensão e reviravoltas.

Ela mora em uma cidadezinha no meio da Inglaterra, onde concilia a vida de escritora em tempo integral com a de mãe/juíza da vida de duas pessoinhas. Em seu tempo livre (e quando não está acampada na frente do notebook), é provável que você a encontre mergulhada em um livro, escapando desse caos que é a vida.

L.A. ama falar com seus leitores. E você a encontra em www.lacotton.com.

A The Gift Box é uma editora brasileira, com publicações de autores nacionais e estrangeiros, que surgiu no mercado em janeiro de 2018. Nossos livros estão sempre entre os mais vendidos da Amazon e já receberam diversos destaques em blogs literários e na própria Amazon.

Somos uma empresa jovem, cheia de energia e paixão pela literatura de romance e queremos incentivar cada vez mais a leitura e o crescimento de nossos autores e parceiros.

Acompanhe a The Gift Box nas redes sociais para ficar por dentro de todas as novidades.

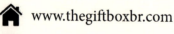 www.thegiftboxbr.com

 /thegiftboxbr.com

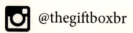 @thegiftboxbr

 @GiftBoxEditora